마녀의 법정

2

정도윤 대본집
마녀의 법정 2

초판 1쇄 인쇄 2018년 1월 19일
초판 1쇄 발행 2018년 1월 26일

지은이 | 정도윤
펴낸이 | 金滇珉
펴낸곳 | 북로그컴퍼니
편집부 | 김옥자·서진영·김현영
디자인 | 김승은·송지애
마케팅 | 이예지·김은비
경영기획 | 김형곤
주소 | 서울시 마포구 월드컵북로1길 60(서교동), 5층
전화 | 02-738-0214
팩스 | 02-738-1030
등록 | 제2010-000174호

ISBN 979-11-87292-87-6 04810
ISBN 979-11-87292-85-2 04810(세트)

· 잘못된 책은 구입하신 서점에서 바꿔드립니다.
· 이 책의 출판권은 KBS미디어(주)를 통해 정도윤 작가 및 KBS와 저작권 계약을 맺은 북로그컴퍼니에 있습니다.
  저작권법에 의해 보호받는 저작물이므로, 출판사와 저자의 허락 없이는 어떠한 형태로도 이 책의 내용을 이용할 수 없습니다.
· 이 도서의 국립중앙도서관 출판예정도서목록(CIP)은 서지정보유통지원시스템 홈페이지
  (http://seoji.nl.go.kr)와 국가자료공동목록시스템(http://www.nl.go.kr/kolisnet)에서
  이용하실 수 있습니다.(CIP제어번호: CIP2017034531)

정도윤 대본집

마녀의 법정 2

북로그컴퍼니

처음 보러 간 참여재판이 떠오릅니다.

강간미수 재판이었습니다.

피해 여성이 직접 증인으로 나왔는데,

주눅이 들 법한 상황에서도 전혀 기죽지 않고 피해 사실을 밝히는 모습이 의외였습니다.

바지를 벗긴 피고인의 행동이 꼭 강간을 의도한 것은 아니지 않느냐는,

궤변에 가까운 변호인의 질문에 그럼 바지 입혀주는 강간범도 있냐고 받아칠 땐

통쾌하기까지 했습니다.

재판을 지켜보던 저는 이런 인간의 이야기를 쓰고 싶다고 생각했습니다.

불행에 대응하는 방식이 전형적이지 않고,

자신의 의지를 끝까지 포기하지 않으며, 일말의 코믹함까지 있는...

그것이 〈마녀의 법정〉을 구상하게 된 첫 계기였습니다.

포부는 창대했으나 그것을 실현하는 과정은 숱한 시행착오의 반복이었습니다.

부족한 재능과 게으름으로 벽에 부딪힐 때면

내가 지금 인간의 이야기를 쓰고 있는지

얄팍한 사건만 나열하고 있는지 점검하며 최선의 답을 찾으려 했습니다.

뻔한 이야기는 있어도 뻔한 캐릭터는 없다는 진리를 기억하려 노력했습니다.

다시 대본을 들여다보니 부끄럽고 부족한 것투성이입니다.

그럼에도 불구하고 출간을 결심한 것은

방송과는 또 다른 즐거움을 드리고 싶은 욕심과 더불어

〈마녀의 법정〉이란 작품이 여러분에게 온전히 전달되기를 바라기 때문입니다.

필요 이상으로 자세히 써놓은 감정 지문과

법정물의 특성상 사건으로 들어오는 새로운 캐릭터들에 대한 설명,
행간의 의미를 정확히 짚어주기 위해 각주를 달아놓는 것 등
방송으로는 다 표현되지 못한 디테일들이 있습니다.
연출이나 연기 외에 작가가 의도한 기준점이 어떠했는지 확인하실 수 있을 겁니다.

또한 시간 제약상 삭제된 부분들도 있습니다.
방송을 보시면서 흐름이 끊긴 것 같았다거나,
충분히 다뤄져야 할 부분이 거칠게 넘어갔다고 느끼셨다면,
대본집을 통해 빠졌던 퍼즐 조각들이 무엇이었는지 발견하시게 될 겁니다.

무엇보다 진짜 인간의 이야기를 재미나게 쓰고 싶었던
저의 처음 의도가 조금이나마 여러분께 전해지길 바랍니다.
감사합니다.

2018년 1월
정도윤

차례

제 목

마녀의 법정

구 조

빙징 / 휴민 / 복수

컨 셉

여성아동범죄 전담부라는 가상의 검찰 부서를 배경으로
승소를 위해서라면 뭐든지 다하는
위험한 속물 여검사와
정의를 위해서라면 못할 게 없는
마성의 초임 남검사가 펼치는 휴먼 법정물

기획 의도

공감共感과 공분公憤이 있는 드라마

연쇄살인범도 좋고, 쏘시오패스도 흥미롭지만
영화나 미드 어디쯤에 있을 것 같은
매끄럽고 비현실적인 범죄가 아니라
나와 내 가족, 이웃들 곁에서 늘상 벌어지는
투박하고 현실적인 범죄에 대해 이야기하고 싶었다.

예를 들면 아동학대, 성범죄, 혐오범죄 같은
평범한 생활 반경 어디에서나 터질 수 있는 범죄들 말이다.
왜냐,
나와 내 가족이 겪을 수도 있다는 걱정에 절로 공감되고,
더군다나 약자를 향해 가장 비열한 방식으로 휘두르는 범죄라
더욱 공분하게 되기 때문이다.

하여 결론은?
여성, 아동을 대상으로 한 범죄 뉴스가
일상적으로 업데이트되는 이 암울한 시대,
이제 그런 추악한 범죄를 소재로 한 드라마가
나올 때도 됐다는 것.

마이듬 (여 / 10살 → 31살) _ 여성아동범죄 전담부 소속 검사

'약자를 위해 싸우지 않는다. 나를 위해 싸운다.'

서울 4대 지검을 고루 거친 7년 차 평검사로
속도 좋고, 법 적용도 칼이다.
필요하면 거짓말, 인신공격, 증거조작 등도 가리지 않는,
합법과 위법 사이를 아슬아슬하게 넘나드는 과감한 수사로
몸담았던 부서마다 에이스라 인정받았다.

여기에 겸손까지 겸비했다면 더할 나위 없겠으나
몹시 이기적이며 싸가지도 바가지다.
거기다 지방 국립대 출신에 여자라는 핸디캡까지 있으니
겸손은 사치고, 양보는 개나 줘버려 모드로 살아온 인생이다.
잘되면 나 혼자 잘해서인 거고,
내 밥그릇 뺏는 건 하느님, 부처님이라도 용서 못한다.

한마디로 대한민국에서 가장 보수적인 조직이라는 검찰에서
지방대 나온 여성 검사로서
출세 한번 해보려고 고군분투 중.

원래 꿈은 돈 잘 버는 의사였으나
10살 때 시장 간다고 나갔다가
실종된 엄마를 찾으려 검사가 됐다.
만약 납치였다면 엄마를 납치한 놈을 잡아야 하고-

만에 하나, 자발적 가출이라면 나 버리고 간 엄마,
어디 보란 듯이 잘 먹고 잘 사는 모습을 보여주고 싶어서였다.
출세 코스라는 대검 특수부 발령이 코앞이었는데-
뜻하지 않는 사건에 휘말려 최악의 기피 부서로 꼽히는
여성아동범죄 전담부로 발령받았으나
뜻밖에도 그곳에서 엄마 실종의 미스터리를 풀 열쇠를 발견한다.

여진욱 (남 / 34살) _ 여성아동범죄 전담부 소속 검사

'피해자를 위해 해줄 수 있는 게, 가해자 처벌밖엔 없네요. 미안합니다.'

그냥 있어도 훈훈하고, 말을 하면 더 훈훈하다.
그렇게 사정 다 봐줄 것 같은 온화한 얼굴로
사건 앞에서는 공정함과 냉정함으로 가차 없이 칼을 들이댄다.
승진, 출세, 사내 정치 따위는 관심 없어
조직 내에서 출포검(출세를 포기한 검사)으로 통한다.

로스쿨 출신의 늦깎이 초임 검사로 원래는 소아정신과 의사였다.
정신과 의사 출신 검사답게 말 속에 들어있는 뉘앙스, 숨겨진 단서를 찾아내
진술의 참, 거짓을 가려낸다.
물증 없고 진술증거가 대부분인 성범죄 사건의 전담검사로서
꼭 필요한 능력을 가진 셈이다.

선한 인상의 바람직한 기럭지,
거기다 의사 집안의 외아들이란 출생 배경까지 가졌으나
실은 병원장이었던 아버지의 자살로 그늘진 어린 시절을 보냈다.

노골적으로 출세, 욕망, 권력을 밝히는 이들이 좋아 보일 리 없다.
그러나... 세상 독한 것이 연민이라더니

이듬이 엄마의 비극적인 과거를 알게 되면서 나락에 떨어졌을 때,
누구보다 먼저 손을 내밀고 곁을 지켜주게 되지만...
연민으로 시작한 사랑도 잠시,
유일한 혈육인 엄마가 이듬의 엄마를 감금했다는
잔인한 진실과 맞닥뜨리게 되는데...

조갑수 (남 / 20대 → 50대)
_ 사법고시 출신의 경찰이었고, 현재는 형제로펌의 고문이사

'승리면 승리지, 깨끗한 승리, 더러운 승리, 그런 거 없다.'

엄혹한 7-80년대, 좌익활동가 아버지를 둔 탓에
사시를 패스하고도 검찰 임용에 미끄러졌다.
이후, 경찰 특채로 진로를 틀어 뱀의 머리가 됐지만
출세의 기회마다 아버지 전력이 발목을 잡자-
무고한 사람들을 잡아다 빨갱이로 모는 공안형사로 충성을 바쳤고,
그 과정에서 성고문까지 자행하는 범죄를 저질렀다.
그 부분에 한 점 후회나 부끄러움 같은 것은 없다.

최연소 경찰서장으로 승진하며 출세가도를 달릴 즈음
그에게 고문당했던 피해자들의 고소로
세상의 지탄을 받았으나,
위증교사와 증거인멸 등등 모든 수단을 다 동원해 고비를 넘겼고,
그 결과 경찰청장으로 은퇴, 오늘날에 이르렀다.

이듬 엄마인 영실의 실종과 이듬의 출생 비밀에

---

* 수사, 기소, 재판까지 동일한 검사가 전담하는 시스템.

가장 결정적인 키를 쥐고 있는 인물.
무조건 승소를 이끌어내는 이듬의 능력을 높이 사 스카우트하려다
이듬이 곽영실의 친딸이라는 사실을 알게 되자–
파멸시키기 위해 온갖 공작을 꾸민다.

민지숙 (여 / 30대→50대) _ 여성아동범죄 전담부 부장검사

'성폭력 사건 최다 처리실적의 보유자, 여검사들의 롤모델'

왕년엔 검찰청 왕조현이라 불릴 만큼 미모를 자랑했으나
지금은 동네 아줌마 같은 후덕한 외모로
후배 검사들과 농담하길 즐기는 털털한 부장검사.

여검사가 희귀한 시절에 검사가 된 바람에
주로 가정폭력이나 성폭력 사건들을 배당받아왔고
그 경력이 20여 년째 이어지면서
검찰 내 성폭력 사건 최다 처리 실적을 보유하게 됐다.

2차 피해, 증거 부족, 보수적인 재판부 등
온갖 상처를 받고 법정을 떠나던
성폭력 피해자들을 숱하게 봐오면서
성범죄 전담 원스톱 부서*에 대한 목표와 소신을 키워왔다.

평검사 시절, 조갑수 경정 성고문 사건의 수사검사였다.
조갑수를 처벌하고 싶었지만 증거 불충분으로 실패했고,
20년이 흐른 지금은 조갑수가 대표로 있는 로펌의 변호사들과
법정에서 다투는 악연을 이어오고 있다.

장은정 (여 / 30대) _ 여성아동범죄 전담부 수석검사

맞벌이 남편과 쌍둥이 아들에 치이는 수석검사.
다혈질에 성질 급하다.
기자 남편 사이에서 난 쌍둥이 아들을 키우는 엄마라 바쁘고 피곤하지만,
언제나 풀 메이크업에 완벽한 스타일을 고수하고 있다.

서유리 (여 / 20대) _ 여성아동범죄 전담부 초임검사

(감히) 저녁이 있는 삶을 꿈꾸는 초임 검사.
강남에서 태어나 강남에서 교육받고 강남에서 살고 있다.
칼퇴근에 목을 매지만,
층층시하 워커홀릭 선배 검사님들 덕분에 쉽지가 않다.

손미영 (여 / 30대 중반) _ 여성아동범죄 전담부 수사관

키는 작아도 귀는 큰, 걸어 다니는 '디스패치'.
중앙지검 10년 차 수사관이다.
검찰청 내 '디스패치'로 통할 만큼
온갖 소문과 신상정보를 꿰고 있다.
털털하고 싹싹한 성격이라 누구하고나 죽이 잘 맞는다.

구석찬 계장 (남 / 30대) _ 여성아동범죄 전담부 수사관

기 센 여검사들에 치여 이름 그대로 구석에 찌그러져 묵묵히 일하는 수사관.
노총각 자취남이라 저녁을 해결할 수 있는 야근과 회식을 좋아한다.

<hr>

형제 로펌 사람들

백상호 (남 / 20대 → 40대) _ 형사 → 조갑수의 비서실장

'조갑수의 명령이라면 뭐든지 따른다.
단, 내 동생 상우를 제거하란 명령만 제외하고...'

칼같이 알아듣고 정확히 처리하는 최고의 비서.
20년째 조갑수를 보필 중이다.
숨소리만 들어도 기분 파악을 할 정도로
갑수에 대해 누구보다 잘 아는 사람이다.

20대 철 모르던 형사 시절,
수사 도중 우발적인 실수로 유력 용의자를 죽였고,
당시 반장이었던 갑수가 이를 덮어줬다.
이후로 두말없이 갑수의 오른팔이 되었다.
열두 살 때 친모로부터 버림받은 후
유일한 혈육이었던 동생 상우를 혼자 키웠다.

허윤경 (여 / 30대) _ 형제로펌 소속 변호사

형제 로펌의 에이스 변호사.
국선으로 성범죄 재판을 담당할 때면
피해자에게 하도 악랄하게 굴어

공판검사가 자제를 요청하는 탄원서까지 쓰게 만들 정도로 독종이다.
샤프하고 수완도 좋고, 승소에 대한 열망이 강해
이기기 위해선 무슨 짓이든 한다.
겉보기엔 그늘 없이 유복한 환경에서 자란 여자 같지만
아버지는 알코올 중독에 엄마는 사기 전과 7범.
벗어나려면 더 높은 곳으로 올라가야 했다.
해서 건축비리로 잡혀온 회장님 돈 좀 받았는데,
그것이 문제가 돼서 검사 옷을 벗은 전력이 있다.

그 밖에 중요 인물들

곽영실 (여 / 20대 초반 → 30대 중반 → ?) _ 이듬의 엄마

이듬을 검사로 만든 주인공.
서울 변두리에서 국수가게를 하며 이듬을 혼자 키우던 과부였다.
씩씩하고 괄괄한 성격 덕분에 이듬도 기 안 죽고 잘 컸다.
20년 전 성고문 재판 당시 조갑수에게
불리한 증거를 폭로하기 직전 실종됐고,
이듬이 검사가 된 이후 조갑수에게 납치된 정황과 함께
성고문 피해자라는 아픈 과거까지 드러나 이듬의 속을 후벼 판다.
정신병원 퇴원 후 교통사고로 죽었다고 하나
영실의 죽음을 확실히 확인한 사람은 없다.

고재숙 (여 / 30대 후반 → 50대)
_ 진욱의 엄마이자 20년 전 영실 실종 사건의 공범자

호감 가는 외모에 언변도 좋아 TV에 단골로 출연하는 정신과 전문의.

진료실보다 카메라 앞에 있는 시간이 더 많은 반 연예인이다.
화려해 보이는 인생이나 실은 자살한 남편이 남긴 막대한 빚으로
10여 년을 바지원장 노릇을 해가며 빚을 갚았던 흑역사가 있었고,
그 과정에서 어떤 여자의 인생을 짓밟아야만 했다.
빚과 생활고에 떠밀려 그 조건을 받아들였고,
20년이 흐른 어느 날, 아들 진욱이 이듬을 데려오자-
사라진 그 여자가 눈앞에 나타난 것 같은 아찔한 기시감을 느낀다!

오수철 (남 / 40대) _ 중앙지검 형사2부 부장검사

이듬의 전 상사.
조직 내 정치, 인맥, 라인에 목숨 걸고
처세도 밝아 윗분들은 예뻐하지만,
여검사, 여계장들 사이선 손버릇 안 좋기로 악명이 높다.
사무실에선 은근슬쩍 만지고, 회식자리에선 과감하게 만진다.
성추행이라 항의하면 여검사는 이래서 안 된다며
길길이 날뛰는 찌질함이 있다.
결국 여기자 성추행 사건으로 징계위에 불려 갔을 때-
이듬이 사실대로 증언하는 바람에 좌천되자 보복의 칼을 간다.

진주 (여 / 10대 → 30대) _ 이듬의 20년 단짝 친구

이듬 엄마가 하던 국숫집 옆에서
할머니가 아귀찜 식당을 해서 이듬과 어렸을 적부터 같이 자랐다.
의리파에 화끈한 성격이라 이듬과 죽이 잘 맞는다.

용어 정리

몽타주   따로따로 편집된 장면들을 짧게 끊어서 붙인 화면을 말한다.

씬   장면(Scene)이라는 의미. 같은 장소, 같은 시간 내에서 이루어지는 일련의 행동이나 대사가 한 씬을 구성한다.

인서트   화면의 특정 동작이나 상황을 강조하기 위해 삽입한 화면. 인서트 화면이 없어도 장면을 이해하는 데에는 별다른 지장이 없으나 인서트를 삽입함으로써 상황이 명확해지는 한편 스토리가 강조된다. 인서트 화면으로는 대개 클로즈업을 사용한다.

클로즈업   배경이나 인물의 일부를 화면에 크게 나타내는 것.

플래시백   회상을 나타내는 장면. 지금 일어나고 있는 사건의 인과를 설명할 때 쓰이기도 하고, 인물의 성격을 설명하기 위해 쓰이기도 한다.

필터   같은 장면이 아닌 전화기 너머의 목소리나 마음속으로 하는 이야기 등 별도의 막을 거쳐 들려오는 소리를 표현할 때 쓴다.

CG   컴퓨터 그래픽스(Computer Graphics)의 약자. 컴퓨터 프로그램을 활용하여 다양한 효과를 가미, 영상을 더욱 실감나게 연출하는 작업을 가리킨다.

· 마녀의 법정 ·

9부

1.　　　영파시 비탈길 도로 일각 (밤)

　　　캄캄한 밤. 경사 있고 구불구불- 인적 드문 도로에
　　　민호와 태규가 탄 차, 「추락주의」 표지판 있는 곳에 멈춘다.
　　　운전석의 민호, 한 손에 술병 들고 내리더니 트렁크로 간다.
　　　오는 사람 없나 두리번- 트렁크를 열면 수아가 축 늘어져있다.
　　　미치겠다는 듯 술 한 모금 마시고, 빈 술병 트렁크 안에 휙 던져 넣더니-
　　　피떡이 된 수아를 꺼내 안는 민호.
　　　태규, 조수석 쪽에서 귀찮다는 듯 하품하며 나온다.
　　　이때, 민호의 품에 안겨있던 수아가 살짝 꿈틀하자-
　　　놀란 민호, 수아를 바닥에 떨어뜨리며 소리 지른다.

민호　　(덜덜 떨며) 살아있어.
　　　　(하더니 바지 주머니에서 핸드폰 꺼내 119 누르는데)
태규　　(핸드폰 뺏고) 야!!
민호　　?
태규　　미쳤어?
민호　　너두 봤잖아! 움직였다구. 지금 병원 데려가면 (하는데)
태규　　데려가면 뭐? 지금까지 한 짓은 어쩌고?

민호   뭐? (하다가) 야 그래두 이건 (아니지 하려는데)

저쪽에서 수산물 탑차 헤드라이트 불빛이 다가온다.
태규, 얼른 어두운 쪽으로 숨고,
수산물 탑차 운전자- 도로 저편에서 깜빡이 켜고 멈추더니
창문 내리고 외친다.

탑차   거기 무슨 일이에요?! 사고 났어요?
민호   (얼른 수아 시체 살짝 막아서며) 고라니 로드킬이요.
        (하며 옆에 있는 야생동물 출몰지역 표지판 가리킨다)
탑차   (바닥에 있는 웅크린 수아 보는데- 어두워서 고라니 같기도 하다)
        아- 조심하세요. (하고 간다)

탑차 운전자가 떠나고, 그 모습 초조히 보던 민호.

민호   (태규 손에 든 핸드폰 뺏더니) 아냐, 지금이라도 신고 (해야 돼. 하는데)

태규, 공 차듯 발로 밀어서 수아를 아래쪽으로 떨어뜨린다.
"야!!!" 그 모습에 경악하는 민호,
바닥에 주저앉아 벌벌 떠는데-
태규, 아무렇지 않게 차 조수석에 가서 다시 앉는다.

태규   빨리 안 와? (하며 눈 감고 잠을 청하는)

민호, '아... 저 미친 새끼' 미치겠는 표정으로 마지못해 탄다.
이어, 민호와 태규가 탄 자동차 출발한다.

2.   동 - 공수아 유기 장소 (밤/낮)

피투성이가 된 채 바닥에 떨어진 수아, 손 꿈틀한다.

실눈을 뜨는가 싶더니- 다시 눈을 감으면-

(시간 경과)

낮이다.
도로 저편- 비상 깜빡이를 켠 이듬, 진욱의 차량이 급히 선다.
이어, 다급한 걸음으로 폴리스 라인 쪽으로 오는 이듬과 진욱.
이듬의 시선, 폴리스 라인 안쪽에 흰색 천 밖으로
이듬이 사줬던 양말을 신고 있는 수아의 발이 보인다.
쿵! 그 자리에서 얼어버리는 이듬.
진욱, 폴리스 라인 안쪽으로 들어가 덮인 흰색 천을 살짝 들어보는데,
피멍으로 엉망이 되어있는 수아의 얼굴이다.
참담한 표정이 되는 진욱.
굳은 표정으로 얼어버린 이듬을 향해 '수아가 맞다'며 고개 끄덕인다.
이듬, 입술을 깨물며 수아의 시체가 덮인 흰색 천을 바라보는데-
그때 이듬과 진욱에게 다가오는 형사1.

형사1   (무언가 내밀며) 시체 옆에서 이게 발견됐습니다.

이듬과 진욱, 형사가 내민 것 보면, 백민호의 로스쿨 학생증이다.

형사1   저 그리고... (하고 어딘가를 보면)

저편에 수산물 탑차 운전자가 서 있다.

3.   민호의 오피스텔 건물 앞 (낮)

경찰차 두 대가 사이렌을 울리며 서 있다.

4.   민호의 오피스텔 안 복도 (낮)

짐 가방을 든 민호, 비상구 쪽으로 급히 뛰어간다.
그러나 비상구 문을 열고 나오는 형사들 둘!
민호, 다급히 몸을 돌려 승강기 쪽으로 가면-
승강기에서 내리는 형사들 셋!
민호, 짐 가방 툭- 떨어뜨린다.

5.   민호의 오피스텔 앞 도로 (낮)

백실장의 자동차, 급하게 선다.
이어, 백실장 내리면- 저만치에서 민호가 경찰들에 의해 끌려가는 모습!
백실장, '민호야..' 안타까운 눈으로 민호를 보는데!

백실장   (소리) 우리 민호! 살려주십시오!!

6.   갑수의 선거사무실 (낮)

냉정한 표정의 갑수, 뒷짐 지고 창밖 본다.
백실장, 애절한 표정으로 갑수의 대답을 기다리는데...

갑수   (돌아보며/차분) 그때... 맞제?
백실장   ?
갑수   지검장하고 오부장 배웅하러 나갈 때- 뭔 소리를 들었다 아이가?
               봤제? 니는? 태규 그노마가 깽판 치는 거.
백실장   ... 네.
갑수   와 그때 말 안 했노?
백실장   후보님 선거에 누가 될까 봐 그랬습니다. 제가 막으면 (하면)
갑수   그래서? 막았나?

백실장	(대답 못하는) ...
갑수	(버럭) 막아서 이 꼴이 됐냐 이말이다!!!
백실장	(다급) 잘못했습니다! 백번 잘못했습니다!!
	절대 후보님한테 피해 가는 일 없도록 하겠습니다.
	킹덤 관리 못한 책임도 지겠습니다!
	민호한테도 킹덤에 대해서도 절대 발설하지 말라고-
	단단히 말해놨습니다. 그러니... 형님! (하더니)

갑수 앞에 털썩 무릎을 꿇는다!

백실장	(애절) 우리 민호 한번 살려주십시오!
갑수	(보다가) ... 됐다마.
백실장	?
갑수	뭐 이만한 일로 무릎까지 꿇고 그라노?
백실장	?
갑수	화난 건 화난 기고...
	민호 니한테 어떤 새낀지 알고,
	내한테도 민호, 조카나 다름없는 아다.
백실장	(감동) 형님!
갑수	걱정 마라. 내 최고 변호사 붙여서
	민호한테 스크래치 하나 안 나게 해줄끼구마.
	앞길 창창한 아, 이맨한 일로 고꾸라지면 안 되는 거 아이가?
백실장	(연신) 고맙습니다. 형님. 고맙습니다.

7.   병원 - 시체실 앞 복도 (낮)

(수사 소식에) 반쯤 실성한 표정이 수사 할머니-
"오매, 뭔 일이다냐... 내 강아지헌티 시방 뭔 일이 생긴 것이여-"
중얼거리며 걸어오는 모습-
시체실 앞에서 대기 중이던 진욱, 이들 무거운 표정으로 맞는다.

8.   동 - 시체실 안 (낮)

병원 직원, 흰 천을 내리고 수아 얼굴을 확인시켜 준다.
손녀딸 죽음을 보자 휘청하는 수아 할머니- 진욱, 얼른 잡아주고,
이듬은 조금 떨어져 고개 떨군 채 서 있다.

할머니   (믿을 수 없다는 듯 수아 보다가 자신이 입고 온 낡은 카디건 벗어
        수아 몸에 덮어주며) 아가- 강아지- 할미여... 날도 추운디
        여서 뭐하는거여... 할미 왔응께 어여 가자-
        어째 눈도 안 뜨는거여... 할미 왔당께...
        (흔들어도 반응 없는 수아를 보며 눈물범벅 된 채)
        이라고 혼자 가믄 안 되제... 갈라믄 나도 데꼬가야제...
        나가 내 새끼 없이 여서 어쩌고 살라고 이라고 혼자 가분다냐...

        (시간 경과)
        수아 할머니, 이듬에게 다가가 손을 꼬옥- 잡고 말한다.

할머니   (눈물 글썽해서) 선상님! 뭔 수를 써서라도 잡아줘야 쓰요잉.
        안 글믄 우리 아가 억울해가꼬 못 간게...
        약속할 수 있제라?
이듬   (고개 끄덕인다)

        그 모습을 아프게 보는 진욱의 얼굴.

9.   검찰청 외경 (낮)

진욱   (소리) 공수아 사건, 1차 수사 내용 말씀드리겠습니다.

10.　여아부 – 회의실 (낮)

TV 모니터 옆에 선 진욱, 담담한 표정으로 수사 브리핑 중이다.
민부장, 이듬, 장검, 서검, 손계장, 구계장 모두 무거운 표정이다.
앞에 수사발표 자료들 각각 놓여있다.
(진욱 브리핑 내용에 맞춰 자료화면, TV **인서트** 화면으로)

진욱　장어의 채팅 내역과 형제호텔 인근 CCTV로
　　　공수아의 사건 당일 밤 행적을 추정한 결과...

　　　- 플래시백 / 7부 61씬 이어
　　　형제호텔 앞, 장어의 자동차 멈추면 수아 내리고...
　　　이어 반대편 차문으로 지수 내려, 수아에게 다가간다.

진욱　(화면 위로) 저녁 8시경 백민호는 장어와 조건만남 채팅을 했고,
　　　이후 밤 9시 공수아와 현지수가 호텔로 들어간 모습이 확인됐습니다.
민부장　현지수?
진욱　네. 장어가 데리고 있던 여고생 중 하납니다.
민부장　그럼 현지수도 목격자 아님,
　　　2차 피해자일 가능성이 높네. 현재 행방은?
진욱　핸드폰 위치 추적 중입니다.
　　　아직까진 카드 사용내역이나 인터넷 접속 기록 등이 잡히지 않는 상태고요.
장검　그럼 2대 2로 만났다가 사건이 터졌다는 건데-
　　　백민호 상대가 공수아였고- 둘 사이에 문제가 생겨서
　　　살인, 유기에 이르게 됐다, 뭐 이런 건가?
진욱　그건 아닌 것 같습니다. (하며 PPT 화면 바꾸면)

　　　- 인서트 / 부검 결과
　　　정액 반응 두 개라는 내용 보인다.

다들 보더니 심각하게 얼굴 굳는데...

진욱　　부검 결과 공수아의 몸에서 검출된 DNA는 두 사람의 것이고,
　　　　강제적인 관계를 막는 과정에서 나타나는 저항 흔적들도 나왔습니다.

다들 안타까운 표정인 가운데...

민부장　　저건 뭐지? (하고 TV를 보면)

　　　　- 인서트
　　　　공수아 몸에 난 상처 확대한 사진들, TV에 띄워져있다.
　　　　일정한 간격으로 흉터 난 사진이다.

진욱　　(애써 담담히) 공수아를 치사에 이르게 한 첫 번째 원인입니다.
　　　　뾰족한 물체를 이용한 장시간 구타로 다발성 출혈이 나타났고-
　　　　흉터의 간격이 일정한 것으로 보아 (화면 가리키면)

　　　　- 인서트
　　　　래퍼들이 끼는 1자형 반지와 너클 사진 띄워진-

진욱　　반지나 너클을 착용한 채 구타한 것으로 추정됩니다.
손계장　　(안타까운) 어뜩해. 어떻게 저런 걸 차고 사람을... (때려)
서검　　그러니까요. 얼마나 아팠을까요...
구계장　　(수사자료 보더니) 근데 사망 직접 원인은 쇼크사로 나왔네요?
진욱　　유기 후 장시간 추위에 노출돼 저혈당성 쇼크사가 온 것 같습니다.
장검　　(안타까운) 세상에... 일찍 발견됐더라면 살 수도 있었을 텐데...
이듬　　(그 말이 귀에 콕 박혀 눈을 감는데) ...
민부장　　(안타까운 한숨 쉬고) 정리하면-
　　　　두 사람이 모든 범행을 공모했는지-
　　　　아니면 성폭행과 구타는 단독범행이고, 시체 유기만 공모인지-
　　　　주범, 종범을 가리는 것부터가 우선이겠네.

진욱/이듬	네.
민부장	감정적으로 덤비지 말고, 차분히 끝까지 범죄사실 밝혀.
	그게 손녀 잃은 할머니한테 해줄 수 있는 최선이니까.
이듬	(입술을 깨문다)

11.　동 – 관찰실 / 조사실 (낮)

- 관찰실
이듬의 독기 어린 시선을 따라가면...
조사실 안, 초조한 표정으로 앉아있는 민호와 허변 보인다.
이듬 옆으로 진욱, 들고 있던 서류철을 열고 조사 직전
서류들 확인 중인데- 기록 제일 뒷부분에 붙은 변호인 선임계 보면...
선임인 백상호라 쓰여있고, 뒷장 넘기면 백민호의 가족관계증명원
[형 백상호] 라고 나온다.

진욱	(소리) 백상호? 설마 그 백상호?
이듬	다 준비됐죠?
진욱	(얼른) 네.
이듬	들어가죠.

- 조사실
이듬, 진욱- 들어오면 민호, 긴장해서 본다.
옆에 허변, 긴장하지 말라는 듯 고개 끄덕여준다.

이듬	또 만났네요, 백민호 씨? (하고 진욱에게 고갯짓하면)
진욱	(서류철에서 검색 기록과 장어, 민호 채팅 스크린샷 인쇄 종이 내민다)
민호	(뭐냐는 듯 보면) ?
진욱	압수수색한 백민호 씨 컴퓨터에서 확인한 검색 기록입니다.
이듬	(그 종이를 보며) 영파시 시체, 여자 시체, 시체 발견...
	들킬까 봐 엄청 불안했나 봐?

거진 한 시간 동안 이것만 검색했던데?

허변   (어이없다는 듯) 그래서요?

       지금 검색 기록 하나로 살인자를 만들겠다는 겁니까?

이듬   오케이. 하나 더.

진욱   (탑차 운전자 진술기록도 내민다)

       백민호 씨가 공수아 시체 유기하는 모습, 목격했단 진술섭니다.

       당시 한 사람이 더 있었다던데, 누굽니까?

민호   (당황해 허변을 보고) ...

허변   (난감한 듯 고개 젓는데) ...

이듬   (하! 하더니 서류철에서 사진 두 장을 민호 앞에 놓아준다)

민호, 사진을 보더니 대번에 일그러지는 표정.

보면, 피멍이 든 수아의 얼굴 사진이다.

이듬   왜 놀래요? 때려죽일 땐 언제고?

민호   (펄쩍) 아니에요!!

이듬   아니긴 뭐가 아냐?

       (해당 종이들 콕콕 집어가며) 공수아 만난 것도 너,

       살아있는 공수아 유기한 것도 넌데, 죽이진 않았다? 이게 말이 돼?

허변   검사님!

이듬   (무시하고 윽박) 공범하고 의리 지키려고 망설이나 본데,

       맘대로 해. (민호를 쿡쿡 찌르며) 어차피 한 놈 잡았으니

       미성년자 성폭행에 살인죄까지 몰빵 해서 기소하면 끝이야.

민호   (다급) 나 아니에요. 진짜 아니라구요!

이듬   (보면)

민호   태규가 그랬어요.

       그 여자애 때려서 죽인 사람, 나 아니고 태규라고요!

12.   뉴스 몽타주 (낮)

- 검찰청 입구 (낮)
단정한 정장 차림의 태규가
덤덤한 표정으로 형제그룹 사내변호사와 걸어 들어오면,
몰려든 기자들 플래시 터뜨리며 따라가는 화면 위로...

기자   (소리) 형제그룹 안서필 회장의 아들인 스물다섯 살 안 모 씨가
영파시 야산에서 변사체로 발견된 열여덟 살 공 모 양 살인 사건의
피의자 신분으로 검찰에 출두했습니다.

- 영파시 일각, 수아 시체 발견 장소 (낮)
폴리스 라인 너머 흰 천으로 덮인 수아 시체 보이고...

기자   (소리) 검찰에 따르면 공양은
사망 하루 전인 13일 저녁 8시경,
채팅앱을 통해 알게 된 스물다섯 살 백 모 씨와
형제호텔에서 만나기로 한 뒤 실종된 것으로 밝혀졌습니다.
백씨는 이른바 조건만남이라 불리는 성매매를 위해 공 양을 불렀고,
그 자리에 안 씨가 함께 있었다고 진술했습니다.

13.   형제로펌 - 갑수 사무실 (낮)

뉴스 이어지고 있다.
TV 화면 속 [형제그룹 회장 아들, 여고생 사망 사건 관련 검찰 출두]
자막과 함께 태규 검거되는 모습들 위로 기자 소리.

TV   (기자 소리) 검찰은 피해자와 마지막으로 만났던 백 씨와 안 씨를 소환,
관련 혐의를 집중 조사하겠다고 밝혔습니다.
이 둘은 모두 한국대학교 로스쿨에 재학 중인 학생으로 밝혀져
더욱 논란이 되고 있습니다.
재판을 통해 혐의가 모두 인정될 경우, 20년에서 최대 무기징역까지

받을 것으로 전망됩니다.

자리에 앉아 뉴스 보던 갑수, 리모컨 눌러 TV 화면 끈다.
모자 깊이 눌러쓴 택배원으로 위장한 최용운(킹덤의 가드),
태블릿 PC에 영상[1] 재생시켜 갑수에게 건넨다.
영상 보던 갑수의 표정, 순간 일그러지는데-

갑수   이게 다가?
        다른 손님들 것도 찍은 거 있나?
용운   이게 전붑니다.
갑수   (의혹의 눈으로 보며) 니 참 간도 크다. (하는데)

이때, 안회장 목소리 들린다.

안회장   (소리) 조갑수 어뎄노?!! 갑수 니 안 나오나?
갑수   (골치 아프게 됐다는 듯 인상 찌푸리며 용운에게) 일단 나가봐라.
        입단속하고.

14.   동 – 1층 사무실 / 2층 난간 (낮)

로펌 안이 떠나가라 소리 지르며 들어오는
노기등등한 표정의 백발 신사, 안회장이다.
로펌 안 사람들, 안회장과 눈이 마주치자 얼른 목례하고 길 비켜주고,
사무실에서 나오던 허변도 안회장을 보자 고개 숙이는데-
안회장, 들은 얘기가 있는 듯 허변 보는 표정이 심상치 않다.
갑수 사무실에서 나오던 용운, 안회장을 슬그머니 지나쳐가는 사이-

갑수   (소리) 행님 오셨는교?

----

1   태규/민호 사건 당시가 녹화된 영상이며, 가드인 최용운이 그 영상을 비밀리에 촬영함.

그 소리에 안회장, 보면- 2층 계단에 서 있는 갑수다.

15.   동 - 갑수 사무실 (낮)

안회장, 갑수와 험악한 분위기로 앉아있다.

안회장   니는 조카가 그 짝이 났는데 강 건너 불구경 할끼가?
갑수   내 새낍니까, 태규? 행님 새끼지요.
안회장   그라믄 민호가 니 새끼가?
갑수   ?
안회장   얘기 들었다. 허변 붙었다꼬?
갑수   (하아-) 우짭니까 그럼? 내라도 챙겨야지요.
안회장   (비웃는) 갑수야. 니가 지금 누굴 챙길 주제가 된다 생각하나?
갑수   지금 뭐라겠습니까?
안회장   ... 킹덤! 니 뒷방!
갑수   !
안회장   내 지금이라도 킹덤 사진 몇 장 이쁘게 찍어가
         김문성이한테 갈까? 형제호텔 도면도도 한 장 뽑아가, 으이?
갑수   킹덤 까지면 형제호텔도 무사치 몬할 텐데요?
         그라도 좋습니까?
안회장   그깟 호텔이 대수가, 지금? 내 아 앞날이 걸렸는데?
갑수   그 말... 진심인교?
안회장   새끼 걸고 거짓말하는 부모 봤나?
갑수   (난감) ...
안회장   갑수야. 생각 잘하래이.
         머슴은 또 구하믄 되지만도, 니 뒷방은 어데 가 만들끼고?
         백실장 버리래이.
갑수   (하... 짜증나는)

16. 여아부 조사실 1 - 안태규의 입장1 (낮)

자막 [공수아 살인 사건 - 안태규 1차 조사]
단정한 차림으로 앉아있는 태규, 형제그룹 사내변호사와 동행했다.
진욱이 태규를 신문 중이다. 옆에 손계장 앉아있다.

태규	민호가 채팅으로 여자를 불렀더라고요.
	사실 내키진 않았는데,
	이왕 이렇게 된 거 그냥 놀까 하는 생각이 잠깐 들어서...
	(진욱 보고 꾸벅) 죄송합니다.
진욱	계속하세요.
태규	술 마시고 한 시간 정도 놀았나... 술이 많이 취해서 들어가 잤어요.
	자고 일어났는데, 옆에 수아가 없더라고요.
	어디 갔지 하는데...

   - 플래시백
"아아악!!!" 수아, 민호에게 머리채 잡혀 끌려가며 버둥거린다.
민호, 버둥거리는 수아가 짜증나는지-
머리채 놓고 수아를 올라타더니 얼굴을 때리기 시작한다.
(*때리는 민호의 표정 위주로 // 폭력 수위 조절해주세요~)
민호에 눌린 채 버둥거리는 수아, 어느 순간부터 움직임이 멈추는.

태규	놀라서 가봤더니-
	수아가 너무 심하게 맞아서 그런지 움직이질 않더라고요,
	민호한테 너 미쳤냐고, 대체 왜 그런 거냐고 하니까
	니께 더 좋아보여서 그랬다고, 니가 가진 건 다 좋아 보인다고...
진욱	그게 무슨 소립니까?
민호	(안타깝다는 듯이 고개를 흔들며)
	민호가 저한테 질투가 심했거든요.
	제가 가진 건 항상 욕심을 냈어요.

진욱	(반신반의로 보는) …

민호	(소리) 공수아는 제 파트너였어요.

17.　여아부 조사실 2 - 백민호의 입장1 (낮)

자막 [공수아 살인 사건 - 백민호 2차 조사]
1차 조사 때와 마찬가지로 허변과 동석해있는 민호.
그리고 이듬, 구계장 앉아있다.

민호	그날, 태규가 제 신분증을 도용해서 채팅을 했던 것 같아요. 거기서 걜 만났구요.
이듬	처음부터 공수아가 백민호 씨 파트너였다?
민호	네. 만나서 한 시간 쯤 술 마시고 놀다가 같이 잤습니다. 자기 전에 돈도 쳤구요. 아무 때나 가고 싶을 때 가라고 얘기했어요. 그러고 잤는데 갑자기 시끄러운 소리가 들리는 겁니다. 문 열고 나가보니까…

　- 플래시백
　피투성이가 된 수아를 짓누른 채 때리고 있는 태규의 모습

민호	태규가 또 때렸더라고요.
이듬	또?
민호	태규 그 새끼 원래 술만 먹으면 여잘 때리거든요.

18.　여아부 조사실 1 - 안태규의 입장2 (낮)

진욱, 태규에게 사진(톨게이트 부근에서 속도위반 CCTV에 찍힌
태규의 차- 속도 167km 운전석의 민호와 조수석의 태규가
선명하게 나와있다) 들이밀고-

진욱 그럼 시체 유기 현장까진 왜 따라간 겁니까?
      결국 안태규 씨도 백민호랑 공범이란 소리 아닙니까?
태규 (미치겠다는 듯) 어쩝니까, 그럼? 친군데.
      민호가 무조건 자기가 책임질 테니
      따라오기만 하라고 그랬어요.
      저는 술기운에 판단이 흐려져서 따라간 겁니다.
진욱 그럼 시체 유기는 본인 의지로 협조한 게 맞군요.
태규 (참담한 표정) 아닙니다.
      저는 차에 타자마자 잤어요.
      수아를 그렇게 버리러 갈 거라곤 생각도 못했습니다.
      깨어보니 민호가 트렁크에서 축 늘어진 수아를... (말을 못 잇는)
진욱 술 때문에 따라갔고, 친구라서 믿었다?
      그럼 차는 왜 폐차한 겁니까?
      그것도 백민호가 시켰습니까?
태규 (어떻게 알았냐는 듯) 네! 맞습니다.
      민호가... 그렇게 하는 게 좋겠다고 해서... 제가... 말렸어야 했는데...

고개를 푹 숙이며 뉘우치는 표정을 짓는 태규.

민호 (소리) 태규가 시키는 대로 했어요, 난!

19.   여아부 조사실 2 - 민호의 입장2 (낮)

민호, 억울하단 표정으로 이듬을 향해 이야기한다.

민호 걔가 그렇게 쓰러져있는 거 보고, 바로 신고하려고 했었습니다.

	근데, 태규가 당장 업으라고 소릴 치더라고요.
이듬	그래서? 시키는 대로 했다고요?
민호	... 태규가 워낙 불같아서, 어떻게 나올지 겁도 났고요...
이듬	친구가 겁나서 시체 유기를 도왔다?
	(속도위반 사진 들이밀며) 근데 운전석에 백민호 씨가 앉아있네요?
	직접 운전해서 유기 장소까지 갔구요?
허변	(놀란 표정으로 보는)
민호	(당황하다) ... 그건 태규가...
이듬	(책상 탁치며) 이것 봐요 백민호 씨!
	본인 의지 같은 건 없어요?
민호	난 절대 때리지 않았어요. 어쩔 수 없이 따라간 거구요.
	태규가 버리기 직전, 개가 살아있는 거 보고,
	119에 전화도 하려고 했다구요.
이듬	(민호의 말에 확 열받는) 지금 뭔가 착각하나본데,
	그렇게 안태규한테 몰아 봤자,
	시체 유기했다는 팩트가 사라지는 건 아니에요.
	그것만으로 당신 기본 5년이야. 알아?

이듬, 화난 표정으로 민호 쏘아보면
민호, 잔뜩 기가 죽어 어깨를 축 내리고 앉아있다.

20.   이듬 / 진욱 사무실 (낮)

이듬, 진욱, 손계장이 앉아서 회의 중이다.

이듬	어쩔 수 없이 따라갔다. 죽인 건 내가 아니다.
	앵무새도 아니고 진짜- 몇 시간째 이 소리네.
진욱	둘 다 종범이라고 주장하는 상황이네요.
	정확한 물증 안 나오면 주범 밝히기 어렵겠는데요.
	저기 손계장님, 현지수 소재 파악은 아직입니까?

손계장	네, 아예 작정하고 잠적한 것 같아요.

이때, 문을 열고 들어오는 구계장.

이듬	현장에서 뭐 좀 나왔어요?
구계장	(다가와 앉으며) 호텔 객실 안팎으로 샅샅이 뒤졌는데, 별 게 없었습니다.
	하필 어제가 카펫 교체하는 날이었다고 하네요.
이듬	수아가 말한 K는요?
구계장	그것도 찾아봤는데요. 물건이나 건물 이름에선 없었고요.
	이거... (하며 뭔가 내미는데)

'K-pop페스티발'이라고 쓰여있는 팜플렛이다.

구계장	사건 당일 객실 근처에서 이 행사가 있었던 모양입니다.
	혹시 공수아가 이걸 얘기하려고 한 건 아닐까요?

이듬과 진욱, 팸플릿 보는데
'K'라는 글씨 더욱 크게 보인다.

구계장	아... 그리고 방금 접수된 증거자료가 있어서 들고 왔는데요.
	(이듬과 진욱에게 증거자료라고 쓰인 서면 넘겨주며)
	안태규 쪽에서 제출한 거라고 하던데요.

진욱, 서면 넘겨보면, 뒷장에 붙어있는 USB 보인다.

21.   형제호텔 관제실 (낮)

백실장이 화난 표정으로 관제실 팀장과 마주 서 있다.

백실장	분명히 회수해서 나한테 가져오라고 했을 텐데?

팀장	죄송합니다. 실장님껜 절대 드리지 말라는 지시가 내려와서요.
백실장	지시? (하다가) … 회장님 쪽에서?
팀장	(대답 못하고 쩔쩔 매는) …

난처한 표정의 팀장과 뭔가 불길한 느낌을 받는 백실장.

22. 여아부 - 영상자료실 (낮)

이듬과 진욱, USB를 컴퓨터에 꽂고 폴더 열어보는데,
증 제1호증, 증 제2호증이라고 쓰여있다.
증 제1호증을 클릭하여 화면 재생시키면,
몇몇의 사람들이 등장해 증언하는 모습들인데
모두 민호를 범인으로 몰아가는 진술들이다.

친구1	(소리) 태규에 대한 민호 질투가 심했죠.
	옷이며, 신발이며, 액세서리까지 태규가 하는 건 다 따라했어요.
	민호꺼 SNS 한번 뒤져보세요.
친구2	(소리) 무슨 열등감 덩어리 같았다니까요.
	태규가 하는 건 다 해봐야 직성이 풀리는 애 같았다고 할까.
친구3	(소리) 민호 개가 솔직히 손버릇이 좀… 욱하는 게 좀 심했거든요.
	자존심 건드리는 걸 절대 못 참아서.
	술자리에서 싸움 난 게 한두 번이 아니었죠.

영상 보고 서로 마주보는 이듬과 진욱.

이듬	(어이없는) 다 백민호한테 불리한 진술들이네?
진욱	이 부분은 백민호 SNS 털어서 확인해보는 걸로 하죠. (하고)

증 제2호증이라고 쓰인 파일 재생시키는데,
형제호텔 CCTV 화면이다.

- 인서트

엘리베이터 안, 수아를 들쳐업고 있는 민호의 모습

- 인서트

주차장, 트렁크에 수아 집어넣고 주위 두리번- 거리고
운전석 쪽으로 가는 민호의 모습.

이듬   (헛웃음) 뭐야 거의 완벽한 증거잖아.

진욱   형제호텔 쪽에서 제시한 증거니 백퍼 믿을 순 없지만,
        일단은요. (하면서도 찜찜한)
        그럼 주범은 백민호, 종범은 안태규네요.

23.   **갑수의 선거사무실 야외 주차장 (낮)**

        갑수, 빨간색 선거운동 유니폼 입고,
        유세 현장으로 출발하려 차에 올라타는데,
        백실장, 주위에 서 있던 몇몇의 선거운동원들을 밀치며 다가와
        갑수가 탄 차 뒷문을 벌컥 열어젖힌다.
        연설자료문을 보다 놀라 쳐다보는 갑수.

갑수   니 뭐하는 짓이고?

백실장   (차문 잡은 채로) 안회장 쪽에서 사건 당일 CCTV를 제출했답니다.
        민호가 불리한 부분만 편집해서요.

갑수   (당황) 그 행님이 웬일로 날랬는 갑네.

백실장   후보님, 안회장님 좀 만나시죠.
        가만있으면 우리 민호한테 끝까지 해꼬지할 모양샙니다, 지금.
        이러다 정말, 우리 민호... 잘못되기라도 하면...

갑수   검찰에서도 태규, 형제그룹 아들인 거 다 아는데-
        거서 들이민 증거를 순순히 믿겠노?

백실장	(그런가 싶어 보면)
갑수	허변도 지금 민호한테 유리한 증거 구한다고
	백방으로 뛰고 있다 카더라. 걱정 마라.
	(하며, 백실장이 잡고 있는 차문을 본다)

백실장, 아쉬운 표정으로 한발 물러나며 차문 닫아주면
부웅- 하고 출발하는 갑수의 차.
더욱 불안한 표정이 되는 백실장.

24.   여아부 - 조사 대기실 (낮)

백실장이 허변과 함께 민호를 접견하고 있다.

민호	형... 나 이제 어떡해...
	이러다 진짜 내가 다 뒤집어쓰는 거 아니야??

불안감에 고개를 숙이고 부들부들 떨고 있는 민호,
안타까운 표정으로 보고 있는 백실장.

백실장	혹시 더 생각나는 거 없어? 증거 될 만한 거?
민호	... (생각하다가 퍼뜩 떠오른) 아! 맞다! 그때 같이 있던 여자애!
허변	?
민호	공수아 말고 또 부른 여자애 있었어. 태규가 개도 때렸어!
	어쩌면 그 여자애, 태규가 난리치는 거 보구 무서워서 도망쳤는지 몰라.
백실장	이름은??
민호	(생각하는) 현... 현지수! 현지수랬어.
	경제여고 다니다가 중퇴했다고.
허변	(현지수? 소리에 귀 쫑긋하고)
백실장	알았어. 형이 먼저 찾을게!

25.   동 - 복도 (낮)

백실장, (최형사와) 통화하며 걷고-
뒤따라가는 허변, 통화 내용 유심히 듣는다.
이때 진욱이 수사기록 들고 걸어오다가 백형사를 보고 멈춘다.

백실장   ... 어, 현지수, 19살, 경제여고 중퇴생.
          급하다, 빨리 좀 찾아줘. 부탁한다, 최형사. (끊고)
허변   너무 걱정 마세요. 백실장님 일인데-
          조후보님도 더 신경 써주시겠죠. (하며 진욱 지나치면)

진욱, '조후보?' 하고 백실장을 본다.
백실장도 진욱의 시선 느끼지만, 민호 일로 경황없이 급히 지나간다.
진욱, 찜찜한 표정으로 보는데, 핸드폰 울린다. 보면, 이듬이다. 받으면...

이듬   (소리) 백민호 SNS 계정, 다 털었어요.

26.   동 - 이듬 / 진욱 사무실 (낮)

머리를 맞대고 앉아 있는 이듬과 진욱.
태블릿 PC로 민호의 SNS 계정을 검색한다.
그리고 민호의 계정에 들어가서 사진들을 쭉쭉 내려보기 시작하는데,
가방, 시계, 신발, 옷 등등 온통 명품 브랜드들이다.
그 밑에 달려있는 댓글들 보면-
[이거 태규 꺼랑 같은 거냐?] [태규랑 커플템임?] [태규도 있던데?]

이듬   백민호가 안태규 따라쟁이였단 진술은 일단 신빙성 있네요.
진욱   그러네요. (하며)

진욱, 다시 스크롤 내리는데- 눈에 들어오는 사진 한 장.
꽃다발 안고 있는 민호 양옆에 활짝 웃고 있는 갑수와 백실장.
그 뒤로 [한국대학교 법학전문대학원 입학식] 현수막 보이고...
[이제부터 시작이다! #로스쿨 #입학식 #축하사절단 #우리가족
#남자는의리지] 라 쓰여있다.

이듬   (조갑수와 백실장 사진 보며 확 짜증나는) 하!
             형이나 동생이나 ...

진욱, 사진 속 조갑수의 얼굴 보고, 뭔가 떠오르는 표정 되는데...

- 플래시백 / 8부 25씬 이후-
한기자와 마주한 진욱.
한기자 이듬이 뿌렸던 a4용지 한 장을 진욱에게 내민다.
진욱, 종이 들여다보는데 두 개의 기사 카피된 것 보고.

한기자 마검사님 어머니 실종과 조갑수 후보가 연관이 있는 것 같아요.
        그나저나 마검사님 어머니 일, 정말 안됐네요.

진욱, 곽영실 실종이 조갑수 성고문과 연관됐음을 짐작하자
표정 복잡해진다.

이듬   뭐해요? (하며 신경질적으로 스크롤 올리다가 멈칫!)

화면 보면 민호와 태규가 함께 찍은 셀카 사진이다.
태규의 오른손에 끼고 있는 장갑 눈에 들어오는데-
손등 부근에 징이 박힌 반장갑이다.
징 박힌 장갑을 끼고 허세기 충만해서 웃고 있는 태규.
이듬, 사진 속의 장갑을 확대해서 본다.

27.   동 – 조사실 (낮)

　　　평온한 표정으로 앉아 있는 태규.
　　　그런 태규 앞에 와서 앉는 이듬과 진욱.
　　　이듬, 태규 앞에 장갑(전 씬 사진에서 봤던 징 박힌 장갑과 같은)을
　　　확 던진다. 태규, 뭐지? 싶어 보면 징 박힌 장갑이다.
　　　급격히 굳어지는 태규의 얼굴.
　　　그리고 그 표정 읽은 이듬이 기습 질문을 한다.

이듬   이거 맞죠?
태규   …
이듬   공수아에게 치명상을 입힌 뾰족한 물체!
　　　　대체 그게 뭘까 했는데-
　　　　시체 발견 장소에서 딱 발견됐네요?
태규   (시체 발견 장소? 머릿속이 바쁘다)
진욱   (당황하는 표정 보고) 장갑 DNA 검사해서
　　　　안태규 씨 DNA 나오면- 주범으로 드러나겠죠.
이듬   (징을 가리키며) 여기 공수아 혈액까지 묻어있을 테니 완전 빼박이고.
태규   (미세하게 손이 떨리는데)
이듬   (그 모습에 확신해 열받는) 안태규, 너도 사람이야?
　　　　어떻게 이런 걸 끼고 사람을 때려?

　　　이때 태규, 슬쩍 눈을 깔고 장갑 안쪽을 들여다보더니
　　　안심했다는 듯 피식 웃는다.

이듬   웃어?
태규   (웃으며) 이거 내꺼 아니잖아요.
이듬   니꺼 맞잖아. 아까 장갑 보고 움찔하는 거 똑똑히 봤어.
태규   그럼… (하더니 머리카락 하나 똑 뽑아 내밀며)
　　　　DNA 대조해보세요. 이 장갑 현장에서 나왔다면서요.
이듬   (하! 약 오르는데)

태규   (미소) 참고로 말씀드리면은요.
　　　　난 내 물건엔 꼭 이니셜을 새깁니다. (평온한 표정으로 돌아가고)

　　　　이듬, 진욱- '어쩌지' 하는 눈빛으로 쳐다보는데-
　　　　이때, 조사실 문을 열고 들어오는 손계장.
　　　　이듬에게 귓속말을 한다.

손계장 현지수가 나타났어요.

28.　검찰청 외경 (낮)

29.　여아부 - 조사실 (낮)

　　　　이듬과 진욱 앞, 두려운 표정의 지수 얼굴, 멍 자국이 가득하다.

지수   그 일 터지고- 너무 무서워서 숨어있다가
　　　　뉴스에 잡힌 거 보고 나온 거예요.
　　　　살다가 그런 미친놈은... 처음 봤거든요.

　　　　- 플래시백
　　　　사건 당시 상황 보이는 위로 지수의 진술 들린다.
　　　　접대룸 침실 안. 정장과 구두 차림의 남자 하반신만 보이고... (지수의 시각)
　　　　오른손에 징 박힌 장갑을 긴 채로 수아 머리채를 잡고 질질 끌고 가는데-

　　　　수아   *(울면서 애원)* *잘못했어요! 살려주세요!*

지수   (소리) 딱히 잘못한 것도 없었는데..
　　　　뭐가 맘에 안 들었는지, 기분이 나빴는지
　　　　갑자기 뾰족뾰족하게 쇠붙이 달린 가죽장갑을 끼고선...

다짜고짜 때리기 시작하더라구요.

다시 조사실.
'장갑?' 이듬과 진욱, '그럼 안태규?' 하듯 보고
지수, 진술 이어간다.

지수   (자신이 당한 것 얘기하듯) 머리부터 얼굴이며, 온몸에...
　　　긁히고, 찔려서 피나고... 아프고...
　　　아프다고 울어도, 그만하라고 붙잡아도 계속하는 거에요. 그러다 그만...

　　　- **플래시백** *(이어지는)*
　　　수아　악!!!

단말마의 비명을 지르고 접대룸 바닥에 털썩 쓰러지는 수아.
접대룸 구석, 우드셔터로 되어있는 옷장 안에서
지수, 흐트러진 머리와 상처 난 얼굴로 숨어있다가
이 모습 보고 놀라 "헙!" 스스로 입을 틀어막는다.

지수   ... 죽은 거 같았어요.
　　　그런데 그 악마같은 놈이.. 막 웃더라구요. 그 상황에서.
이듬   그래서 그 놈이 누군데? 안태규?
지수   ...
진욱   안태규입니까? (하는데)
지수   ... 아뇨. 백민호예요. 백민호가 수아 때려서 죽였어요.

의외의 대답에 당황한 이듬과 진욱

이듬   진짜로 백민호가 확실해?
지수   (끄덕) 네.
진욱   (의혹의 눈으로 보는데) ...
지수   됐죠? 이제? 여기 또 올 일 없는 거죠?

이듬	뭐?
지수	(냉정) 솔직히 그날 얘기 또 하는 거 너무 끔찍하고요.
	더 이상 엮이기도 싫다구요.
이듬	(하!) 그렇게 말하면 안 되는 거지, 넌.
지수	뭐가요?
이듬	그날 밤, 재수 없으면 니가 죽을 수도 있었어.
	너 대신 수아가 죽은 거란 생각은 1도 안 들어?

그 말에 지수, 질끈 눈을 감는다.

- 플래시백
킹덤 접대룸 안- 태규에게 맞아 엉망으로 쓰러져있던 지수,
가는 수아의 발목을 잡은!

지수	(찔려서 되레 당당하게) 그래서요? 뭐?
	내가 수아 대신 죽기라도 했어야 된다 이 말이에요?
이듬	... 신고 왜 안 했어?
지수	!
이듬	수아, 아무도 없는 국도변에서 추위에 떨다가 죽었어.
	니가 호텔에서 도망쳤을 때 신고전화라도 한 통 했으면-
	살릴 수 있었다구, 수아.
지수	(아무 말 못하는) ...

진욱도 표정 안 좋아서 이듬을 보는데...
이하, 이듬이 하는 말이 마치 자신과 재숙을 향해 하는 말 같아서
괴롭다.

이듬	대체 무슨 생각으로 지금까지 입 닫고 있었어?
	수아가 억울하게 죽든 말든 넌 살았으니까 됐다 이거야?
	수아 할머니 있는 건 몰랐니?
	그 할머니가 수아 없어지고 나서

얼마나 찾았을지 생각 못했어?
어떻게 사람이 죽어가는 걸 보고도
지금까지 가만히 있을 수 있었냐고!

지수, 그 말에 자책의 눈물 한 방울- 툭! 흘리고...
지켜보는 이듬, 착잡하기 짝이 없다.
진욱도 괴롭기는 마찬가지인 얼굴이고...

30.   동 - 이듬 / 진욱 사무실 (낮)

문 열리고 이듬, 진욱 들어온다.
자리에 앉아있던 손계장 보고-

손계장   조사 잘... (끝났어요? 하려는데 이듬도 표정 심란하고, 진욱도 표정 무겁다)
           안 되셨나보네요. (말끝 흐리는데)
이듬   (털썩 앉으며) 잘 끝나고 말고가 있나요.
           모든 증거랑 목격자까지 다 백민혼데...
손계장   아 네~
이듬   (진욱에게) 추가로 증거 나오는 거 없으면-
           백민호 주범, 안태규 종범으로 기소하죠. (하는데)
진욱   (다른 생각에 빠져 이듬의 말에 반응 없다)
이듬   여검?
진욱   (그제야) 아 네.
이듬   아까부터 뭔 생각을 그렇게 해요? 내 얘기 들었어요?
진욱   저기 마검사님... (뭔가 말할 듯)
이듬   ?
진욱   (말 못하고 일어나) ... 잠깐 나갔다 오겠습니다. (나간다)
이듬   (왜 저러지? 싶은)

31.   검찰청 일각 (낮)

몹시도 혼란스러운 심정의 진욱, 걸어가는데-

소리   (화재경보음 시끄럽게 울리는)

32.   과거 몽타주 - 2003년 새날정신병원 (낮)

- 새날정신병원 외경 (낮)
자막 [2003년, 새날정신병원]
1층 맨 끝에 위치한 세탁실 쪽에서부터 검은 연기가 피어오르고...
직원들과 환자들, 너도나도 정문으로 뛰어나오는 모습 보이는 위로
안내방송 들린다. "병원 건물에 화재가 발생하였으니,
모두 신속하게 대피하시기 바랍니다. 다시 한 번 알려드립니다."

- 세탁실 안 + 앞 (낮)
쿵- 세탁실 문에 온몸을 던져 부딪혀보는 교복 차림의 고3 진욱!
밖에서 보면... 누군가 고의로 겹쳐 세워놓은 세탁물 카트 몇 대가
입구를 가로막고 있어 외부의 도움 없인 문이 열릴 수 없는 상태다.
(카트 안에는 각종 세탁물이 산더미처럼 쌓여있다)
진욱, 안 되겠다 싶어 돌아보면... 이미 연기로 자욱한 세탁실 안,
입을 틀어막고 콜록거리는 수간호사 최경자(여/40대) 보인다.

고3 진욱   (다급한) 수간호사님, 괜찮으세요?

베개 집어 들어 불붙은 곳 보이는 족족 퍽퍽- 두드리며 꺼보려 하지만
세탁신 곳곳으로 번지는 분길 막을 수 없어 미치겠는 진욱이고...

- 1층 로비 (낮)
사람들 모두가 정신없이 계단 내려가 정문으로 뛰어나가는데...

인파 속에 섞여 탈출하던 영실,
잠시 멈칫하면 저 앞에 간호사들 보인다.
영실, 홀로 뒤돌아서 뒷문 쪽으로 간다.

- 세탁실 안 / 앞 (낮)
진욱, 가물가물해지는 시야로 밖을 바라보면,
영실이 흐릿하게 보이고,

고3 진욱 살려주세요! 여기 좀 구해주세요!!! (하다 연기 들이마셔 거칠게 기침하고)

그 소리에 멈칫하는 영실. 어쩌지... 갈등하다
세탁실 앞으로 뛰어와 문을 가로막고 있는 카트 하나를 빼낸다.
가까스로 열리는 세탁실 문.
경자가 열린 문틈으로 기어나와 쓰러지면,
영실이 안으로 들어가 쓰러져있는 진욱을 끌고 나온다.
그때, 뒤쪽에 있던 불붙은 카트가 넘어지며 영실을 덮치고
불붙은 세탁물에 깔려 비명을 지르는 영실의 모습 보인다.

- 새날정신병원 병실 안 (낮)
환자 이름 [김미정] 붙어있는 침대 위.
화상으로 얼굴에 붕대 칭칭 감은 채 누워있는 영실 보이고-
침통한 표정으로 영실 바라보는 진욱과 경자.

경자 상태가 안 좋아서 빨리 다른 병원으로 데려가야 할 것 같아.
고3 진욱 (괴롭게 보다 경자에게) ... 이분 가족들은요?
연락은 됐어요?

33. 다시 현재 - 검찰청 일각 (낮)

경자 (소리) 이분, 지금까지 찾아온 사람 한 명도 없었어.

장현동에 딸이 하나 있다곤 했었는데...

영실의 생각에 빠져있던 진욱.
죄책감으로 한숨 내쉬며 머리 쓸어 올리는데..
이때 문자 수신음 울린다. 착잡한 표정으로 보면

재숙   (소리) 일 있어서 근처 왔다가, 아들 생각이 나서.
          간만에 같이 저녁 먹을까?

진욱, 바로 대답하지 못하고 그 문자 바라보는데...

34.   검찰청 야외 주차장 (낮)

차에서 내리는 재숙, 일각에서 기다리던 진욱- 다가간다.

재숙   (반가운) 오늘은 웬일이야? 너 바빠서 당연히 안 된다 그럴 줄 알았는데?
진욱   (원망) ... 왜 그랬어, 엄마?
재숙   응?
진욱   마검사님 어머니한테 왜 그랬냐구?
재숙   !

35.   수아의 낡은 빌라 앞 (낮)

굽은 등으로 폐지가 잔뜩 쌓인 카트를 밀고 오는 수아 할머니 모습,
누군가의 시선으로 보인다.
힘에 겨워 빌라 입구에 털썩 앉는 수아 할머니.
망연자실한 표정으로 어딘가를 보면-
교복 차림의 여고생이 스마트폰에 고개 박고 지나간다.
치맛자락으로 눈물 훔치는 할머니의 짠한 모습,

지수, 할머니에게 다가가 쇼핑백 하나를 건넨다.

지수   수아가 할머니께 전해 달라고 했어요. (하고 돌아서면)

수아 할머니 쇼핑백 열어보는데, 5만 원권 돈다발이 몇 개 들어있다.

36.   수아의 집 근처 슈퍼마켓 (낮)

지수, 결심한 표정으로
슈퍼마켓 앞 공중전화 수화기를 집어 드는 모습 위로...

지수   (소리) 받았어요?

37.   여아부 - 이듬 / 진욱 사무실 + 수아의 집 근처 슈퍼마켓 (낮)

이듬, 자리에 앉아 사무실 전화로 지수와 통화 중이다.

이듬   뭘 보냈다는 건데?
지수   그때 안태규 그 새끼가 끼고 있던 장갑이요.
이듬   뭐?

   - 플래시백
문제의 그날 밤.
옷장에 숨어 민호가 수아를 업고, 태규와 나가는 모습 확인한 지수.
벌벌 떨며 나와 사방에 흩어진 자기 물건들 -립스틱, 지갑, 팩트 등등- 을
손으로 쓸어서 자기 가방에 허둥지둥 넣는 지수.
이때 딸려 들어온 태규의 징 박힌 장갑!

이듬   아깐 백민호라며?

지수	(선뜻 대답하지 못한다) ...
이듬	그럼 너 거짓말한 거네?
지수	(서둘러) 퀵으로 보냈으니까 지금쯤 도착했을 거예요. (끊는다)

이듬, 벌떡 일어나 진욱 책상도 보고-
여기저기 두리번거리는데- 이때 손계장 들어온다.

| 이듬 | (다급) 손계장님! 혹시 퀵 왔어요? |
| 손계장 | 아뇨? (하고는) 여검사님이 받으셨나? (갸우뚱) |

이듬, 핸드폰 들고 다급히 나간다.

38.   검찰청 야외 일각 (낮)

이듬, 진욱에게 전화 걸면서 두리번거린다.
신호 가는데- 받지 않는다. 끊고, '어딜 간 거야?' 하다가...
저쪽 건물 일각에 진욱과 재숙이 서 있는 모습을 본다.

39.   검찰청 야외 주차장 (낮)

인적 뜸한 주차장 일각.
진욱, 재숙에게 원망으로 따져 묻고 있다.

진욱	엄마 처음부터 김미정 아니 곽영실 씨, 환자가 아닌 거 알았지?
재숙	진욱아!
진욱	그 백형사란 인간이 뭐 때문에 입원시켰는지도 알았었고!
재숙	(그저 난감히 보는데) ...
진욱	곽영실 씨, 대체 언제부터 감금해놨던 거야?
	수간호사님이 그 아줌마 맨날 딸 찾아달라고 울고불고 했다던데-

엄마 그거 뻔히 듣고 있었으면서 얼마나 모른 척했던 거냐고!

재숙   진욱아! (엄마도 사정이 있었어!)

진욱   (믿기지 않는 듯) 의사로서... 아니 인간으로서 어떻게 그럴 수가 있어?
          가족들이 찾을 거라고 생각 못했어?
          어떻게 사람 인생을 그렇게 망가뜨릴 수 있냐구! (하는데)

이듬   (소리) 여검!

돌아서는 진욱, 얼굴이 굳는다.
보면- 이듬이 벙찐 표정으로 서 있다.

진욱   ... 마검사님.

재숙   !

이듬   무슨 소리예요, 이게?

진욱   ...

이듬   (얼떨떨) 방금 그랬죠? 백형사가 우리 엄마 정신병원에 입원시켰고-
          (재숙 가리키며) 원장님이 감금시켰다고...
          아니 이거... (당황해하며) ... 내가 잘못 들은 거 맞죠?

진욱   (대답 못한다) ...

이듬   (잘못 들은 게 아니구나 싶어 쿵!!!)

재숙   진욱아. 엄마 먼저 갈게. (가려는데)

이듬   (막으며) 잠깐만요, 원장님!
          우리 엄마 어딨어요, 대답하세요!

재숙   그때도 말씀드렸지만 난 마검사님 어머니 몰라요.

이듬   그럼 그 김미정인가 뭔가 하는 사람은요?
          그 사람은 누군데요?

재숙   마검사님!

이듬   김미정이 우리 엄마 맞잖아요, 그죠?

재숙   환자 정보까지 말씀드릴 의무는 없는 거 같은데요?

이듬   원장님!!!

재숙   !

이듬   왜 자꾸 발뺌해요? 내가 방금 똑똑히 들었는데?

원장님 알잖아요. 우리 엄마 어딨는지! 우리 엄마 어떻게 됐어요? 네?!

재숙   백 번을 물어도 마찬가지예요.

난 몰라요. (하고 가는데)

이듬   (감정 격해져 다시 잡는) 진짜 감금한 거예요?

그래서 모른다 그러는 거죠, 지금? 우리 엄마한테 무슨 짓 했어?

빨리 말해요, 우리 엄마 어떡했냐구?!!

재숙   (손 빼는) 이러지 마세요.

진욱   (가로막고 서는) 마검사님! 저하고 얘기해요.

재숙   (그 틈에 도망치듯 자리에서 벗어난다)

이듬   원장님! (따라가려는데)

진욱   (잡으며) 마검사님! 나중에요. 제발 나중에 얘기해요.

이듬   (진욱의 팔 뿌리치며) 나중에 언제요?

진욱   마검사님 지금 화난 거 알고, 많이 놀란 것도 알아요.

근데 지금은 아무리 물어봐도 대답 못하세요.

이듬   왜요? 많이 찔리시나보죠? 근데 그건 그쪽 어머니 사정이고요.

난 알아야겠어요. 우리 엄마 살았는지 죽었는지 알아야겠다구요!

진욱   내가 알아볼게요. 엄마도 지금 놀랐을 거예요.

좀 진정되면 그때 내가...

이듬   (기막혀) 지금 우리 엄마 생사보다

여검 어머니 놀란 게 더 중요하다 그 얘기예요?

진욱   그런 얘기가 아니잖아요, 마검사님.

내가 엄마한테 물어보려고 했어요.

그래서 마검사님한테 알려주려고 했다고요.

이듬   (싸늘하게) 언제요? ... 우리 엄마 죽은 다음에요?

진욱   마검사님!

이듬   못 믿겠어요, 더 이상.

여검도 여검 어머니도 다 필요 없어.

내가 다 알아낼 거고─ 우리 엄마한테 요만큼이라도 해꼬지한 거 있음,

여검 어머니─ 진짜 가만 안 둘 겁니다. (화가 나서 간다)

이듬의 뒷모습을 아프게 보던 진욱, 문득 고개를 돌리면─

저 멀리에서 재숙이 차 앞에 서서 슬픈 표정으로
진욱을 보고 있다. 진욱, 괴롭기 짝이 없다.

40.   여아부 – 이듬 / 진욱 사무실 안 (낮)

이듬, 씩씩거리고 들어오는데-
가운데 회의 탁자에 위에 놓인 퀵 상자가 눈에 띈다.
가서 상자를 열어보는 이듬, 상자 안에 징 박힌 장갑이 들어있다.
손계장, 들어오다가 그 모습 보고

손계장 마검사님, 그거 뭐예요?

이듬, 대답 없이 후다닥 상자를 닫더니 밖으로 나가버린다.
나가는 길에 들어오던 진욱과 부딪치는 이듬.
진욱을 한 번 쏘아보더니 가던 길 간다.

41.   구치소 외경 (낮)

42.   구치소 복도 + 수용실 안 / 밖 (낮)

민호의 수용실 안
민호 괴로운 듯 구석에 쭈그리고 앉아 머리 감싸고 있는데
철컥 하고 문 열리는 소리 들리더니

교도관 (소리) 안태규, 나와!

민호, 그 소리에 벌떡 일어나 철창 매달려 밖을 보면
교도관과 태규가 지나간다.

민호   어떻게 된 거야? 니가 왜 나가? (하면)

태규, 빙신- 하듯 비웃으며 지나가는 모습 위로

판사   (소리) 피의자 안태규의 구속적부심 결과 피의자의 석방을 명한다.

43.   갑수의 선거사무실 (낮)

정면에 '미래당 영파시 시장선거 후보 기호 1번 조갑수' 문구와
갑수 사진 커다랗게 박혀있는 대형현수막 걸려있고,
그 양쪽 벽면에 갑수의 포스터 줄줄이 붙어있다.
선거운동원들 몇몇이 회의탁자에 앉아
전단지 나누는 작업하고 있는 모습 배경으로 백실장, 다급히 걸어가는 모습.

44.   동 - 갑수의 방 안 (낮)

백실장, 들어와 보면-
김보좌관, 갑수에게 뭔가 서류를 보여주며- 설명하다 백실장 본다.
백실장의 불안한 눈빛에 갑수...

(짧은 시간 경과)

통유리창 블라인드 모두 내려간 상태로
갑수, 백실장 얘기 중이다.

백실장   (애절) 증거고, 목격자고 모두 태규 쪽에서 빼돌리는 거 보셨잖습니까?
후보님! 후보님께서 오부장이든 지검장이든 좀 만나서
방법을 찾아주십시오.

갑수	... 누굴 만난다고 해결된 문제가 아이다.
백실장	(보면) ... 그렇다고 이렇게 속수무책으로 당할 수는 없는 거
	아닙니까, 이러다 우리 민호, 정말로 살인자 됩니다!
갑수	... 쪼매 기다려 보자.
백실장	(자기도 모르게 버럭) 정말 이러실 겁니까?!!
갑수	(한 번도 본 적 없는 백실장 모습에 흠칫해서 보는데) ...
백실장	민호, 제 목숨보다 소중한 놈인 거 모르십니까?
	민호 잘못되는 꼴, 저는 못 봅니다.
갑수	... 니 마음은 알겠다... 근데 상호야!
백실장	?
갑수	민호, 쪼매만 고생시키자!
백실장	!!
갑수	과실치사 몇 년 안 된다. 초범에다가 반성문 좀 제출하고-
	교수들한테 탄원서 몇 장 쓰게 해서 제출하믄
	몬해도 5년 안엔 나오지 안 긋나?
백실장	(귀를 의심하는) ... 형님.
갑수	우짜겠노? 안회장이 태규는 즐대 안 된다고-
	태규 달려 들어가면 킹덤이고 뭐고 싹 다 까발린다고 즈 난린데-
	막말로 태규 들어가고, 민호 풀려난다 치자.
	안회장 그 더러븐 성질에 민홀 살려두겠노?
백실장	... 그럼 그동안 CCTV 증거하고 목격자 빼돌린 거,
	형님도 알고 있었던 겁니까?
갑수	(대답 피하는) ... 상호야.
백실장	(잠시 생각하다 결심한 듯) ... 알겠습니다.
갑수	(표정 펴지며) 잘 생각했다. (하는데)
백실장	저도 그럼 비밀 수첩 검찰에 넘기겠습니다.
갑수	(뭐?) 수첩?
백실장	20년을 모셨습니다.
	그동안 참으로 많은 명령을 내리셨죠-
	높은 분들 노리개 할 아가씨 데리고 오라면- 데려오고-
	맘에 안 드는 놈, 납치하라면 납치하고-

	형님 앞길에 요만한 방해라도 되는 사람들
	모두 처리하라고 한 온갖 지시들- 그 수첩에 다 있습니다.
갑수	니 뭐라 켔노? 그라믄 니 그동안 내 뒤통수칠 궁리를 했다, 이말이가?!!
백실장	20년 동안 매일매일 적어두고, 증거가 될 만한 것들도
	다 모아놨습니다. 이런 날이 오지 않기를 빌면서요.
갑수	(배신감으로 보는데)
백실장	민호만 살려주십시오. 그럼 저도 그 수첩 꺼내지 않을 겁니다.
갑수	협박하나, 니?
백실장	처음이자 마지막 부탁입니다. (애절히 보는데)
갑수	(보다가) … 알았다.
백실장	?
갑수	상호 니가 내한테 어떤 존잰지 깜빡했다.
	(하더니 핸드폰 꺼내 지검장에게 전화 건다)
	… 지검장님! 저 조갑숩니다!
백실장	!
갑수	거 사람 하나 살려주셔야겠습니다.
	일단 좀 만나봅시다… 알겠습니다. 지금 그쪽으로 가겠습니다.
	(끊고 백실장 어깨를 두드리며) 민호, 꼭 살려줄게. 안심해라.
백실장	(안심과 의혹이 섞인) 정말입니까? 이번엔 진짜 도와주시는 겁니까?
갑수	(묘한 미소로 *끄덕인다*)

45.   동 – 야외주차장 (낮)

백실장, 자동차를 향해 가는데- 핸드폰 울린다.

| 백실장 | (받으면) … 네. |

46.   한강 일각 (밤)

고수부지 주차장으로 차 한 대가 들어온다.
차 멈추고, 백실장이 내린다.
이어, 차를 향해 다가오는 사람, 이듬이다!
이듬과 백실장, 시선- 마주치고...

47.　　고수부지 인적 드문 야외 카페 (밤)

이듬, 백실장- 마주 앉아있다.

백실장	저하고 거래할 물건이 대체 뭡니까?
이듬	... 백민호를 살인죄에서 벗어나게 할 결정적 증거!
백실장	(놀라 보면) !
이듬	지금 어떤 상황인지 견적 다 나왔죠?
	안태규는 여우같이 빠져나갔고, 당신 동생만 지금 빼박으로
	과실치사에 시체 유기죄까지 독박 쓰게 생긴 거.
	검찰에서 맘먹고 지르면 무기징역까지 가능한 상황이에요.
백실장	... 원하는 게 뭡니까?
이듬	알잖아요? 내가 원하는 게 뭔지.
백실장	...
이듬	우리 엄마 곽영실!
백실장	!
이듬	어떻게 됐고, 어디 있는지! 말해줘요.
	그 조건으로 당신 동생 백민호, 살인죄에서 빼내줄게요.

갈등하는 눈빛으로 보는 백실장, 이때 문자 수신음 들린다.
보면, 갑수다.

갑수	(소리) 지검장 만났데이-

백실장	(잠시 갈등하다) ... 못 들은 걸로 하겠습니다. (일어난다)

이듬	(짐작한다는 듯) 왜요? 조갑수가 빼주겠대요?
백실장	(목례하고 가려는데)
이듬	생각보다 순진한 양반이네. (하더니)
	허윤경 변호사! 사임계 낸 건 알고 있습니까?
백실장	(? 해서 보는데)
이듬	그 여자, 조갑수가 붙여준 형제로펌 에이스 변호사 아니었나?
	백민호 사임계 내고, 안태규 쪽으로 붙었어요.
	이제 백민호 옆엔 아무도 없네요.
백실장	!

48. 달리는 백실장의 자동차 안 / 밖 (밤)

백실장, 블루투스로 연결해 허변에게 전화 거는데
신호만 가고 받지 않는다.
이어, 어디론가 전화하면-

김보좌	(소리) 네, 김형수 보좌관입니다.
백실장	조후보님 지금 어디 계십니까?

49. 한정식집 정원 일각 + 접대실 안 (밤)

요정처럼 되어있는 한정식집.
백실장, 안으로 들어가다가 누군가를 보고 얼굴 딱 굳어서 멈춰 선다.
블라인드 반쯤 내린 창문 너머로 허변과 안회장 앉아있고-
그 옆으로 조갑수가 앉아 식사 중인 모습.
안회장, 화기애애한 분위기로 허변에게 술 따라주면-
허변, 가볍게 인사하고 한 잔 받는 모습.
그 모습, 멍하니 지켜보는 백실장- 지난날의 갑수가 떠오르는데...

- **플래시백** / 7부 45씬 산 전망대

갑수   상호야.

백실장 네.

갑수   니 없음 여까지 오지도 못했다.

백실장 왜 그런 말도 안 되는 (말씀을 하십니까?)

갑수   (다정히 보며) 내 푸른집 갈 때까지...

　　　　상호 니, 옆에 있을 끼제?

백실장 ... 마음을 다해 모시겠습니다.

갑수   (흡족해 끄덕하고)

백실장, 마지막으로 확인하고 싶은 마음으로 전화기를 꺼내들더니
갑수에게 전화 건다.

백실장 (받으면) ... 저 백실장입니다.

갑수   (소리) 어 상호야!

백실장 얘기 잘되고 있습니까? (하며 창문으로 보이는 갑수를 보는데)

갑수   (소리) 걱정 마라. 지검장님하고 얘기 잘~ 하고 있다.

　　　　이따 전화할 끼구마. (끊는다)

싸늘해지는 백실장, 갑수를 노려보다가-
결심한 듯 등을 돌려 나가는 모습, 그 위로...

백실장 (소리) 마검사님, 그 거래, 아직 유효합니까?

50.   고재숙 정신과의원 앞 (밤)

　　　　진욱의 자동차가 선다. 이어, 진욱 내려서 어딘가를 보면-
　　　　이미 나와 있던 재숙, 슬픈 표정으로 진욱을 맞는다.

51.   동 - 원장실 (밤)

진욱, 재숙- 무거운 표정으로 마주 앉아있다.

진욱   엄마... 하나만 묻자.
재숙   ...
진욱   마검사님 어머니... 어떻게 됐어? ... 살아있어?
재숙   (입술을 깨물다가) ... 그 여자... 아마...

52.   커피숍 일각 (밤)

마주 앉은 백실장, 이듬 각각 앞에 물잔 있고-
테이블 가운데 태규의 장갑이 든 상자,
그 옆에 녹음 기능 켜놓은 핸드폰 보인다.

백실장   ... 곽영실 씨...
이듬   ...
백실장   ... 죽었습니다. 14년 전에!
이듬   (쿵!) !!!!!!!!!!

53.   한정식집 접대실 안 (밤)

갑수, 안회장, 허변- 화기애애한 분위기로 밥 먹고 있다.
이때 갑수에게 문자 수신음 울린다.
보면, 이듬과 마주 앉아있는 백실장의 사진이다.
그 사진을 보더니 무섭게 얼굴 굳는 갑수!

진실을 알게 된 이듬과 진욱의 멍한 표정과
싸늘하게 굳은 갑수의 얼굴이 삼등분되며... 9부 끝!

· 마녀의 법정 ·

10부

1.　커피숍 일각 (밤)

마주 앉은 백실장, 이듬 각각 앞에 물잔 있고-
테이블 가운데 태규의 장갑이 든 상자,
그 옆에 녹음 기능 켜놓은 핸드폰 보인다.

백실장　... 곽영실 씨.

이듬　　...

백실장　(망설이다 무겁게 입을 떼는) ... 죽었습니다... 14년 전에.

이듬　　(흔들리는 눈빛/반신반의) ... 거짓말.

백실장　... 제 눈으로 똑똑히 확인했습니다. 죽었어요.

이듬　　(손이 떨린다. 진정하려 물잔 잡고) ... 왜?

백실장　...

이듬　　언제 어디서 어떻게 죽었는데, 우리 엄마?

백실장　(대답 못하자) ...

이듬　　(설마) 죽었어!? 당신이 죽인 거야!?

백실장　(고개를 떨군다)

이듬　　(맞구나! 절망감에 눈을 감는데)

팍! 유리 깨지는 소리가 난다.

보면- 테이블 위로 물 흥건하고, 이듬 쥐고 있던 유리잔 부서졌다.

분노한 이듬이 유리잔을 너무 꽉 쥐는 바람에 깨진 것.

백실장, 놀라 이듬을 보는데-

이듬   (아랑곳 않고 피범벅이 된 손으로 백실장 먹살을 꽉 쥐더니)

　　　　 야이 뻔뻔한 놈아. 우리 엄마 죽여놓구 여태 잘 살다가-

　　　　 이제 와 니 동생 살리겠다구? 내가 그렇게 해줄 거 같아?

　　　　 웃기지 마! 증거고 뭐고 너, 조갑수 둘 다 감옥에 처넣을 거야.

　　　　 (먹살 풀고 일어서려는데)

백실장   (이듬 앞에 무릎 꿇는/다급) 자수할 겁니다!

이듬   뭐?

백실장   곽영실 씨 죽인 죗값 치를 각오하고 여기까지 온 겁니다.

　　　　 법정 가서 조갑수 살인교사도 증언할 겁니다.

　　　　 14년 전, 살인 지시 내렸단 증거도 갖고 있습니다.

　　　　 다 드리겠습니다! 대신...

이듬   (보는데) ...

백실장   우리 민호만 살려주십시오! 우리 민호만!!

이듬   (보다가 아프게) ... 우리 엄마... 어디다 묻었어?

2.　　　 공원묘지 앞 (밤)

택시 한 대 선다. 이어, 이듬이 내린다.

조명 밝게 켜진 공원묘지 앞을 망연자실하게 보는 이듬의 얼굴 위로

백실장의 목소리 들린다.

백실장   (소리) 새날정신병원에 화재 사고가 난 적이 있었습니다.

3.　　　 동 - 무연고자 납골당 앞 (밤)

관리인의 안내받아 걸어가는 이듬 보인다.
관리인, 어딘가를 가리키는 모습 위로-

백실장   (소리) 그때 곽영실 씬 대피하다 큰 화상을 입었고,
가보니 거의 혼수상태였죠.
치료받던 병원에서... 처리시켰습니다.

이듬, 참담한 표정으로 어딘가를 바라보는 시선 끝-
창고처럼 허름한 단층 회색 건물이 보인다.

4.   동 - 무연고자 납골당 안 (밤)

이듬, 들어오면- 도서관처럼 일렬로 놓여있는 철제 선반들 위에
플라스틱 유골함이 빽빽이 들어찬 모습.
너무나 많은 유골함을 보자 할 말 잃은 표정이 돼 관리인을 쳐다보면-

관리인   (사무적) 원래 무연고 사망자들은 10년만 보관합니다.
2003년에 돌아가셨으면, 이미 4년 전에
다른 유골들하고 같이 어딘가 뿌려졌을 겁니다.

이듬, 그 말에 황망해서 털썩-!
차가운 플라스틱 유골함[2]이 가득한 납골당 안에서
이듬, "엄마..." 가슴을 쥐어뜯으며 오열한다.

5.   고재숙 정신과의원 앞 (밤)

_____

2 [번호, 화장일, 소속 구청, 성명] 라벨이 붙어있음.

진욱의 자동차가 선다. 이어, 진욱 내려서 어딘가를 보면-
이미 나와 있던 재숙, 슬픈 표정으로 진욱을 맞는다.

6.　　동 - 원장실 (밤)

진욱, 재숙- 무거운 표정으로 마주 앉아있다.

재숙　(고해성사 하듯 담담히) 30년 의사 인생에 딱 한 번,
　　　양심을 버린 적이 있었어. 그게 바로 곽영실 씨야.

진욱　...

재숙　니 아빠, 빚만 남기고 무책임하게 가버렸지-
　　　채권단은 하루가 멀다 하고 찾아와 난리치지-
　　　하루하루가 지옥이었다.
　　　그때 백형사란 사람이 곽영실을 데려왔어.

　　　- 플래시백 / 6부 37씬
　　　"내보내줘요! 여보세요!!" 문을 두드리며 울부짖는
　　　영실의 외침이 들리는 가운데-

　　　백형사 채권자들 피해서 여기까지 쫓겨온 거 압니다.
　　　　　　(이름표 가리키며) 김미정 씨 잘 케어해주시면
　　　　　　저희도 원장님 지켜드리겠습니다.

재숙　변명처럼 느껴지겠지만- 그땐 그게 최선이었어.

진욱　(괴로운) ... 그럼 엄마... 하나만 묻자.

재숙　...

진욱　마검사님 어머니... 어떻게 됐어? ... 살아있어?

재숙　(입술을 깨물다가) ... 그 여자... 아마... 죽었을 거야.

진욱　(하... 손으로 머리를 감싸다가 문득)
　　　엄마... 설마... (죽이는 거까지 가담했어?)

재숙	(단호) 아냐! 절대로 아니야! 진욱이 너두 봤잖아,
	곽영실 씨 너 구하다 화상 입고 다친 거.
	그때 백형사가 다른 병원으로 데려갔고, 엄마가 아는 건 거기까지야.
진욱	그래두 엄마, 어떻게 그냥 보낼 수가 있어?!
	그 아줌마가 내 목숨까지 구해줬는데!
	그때라두 신고했어야지! 가족들한테 알렸어야지!
재숙	엄마라고 다 잊고 편하게 살았던 거 아냐.
	엄마도 너무 힘들고 괴로웠어.
진욱	(말을 못 잇는) ... (그래두...)
재숙	미안해. 우리 아들 힘들게 해서 정말 미안해.
	너한테 이런 부끄러운 모습 보인 것두 미안해.
	그래두 진욱아. 엄마 좀 이해해주면 안 되겠니?
진욱	(괴로운 듯 고개를 젓더니) ... 엄마.
	이제라도 엄마가 알고 있는 진실을 밝혀야 돼.
재숙	말하면 뭐가 달라지니?
	벌써 10년도 더 지난 일이야.
진욱	의문사로 자식 먼저 보낸 부모들이
	뭣 때문에 10년, 20년 포기 못하고 매달리는데? 딱 하나야, 진실!
재숙	!
진욱	엄마. 마검사님한테 그때 무슨 일이 있었는지 말해줘, 제발.
재숙	... (단호한 표정이 돼서) 다 지난 진실 때문에 니 앞길까지 막히면?
진욱	!
재숙	너 검사야, 진욱아.
	엄마 망가지는 건 괜찮아.
	그치만 엄마 때문에 검사로서 니 명예, 깎이는 건 볼 수 없어.
진욱	(슬프게 보다가) ... 맞아. 엄마. 나 검사야.
	그래서 마검사님 어머니 그렇게 만든 사람들, 모른 척할 수 없어.
	진실 밝힌 다음에 처벌할 수밖에 없다구...
재숙	진욱아!
진욱	내가 그러기 전에 엄마 생각이 바뀌었으면 좋겠다.
	(슬프게 보다가 간다)

재숙　　(차마 잡지 못하고 우두커니 앉아있다)

7.　　　이듬 / 진욱 오피스텔 복도 (밤)

　　　　진욱, 슬픈 표정으로 걸어가다 이듬 오피스텔 앞에서 멈춘다.
　　　　벨을 누를까 말까 망설이다가- 결심한 듯 벨 누른다.

8.　　　달리는 진욱 자동차 안 / 밖 (밤)

　　　　"뚜우- 뚜우-" 신호음 계속 울리고 받지 않는다.
　　　　핸드폰 거치대에 끼워진 진욱 핸드폰 화면, '마검사님' 떠 있다.
　　　　진욱, 무거운 표정이다.

9.　　　검찰청 외경 (밤)

10.　　동 - 여자숙직실 앞 복도 (밤)

　　　　추리닝 차림의 이듬, 손에 수건 들고- 칫솔 들고 나오다가 멈칫!
　　　　진욱이 숙직실 앞에 서 있다. 원망과 미안함이 부딪히는 각자의 시선.

11.　　동 - 야외 일각 (밤)

　　　　차가운 표정의 이듬, 추리닝 주머니에 손 꽂고 서 있다.
　　　　앞에 진욱 서 있다.

진욱　　... 마검사님 어머님 얘기 물어봤어요.

(어렵게 털어 놓는) 어머니...

이듬 알아요, 나두. 울 엄마 세상에 없는 거.

진욱 (놀라서 보면) ?

이듬 그래서 뭐라고 하세요?

진욱 ?

이듬 그땐 어쩔 수 없었대요?
다 지난 일, 그냥 묻고 가자세요?

진욱 (미안함에 말 못하는데)

이듬 내가 여검 어머니한테 제일 열받는 부분이 뭔지 알아요?

진욱 ?

이듬 천 번 만 번 양보해도 이해 안 되지만,
20년 전엔 어쩔 수 없는 사정이 있다 쳐요.
근데 나 봤잖아요! 내가 울 엄마 사진 들고 가서 물어봤잖아요!!
근데도 입 닫고 계셨죠? 어떻게 사람이 그럴 수가 있어요?
너무 뻔뻔하고 가증스러워서 말도 안 나와요.

진욱 ... 미안해요. 미안합니다. 마검사님.

이듬 ... 미안해하지 마요.

진욱 ?

이듬 미안하다고 할 사람은 여검이 아니라, 여검 어머니죠.
그리고 이게 미안 정도로 넘어갈 일 아닌 거, 여검도 알죠?
무슨 짓을 해서라두 여검 어머니가 울 엄마한테 한 짓,
고대로 갚아줄 겁니다.

진욱 ...

이듬 이런 나랑 같이 일할 수 있겠어요? 안 되겠죠?
자기 엄마 잡아넣겠단 사람하고 어떻게 일을 같이 해?

진욱 ...

이듬 공수아 사건부터 떨어져요. 나 혼자 알아서 할 겁니다.

진욱 마검사님

이듬 (애증으로 보다가) ... 앞으론 진짜 엮이지 맙시다. (쌩하니 간다)

진욱, 멀어지는 이듬을 아프게 본다.

12.　　여아부 – 이듬 / 진욱 사무실 (이른 새벽)

이른 새벽, 깜깜한 사무실 내부.
책상에 스탠드 불빛만 켜져있고,
이듬 무언가를 열심히 타이핑 중이다.
데스크탑 모니터 보이면-

– 인서트
[공소장, 아래와 같이 공소를 제기합니다. 라고 쓰인 부분 밑으로
피고인 1. 안태규 (930729-1683122)
직업 대학원생
주거 서울 강남구 논현동 929-98 엘레강스타워타운 702호
죄명 성폭력범죄의처벌등에관한특례법위반(강간등 살인·치사) 및 사체유기
적용법조 형사소송법 제259조,
성폭력범죄의 처벌 등에 관한 특례법 제9조,
형사소송법 제301조 2항, 형법 제161조 1항
구속여부 불구속
변호인 허윤경 변호사

피고인 2. 백민호 (940202-1624323)
직업 대학원생
주거 강남구 역삼동 770-78 강남타워 오피스텔 1012호
죄명 살인방조(종범) 및 사체유기
적용법조 형사소송법 제32조, 형법 제161조 1항
구속여부 구속
변호인 국선변호사 장길남
범죄사실 위 사건에 관하여...]

한참 공소장을 써 내려가다 사건기록을 들춰보는 이듬, 잠시 멈칫!

- 인서트

사건기록 증거목록 페이지

백민호 관련 증거 / 1. 주변인 진술 2. 탑차 운전자 목격자 진술 3. CCTV

안태규 관련 증거 / (공란)

증거상으로도 백민호가 일방적으로 불리한 상황이다. 이듬, 난감한 표정.

(시간 경과)

이듬, 묶여있던 기록을 풀어 현지수의 진술조서를 꺼낸다.

진술조서의 마지막 장을 넘기는 이듬.

그리고 지수의 마지막 진술인 '백민호예요' 라고 쓰인 부분을

뚫어져라 보더니, 볼펜을 집어 든다. 여전히 망설이는 손.

그러다 이내 결심한 듯 '백민호' 세 글자를 죽죽 볼펜으로 긋고

'안태규'라고 써넣는다.

그리고 고친 글씨 위에 '석자 고침'이라 적고

자신의 검지손가락에 인주를 묻혀 고친 부분에 찍는 이듬.

13. 서울구치소 외경 (이른 아침)

14. 동 - 접견실 (이른 아침)

접견실로 들어서던 민호,

가운데 놓인 탁자 맞은편에 앉아있는 이듬을 보고 의아한 표정이 되는데,

이듬, 민호를 데려왔던 교도관에게 고갯짓하면-

교도관이 민호의 수갑을 풀어주고 밖으로 나간다.

둘만 남겨진 접견실. 잠시 정적이 감돈다.

어렵게 말문을 여는 이듬.

이듬	똑바로 들어, 백민호.
	난 무조건 너를 여기서 나오게 할 계획이야.
민호	(의심의 눈빛으로 이듬을 보는) 왜죠?
이듬	내가 지금 가장 필요로 하는 걸 네 형이 갖고 있으니까.
민호	(표정 밝아지며) 역시! 우리 형이 날 이렇게 둘린 없죠.
이듬	(무서운 표정으로 단호하게) 착각하지 마.
	니가 지은 죄까지 덮어준다는 뜻은 아니니까.
민호	(보다가) 그럼 이제 어떡하면 되죠?
이듬	정신 똑바로 차려. 조사 때처럼 그렇게 어리바리 진술했다간
	안태규 몫까지 썩게 될 거야.

| 갑수 | (소리) 이기 마지막이다. |

15.   형제로펌 – 갑수 사무실 (아침)

자리에 앉아있는 갑수, 백실장에게 태블릿 PC 내민다.
백실장, 보면–

– 인서트
사건 당일 밤. 킹덤 접대룸 안.
태규가 장갑 낀 손으로 일방적으로 수아를 구타하고 있는 상황.
이때, 테이블 위에 놓인 외제 생수병 모양의 몰카가 이 상황 찍고 있다.

백실장	(동영상 스탑 시키더니) 이걸 저한테 보여주시는 이유가 뭡니까?
갑수	지검장하고 얘기가 잘 안 됐다.
백실장	안 만나신 거 알고 있습니다.
갑수	!
백실장	처음부터 저랑 민호 편에 설 생각 없었던 것도요.
갑수	(노려보며 차분히) ... 이제 막나가겠다, 이말인가?

백실장	절 버린 건 형님입니다!
갑수	(버럭) 뒤통수친 건 니다!

갑수, 백실장- 팽팽한 시선이 부딪히다가...

갑수	그 수첩, 맨입으로 안 내놓을 거 안다.
	(태블릿 PC 백실장에게 툭 밀며) 내는 이거 줄게, 니는 수첩 내놔라.
백실장	(태블릿 PC를 보다가) 영상 공개하면- 킹덤까지 세상에 밝혀질 텐데요.
	그거까지 감수하고 우리 민홀 살려주시겠단 말씀입니까?
갑수	어쩌겠노? 니나 내나 둘 다 목숨줄 달렸는데?
백실장	(잠시 보더니 태블릿 PC 다시 갑수 쪽으로 민다)
갑수	... 생각 잘해라, 니.
	아까 그랬제? 이기 마지막 기회라꼬.
백실장	20년 동안 형님 모시면서 깨달은 게 있습니다.
	형님은 남을 위해 자기 이익을 포기하시는 분이 아닙니다.
갑수	그라문? 그 애송이 검산 니를 위해 뭘 포기한다 카드나?
백실장	그 검사하고는 서로 이해관계가 맞을 뿐입니다.
갑수	(노려보며) ... 끝까지 가보겠다 이말이제?
백실장	(목례하고 나간다)

갑수, 배신감으로 보다가 핸드폰 들어 사진을 꺼내본다.
핸드폰 안, 이듬과 백실장 만나는 사진이 떠 있다.

16.   검찰청 외경 (낮)

17.   여아부 - 이듬 / 진욱 사무실 (낮)

진욱, 사무실 문 열고 들어오면- 이듬 자리에 없다.
'어디 갔지?' 마음에 걸리는 표정으로 보는데-

손계장, 심각한 표정으로 다가와...

손계장 저... 검사님. (하고 사진을 내민다)

보면- 백실장과 이듬이 상자 가운데 놓고 마주 앉아있는 사진들이다.

진욱 (눈을 의심하는데) 이게 뭡니까?
손계장 아침에 여아부 앞으로 왔길래 뜯어봤더니... (이런 게 와있더라고요)
진욱 (아... 드디어 마검사가 사고를 쳤구나 싶어 심각해지는)
　　　누가 보냈는지는 모르시고요?
손계장 네, 익명으로 왔어요. 저 그리구요.
　　　(사진 속 상자를 가리키며) 이 상자요.
　　　어제 그거 같아요. 안에 장갑 들어있던...

그 말에 진욱, 퍼뜩 떠오르는 한 장면!

　　　- 플래시백 / 9부 40씬
이듬, 대답 없이 후다닥 상자를 닫더니 밖으로 나가버린다.
나가는 길에 들어오던 진욱과 부딪치는 이듬.
진욱을 한 번 쏘아보더니 가던 길 간다.

진욱, 백실장과 함께 찍힌 사진 한 번 더 들여다보고는-
뭔가 짚이는 것이 있다는 듯 이듬 책상으로 가서
올려져있던 공소장과 진술기록을 본다.

　　　- 인서트
공소장 내용, 주범이 안태규, 종범이 백민호로 바뀌어있다.
진술기록 내용도 민호라고 들어간 부분이 모두 지장과 함께
태규로 바뀌어있다.

'거래하고 진술 조작까지 했어?' 진욱, 황당함에 말을 잃는데... 이때!

손계장   (소리) 어머, 마검사님!

진욱, 돌아보면- 이듬이 들어오다 진욱을 보더니-

이듬   내 책상에서 지금 뭐하는 거죠?
진욱   마검사님, 저하고 얘기 좀 해요.

18.   검찰청 - 야외 일각 (낮)

진욱, 이듬- 인적 드문 일각에 서서 얘기 중이다.

진욱   (백실장과 찍힌 사진을 내밀어 보여주는) ... 뭡니까?
이듬   !
진욱   어제 무슨 사골 친 겁니까? 네?
이듬   (하! 어이없어) 이건 또 언제 찍은 거야? (하는데)
진욱   종범인 안태규가 주범으로 바뀌고,
          현지수 진술조서도 멋대로 고치고...
          대체 백상호하고 무슨 거랠 한 겁니까?
이듬   (똑바로 쏘아보며) 이 사건에서 빠지라고 했을 텐데요?
진욱   (버럭) 마검사님!! (정색하고 보는데)
이듬   (보다가) ... (할 수 없다는 듯) 현지수한테 전화 왔어요.
          사건 당일 밤, 안태규가 수아 구타할 때 끼고 있던 장갑,
          자기가 갖고 있다고...
진욱   ...
이듬   국과수에 그 장갑 보내놨어요.
          거기에 안태규 DNA랑 수아 혈액 나오면-
          빼박 증거 되는 거고요. 이제 됐습니까?
진욱   (안타까운) 그래두 이건 아니죠.
이듬   뭐가요?

진욱	지금 얼마나 아프고 괴로울지 알아요, 모르지 않습니다.
	나도 해줄 수 있는 게 없어서 답답하고요.
	그치만 수아 재판은요?
이듬	재판이 왜요?
진욱	저쪽에서 진술 조작한 거 알게 되면-
	장갑까지 증거 능력 없다고 역공할 텐데, 그건 어쩌려구요?
	마검사님 독단적인 행동 땜에
	진범 놓치고- 재판 망칠 수도 있단 생각, 안 드십니까?
이듬	...
진욱	더 늦기 전에 수아 사건에서 빠지시죠.
이듬	내가 왜요?
진욱	마검사님!
이듬	재판 안 망쳐요, 절대!
	안태규, 살인죄 주범으로 잡을 거고요. 수아 억울함도 풀어줄 겁니다.
진욱	(보다가) ... 그럼 저도 어쩔 수 없네요.
	어제 일, 부장님께 보고하겠습니다.
	마검사님 개인사로 공수아 재판 망치는 거,
	더 이상 두고 볼 수 없거든요.
이듬	뭐라구요? (지금 여검 니가 나한테 그런 말할 자격이 돼? 싶어 어이없는데)

이때 이듬 핸드폰 울린다.

이듬	(받는다) 네.
연구원	(소리) 장갑 감정 결과 나왔습니다.
이듬	지금 갈게요. (끊고는 진욱에게)
	맘대로 해봐요, 어디. 난 재판 절대 안 빠질 거니까! (간다)
진욱	(안타깝고 답답한 심정으로 보는) ...

19. 국과수 외경 (낮)

연구원   (소리) 장갑에서 안태규 DNA 나왔습니다.

20.   동 – 법유전자과 사무실 앞 (낮)

국과수 조끼를 입은 연구원, 이듬에게 검사 결과서를 내밀며 말한다.

연구원   공수아 혈액 DNA도 나왔구요.
이듬   (검사 결과서 자기 눈으로 확인하는데)

핸드폰 울린다. 보면, '민부장님' 이다.

21.   여아부 – 민부장 사무실 (낮)

이듬, 민부장 회의실 탁자에 마주 앉아있다.
민부장 앞으로 비닐백에 담긴 안태규 장갑과 국과수 감정결과서 있다.

민부장   (증거 보다가) 그래두 안 돼. 마검은 이 사건에서 빠져.
이듬   ... 그럴 수 없습니다.
민부장   담당 검사가 피의자 가족이랑 접촉했다는 거 하나로
          재판 들어갈 자격, 상실한 거야. 마검도 알고 있잖아.
이듬   안 됩니다. 이 재판 제가 맡아야 합니다.
민부장   마검사!
이듬   (굽히지 않겠다는 듯 쳐다보는데)
민부장   (안타까운) 어머니 일 때문에 힘든 거 알아.
이듬   뭘요?
민부장   ?
이듬   우리 엄마에 대해 뭘 얼마큼 아시는데요?
민부장   (보면)
이듬   부장님한테 제보하려다

조갑수한테 납치당해서 7년 동안 정신병원에 감금된 거요?

그러다 조갑수 국회의원 되는데 방해될까 봐

백상호한테 살해당한 거요? 대체 어디까지 아시냐구요?!

민부장   (놀라 보는데) ...

이듬   내가 왜 검사가 됐는데요,

          나한테 우리 엄마 뺏어가서 20년 동안 피눈물 흘리게 한 놈,

          내 손으로 직접 잡으려고 검사 됐어요.

          그리구 이제 그놈이 누군지 똑똑히 알았구요.

민부장   (하아...) ...

이듬   조갑수, 백상호- 살인교사 공소시효 얼마 안 남았습니다.

          백상호한테 증거랑 증언 안 받으면-

          조갑수 20년 전처럼 빠져나갈 겁니다.

          내 손으로 꼭 죗값 받게 할 겁니다.

          그러려면 백민호 살인죄부터 빼내야 하구요.

민부장   (안쓰러운 듯 보다) ... 그치만 넌 곽영실의 딸이기 전에

          검사 마이듬이야. 그거 잊었어?

이듬   !

민부장   니 독단으로 공수아 재판까지 망칠 수 있단 생각, 안 해봤어?

이듬   (답답) 안태규가 무고한데 유죄로 모는 거 아니잖아요.

          안태규 주범 맞아요. 저요, 재판 이기고, 조갑수도 잡을 겁니다.

민부장   둘 다를 갖고 재판에 들어갈 순 없어.

          검사로서 공정하게 사건에 임할 수 없다면, 빠지는 게 맞아.

이듬   부장님!

민부장   (단호한 시선으로 이듬을 본다) !

이듬   (미치겠다는 표정) !

22.   검찰청 로비 (낮)

        이듬, 씩씩거리고 걸어가다가

        답답한 듯, '악!!!!!' 소리치는 이듬.

사람들 그런 이듬을 흘깃거리지만- 이듬, 눈에 아무것도 들어오지 않는다.
이때, 문득- 로비 안에 설치된 대형 TV가 이듬 시선에 들어온다.

- 인서트 / TV 뉴스 화면
[영파시 시장선거 d-day 3일! 김문성 후보와 각축전!] 자막 위로
김문성과 조갑수가 각각 선거 운동 벌이는 모습이다.

23. 여아부 - 민부장 사무실 (낮)

민부장, 고민에 빠진 표정으로 책상 위에 놓인 뭔가를 보고 있다.
보면- 20년 전, 형제공장 성고문 사건 수사기록들이다.
누렇게 변색된 종이들과 낡은 사진들 사이에 있던
노조 소속 여공들과 곽영실 사진을 꺼내보는 민부장.
웃고 있는 곽영실의 얼굴 위로 이듬의 한 맺힌 목소리가 들린다.

이듬   (소리) 부장님한테 제보하려다
조갑수한테 납치당해서 7년 동안 정신병원에 감금된 거요?
그러다 조갑수 국회의원 되는데 방해될까 봐
백상호한테 살해당한 거요?

자책감으로 눈을 감는 민부장, 곽영실의 얼굴을 다시 보다가...
(이듬이 조작한) 현지수 진술조서를 들고 일어선다.
파쇄기 앞에 서는 민부장.
눈 질끈 감는 심정으로 진술조서를 파쇄기에 넣어 없애고 돌아서는데-
노크 소리와 함께 진욱 들어온다.

(짧은 시간 경과)

진욱, 자리에 앉은 민부장 앞에 서 있다.

진욱	현지수 진술, 아예 없던 일로 하잔 말씀이신가요?
민부장	… 그렇게 결정했어.
진욱	(약간 망설이다) … 혹시 마검사님 어머니 일,
	부장님도 알고 계셨습니까?
민부장	(살짝 놀란) ?
진욱	저도 지금 마검사님이 얼마나 아프고 힘들지 압니다.
	그거 몰라서 부장님께 보고 드린 거 아니구요.
민부장	여검사.
진욱	(걱정되는) 그치만 담당 검사가 증거 조작하고,
	피의자 가족 만나서 거래한 사실을 덮어주는 게…
	과연 마검사님을 위해서 옳은 결정일까요?
민부장	… 마검이 어이없는 짓을 한 건 사실이야.
	그래서 공수아 사건에서 빠지기로 했고.
	(이듬이 놓고 갔던 장갑과 국과수 감정결과서 서랍에서 꺼내
	진욱 앞에 놓아주며) 이걸로 안태규 기소해. 증거는 확실한 게 맞으니까.
진욱	(할 수 없이 집어 든다) …

24.   형사 6부 - 오부장 사무실 앞 (낮)

오수철 부장검사 명패가 달려있는 검사실 문이 보인다.

오부장	(소리) 네, 알겠습니다.

25.   동 - 오부장 사무실 안 (낮)

(조갑수와) 핸드폰 통화 중인 오부장 보인다.

오부장	확인해서 절차 밟겠습니다. 네. (끊고는 바로 사무실 전화로)
	어, 박계장. 여아부 마이듬 검사방에 가서

안태규, 백민호 사건 처분 결과 좀 확인해와요. 지금 빨리.

전화 끊고는 '두고 보자'는 듯 비열한 미소 짓는 오부장.

26.   몽타주 – 영파시 시장선거 막바지 유세 (낮)

   - 번화가 길거리 (낮)
   사람들 많은 거리 한복판.
   [시민 중심] [복지 영파] [기호 2번] [김문성] 피켓 들고
   "김문성! 김문성!!!" 연호하는 선거운동원들 앞에 서서
   삼보일배하는 김문성 보이고...

   - 번화가 주변 도로 (낮)
   [미래당 영파시 시장선거 후보 기호 1번 조갑수]
   [영파를 바꿀 새로운 희망 조갑수] 현수막 걸고 이동 중인 유세 트럭.
   시민들 향해 미소 지으며 손 흔드는 갑수 얼굴 위로
   선거운동원 마이크로 "기호 1번 조갑수!!! 조갑수!!!" 외치는 소리 들린다.

   - 번화가 길거리 (낮)
   갑수의 유세 차량 시끄럽게 지나가자 시민들 관심으로 그쪽으로 쏠리고...
   삼보일배 멈춘 김문성, 열받는 표정인데..
   이때 김문성의 보좌관, 황급히 다가와 뭐라 뭐라 속삭이더니-
   손에 든 USB를 보여준다.

   - 번화가 일각 (낮)
   거리 유세를 위해 정차한 유세 트럭에서
   계단으로 내려오는 갑수에게 김보좌관, 서둘러 다가가

김보좌   잠시 멈추셔야 될 것 같습니다.
갑수   ?

27.   달리는 갑수의 차 안 / 밖 (낮)

급히 선거사무실로 이동하는 중.
뒷좌석의 갑수, 잔뜩 찌푸린 표정으로 태블릿 PC에서 나오는
뉴스를 보고 있다.
조수석에 앉은 김보좌관, 흘긋 흘긋- 눈치를 살피는 중-

- **인서트** / 뉴스 화면
뉴스 화면 자막 [속보! 김문성 후보, 긴급 기자회견] 보이고.
단상 위- 피켓 든 선거운동원들 배경으로 선 김문성.

김문성 (의기 양양) 죄 없는 여성을 납치, 감금, 살해한 파렴치한은
          시장이 될 자격이 없습니다!
          (보좌관 향해 고개 끄덕이면, 백실장의 음성 파일 흘러나오는)
백실장 (소리) 96년 당시 조갑수는...
          형제공장 성고문 사건 재판 중이었습니다.
          1심에서 무죄로 풀려났을 때...
          관련 증거를 갖고 있던 피해자 곽영실 씨와 마주쳤고,
          그대로 납치해 정신병원에 감금시켰죠.
          저도 거의 잊고 살았다가... 7년이 지난 뒤,
          조갑수가 미래당 공천으로 정치에 나가려고 할 때
          그대로 두면 해가 될 것 같으니... 죽이라고 지시한 겁니다.

김보좌 (표정 얼어서) 반박 기자회견 준비할까요?
갑수   (대답 없이 있다가) 됐다마... 태규하고 민호 재판은... 어떻게 돼 가노?
김보좌 (생뚱맞은) 네?

28.   형사대법정 앞 (낮)

[개정 중] 불이 켜지는 재판장 앞.
이듬이 핸드폰 DMB로 뉴스 화면 보고 있다.

- 인서트 / 뉴스 화면
김문성, 기자회견 하는 화면 위로 앵커 소리 들린다.

앵커   (소리) 이와 같은 음성 파일이 공개되면서,
        전문가들은 이틀 앞으로 다가온 영파시장 선거에도
        큰 영향을 줄 것으로 보고 있습니다.
        경찰은 오늘 공개된 음성 파일의 진위 여부를 가리는 한편,
        김문성 후보에게 파일을 제공한 출처를 확인할 계획입니다.

싸늘한 미소 지으며 법정 안으로 들어가는 이듬.

29.   형사대법정 안 (낮)

자막 [공수아 살인 사건 1차 재판 - 국민참여재판]
판사석 중앙에 주심 재판장과 양옆으로 부심판사 앉아있고,
피고인석에는 허변과 함께 있는 태규와
국선변호인과 함께 있는 민호.
배심원석에 9명(20-50대 이상까지 다양한 연령대)의
배심원들이 앉아있다.
방청석으로 초조한 표정의 백실장과
법정 구석에서 재판을 지켜보고 있는 민부장과 이듬도 있다.
방청석 중앙 가장 잘 보이는 곳에 자리잡은 수아 할머니,
손수건으로 연신 땀과 눈물을 닦는 모습.
진욱이 중앙으로 걸어 나와 의견진술을 한다.

진욱   피해자가 사망에 이른 최초의 원인은 무자비한 폭행이었습니다.

피고인 안태규는 (비닐팩에 들어 있는 안태규의 장갑을 들어 보이며)
보시는 것처럼 뾰족한 징이 박힌 장갑을 긴 채 공수아를 구타했고,
이를 견디다 못해 의식을 잃게 된 겁니다.

배심원들, 안타까운 듯 술렁술렁하면-
진욱, 실무관에게 고개를 끄덕하고, 실무관, 모니터 쪽으로 리모컨 누른다.
화면에 띄워지는 안태규와 백민호의 사진(9부 26씬 백민호 SNS에서 봤던
장갑을 끼고 있는 안태규의 모습)과 동시에
얼굴 전체에 멍과 긁힌 자국이 있는 수아의 사진이 보인다.
처참한 모습에 배심원들 다들 표정 일그러지며-
'어우... 너무하네' 안타까운 탄성.

진욱	국과수 분석 결과에서도 장갑에 공수아의 혈흔과 피고인 안태규의 DNA가 함께 검출된 것으로 밝혀졌고요.
허변	이의 있습니다. 그 장갑이 피고인의 것이라는 정확한 증거라도 있습니까?
진욱	(대답 대신 배심원들에게 다가가- 비닐팩 안에 있는 장갑을 살짝 뒤집어서 보여준다) 보이시죠?
배심원들	(목 길게 빼고 자세히 보면)
진욱	A.T.K라고 적혀 있습니다. 바로 피고인 안태규의 이니셜입니다. (하고는 허변에게) 됐습니까?
허변	(입술 깨문다)

표정 일그러진 태규, 어떻게 좀 해보라는 듯 허변의 옆구리를 툭툭 친다.
이 모든 모습을 지켜보고 있던 이듬,
'예상한 대로 잘 되어가고 있구나' 하는 표정이다.

30.   갑수의 선거사무실 (낮)

잔뜩 굳은 얼굴로 창밖을 바라보며 서 있는 갑수.
그 옆에서 쉴 새 없이 걸려오는 전화를 거절하며 안절부절 못하는 김보좌관.

김보좌   (불안) 후보님. 기자들도 난리랍니다.
          저쪽에서 바로 퍼뜨린 바람에 막을 새도 없이
          인터넷에도 쫙 깔린 모양인데요.
갑수   ... 쪼매만 기다려봐라. (시계 보더니) 비 그칠 때 됐다.
김보좌   ?

31.   형사대법정 안 (낮)

허변, 회심의 미소를 띠며 배심원단 쪽으로 가서 의견진술 중이다.

허변   검사 측의 주장대로 저 징 박힌 장갑이
          피고인 안태규의 것이라 추정해보죠.
진욱   추정이 아니라 사실로 드러난 증겁니다.
허변   (진욱을 보며) 그치만 폭행의 증거로 단정할 수 없는 거 아닙니까?
재판장   변호인, 그게 무슨 말입니까?
허변   장갑에 묻은 공수아의 혈흔이 구타가 아니라
          시체를 유기하는 과정에서 묻었을 가능성에 대해 말씀드리는 겁니다.
진욱   이의 있습니다.
          변호인은 지금 입증할 수 없는 주장으로 논점을 흐리고 있습니다.
허변   . 증거 있습니다.
진욱   (? 해서 보면)
허변   재판장님, 폐차된 안태규의 차에서 발견된 너클을 증거로 제출합니다!

허변, 한 손엔 비닐팩에 담긴 너클, 다른 한 손엔 국과수의
분석 결과서를 들어 보인다.
민호, 말도 안 된다는 듯- 쳐다보고, 진욱도 황당해 보는데...

재판장   변호인, 그게 뭡니까?

허변   너클은 평소 폭력적인 성향이 강했던 상피고인[3] 백민호가
         자주 착용했던 물건으로...

민호   (황당) 난 저런 거 본 적도 없습니다!

재판장   피고인, 조용히 하세요.

허변   (민호를 더 도발하려는 듯 너클을 민호 앞에 내밀며)
         이 너클에서 백민호의 DNA와 피해자의 혈흔이
         검출됐음을 밝힙니다.

민호   (억울) 조작입니다! 나 저런 거 한 번도 낀 적 없다구요!

재판장   피고인!!

국선변호인, 진정하라는 듯 민호의 팔을 잡는다.
방청석에 백실장도 잔뜩 굳은 표정으로 민호를 보고,
이듬 역시 어찌된 일인지- 머릿속이 바쁜 표정.

진욱   재판장님! 이의 있습니다.
         방금 전 변호인은 안태규의 장갑에서 검출된 공수아의 혈흔이
         유기 과정에서 묻은 것이라 주장했습니다.
         그렇다면 저 너클에서 묻은 혈흔도 폭행의 증거로 단정할 수 없는 거,
         아닙니까?

허변   재판장님! 너클이 폭행 증거란 사실을 입증할 자료도 있습니다.

재판장   뭡니까? (하면)

허변, 모니터에 너클 사진과 수아의 상처 자국 확대해놓은 사진을
나란히 띄워놓고 설명한다.

허변   바로 상흔이 말해주는 증거입니다.
         피해자 몸에 나있는 상처들의 간격이
         이 너클의 간격과 정확히 일치하고 있죠. 이게 과연 무엇을 뜻할까요?

----

3 피고인의 입장에서 함께 공소제기된 '다른 피고인'을 지칭.

피해자를 폭행하고, 죽음으로 몰고 간 사람이
바로 피고인 백민호라는 겁니다!

배심원들 저마다 허변의 말에 동의하듯 고개를 끄덕이는 가운데-
흥분한 민호가 난동을 부리기 시작한다.

민호   뭔 소리야. 난 전혀 모르는 물건이라고!
      이건 모함이야 음모라고!!!!
재판장 피고인 조용하세요!!!

재판장이 말리려 하지만, 민호의 난동 계속되고,
이를 보고 있던 백실장이 벌떡 일어서며 민호를 안타깝게 바라본다.
진욱, '빙~신~' 하는 듯 피식피식 비웃는 안태규의 모습을 보다가
시선 방청석 쪽으로 가면- 당황한 수아 할머니의 표정에 마음 무겁다.

재판장 검사 측, 사건에 관해 다시 한 번 잘 검토하시고,
      피고인 백민호에 관한 죄명과 법조항 변경해주기 바랍니다.
      이를 보고 재판을 진행하는 것으로 하죠.
      오늘 재판은 여기서 휴정하고 내일 같은 시간 재개하겠습니다.

재판장의 말에 진욱과 이듬,
그리고 이를 보고 있던 민부장과 백실장이 모두 패닉에 빠진 표정 된다.

32.   형사대법정 앞 (낮)

이듬, 미치겠다는 표정으로 나오는데- 누군가 툭 치며 지나간다.
보면, 허변이다. '이번엔 내가 이겼지?' 하는 듯 픽! 웃고 지나간다.
이듬, 열받아 쏘아보는데... 누군가 손을 덥석 잡는다.
놀라서 보면 수아 할머니다.

할머니	(어리둥절한) 선상님, 요거이 뭔 일이다요?
	어째 재판이 요로코롬 끝나분다요?
이듬	(할 말이 없는) …
할머니	쩌놈들이 다 못된 짓 헌것들 아니여라? 글믄 다 벌주믄 되는 것이제,
	뭐시가 문제여서 이라고 시간을 오래 끈당가요?
이듬	저기… (하는데)

이듬 앞을 막아서는 검은 양복을 입은 남자 두 명(감찰관, 검사1).
이듬, 뭔가 싶어서 보는데.

감찰관	법무부 감찰관 신경태입니다.
	마이듬 검사님 조사할 내용이 있으니 잠깐 동행하시죠.
이듬	조사할 내용이 뭔데요? (하는데)
진욱	(소리) 무슨 일입니까?

보면, 따라서 나온 민부장과 진욱이 다가온다.

민부장	여아부 부장검사 민지숙입니다.
	무슨 일인데 그러시죠? (하면)

검사1, 민부장에게 백실장과 이듬이 함께 찍힌 사진을 내민다.
진욱과 민부장, '올 것이 왔구나' 싶고…
수아 할머니만 답답하다는 듯 이듬의 대답을 기다린다.

이듬	(할머니의 손을 빼며) … 걱정 마세요, 할머니.
	내일 재판에서 두 사람 다 넣을 겁니다. (하고는 감찰관과 검사1에게) 가죠.

감찰국 검사들에게 끌려가는 이듬을 보는 진욱, 민부장, 수아 할머니.

33.   달리는 백실장의 차 안 / 밖 (낮)

민호를 만나기 위해 구치소로 향하는 길.
백실장, 심각한 얼굴로 운전 중이다.
신호 걸려 멈춰 서면, 문득 길거리에 [시장통닭] 간판 보이고..

- 플래시백 / 15년 전, 백형제의 추억

- 재래시장 안의 허름한 통닭집 (낮)
10살 민호. 통닭을 정신없이 뜯어먹으면...
마주 앉아 흐뭇하게 보던 30살 백형사(=백실장),
병 사이다 컵에 따르다 건네주며...

백형사 천천히 먹으라니까. (하는데)
여주인 (치킨무 내려놓으며) 애가 참 복스럽게 잘 먹네요.
　　　　(민호에게) 아빠가 통닭 사줘서 좋겠네?
10살 민호 (먹다말고 퍼뜩) 아빠 아니거든요?
　　　　세상에서 젤루 멋진 우리 형이거든요?
여주인 (번갈아보며) 형이... 라고?
백형사 (어색하게 웃어 보이고, 민호 다정하게 바라보는)

- 큰 나무집 앞 골목 (낮)
시장 본 비닐봉지들 들고 집으로 돌아가는 길.
백형사, "민호야. 형이 말야.." 하며 옆을 보면 민호 없다.
의아해서 돌아보면, 마당에 커다란 나무가 있는 이층집[4]을
대문 틈 사이로 구경 중인 민호 보이고... 가까이 다가간 백형사.

백형사 뭘 그렇게 봐?
10살 민호 형. 이 집 진짜 좋다... 그치.

4　백실장이 민호 이름으로 이 집을 사서, 수첩 원본을 큰 나무 밑에 숨겨둠.

나무도 엄청 멋있구.

내가 나중에 돈 많이많이 벌어서... 이 집 꼭 살 거야.

그럼 우리 여기서 오래오래 같이 사는 거다? 알았지?

백형사 (민호 머리 쓰다듬으며) 그래. 오래오래... 같이 살자...

다시 현재.

씁쓸한 표정의 백실장, 조수석의 글로브 박스 열어

흰 봉투 (문서 접혀 들어있는) 집어 든다.

34. 구치소 가족접견실 안 (낮)

특별면회를 신청한 백실장.

절망에 빠져 두 손으로 얼굴 감싸고 있는 민호와 마주 앉아있다.

민호   끝났어... 이제 난 진짜 끝이야...

백실장   (보기 괴로운) ... 민호야.

민호   (백실장 보며) 형도 아까 다 봤잖아.

우리가 무슨 수로 이겨? 없던 것도 만들어내는 그 미친놈들을?

(얘기하다 보니 어이없고 억울한) 형, 이게 말이나 돼?

난 이제 최소 20년은 감옥에서 썩을 거고,

태규 그 새끼 아무 일도 없었던 것처럼 살 텐데- (하는데)

백실장   (품에서 흰 봉투 꺼내 민호 앞으로 내민다)

민호   (?) 이게 뭐야? (열어보는)

- 인서트

민호 손에 들린 종이, [소유주 백민호] 로 되어있는 등기부등본이다.

백실장   (진지한) 기억나?

왜 너 초등학교 다닐 때... 시장 가던 길에

큰 나무 멋있다고 했던 그 집 있잖아.

니가 나중에 돈 많이 벌어서... 꼭 사겠다고 했던 거기.

형이... 못 기다리고 먼저 사버렸다. 미안해.

민호   (당황/황당) ... 지금 뭔 소릴 하는 거야, 형.

백실장   우리 민호, 좋은 집도 있고... 형이 차도 사줄 거니까.

이제 결혼만 하면 되겠다.

형은... 너 닮은 조카 빨리 보고 싶거든.

민호   (답답한) 형. 무슨 소리야? 내 말 못 들었어?

내 인생 완전 끝났다고!

백실장   아니. 아직 안 끝났어. 민호야. 내 말 똑바루 들어.

마지막 방법이 있어. 형이 너 꼭 꺼내줄게.

민호   ?

35. 구치소 앞 + 갑수의 선거사무실 안 (낮)

구치소에서 나온 백실장,

결심한 듯 비장한 표정으로 전화 건다.

자리에 앉아있던 갑수,

핸드폰에 뜬 [백실장] 보고 올 것이 왔다는 표정이다.

갑수   (받으면)

백실장   백상홉니다.

갑수   ...

백실장   ... 수첩, 드리겠습니다. 어디로 갈까요?

갑수   (가만히 생각하다) ... 상호, 니 집이 어디라켔노?

36. 대검찰청 외경 (낮)

37. 대검찰청 – 조사실 (낮)

이듬 맞은편으로 감찰관과 검사1이 앉아있다.
검사1, 이듬에게 백실장과 찍힌 사진을 내민다.

감찰관	백상호와 무슨 사입니까?
이듬	(뻔뻔히 부인하는) 별 사이 아닌데요?
감찰관	피고인 가족하곤 왜 만난 겁니까?
이듬	우연히 만났어요.

검사1, 어이없다는 듯 웃다가-
파쇄된 현지수 진술조서 용지를 일일이 이어붙인 종이 내민다.

검사1	(이듬이 바꿔놓은 부분을 가리키며) 별 사이 아니고,
	우연히 만났다면서 조서는 왜 바꾼 겁니까?
이듬	기억 안 납니다.
감찰관	(언성 높아져) 무슨 거래를 한 겁니까?
이듬	아니- 지금 순서가 틀려먹은 거 아닙니까?
	(사진을 가리키며) 대체 이거 누가 찍었고,
	왜 보냈는지부터 가려야 하는 거 아니냐고요?
감찰관	마이듬 검사! 묻는 말부터 대답하세요.
이듬	이 사진, 누가 보냈는지 밝히기 전까지 나도 묵비권 쓸 겁니다.

감찰관과 검사1... '뭐 이런 또라이가 다 있나' 싶은 표정.

38.   중앙지검 외경 (낮)

39.   동 - 차장검사실 앞 / 복도 (낮)

표정 굳어서 차장검사실에서 나오는 민부장.

그 위로 들리는 차장검사의 목소리.

차장   (소리) 일이 단단히 꼬였다.
       민부장 너한테까지 불똥 튀는 건 아닐지 그게 걱정이야.
       그러지 말고, 그 검사 그냥 버리는 거 어때?

민부장의 발걸음 무거운데- 저편에서 기다리던 진욱이 다가온다.

진욱   어떻게 됐습니까, 마검사님?
민부장   쉽지 않을 거 같아.
진욱   ... 그 사진하고 진술조서, 안태규 쪽에서 손 쓴 거 아닐까요?
민부장   (그럴지도... 난감해 있는데) 글쎄.
진욱   일단 국과수 다녀오겠습니다.
       오늘 재판에서 나온 너클 증거 분석,
       확실한지- 확인해보겠습니다. (하고 간다)

40.   국과수 - 법유전자과 사무실 앞 (낮)

국과수 연구원과 이야기하고 서 있는 진욱.

연구원   너클이요? 글쎄... 전 못 본 것 같은데.
       그런 게 들어왔으면 제가 확인을 했을 거라서요.
진욱   감식 담당자가 정영호 씨로 되어있던데요.
연구원   아, 그 친구 오늘 연차예요.
진욱   네?
연구원   내일 출근하면, 바로 전화드리라고 하겠습니다.
진욱   (찜찜한 듯 보는데)

진욱의 핸드폰 울린다. 받으면, 손계장이다.

손계장   (소리) 검사님...

41.   구치소 외경 (낮)

42.   동 - 접견실 (낮)

테이블을 사이에 두고 마주 앉아있는 진욱과 민호.

진욱   저를 꼭 만나야 한다고 했다구요?
민호   마이듬 검사님은 연락이 안 된다고 해서...
진욱   (이듬 얘기에 살짝 놀라다가) 할 얘기라는 게 뭡니까?
민호   형한테 증거 영상이 있다고 하더라구요.
진욱   증거 영상이요?
민호   그날요, 그날 태규가 걔 때리는 거 찍힌 영상.
진욱   그런 게 있으면 증거로 제출하셔야죠.
민호   형이, 내일 재판에서 증인으로 나오겠대요.
        거기서 영상도 공개한댔어요.
        미리 제출하면 또 저쪽에서 무슨 짓 할지 모르니까요.
진욱   (의혹의 눈으로 보면) ...
민호   저요, 진짜 아니에요. 그 영상만 있으면 다 밝혀질 거라고요.
        그러니까 검사님, 내일 재판에서 저희 형, 증인으로 좀 세워주세요.
진욱   (표정 흔들린다)
민호   (간절한 표정으로 진욱 보는데)

43.   백실장 집 앞 (낮)

갑수의 자동차가 선다.
화면 커지면 교외에 위치한 백실장의 이층집 앞이다.

자동차에서 내리는 갑수, 백실장의 집을 의미심장한 시선으로 보다가...
(백실장의 집 대문 맞은편에 세워둔 지 오래되어 먼지 뽀얗게 쌓인
1톤 트럭이 보인다. 이후 트럭의 블랙박스에 갑수가 드나드는 모습 찍히고.
이후 이듬이 현장 사진에서 백실장 집 창문에 비춰 보이는
1톤 트럭을 발견, 블랙박스를 구하기 위해 추적한다.)

44.   동 – 백실장 집 안 (낮)

거실 소파에 앉은 갑수, 백실장 찻잔을 앞에 놓아주고 앉는다.
갑수, 집 안을 둘러보면- 이층집이라 천장 높고, 널찍한 공간.
그러나 가구는 소파와 TV가 전부고, TV 위로 민호와 찍은 사진뿐이다.
대체로 썰렁한 분위기.

갑수   상호 니 이래 살았나?
백실장   ... 네.
갑수   (쓸쓸한 미소) 니나 내나 참 외롭게 살았네.
백실장   (테이블 아래 놓았던 몹시 두꺼운 수첩을 꺼내더니) 수첩입니다.
갑수   (말없이 보다가) ... 상호야.
백실장   ?
갑수   내 잘못했다.
백실장   새삼스럽게 왜 그런 말을 하십니까?
갑수   아이다. 내 진심으로 하는 소리다.
백실장   ?
갑수   민호가 니한테 어떤 새끼고?
        간난쟁이 버리고 도망친 느그 엄마 대신해 니 손으로 키운
        자슥 아이가? 그런 아를 두고 태규 편을 들었으니
        내 올매나 야속했겠노?
백실장   ...
갑수   그치만도 상호야. 내 한 번만 더 믿어주면 안 되겠나?
백실장   ?

갑수	니도 알제? 끈도 엄꼬, 빽도 엄는 내가 여까지 간신히 왔다.
	앞으로 갈 길도 구만리다.
	그란데 다 지난 일로 빠구 당할 순 없다 아이가?
백실장	(설마) 형님!
갑수	(품에서 흰 종이 몇 장 접은 것과 펜을 꺼내 상호에게 내민다)
백실장	저더러 또 뒤집어쓰라 이 말입니까?
갑수	지금 내를 살릴 사람은 상호 니밖에 읎따.
	민호 살릴 사람은 나밖에 업꼬.
백실장	(하...) ...
갑수	이건 명령도 아이고, 협박도 아이다.
	니를 아낀 형으로 하는 부탁이다. 안 되겠나?
백실장	(갈등하는 눈으로 흰 종이 보는데)
갑수	상호야! (간절히) 민호 꼭 살릴 끼다. 그라니 니도 내 한 번만 살리도!
백실장	(다시 갈등하는 눈으로 갑수 본다)

(짧은 시간 경과)

백실장, 참담한 표정으로 종이에 '자술서'라 쓰고
'저 백상호는...' 이라 쓴다.

갑수	고맙데이! (하고 수첩을 들고 일어나 펼쳐드는데)

수첩 안 내용을 보는 갑수의 표정이 서서히 굳어간다.
빼곡한 글씨로 20년 동안 갑수의 악행들이 적혀있는 수첩 안.
갑수의 시선을 따라가보면, '형제공장 성고문'
'곽영실 납치' '곽영실 살인교사' '청운각 성로비 접대'
'미래당 대표에게 진설희 성접대' 등등이 쓰여있다.
갑수, '이걸 다 적어놨었다 이거지? 이걸 다??'
차갑게 굳어가는 갑수의 눈빛!
백실장, 등 뒤에서 살기등등하게 노려보는 갑수를 의식하지 못한 채
자술서를 쓰고 있다.

어느새 '위에 적은 모든 내용은 진실입니다.' 마침표까지 찍는 백실장 위로
갑수의 검은 그림자가 드리운다.

45.　　법원 외경 (낮)

46.　　형사대법정 (낮)

자막 [공수아 살인 사건 2차 재판 – 국민참여재판]
1차 재판과 마찬가지로 판사석에 주심과 부심 2명,
피고인석의 태규와 허변, 국선변호인과 민호,
배심원단 9명 자리하고 있고.
역시 방청석 중앙에 앉아있는 수아 할머니와 민부장.
그리고 검사석에 초조한 표정으로 앉아있는 진욱 보인다.

재판장　검사, 증인은 아직입니까?
진욱　　네, 조금만 더 기다려주십시오. 곧 올 겁니다.

진욱, 민호를 한 번 보는데
역시 초조한 표정으로 법정 출입구 쪽을 쳐다보고 있는 민호 보인다.
이때 허변이 일어서며 말한다.

허변　　재판장님, 오지도 않는 증인을 계속해서 기다리는 건
　　　　시간낭비 아닌가요?
　　　　검사 측에서는 증인을 핑계로 공소장 변경도 하지 않은 상태입니다.
재판장　(진욱 보며) 검사... (하는데)

갑자기 웅성거림 커지는 법정.
배심원과 방청객들 삼삼오오 모여 핸드폰을 들여다보고
"죽었다고?" "검사 때문에?" "백민호 형? 그럼 저 사람 형이라는 거야?"

하며 놀란 표정으로 수군대는 소리 들린다.
민호도 그 소리에 놀라, '뭐야?' 하는데-
이때 교도관이 실무관에게 다가가 뭐라고 이야기를 전한다.
실무관, 교도관의 이야기 듣고 재판장에게 서류 한 장 내밀면,
재판장, 서류 보고 놀란 표정으로 진욱 쪽을 보는데.

재판장   검사, 신청했던 증인이 백민호 피고인의 형 백상호 씨 맞습니까?
진욱   네.
재판장   백상호 씨가 방금 사망한 채 발견됐다고 하는데요?
진욱/민호 !!!!!!!!!

47.   몽타주 - 백상호의 죽음 (낮)

- 백실장의 이층집 (낮)
2층으로 올라가는 계단에 목을 맨 채 비스듬히 누워
천장을 바라보고 있는 부자연스런 자세의 백실장.
백실장 옆에 유서(자술서)가 놓여있다.

- 백실장의 집 외경 (낮)
폴리스 라인 둘러진 백실장의 집 외경 보인 후,
탁자 위에서 발견된 백실장 자술서, 보여지고,

기자   (소리) 여고생 공 모 양 살인 사건의 피의자
백 모 씨의 친형, 백상호 씨가 자택에서 숨진 채 발견된 가운데...
백 씨가 동생 재판을 담당했던
마 모 검사의 협박을 받아왔단 사실이 유서를 통해 드러났습니다.

- 백실장의 장례식장 (낮)
"아이고, 상호야!!!" 빈소로 뛰어 들어가
오열하는 갑수 보이고...

기자   (소리) 숨진 백 씨와 각별한 사이였다는 조갑수 후보는
       마지막 선거 유세 일정도 취소하고
       백 씨의 빈소에 방문해... 큰 슬픔을 나타냈습니다.

       - 동 / 빈소 안 (낮)
       눈이 벌겋게 달아오른 갑수.
       침통한 표정으로 앉아... 백실장의 영정사진 뒤로 한 채
       기자들에 둘러싸여 인터뷰를 하고 있다.

갑수   상호와는... 20년 전, 신입 형사와 선배로 만나
       현장에서 동고동락해왔습니다.
       형제 그 이상의 정을 쌓아온 피붙이나 다름없습니다.
       어린 동생 홀로 키우느라 장가도 못 가고,
       그저 동생 하나 바라보며 살아온 우리 상호를... (울컥)

       갑수 눈에서 눈물 뚝뚝 흐르자, 기자들 플래시 터뜨리고...

갑수   ... 마이듬 검사가 이렇게 압박했다고 합니다.
       거짓말이라도 좋으니 정치적 이슈를 일으켜라!
       니 동생 구하고 싶으면... 가짜라도 좋으니 증거를 만들어 와라!!!
       이러한 압박을 견디다 못한 우리 상호가
       스스로 목숨을 끊을 때까지...
       왜 아무도 그 검사를 막지 않았습니까?
       검찰은 대체 뭘 하고 있었단 말입니까?

48.   형사대법정 인 (낮)

       어수선한 분위기의 대법정 안-
       패닉에 빠져 두 손으로 머리 감싼 채 앉아있는 민호 보이고,

재판장, 판결문을 읽기 시작한다.
넋 나간 표정으로 일어서는 민호, 여유로운 표정의 태규.

재판장 피고인 백민호는, 피해자를 강간하는 과정에서 오랜 시간 폭행해
사망에 이르게 하고, 이를 은폐하려는 목적으로 시신을 유기하는 등
극악무도한 범행을 저질렀다. 그럼에도 이에 대한 특별한 반성 없이
오히려 함께 있던 피고인 안태규에게 범행을 떠넘기려는 행동까지 하여
더 이상 어떠한 관용도 베풀 수 없게 하였다. 이에 본 재판장은
배심원들의 만장일치 평결을 받아들여 다음과 같이 선고한다.
주문, 피고인 백민호를 징역 18년에 처한다.
피고인 안태규는 방조 혐의를 받아들여 징역 3년에 처한다.
다만 5년간 위 형의 집행을 유예한다.

넋 나간 표정의 민호가 교도관들에게 끌려 들어가면
피식 웃으며 수고했다는 듯 허변과 악수하는 태규.
진욱, 분노와 허탈함으로 고개를 떨구다가 벌떡 일어나
어디론가 간다. (너클 증거분석 다시 알아보려 국과수로)

49. 여아부 – 민부장 사무실 (낮)

민부장, TV로 뉴스 보고 있다.

- 인서트 / TV 화면
백실장의 빈소에서 기자들에게 인터뷰하는 갑수 보인다.

갑수 *저 조갑수, 국민의 한 사람으로서!*
검찰 당국에 간곡히 요청드립니다.
승소를 위해 거짓과 증거조작까지
불법을 일삼은 악덕 검사!
무리한 수사와 도를 넘은 협박으로 사람을 죽인 살인 검사!

마이듬을 엄벌에 처해주시길 바랍니다!!!

리모컨으로 TV 끄는 민부장, 깊은 한숨을 쉰다.
이어, 결심한 표정이 되어 일어선다.

50.   법무부 외경 (낮)

감찰관   (소리) 지금까지 전부 다 민부장님이 시켰다는 겁니까?

51.   법무부 감찰관실 (낮)

[감찰관 신경태] 라고 쓰여있는 명판 보이고,
책상을 사이에 두고 앉아있는 민부장과 감찰관이 보인다.

민부장   네, 조서 조작부터 모두 제가 지시한 일입니다.
마이듬 검사는 거기에 따랐을 뿐이고요.
감찰관   다 책임지겠다는 말씀입니까?
민부장   그래야죠.
감찰관   징계나 좌천 정도로 안 끝날 수도 있습니다.
민부장   (깊은 숨을 삼키는데) 각오하고 있습니다.
감찰관   (보다가) 이해할 수가 없네요.
그 검살 이렇게까지 감싸는 이유가 뭔지. (시니컬한 미소)
민부장   (쓸쓸한 얼굴로 책상 위에 검사 신분증을 내려놓는다)

52.   대검찰청 – 조사실 안 / 밖 (낮)

이듬, 불안한 표정으로 서성거리는데- 문 열리더니 감찰국 검사1 서 있다.

검사1	마이듬 검사, 조사 끝났습니다.
	복귀하셔도 좋습니다. (이듬의 핸드폰 내민다)
이듬	(뭐지? 하는 표정으로 핸드폰 받는데) ?

53.　동 – 로비 (낮)

이듬, 걸어가면- 마주 오던 양복쟁이들, 이듬을 알아보는 눈빛.
자기들끼리 숙덕거리는 모습이다.
이듬, 신경 쓰지 않겠다는 듯 콧방귀 한 번 뀌고,
핸드폰 전원 버튼 누르는데- 진동 세게 울리더니 대기 화면에 바 형태로
[뉴스 속보 : 여고생 살인 사건 피의자 형, 검사 압박에 못 이겨 자살]
알림이 뜬다. 얼굴 딱 굳는 이듬, '어떻게 된 거지?' 싶어서 알림 눌러 보면

- **인서트** / 핸드폰 뉴스 화면
[여고생 살인 사건 유력 피의자의 형, 숨진 채 발견]

지난 14일 영파시 야산에서 변사체로 발견되어 충격을 주었던
여고생 공 모 양 살인 사건의 재판이 열리고 있는 가운데
유력 피의자인 백 모 씨(25세)의 친형인 백 모 씨(45세)가
자신의 집에서 숨진 채 발견되었다.
경찰은 유서를 남긴 백 씨가 스스로 목을 매
자살한 것으로 추정하고 있으나 정확한 사인과 경위를 조사하고 있다.
백 씨는 유서를 통해 자신이 수사를 담당한 검사로부터
동생을 빌미로 협박을 받았다는 내용을 기술함에 따라
스트레스와 압박으로 인해 자살을 선택한 것으로 보인다.

이듬, 몹시 놀란 표정이 되는데..,

오부장	(소리) 마검사.
이듬	(보면)

오부장　(비웃는 표정으로 이듬 앞에 다가선다) 너 아주 빵 떴더라?

　　　　부장검사 킬러라고 소문이 아주 자자해.

이듬　　무슨 말씀이 하고 싶은 겁니까?

오부장　민지숙 부장, 너 대신 사표 냈다.

이듬　　네?

오부장　니가 증거 조작한 거 덮었다며?

　　　　거기다 피의자 가족 찾아가서 협박한 것까지 묵인해줬다며?

이듬　　(믿을 수 없는) …

오부장　(어이없다는 듯) 참 나. 그렇게 좌천을 밥 먹듯이 해도 꿈쩍 않더니

　　　　민부장도 부하 검사 잘못 만나 골로 가네.

　　　　이쯤에서 뭐 느껴지는 거 없냐?

이듬　　…뭘요? 부장님도 그만뒀으니 너도 관둬라, 이 말입니까?

오부장　스스로 관둘 거 뭐 있냐. 어차피 너두 짤리게 생겼는데.

이듬　　네?

오부장　너 올해가 검사 7년 차지?

　　　　검사 적격심사 대상자로 이름 올라갔어.

　　　　야, 한때 정으로 충고하겠는데- 쪽팔리게 짤리지 말고, 그냥 옷 벗어.

　　　　짤리면 변호사도 못하잖아? (비웃으며 간다)

이듬　　(여러 가지 충격으로 할 말을 잃은) …

54.　　여아부 - 민부장 사무실 (낮)

　　　　개인 집기들 들어있는 짐 박스 들고, 나가려는 민부장.

　　　　미련이 남은 듯, 사무실 안을 휘 둘러보는데-

　　　　이때 장검, 서검, 구계장, 손계장이 들어온다.

민부장　(의연히) 무슨 좋은 일 났다고 여기까지 왔어? 바쁜데 일 안 하고?

장검　　(묵묵히 짐 들어주려) 이리 주세요. 제가 모셔다 드릴게요.

민부장　됐어. 다들 자기 자리로 돌아가 일들 해.

　　　　그리고 장검은 앞으로 나 대신 여아부 잘 끌어가고

장검   부장님. (울먹해서 보는데)
서검   (눈치 없이 구계장에게) 근데요, 잘못은 마검사님이 했는데
         왜 부장님이 그만두시는 거예요?

         분위기- 썰렁해진다.

구계장   (얼른) 아, 우리 송별회는 안 합니까?
         부장님, 이대로 보내드리기 너무 섭섭한데...
         제가 알아볼까요? (어색하게 웃는데)
손계장   (됐다는 듯) 부장님. 저 필요하시면 언제든지 연락주세요.
         부장님께서 부르시면 바로 사표 쓰고 따라갈게요.
민부장   (미소 짓고는) 갈게. 다들 잘 있어. (가면)

         쓸쓸히 짐을 들고 나가는 민부장.
         여아부 식구들, 그런 민부장의 뒷모습을 안타깝게 보는...

55.   검찰청 – 야외 주차장 (낮)

         민부장, 손에 든 박스- 차 뒷좌석에 놓고 차문 닫는데-

진욱   (소리) 부장님!!

         보면, 진욱이 뛰어와 민부장 앞에 선다.

진욱   공수아 사건! 너클 증거 조작한 정황, 확인하고 오는 길입니다.
         저, 항소할 겁니다, 부장님!
         아무것도 포기 안 했습니다.
         안태규, 공수아 사건 주범으로 꼭 잡아넣을 겁니다.
민부장   (대견한 듯 미소) 그래. 나도 포기 안 했어, 여검.
         우리 다시 만나게 될 거야. (하고는 진욱의 어깨를 툭툭 쳐주고 차에 탄다)

이어, 민부장의 자동차 떠난다.
진욱, 그 모습을 안타깝게 쳐다보는데-

56.   여아부 - 민부장 사무실 안 (밤)

이듬, 사무실 들어와 보면- 명패 없이 텅 빈 책상이 눈에 들어온다.
허탈하게 그 모습을 보는데...

진욱   (소리) 수아, 억울함 풀어준다면서요?

이듬, 돌아보면- 어느새 들어온 진욱, 앞에 서 있다.

진욱   안태규, 집유로 빠져나갔고...
       증언하기로 한 백상호, 죽었습니다.
       민부장님 그만두셨구요.
이듬   ...
진욱   마검사님 어머니 일은요?
       꼭 밝히겠단 진실은 어떻게 됐죠?
이듬   ...
진욱   (슬픈 눈으로 보며) 대답 좀 해봐요.
이듬   ... (한참 말 못하다 목이 메어) 맞아요.
진욱   !
이듬   (쓸쓸히) 내가 다 망쳤어요. (하고는 나간다)
진욱   (처음 보는 이듬의 모습에 가슴 무너지는) !!

              •

57.   검찰청 앞 거리 (밤)

넋 나간 얼굴로 터덜터덜 걸어가는 이듬.

문득 걸음을 멈추고 어딘가를 보는 시선 따라가면-

고층 건물 앞 뉴스 전광판,

꽃목걸이 목에 건 조갑수의 환한 얼굴 위로

[조갑수 압도적인 표차로 영파시장 선거 당선 확정!] 뉴스 자막 뜬다.

그 모습에 허탈한 듯 하하- 웃는 이듬.

그때 조금씩 떨어지는 빗방울.

거리의 사람들, 갑자기 떨어지는 비를 피하려 뛰어가기 시작하는데-

이듬 혼자 우두커니 비를 다 맞으며 조갑수의 성공을 아프게 쳐다본다.

58.   갑수의 선거사무실 (밤)

선거운동원들 "조갑수!" "조갑수!!" "영파시장 조갑수!!"를
연호하는 가운데-

꽃목걸이 목에 건 갑수가 벅찬 미소로 김보좌관을 비롯한

선거운동원들에게 "고생했습니다." "고맙습니다." 인사하며

악수하고 포옹하는 훈훈한 사이...

김보좌관, 누군가와 통화 끝내고 갑수에게 다가온다.

김보좌   (갑수에게 다가가) 당대표님께서 축하 자리 마련해놓고 기다리십니다.

갑수   알았다. (하다가 무심코) 백실장은 어뎄노? (하는데)

김보좌   네? (당황해 보는데)

갑수   (아차 싶어) 아이다. (하고 어색한 미소)

(시간 경과)

선거사무실, 갑수 혼자 서서 창밖 보는데- 쓸쓸한 표정.

이때 백실장 목소리 들린다.

백실장   (소리) 당선 축하드립니다. 조갑수 시장님!

갑수, 놀라서 보면- 백실장이 서서 환하게 웃고 있다.

갑수   상호야... 니 (어떻게... 하는데)

다시 보면- 백실장 없고 아무도 없는 썰렁한 사무실.
갑수, 확 외로워진다.

(시간 경과)

갑수, 불도 안 켜진 텅 빈 사무실 구석에서
"상호야... 상호야."를 연발하며 홀로 오열한다.

59.   검찰청 외경 (아침)

60.   여아부 – 이듬 / 진욱 사무실 (아침)

진욱, 출근해보면- 이듬 책상, 명패도 없이 싹 치워져있다.
'어?' 해서 보는데 문자 수신음 들린다. 보면-

중개인   (소리) 803호 나갔슈. 보증금 나한테 입금해주면 처리할게유.

진욱, 놀라서 후다닥- 나가면...

61.   이듬의 오피스텔 (아침)

이듬, 이삿짐 싸고 있다.
짐 거의 다 싸서- 횡뎅그레한 이듬의 오피스텔 안 보인다.
거실 구석에 놓아둔 엄마의 3D 복원 사진 액자를 한참 들여다보는 이듬.

박스 안에 넣을까 어쩔까 잠깐 망설이다가... 액자, 박스 안에 넣는다.

(시간 경과)

문 열리면- 진욱, 들어온다.
보면- 이듬, 어느새 가고 집에 아무도 없다.
진욱, 핸드폰 꺼내 이듬에게 전화를 걸지만-
'전화기가 꺼져있어...' 하는 안내 음성 나온다.
허탈한 표정으로 털썩- 주저앉는 진욱.

62.　검찰청 외경 (낮)

자막 [3개월 후]

63.　여아부 – 진욱의 사무실 (낮)

진욱, 사건기록 들여다보는데,
누군가 진욱 앞에 다가와 앉는다.

진욱　(사건기록에 시선 둔 채로) 조사 시작하겠습니다. (하고)

고개 들면 깜짝 놀라는 표정.
변호사 배지를 단 이듬이 진욱 앞에 떨떠름한 표정으로 앉아있다.

진욱　(놀라움과 반가움) 마검사님!!
이듬　(별로 시선 마주치고 싶지 않은지 딴청 피우는데)
진욱　(변호사 배지 보고) 여긴 무슨 일로... (하면)

이때, 통 넓은 원피스 차림의 손계장, 몹시 난감한 표정으로 다가와 사건 파일을 진욱에게 준다.

진욱, 열어 보면... [피의자 마이듬] 이라 적힌 것 크게 보인다.

헉!! 놀라 이듬을 보는 진욱의 표정과

사연 많은 표정으로 앉아있는 변호사 이듬의 표정 이등분되며... 10부 끝!

· 마녀의 법정 ·

11부

1.   검찰청 외경 (낮)

2.   여아부 - 진욱 / 박검 사무실 (낮)

        진욱, 사건기록 들여다보는데,
        누군가 진욱 앞에 다가와 앉는다.

진욱   (사건기록에 시선 둔 채로) 조사 시작하겠습니다. (하고)

        고개 들면 깜짝 놀라는 표정.
        변호사 배지를 단 이듬이 진욱 앞에 떨떠름한 표정으로 앉아있다.

진욱   (놀라움과 반가움) 마검사님!!
이듬   (별로 시선 마주치고 싶지 않은지 딴청 피우는데)
진욱   (변호사 배지 보고) 여긴 무슨 일로... (하면)

        이때, 통 넓은 원피스 차림의 손계장,
        몹시 난감한 표정으로 다가와 사건 파일을 진욱에게 준다.

진욱, 열어 보면... 사건기록 뚜껑에 [피의자 마이듬] 적힌 것 크게 보인다.
'피의자??' 헉! 놀라 보는 진욱의 표정과
사연 많은 표정으로 앉아있는 변호사 이듬의 표정.
진욱, 얼른 다음 장 넘겨보면- 죄명 '강제 성추행' !!!

진욱	... 강제 성추행??
이듬	(하... 짜증) ...
진욱	(어이없는) 아니 대체 그동안... 어떻게 살았길래...
	(이런 바닥까지 떨어졌나요? 하듯 보면)
이듬	(아나...)

3.　　이듬의 원룸 안 (낮)

자막 [일주일 전]
여기저기 널려있는 빈 컵라면 용기들과 맥주캔들, 먹다 남은 과자들...
바닥에 정리 안 하고 그대로 쌓아놓은 옷가지들, 구석에 잔뜩 쌓인
택배 상자들... 눈 뜨고 못 볼 지경인 집 안 모습 위로-

상담원	(소리) 혹시 지금 힘들지 않으세요?

폐인 같은 모습의 이듬, 바닥에 누워 침대에 발 올려놓은 자세로
대출 상담전화 받고 있다.

이듬	(무기력) 뭐 좀 그런 거 같긴 한데... 왜요?
상담원	(소리/빠르게) 저희 은행에서 이번에 아주 괜찮은 대출상품 나와서요.
	혹시 직장인이시고, 4대 보험 적용받으시고, 연체 내용 없으시면,
	최저 4.7프로 우대금리 적용에 최고 (강조해서) 5천만 원까지!!
	한 번에 대출 가능하세요.
이듬	5천이요? (솔깃하다가) ... 혹시 무이자 대출 되나요?
	... 알겠습니다. (끊고 아쉬운 듯 쩝!) 아... 돈... 돈이 필요해.

괴로워 몸부림치다 뭔가 결심한 듯 벌떡 일어나는 이듬.

4. 대형로펌 건물 로비 (낮)

산뜻하게 차려입은 이듬이 당당하게 걸어간다.

5. 동 - 인사담당자 사무실 안 (낮)

이듬, 인사 담당자 앞으로 이력서 착- 내밀더니 털썩 앉는다.

이듬   거기 퇴사 날짜 보이죠?
담당자   (보고) 네.
이듬   (자신을 가리키며) 완전 따끈따끈한 전관 출신!
담당자   ...
이듬   연봉은 3억으로 하고요, 인센티브는 20프로.
        내 앞으로 오는 수임료는 8 대 2! 아! 내가 8이에요.
담당자   ...
이듬   그리고 마지막으로 하나 더!
        일단 5천만 미리 땡겨주시죠. 콜?

        '뭐 이런 또라이가 다 있지?' 싶은 담당자 얼굴 위로-

이듬   (소리) 아니, 내가 왜 불합격이죠? 네?

6. 무한리필 삼겹살집 (밤)

테라스 자리.

이듬 혼자 고기 구워먹으며 인사 담당자에게 항의 전화 중이다.

이듬   진짜 납득이 안 가서 그래요.
               따끈따끈한 전관 출신에!
               검사 재직 당시 승소 기록도 수두룩에! 어? (하는데)
담당자   (소리) 사회적으로 물의를 일으킨 변호사는 받지 않는 것이
               저희 로펌 방침입니다. (끊는다)
이듬   아나... 어디 하늘에서 5천만 안 떨어지나?

이때 누군가의 손이 불쑥 이듬 시선에 들어온다.
보면- [마법나이트 WT 5천만 - 입구에서 5천만을 찾아주세요!]
명함 붙여놓은 껌을 내미는 나이트클럽 삐끼다.

웨이터   부킹 빠방하게 책임질 테니 놀러 오세요, 누님! (윙크하고 간다)

이듬, '뭐야?' 하다가 껌 포장지에 붙은 명함을 의미심장하게 본다.

7.   서부지검 앞 (다음날 낮)

선글라스를 낀 이듬, 핸드폰 들어 셀카를 찍더니-
뭐라 뭐라 글자 찍는 모습.

- **인서트** / 이듬의 인스타 계정
폼 나게 나온 이듬의 셀카 사진 밑으로
[#새로운시작 #잘나가는변호사 #따끈따끈전관출신변호사]
등등의 해시태그 붙은...

(시간 경과)

서부지방검찰청이라 적힌 정문 앞-

[따끈따끈 전관 출신 변호사 마이듬] 명함 붙은 판촉용 물티슈,
팔에 걸은 종이백에서 꺼내 나눠주는 이듬-
"전관 출신입니다." "상담 무료입니다." 하며 영업하는데,
어디선가 들리는 낯익은 목소리.

손계장   (소리) 어머, 마검사님!!
이듬   ?

손계장과 구계장이 저쪽에서 이듬을 보고 있다.

이듬   사람 잘못 보셨습니다. (하고 다른 쪽으로 가려는데)
손계장   마검사님 맞네요! (하고 다가온다)
이듬   (아나~ 팔에 걸고 있던 종이백 얼른 빼서 뒤쪽 바닥에 내려놓는데)
구계장   오랜만이네요. 마검사님.
손계장   그니까요. 잘 지내신 거죠?
이듬   저야 뭐 (하다가 손계장 배를 보더니 놀라) 이거 뭐죠? 설마?
손계장   (배를 만지며) 3개월이에요.
이듬   (헉!) 3개월?? 그럼 나 여아부 나갔을 땐데?
         어떻게 된 거예요? 누구야, 대체?
구계장   (조심스럽게 손을 들며) 접니다.
이듬   헐! 대박!!
손계장   아니... 그때 왜 마검사님하고 민부장님 그렇게 나가시고-
         너무- 속상해서 우리끼리 술 한 잔 했는데... (하고 구계장 쿡 찌르면)
구계장   한 방에 ... 이렇게 되더라구요. 그래서 태명두 한방입니다.
이듬   (큭 웃고는) 근데 3개월 치고는 배가 너무 많이 나온 거 아니에요?
손계장   (해맑게) 아~ (배를 가리키며) 여기까진 원래 제꺼구요.
         여기부터가 우리 애기예요.
이듬   암턴 뭐 잘됐네요. 축하드려요. 뭐 나들 잘 지내시죠?
손계장   그럼요.

8.　　　몽타주 - NEW 여아부 근황 (낮)

손계장 목소리 이어지며, NEW 여아부가 몽타주로 보인다.

- 여아부 회의실 (낮)
진욱, 박검, 서검, 윤검, 구계장, 손계장 앉아있다.
민부장 자리에 앉은 장부장(이하 '장검'), 나름 카리스마 있는 표정이다.

손계장　　(소리) 장검... 아니 장부장님은요. (하면)

장검　　　이 사건, 감정적으로 덤비지 말고,
　　　　　냉정하게 최선을 다해 해결하도록!

서검　　　(옆에 앉은 손계장에게 슬쩍) 방금 하신 말씀,
　　　　　어디서 많이 들어 보지 않았어요?

손계장　　(소리) 민부장님 빙의 느낌으로 분위기 완전 바뀌셨구요~

- 윤검 / 서검 사무실 앞 복도 (낮)
[검사 윤재룡 / 검사 서유리] 명패 달려있는 문 보인다.
윤검, 수사기록 들고 나오는 모습.

손계장　　(소리) 그리고 장검사님 자리는요, 윤검사님 아시죠?
　　　　　3개월 해외연수 끝나고, 여아부에 합류하셨어요.
　　　　　서검사님이야... 뭐...

서검　　　(소리) 윤검사님~~

윤검, 보면- 서검, 두꺼운 사건기록 들고 다가오더니-

서검　　　(사건기록 여기저기 가리키며) 여기 말이에요. 왜 그런 거예요?
　　　　　그리고 또 여긴 왜 이런 거죠? 네?

윤검   (난감한 표정으로 보는)

       - 진욱 / 박검 사무실 (낮)
       진욱, 사건기록 읽으며 자리로 걸어가 앉는다.

손계장   (소리) 여검사님은요.

진욱   (무심코) 마검사님. 이거 좀 봐주시죠. (하는데)

       화면 커지면- 이듬 자리에 앉은 박검, 맘에 안 든다는 듯-

박검   나 박검이야~~ 너 왜 맨날 나한테 마검이라 그러니? 어?

손계장   (소리) 마검사님 자리엔 박검사님 오셨구요.

       - 여아부 복도 (낮)
       박검, 퇴근하는 진욱에게 찰싹 붙어 귀찮게 하는-

박검   여검, 우리 너무 선후배 간 스킨십이 없는 거 아니니?
       가는 길에 싸우나 어떠니? 싸우나 끝나고 해장국 어떠니? 어?
진욱   (난감, 얼른 빠져나간다)

9.   다시 서부지검 앞 (낮)

       이듬, '아... 다들 잘 지내고 있구나' 싶어 살짝 씁쓸해지는데-

손계장   마검사님은요?
이듬   네?
손계장   어떻게 지내셨어요? 전화번호도 바꾸시고-
       여검사님이 엄청 궁금해하셨는데... (하면)

이듬	저야 무지 잘 지냈죠. (하고)

선글라스 촥! 끼더니 자동차 키 버튼 삐삑! 하고 누르면
조금 떨어진 곳에 새로 뽑은 이듬의 자동차가 번쩍거리며 서 있다.

손계장	어머! 검사님! 어디 좋은 로펌 들어가셨나 보다. 차도 뽑으시고-
이듬	(어깨 으쓱하며) 아직은요. 오라는 데가 하~도 많아서
	조율 중이에요. (하는데)

이때, 이듬 뒤로 지나가던 남자, 바닥에 놓아둔 종이백을 툭 치고 지나간다.
쓰러지면서 쏟아져 나오는 판촉용 물티슈들.
쪽팔린 이듬, 다급히 물티슈들 집어넣으려 하지만-
손계장, 구계장- 같이 주워주려다
[따끈따끈 전관출신] 명함 붙은 물티슈를 보고 만다.

이듬	(당혹스럽지만 못 본 척하며) 청첩장 나오면 톡 보내세요~ (하고 간다)
손/구	(그런 이듬 보다가... 물티슈 한 번 보다가... 어쩌냐~ 걱정의 눈빛)

이듬	(소리) 아나~!!!

10.   검찰청 근처 편의점 앞 (밤)

도로변에 차 세워져있다.
맥주 시원하게 들이키고는 탁! 내려놓는 이듬,
테이블 위로 빈 맥주캔, 벌써 8개... 문제의 종이백도 있다.

이듬	맥주를 9개나 들이붓는데도 쪽팔림이 안 가시네, 진짜.
	(종이백 보며) 아니 넌 왜 하필 그때 기어나오고 난리냐고~
	(하다가 정신 승리) 아니다, 마이듬.
	뭐 돈 벌자고 열심히 뛰는 게 뭐가 챙피하냐? 어?

그리구 지금 쪽팔릴 시간이 어딨냐?
이럴 때일수록 정신 똑바로 차려야지. (하다가 다시) ... 어우 쪽팔려!
... 에이 씨! 집에나 가자. (리모컨 뽝 켜고 일어서는데 휘청)

11.   이듬의 자동차 안 / 밖 (밤)

이듬, 조수석에 앉아있다가- 문 열리는 소리에 눈 뜨면-
이듬의 가물가물한 시야를 통해 보이는 대리기사.
송중기/박보검처럼 꽃미남으로 보인다.

대리	대리 부르셨죠? (미소를 짓는데)
이듬	어우- 요즘 대리기사는 얼굴 보고 뽑나 봐요? (씨익- 느끼하게 웃는데)

12.   다시 현재 – 진욱 / 박검 사무실 (낮)

어이없어 이듬을 쳐다보는 진욱.

진욱	그래서? 대리기사를 강제 성추행했다?
이듬	아니요! 아니요!! 아니요!!!
진욱	(기록을 읽는) 허벅지를 수차례 쓰다듬고, 귀에 뜨거운 바람을 불어넣고, 이후 억지로 포옹을 시도했다... 고 나오는데요?
이듬	내가요? 내가 허벅지를요? 왜요?
진욱	(다시 기록 보더니) 너무 잘생겨서 참을 수 없었어요...
이듬	에??
진욱	... 라고 당시 피해자한테 만했다던데, 기어 안 나세요?
이듬	나면? 여기까지 왔겠어요? 벌써 무고죄로 고소했지. 암튼 난 아니니까 불기소 처분하세요.
진욱	저도 그러고 싶은데, 마검사님 주장을 입증할 방법이 없네요.

블랙박스도 없고.

이듬   (아나…) 그럼 대질신문 가죠!

(시간 경과)

전혀 잘생기지 않은 30대 남자가 완전 억울한 표정으로 앉아있다.
옆으로 이듬, 얼척 없다는 듯 노려보는데-

진욱   (중얼) 아… 뭐… 사람마다 미적 기준은 다르니까요.

이듬   (뭐요? 하듯 노려보는데)

진욱   (대리기사에게) 그래서요? 계속하시죠.

대리   아니, 이 여자가 갑자기 저를 확 덮치면서 뭘 누르는데-
         운전석 시트가 지이이잉- 내려가면서 완전 누운 자세가 되는 겁니다.
         그러고 저를 요래요래- 느끼하게 보는데~

이듬   (아나… 듣고는) 저기요. 선생님. 운전석이 뭐 어쨌다구요?

대리   ?

13.   **검찰청 야외 주차장 – 이듬 자동차 안 / 밖 (낮)**

이듬, 운전석 쪽 차문 열어놓은 채로 시트 젖혀지는 거, 시연 중이다.
앞에 진욱과 대리기사 서 있다.

이듬   봐요. 봐. (수동 레버 당기면 바로 젖혀지는)
         어디가 지잉입니까? 네? 아주 그냥 확확 제껴지는구만!

진욱   (의혹으로 대리기사 보는) 뭡니까?

대리   (찔려서 시선 회피) 아… 그게…

14.   **여아부 복도 (낮)**

진욱, 이듬- 조사실에서 나와 복도 걷는다.

진욱   지갑 훔치려다 걸려서 성추행으로 둘러댔다고 자백했습니다.
       전과 기록 조회해보니 취객 절도 전과도 있더라고요.
       마검사님 사건, 불기소 처분하겠습니다.
이듬   당연하죠. (하고 가려는데)
진욱   마검사님!
이듬   (돌아보면)
진욱   그동안 어떻게 지낸 겁니까, 걱정 많이 했습니다.
이듬   그동안 잘 지냈구요. 걱정 안 하셔도 됩니다. (가려는데)
진욱   ... 또 만나게 될 겁니다.
이듬   네?
진욱   전 달라진 게 없거든요.
       공수아 사건 항소 준비 중이고요.
       마검사님 어머니 일도 어떻게든 도울 겁니다. 검사로서.
이듬   ... 여검 어머니는 어쩌고요?
진욱   (예상한 반응이지만 마음 아픈) ...
이듬   나두 달라진 거 없어요.
       내 일은 내가 알아서 할 거구요.
       그리고 한때 정으로 충고하겠는데-
       감당 안 될 일은 첨부터 덤비지 마시죠. 나중에 나 원망하지 말고-
       (쌩하니 간다)
진욱   (쓸쓸한 표정으로 본다)

15.   검찰청 건물 앞 (낮)

       이듬, 표정 안 좋은 채로 나오다가
       핸드폰 메시지 도착 소리에 멈칫한다. 서서 확인해보면-

       - **인서트** / 문자 내용

[동신은행 출금 알리미

전기요금 17,470원

잔액 876,500원]

이듬   아나... 타이밍 죽이네 진짜. (하는데)

상현   (소리) 어디 괜찮은 변호사 없을까?

이듬, 그 소리에 고개 돌리면-
만년필이 꽂힌 재킷 차림, 꽃미남 이상현(30대)이
심각한 표정으로 통화 중이다.

상현   돈은 얼마 들어두 상관없어! 나 진짜 급해서 그래.
이듬   (어디서 봤더라? 하는 표정으로 보다가) !!

- 플래시백 / 경찰서 안 (밤)
형사1 앞에 앉은 이듬, 한쪽 다리 올리고 앉아 잔뜩 짜증난 표정.

형사1   자꾸 아니라고만 하지 말고- 블박이라도 주시던가?
이듬   없어요, 블박. 깡통차라서.
형사1   그럼 성추행으로 송치시킬 수밖에 없습니다.
이듬   아, 뭐라구요? (하는데)

상현   (소리) 그런 거 아니라니까요, 증말!

이듬 보면, 바로 옆에 앉아있는 상현- 형사2에게 조사받고 있다.

형사2   차라리 합의를 보는 게 어때요?
상현   아, 미치겠네.

다시 검찰청 앞.

이듬, '오~' 관심 있는 눈빛으로 상현을 쳐다보는데-

상현   어, 전관 출신에 성범죄 전문이면 더 좋겠어.

이때, 상현의 어깨를 톡톡 두드리는 이듬의 손.
상현, 돌아보면- 이듬이 명함 물티슈를 내민다.
[따끈따끈 전관 출신 변호사 마이듬]

16.   몽타주 - 사건 인트로 (낮/밤)

- 스튜디오 안 (낮)
아기자기하고 예쁜 케이크를 들고 환하게 미소 짓는
하얀 가운, 위생모 차림의 꽃미남 파티셰 상현,
화면 커지면, 조명과 배경 놓인 소규모 스튜디오 보이고
몸매가 드러나는 시스루 패션의 사진작가 양유진(여/30세)이
"표정 더 밝게요- 오케이-" 큰소리로 지시하며 사진 찍는다.
유진, 카메라 액정 확인하고 끄덕이면 마주 보고 환히 웃는 상현.

- 칵테일 BAR (밤)
야경이 내려다보이는 고급스러운 분위기의 칵테일 BAR.
앞주머니에 만년필 꽂힌 캐주얼한 수트 차림의 상현과
과감한 시스루 차림의 유진, BAR에 나란히 앉아있다.
바텐더(30대/남)가 푸른색 칵테일 두 잔 내려놓으면 건배하는 두 사람.

- 상현의 오피스텔 복도 (밤)
취한 듯, 비틀거리는 유진을 곁에서 부축하듯,
어깨 끌어안고 들어가는 상현의 뒷모습.
상현의 손에 캔맥주, 안주 들어있는 편의점 비닐봉지 보인다.
이어, 오피스텔 문 닫힌다.

- 상현의 오피스텔 일각 (밤)
유진, 무릎에 얼굴 묻은 채 계단에 앉아있는데...
손전등 들고 수색 중이던 경찰 두 명, 다가와 유진에게 묻는다.
"성폭행 신고하셨던 분이죠?"
그 소리에 고개 들어 경찰을 쳐다보는 유진.
아직도 술이 덜 깬 듯 눈 풀린 채 흔들리고 있는 모습 위로...

손계장   (소리) 경찰에 신고 접수되어 들어온 준강간[5] 사건입니다.

17.   여아부 - 회의실 (낮)

장검, 진욱, 박검, 서검, 윤검, 구계장 앉아있고-
각각 앞에 사건 브리핑 자료들 있다.
손계장 앞에 서서 사건 브리핑 중이다.
TV 모니터에 가해자 이상현과 피해자 양유진의 사진과 프로필 떠 있다.

손계장   (TV 가리키며) 피의자는 이상현이고요. 나이 33살.
         최근 방송에 나온 유명 디저트 카페 679의 파티시에입니다.
서검   어? 저도 거기 가봤어요. 줄 서서 먹는 데!
윤검   (아, 그래? 하는데)
손계장   그리구 피해자는 양유진, 나이 30살, 쿠킹 잡지의 포토그래퍼구요.
장검   (사건 브리핑 자료 보더니) 근데 사건 내용만 보면
         합의된 성관계로 보일 여지가 다분한데?
         술자리도 피해자 쪽에서 먼저 제안했고
         피의자 오피스텔도 제 발로 갔고-
서검   그니까요. 경찰은 무슨 증거로 준강간이라 했을까요?

         손계장, 리모컨 누르면- TV에서 112 신고 당시 양유진의 음성이 나온다.

---

5 준강간 : 사람의 심신상실 또는 항거불능 상태를 이용해 간음하는 것. (*자막 요)

양유진   (소리) 저... 지금 성폭행당했는데요. 여기가... (중간에 끊기는)

구계장   아~ 112 신고전화 때문에 그랬다?
손계장   일단은요.
진욱   (자료 보더니) 근데, 최초 신고 5분 후에
         112에서 콜백한 기록이 있네요? 이건 뭐죠?
손계장   양유진이 이상현 핸드폰으로 신고하던 중에
         실수로 뭘 눌렀는지 전화가 끊어졌거든요.

         - 플래시백 / 상현의 오피스텔 안 (밤)
         유진은 가고 없고,
         혼자 침대에 쓰러져있던 상현, 핸드폰 소리에 깨어 전화 받는데...

         경찰   (소리) 성폭행 신고하셨죠?
         상현   네? (하다가) 아... 그냥 장난전화 건 겁니다. (끊는다)

손계장   경찰도 처음엔 허위신고가 했는데-
         오피스텔 앞에서 양유진을 본 거죠.
         상태가 워낙 엉망이고, 계속 성폭행을 주장하니까
         이상현 집 안을 수색했고, 거기서 콘돔이 나와 입건한 겁니다.
박검   (골치 아프게 됐다는 듯) 아이고~ 이 사건 답 안 나오겠는데요?
윤검   왜요? 일단 필름 끊긴 거 인정됐잖아요, 심신상실!
박검   블랙아웃 상태라서 무죄 나온 판례 못 봤냐.
         피해자가 애초에 성관계하려고 한 걸
         기억 못 할 수 있으므로- 무죄를 선고한다!
윤검   그럼 신고한 거는요? 취한 와중에도 강간인 거,
         똑똑히 인지한 거잖아요.
박검   신고했다고 무죄 나온 판례 못 봤냐?
         신고할 정도로 정신이 있었으면 심신상실이 아니므로
         준강간 성립이 아니된다, 하여 무죄!

서검   (말도 안 돼! 하듯 보는데) 헐!

장검   (갑자기 민부장 빙의해) 다들 형법 299조가 우스워 보여?

다들 장검, 쳐다보면

장검   맨날 무죄로 나오니까 단순 주사쯤으로 착각하는 거야, 지금?

구계장 (서검에게) 아- 또 그분이 오셨나 봐요.

서검   순간 민부장님인 줄.

장검   필름이 끊겨도 무죄,
       신고를 해도 무죄- 그럼 준강간으로 처벌받을 가해자는
       아무도 없어야겠네?!!

다들 조용하다가...

진욱   어쨌든 성폭행 주체는 가해자 아닙니까?
       가해자가 피해자한테 얼마나 동의를 구하고 관계를 했는지,
       그거부터 따져야 맞죠.

장검   (끄덕끄덕 하는) ...

박검   (박수 치며) 어우- 역시 우리 팀 에이스답네. 훌륭해!

진욱   (에이스?) 제가요?

박검   부장님! 이 사건 우리 여검한테 맡기시죠.
       마인드도 훌륭하고- 또 이런 중대한 사건일수록 자라나는 후배가 해야
       쑥쑥 클 수 있는 거 아니겠습니까?

진욱   (헐- 해서 보고)

장검   (으이그~ 끌끌 해서 본다)

18.   디저트 카페 외경 (다음날 낮)

19.   디저트 카페 (낮)

화려한 색감의 디저트들 있는 진열장.

테이블마다 앉아있는 손님들.

일각에 앉은 이듬, 카페 안을 휘휘 둘러보더니

'뭐 이 정도면 견적 나오네' 싶어 만족스러운 표정인데,

이때 흰색 유니폼 입은 이상현이 불편한 기색으로 앞에 앉는다.

상현   변호사님 사무실도 괜찮은데... (손님들 의식하는 눈빛)

이듬   (되려 당당) 익숙한 공간에서 편하게 얘기하시라고 배려해드리는 겁니다.
        뭐 문제 있나요?

상현   아... 뭐... 네...

이듬   조사 들어가기 전에 일단! 이거부터 확실히 해두죠?

상현   ?

이듬   나한테 절대 거짓말하시면 안 됩니다.

상현   ?

이듬   재판 전까지 검사 쪽에서 뭔 증걸 갖고 나올지도 모르고-
        나야 이상현 씨 진술만 믿고 싸우는 건데-
        나중에 보니 거짓말이었다? 완전 망하는 거죠.
        그리구 나... 누구한테 뒤통수 맞는 거 진짜 싫어하거든요.
        거짓말인 거 드러나는 즉시 계약도 끝입니다. 아셨죠?

상현   (긴장한 표정 돼서) ... 알겠습니다.

20.   여아부 - 조사실 (낮)

    노트북 앞에 손계장, 난감하다는 듯 누군가 쳐다보는 시선 끝-
    과감한 시스루 차림의 유진이 당당한 표정으로 앉아있다.
    손계장 옆에 있는 진욱 역시 살짝 난감한 표정으로 보다가-

진욱   술에 취한 상태에서 벌어진 사건이고-
        가해자는 합의된 관계로 주장하는 상황이라-

지금 양유진 씨 진술이 아주 중요합니다.
최대한 기억나는 대로 진실된 답변 부탁드립니다.

유진   당연하죠.

진욱   ?

유진   매거진 업계가 얼마나 좁은지 모르시죠?
인터뷰이하고 스캔들이나 일으키는 사진기잘 누가 쓰고 싶겠어요?
성폭행 신고하는 순간, 꽃뱀으로 매도될 거 뻔히 알면서도
저 그 새끼, 신고한 겁니다!
그날 밤 저한테 한 짓이 너무 열받아서요!

진욱   ... 알겠습니다. 조사 시작하겠습니다.

이듬   (소리) 양유진 씨하곤 어떤 관계였죠?

21.   몽타주 – 이상현 / 양유진 진술 조사 (낮)

디저트 카페와 여아부 조사실에서 각각 조사 중인 이듬과 진욱.
상현과 유진의 엇갈리는 입장이 교차되어 보인다.

- 디저트 카페 (낮)

상현   1년 전쯤 잡지 기획기사에 참여하면서 만났어요.
대화도 잘 통하고, 취미도 비슷해서 서로 호감 갖고 있었고요.

이듬   일종의 썸이었다?

상현   네, 말만 안 했다 뿐이지 거의 사귀기 전 단계였죠.

- 조사실 (낮)

유진   전혀요. 그 사람 절대 내 스타일 아니에요.

진욱   그럼 왜 만난 겁니까?
거기다 먼저 만나자고 한 쪽도 양유진 씬데?

유진　저 원래 사람 만나는 거 좋아해요.
　　　이쪽 일 하려면 인맥 관리는 기본이기도 하구요.
　　　딱 그 정도였어요. 비즈니스 관리 차원.

　　　- 디저트 카페 (낮)

상현　비즈니스로 만난 거면 2차 3차 자기가 술값까지 냈겠습니까?
　　　그날 분위기 진짜 좋았어요.

　　　- **플래시백** / *칵테일 BAR (밤)*
　　　사건 당일 과감한 시스루 차림에 짙은 화장을 한 유진의 모습.
　　　상현과 나란히 앉아서 칵테일(파란 빛깔이 도는) 마시며 화기애애-
　　　중간 중간 상현의 어깨나 허벅지를 툭툭 치며 스킨십하는 모습들.
　　　곧이어 비틀비틀 일어서더니 카드를 꺼내드는 유진.

상현　내 오피스텔 가서 3차 하자는 거예요.
　　　저야 당연히 거절할 이유가 없었죠. 서로 호감 있다고 생각했으니까요.

　　　- **플래시백** / *오피스텔 편의점 (밤)*
　　　비틀거리며 계산대 앞에 서는 유진.
　　　비닐봉지에 맥주 담고 있는 알바에게 카드 내미는 유진,
　　　상현을 향해 씨익 미소를 짓는다.

　　　이듬, 그럴듯한 상현의 이야기에 반신반의하다가-

이듬　... 오피스텔 들어가기 전에 편의점에서...
　　　양유진 씨가 계산했다 그랬죠?
상현　네.
이듬　(의혹의 표정으로 상현을 보는)

　　　- 조사실 (낮)

유진	저 원래 남한테 쏘는 거 좋아하거든요.
	그리구 솔직히 여자라고 무조건 얻어먹어야 되는 건 아니잖아요?
진욱	2차 칵테일 바 이후엔 기억이 거의 안 나신다면서요?
	계산했던 기억은 있으세요?
유진	취하면 돈 내는 버릇 있어요. 기억은 안 나도, 본능 같은 거죠.
진욱	(기록 넘겨보며) 평소 주량이 어떻게 되는데요?
유진	소주 4병? 폭탄주는 20잔 정도?
진욱	(의아한) 사건 당일엔 와인 두 잔에 칵테일 세 잔 정도 마신 걸로
	기록되어 있는데, 그 정도로 취한 건가요?
유진	그날은 컨디션이 안 좋았던 것 같아요.
	이상하게 필름까지 딱 끊긴 거 보면요.

진욱, 유진의 얘기가 설득력 없어 보여,
'피해자가 아닌가?' 하는 표정으로 보다가

진욱	신고는 어떻게 하게 된 겁니까?
유진	눈 떠보니까 그 새끼가 내 위에 있더라고요.
	너무 놀라서 밀쳐냈는데 강제로 또 덮치려고 하는 거예요.
	계속 이러면 신고하겠다고 했더니, 해보라며 전화기를 주더라고요.
	그래서 진짜 신고했어요. 안 그럼 강제로 계속할 것 같아서.

유진, 사건 날을 떠올리는 듯 심하게 일그러지는 얼굴.
그리고 소름 돋는지 온몸을 부르르 떤다.
진욱, 은연중에 나온 유진의 반응을 의미심장하게 보는 시선-

22.   이상현 오피스텔 근처 편의점 (낮)

딸랑, 문 열리는 소리 들리고 안으로 들어서는 이듬.
거침없이 계산대 앞으로 가더니 다짜고짜 알바에게 말한다.

이듬	23일 밤 11시부터 24일 새벽 2시경 CCTV 좀 보여주시죠.
알바	네?
이듬	사건 관련해서 확인할 게 있어서요, 협조 부탁합니다.
알바	(갸우뚱) 혹시 성폭행 사건 증거로 필요하신 건가요?
이듬	(어떻게 알았지?) ?
알바	검찰에서 어제 복사해서 다 가져갔잖아요.
이듬	아씨... (한발 늦었네)
알바	(미심쩍게 보며) 근데 어디서 나오신 거예요?
이듬	(명함 붙은 물티슈 주며) 이런 사람입니다.
	억울하고 답답한 일 있음, 연락하시고요, 일단 CCTV부터 주시죠.
알바	(하... 명함 보더니 피식 웃고) 제가 왜 그래야 돼죠?
	변호사한테 협조하란 법이라두 있어요?
이듬	(아나~ 이런) ...

(시간 경과)

비굴한 표정이 된 이듬, 값비싼 음료수 하나 알바 앞으로 밀어주며-

이듬	선생님 협조 여부에 따라 한 사람 인생이 달렸습니다. 좀 봐주시죠. 네?
알바	...
이듬	어떻게... 많이 피곤하시면 제가 뭐 도와드릴 거 있을까요?
	(비굴하게 웃으며 보는)
알바	(나 참)...

23. 편의점 앞 (낮)

이듬, 손에 USB (CCTV 복사한) 들고 나오는 표정- 몹시 확신에 차 있다.

이듬	(이상현과 통화 중인) ... 접니다. 마이듬.

변호 맡겠습니다. ... 일단 선임료 천에 성공보수 4천! 콜?

24.   여아부 – 진욱 / 박검 사무실 (낮)

진욱, 자리에 앉아서 기록을 넘겨보는데-
오피스텔 안 전체 풀샷 사진과 바닥에 놓고 찍은 콘돔 사진 보인다.
사진을 보고 뭔가 이상하다 싶은...

진욱   손계장님, 콘돔 발견 위치가 어디랬죠?
손계장   침대 옆에 협탁이랬던가..? 암튼 어디 숨긴 걸 찾았다 그러던데요?
진욱   숨겼다고요? 여긴 그런 내용 없는데요?
손계장   그럴 리가 없는데? 사건 송치될 때 담당 수사관한테 직접 들은 거예요.
진욱   ?

(시간 경과)

진욱과 마주 앉아 있는 경찰1.
약간 어리바리한 인상에 군기가 바짝 든 신입 경찰의 모습이다.

경찰1   죄송합니다... 제가 아직 신입이라... 현장 사진 찍는 법을 잘 몰라서요.
진욱   처음 발견 장소 기억하세요?

 - **플래시백** / *상현의 오피스텔 (밤)*
경찰1,2 들이닥치자 당황한 표정으로
어정쩡하게 서 있는 상현의 모습 보이고,
무언가 감추려는 듯 몸으로 협탁을 등지고 서 있다.
경찰1이 상현의 등 뒤로 가서 협탁을 확 열면,
그 속에 티슈에 돌돌 뭉쳐진 채로 들어있는 콘돔.
경찰1이 상현을 쳐다보면, 당황한 표정 역력하다.

진욱   알겠습니다. (확신이 들어 손계장에게) 이상현 씨 진술조사 시작하죠.

25.   여아부 조사실 (낮)

진욱, 손계장- 뜨악한 시선 끝으로 이듬이 앉아있다.
이듬, 상현의 변호사로 참석한 것.
진욱, 손계장 어안이 벙벙해서 보다가-

26.   여아부 복도 (낮)

이듬과 진욱 조사실 앞에서 얘기 중이다.

진욱   (믿어지지 않은) 지금 여기서 뭐하시는 겁니까?
이듬   (대답 대신 변호인 참여 신청서와 선임계를 낸다)
진욱   (헐) ... 설마... 가해자 쪽 변호 맡으신 거예요?
이듬   보다시피요.
진욱   아니, 왜 이렇게까지 하시는 건데요?
이듬   뭐가 어때서요? 나는 내 일할 뿐인데요.
진욱   (어이가 없어서 바라보는데) ...
이듬   (진욱의 표정 보다가) 저기요. 한 번은 해야 될 거 같으니까 지금 얘기하죠.
       어차피 이 바닥에 있는 한 우린 계속 부딪칠 수밖에 없어요.
       근데 그때마다 이렇게 아마추어처럼 굴면 곤란하다고요.
       여검은 검사, 나는 변호사. 각자 역할에 충실하죠.
진욱   마검사님.
이듬   알아들은 걸로 알게요. 조사 시작하시죠, 여진욱 검사님.

자신의 말만 하고 휙 안으로 들어가버리는 이듬.
그런 이듬을 보는 진욱의 심란한 표정.

27.   여아부 조사실 (낮)

이듬, 상현의 옆에 나란히 앉아있고
진욱, 상현을 신문한다.

진욱   ... 이상현 씨, 콘돔 왜 숨긴 겁니까?
이듬   (콘돔을 숨겨? 당황해 상현 보고)
상현   네? 그게... (어버버하는데)
이듬   (급히) 모든 질문에 답하지 않으셔도 됩니다.
상현   묵비권 행사하겠습니다.
진욱   (어이없는) 사건 당일 현장에 출동한 경찰에 따르면-
       협탁 서랍에서 휴지에 뭉쳐진 콘돔이 발견됐고,
       여기에 대해 제대로 대답도 못했다고 하던데요?
상현   ...
진욱   성폭행 증거라는 걸 분명히 알고 있으니까- 그런 거겠죠?
상현   ...
이듬   아니 콘돔 하나 나왔다고 준강간으로 모는 건 너무 억지 아닙니까?
진욱   찔리는 게 없으면 숨기지도 않았겠죠.
이듬   (상현 귀에 속닥속닥)
상현   너무 취해서 쓰레기통으로 착각한 것 같습니다.
       왜 남자들, 너무 취하면 화장실인 줄 알고
       옷장에 소변보는 경우도 있잖아요.
진욱   그래요? 잘 모르겠는데요?
상현   정말입니다. 그리고 진짜 숨기려 그랬으면- 변기에 버렸겠죠.
진욱   그럼, 거짓말탐지기 한번 가시죠.
상현   (난감해 이듬을 보면)
이듬   아뇨. 저흰 부동의하겠습니다... 조사할 거 더 있습니까?
진욱   (하! 어이없는)

       (시간 경과)

조사가 끝나고 이듬에게 인사하며 밖으로 나가는 상현.
이듬, 가방을 챙겨 나가려다가 진욱을 돌아보며 얘기한다.

이듬   콘돔 증거 법정에 가 봤자 쓸데없을 겁니다.
           불기소 처분하시죠. 괜히 힘 빼지 말고-
진욱   (이듬을 한 번 보고) 증거 더 있습니다. 저 기소할 거구요.
           법정에서 보시죠!

이듬과 진욱, 서로 지지 않겠다는 듯 팽팽한 시선 보내고,
휙 몸을 돌려 밖으로 나가는 이듬.
그런 이듬을 바라보는 진욱의 표정.

28.   법원 외경 (낮)

29.   형사법정 (낮)

자막 [이상현 준강간 사건 1차 공판기일]
판사석 중앙에 부장판사 앉아있고, 양옆으로 부심이 앉아있다.
피고인석에 상현과 나란히 앉은 이듬 보이고,
진욱, 증인석에 앉은 양유진 앞에 서서 신문 중이다.

유진   (주눅 든 기색 없이 당당히) 직감적으로 이건 강간이다 확신했습니다.
           그래서 바로 신고한 거고요.
진욱   강제적 성관계로 확신한 이유가 뭐죠?
           취해서 기억도 잘 안 난다고 진술하셨는데요.
유진   눈 떠보니 나를 짓누르고 있는 (상현을 가리키며) 저 남자가 보였어요.
           순간적으로 온몸에 소름이 돋고 치가 떨리게 싫었습니다.
           그 감각만은 아직도 생생해요. 이게 강간이 아니면 뭐죠?

진욱   이상입니다. (하고 자리로 들어가면)

유진의 발언에 끄덕끄덕하는 방청객들 모습 보이고-

재판장   변호인 반대 신문 하시죠.
이듬   네 (하고 앞으로 나가) 증인은 피고인과 아무 사이도 아니며-
        단지 비즈니스 관계라고 진술한 바 있죠?
유진   네!

이듬, 그 말에 리모컨 누르면-
스크린에 유진과 상현이 나누었던 카톡 대화 내용 보인다.
[오늘도 좋은 하루-♡♡] [술한잔해용~~]
[있다 만나용♡] 띄운다.
방청객들, '뭐야?' 하며 술렁거리는 반응들.

이듬   (화면 가리키며) 사건 당일 증인이 피고인에게 보낸 톡 내용입니다.
        증인은 호감도 없는 남자한테 이렇게 하트를 남발하시나 보죠?
유진   그건 그냥 버릇 같은 겁니다.
        제 카톡 털어보세요. 딴 사람들한테도 똑같이 그랬으니까.
이듬   아~ 버릇이다? 그럼 이거는요? (하고 또 리모컨 누르면)

이번엔- 양유진의 인스타 사진들 스크린에 보인다.
사건 당일 셀카 찍은 모습인데, 과감한 시스루다.
방청객들, 또다시- 술렁술렁거리는데-

이듬   기억나시죠? 사건 당일 증인이 입었던 옷입니다.
진욱   (일어서며) 재판장님! 증인의 옷은 본건과 무관한 사안입니다.
이듬   무관하지 않습니다.
        상식적으로 생각해보십시오.
        증인이 이런 옷차림을 하고선- 피고인을 유혹하려던 게 아니라는 주장이
        과연 설득력이 있을까요?

진욱	(재판장에게) 지금 변호인은 말도 안 되는 이유로
	피고인의 준강간 사실을 정당화시키고 있습니다.
	옷차림은 어디까지나 증인의 개인적인 영역이고,
	이것을 성폭행의 빌미로 몰아가는 것은 성급한 판단의 오류입니다.
재판장	변호인, 자제하세요.
이듬	네. (하고는 다시) 증인, 주량이 얼마나 되죠?
유진	컨디션 좋을 땐 소주 4병, 별로일 땐 2병 반이요.
이듬	그럼 사건 당일엔 얼마나 마신 겁니까?
유진	(곱지 않은 시선으로 보며) 와인 두 잔에 칵테일 세 잔 먹었습니다.
이듬	그럼, 평소 주량에 절반도 안 되게 마신 거네요?
유진	네. 그 정도론 간에 기별도 안 간다고요.
이듬	(걸려들었구나 하는 표정으로) 아- 간에 기별도 안 가신다?
유진	?
이듬	그럼 그날 항거불능의 상태였다거나,
	기억이 안 난다는 건 증인의 거짓말이군요? 맞죠?
유진	(뭔가 잘못됐구나 싶은) 네?
이듬	방금 말씀하셨잖아요. 그 정도론 간에 기별도 안 간다고요.
	증인의 주량은 상황에 따라 달라지는 겁니까?
유진	(당황)
진욱	(일어서며) 재판장님, 변호인은 지금 유도신문을 하고 있습니다.
이듬	(재판장을 향해) 재판장님, 현재 피고인의 범죄가 성립하기 위해서는
	증인이 당시 항거불능 상태였는지에 대한 정확한 입증이 필요합니다.
	이를 확인하기 위함입니다.
재판장	인정합니다.
진욱	(하) ...

(시간 경과)

진욱, 화면에 이상현 오피스텔 근처 편의점 CCTV를 재생시킨다.

- **인서트** / *CCTV 화면*

편의점에서 물건을 사고 나가는 유진,
계속해서 비틀비틀거리고 있고 그런 유진을
강제로 붙잡아 끌고 나가는 모양새의 상현 보인다.

진욱   보시다시피, 피고인은 술에 취해 비틀거리는 피해자를 끌고 갔습니다.
이는, 피고인이 피해자의 항거불능 상태를 이용해
강제로 성관계를 하려던 정황을 입증하는 것입니다.

방청석과 재판장, 고개 끄덕이는데-
이듬이 손을 들고 앞으로 나와 의견을 얘기한다.

이듬   저 또한 당일 CCTV 영상을 제출하도록 하겠습니다.

*- **인서트** / 화면에 재생되는 CCTV 영상-*
편의점 알바, 계산대에 놓인 여러 캔의 맥주와 안주(육포, 땅콩 등) 등을
비닐봉지에 담고 있다.
유진, 카드 내미는데- 이때 상현, 유진의 어깨를 툭! 치며
콘돔도 내려놓는다. (화질이 좋지 않아 이 물건이 무엇인지는
정확히 보이지 않는다) 이에 아랑곳 하지 않고 계산하는 유진.

재판장 이 영상을 보여주는 의도가 뭡니까?
이듬   (손에 영수증 들어 보인다) 당일 피해자가 계산했던 품목들입니다.
이중에 콘돔이 포함되어 있습니다.

이듬, 영수증을 실물 화상기에 놓으면 화면에 확대되어 보이는 영수증-
그 안에 콘돔이라 적힌 글씨에 형광펜 표시!
유진, 진욱 모두 당혹감을 감추지 못하는데-

이듬   사건 당일 피해자는 피고인이 콘돔을 계산대에 올려놓는 걸 보고도
같이 계산했습니다. 이게 동의가 아니면 뭘까요?
피해자는 처음부터 성관계를 할 목적으로

피고인의 오피스텔로 간 게 아닙니까?

진욱   (일어서) 재판장님! 변호인은 지금 억지 주장을 하고 있습니다.
        만취 상태의 피해자가 콘돔인 줄 모르고 계산했을 수도 있습니다.

재판장   그 부분에 대한 증거 있습니까, 검사?

진욱   ...

재판장   모든 사건의 입증 책임은 검사에게 있습니다.
        확신을 가지게 하는 증명력 있는 증거가 없다면,
        본 재판장은 피고인의 이익에 따라 판단할 수밖에 없습니다.
        다음 기일에 또 다른 증거가 나오지 않는다면
        이를 기준으로 바로 판결하겠습니다.

        이듬의 승리가 명백해지는 분위기.
        진욱, 낭패인 표정인데-

        (시간 경과)

        재판 끝났다. 재판장, 부심판사들- 들어가고,
        방청객들도 뿔뿔이 흩어지는 분위기.

상현   고맙습니다. 변호사님! (하더니 뭔가 내민다)

이듬   (보면 레스토랑 무료 식사권이다)

상현   제가 만든 디저트 맛볼 수 있는 레스토랑이에요.
        오늘 정말 수고 많으셨습니다.

이듬   설마 성공보수 쌩 까고- 이걸로 대신하자는 건 아니겠죠?

상현   (미소) 그럴 리가요.

이듬   그렇담, 뭐. 땡큐요! (주머니에 넣고 돌아서는데)

        검사석에 앉은 진욱, 못마땅한 표정으로 팔짱 끼고 이듬을 본다.

30.   법원 야외 일각 (낮)

이듬, 진욱- 마주 서 있다.

진욱   진짜 이상현이 무죄라고 생각하세요?
이듬   내 기준에서는요.
진욱   마검사님 여아부 있을 때처럼 수사했다면-
        이상현 유죄인 거 금방 알았을 겁니다.
이듬   (어이없는) 아니, 아까 영수증 봤잖아요.
        양유진이 합의하에 성관계 했다는 빼박 증거 있는데-
        여검이야말로 뭔 근거로 이상현이 유죄라는 겁니까?
진욱   (할 말 없는) …
이듬   할 말 없죠?
        그러게 내 밑에 있을 때 잘 좀 배우지 그랬어요?
        어디 얄팍한 증거 하나 갖고 법정에 나와요? 여긴 완전 전쟁턴데!
        (하고 간다)

진욱, 자존심이 무지 상한다. 하!!!! 이듬 뒷모습 쏘아보고- 간다.

31.   여아부 - 진욱 / 박검 사무실 (낮)

법복 손에 든 진욱, 씩씩거리며 들어오는데-
자리에 앉아서 비타민 음료를 마시던 박검, 진욱을 보더니…

박검   (음료 새 거 한 병 따고 다가가) 여검 너, 마이듬한테 대박 깨졌다며?
        (건네주며) 마셔, 마시고 힘내. 어?
진욱   빠르시네요. (자리에 앉아 원샷한다)
박검   지는 게 당연하지. 너 마이듬이 못 이긴다. 걔 보통 아니야~
진욱   잘 알고 있습니다. (하고 일어나더니) 저 영상 자료실 좀 다녀오겠습니다.
박검   그거 또 들여다본다고 없던 증거가 생기냐.
        사람이 말이야, 숨을 쉬면서 살아야지. 어?

진욱 (하아...)

박검 대충 접고, 요 앞에 괜찮은 칵테일 바 하나 생겼던데, 몰디브라고?
     모히토 가서 몰디브 한 잔-? 어떠냐? 품위 있게?

진욱 저는 됐습(니다 하려다가 뭔가 번쩍?) 칵테일?

     - 플래시백 / 11부 21씬 조사실

     진욱 평소 주량이 어떻게 되는데요?

     유진 소주 4병? 폭탄주는 20잔 정도?

     진욱 (의아한) 사건 당일엔 와인 두 잔에 칵테일 세 잔 정도 마신 걸로
           기록되어 있는데, 그 정도로 취한 건가요?

     유진 그날은 컨디션이 안 좋았던 것 같아요.
           이상하게 필름까지 딱 끊긴 거 보면요.

진욱 가죠! 칵테일 바!

박검 (웬일이냐 싶은) ??

32. **칵테일 BAR (이상현/양유진의 2차 장소) (밤)**

     진욱과 박검이 들어와 바 자리에 앉는다.

박검 (쓱 둘러보더니) 오우- 분위기 고급지다야. (하는데)

     이때 바텐더가 다가와

바텐더 (진욱에게 다가가) 절 보자고 하셨다고요?

진욱 네. (신분증 보여주며) 중앙지검 여진욱 검삽니다.

     (짧은 시간 경과)

     바 테이블 위에 상현과 유진 프로필 사진 놓여있다.

박검, 진욱 기다리며- 핸드폰으로 게임 하고 있다.

바텐더   (사진 보고는) 기억나죠, 이분들.
진욱   뭐 특이한 점이라도 있었습니까?
바텐더   그게 여자분이요, 처음엔 멀쩡히 들어왔는데-
          칵테일 세 잔인가 마시고부턴 너무 휘청휘청하시더라고요?
진욱   도수가 높은 술이었습니까?
바텐더   아뇨~! 도수가 거의 없는 칵테일이에요. 블루하와이라고.
          술 약한 분들이 주로 시키는 술이죠.
진욱   (잠시 생각하는 얼굴이 되다가) ... 혹시 재판에 증인으로 나와 주실 수
          있겠습니까? (하는데)
박검   여검!! 우리 모히토 언제 하나? 어?
진욱   (무시하고) 선생님 증언이 꼭 필요한 상황입니다. 부탁드립니다.
바텐더   (잠시 고민하다 끄덕)
진욱   감사합니다. (인사하고 간다)
박검   어? 여검?!! 여검??

33.   프렌치 레스토랑 (밤)

          세련된 인테리어, 적당히 어둑한 조명 아래-
          작고 값비싸 보이는 요리 접시들 몇 개 놓인 테이블,
          이듬, 음식과 자신의 모습을 한 컷에 담으려
          이리저리 각도 계산하며 셀카 찍고는...

이듬   (사진 보더니) 아, 와인을 안 찍었네.
          성공한 변호사라면 와인이지- (하더니)

          이번엔 와인 잔을 들고 이리저리 셀카 각도 조정하다가 멈칫!
          핸드폰 화면 보면- 이듬의 어깨 너머 테이블로 보이는 낯익은 얼굴.
          상현이다! 이듬, '어??' 해서 핸드폰 내려놓고 고개 돌려 자세히 보면-

미모의 여자와 깨 볶는 중이다.

이듬   (보며) 아~ 재판 아직 안 끝났구만. 적당히 좀 해야지. (끌끌)

상현, 슬쩍슬쩍- 여자와 스킨십하고,
이듬, 영 불안한 듯 시선을 못 떼며-

이듬   아~ 저러다 또 구설 만드는 거 아냐?
변호사 피곤하네, 증말. 의뢰인 사생활까지 참견해야 돼?

이때- 상현의 여자, '잠깐만~' 하며 화장실 가는 모습.
이듬, 그 틈을 노려 상현 쪽으로 가려는데-
핸드폰 울리는 상현, 이듬을 못 본 채 통화하러 나간다.
이듬, 그런 상현을 쫓아나가는데-

(시간 경과)

상현과 이야기가 잘 안 된 듯- 얼굴 잔뜩 굳어서 다시 들어오는 이듬.
가방 챙겨서 다시 나가는데,
이때, 상현과 같이 있던 여자, 자리로 가는데 휘청휘청하는 모습.
테이블에 풀썩- 엎어진다.
'뭐야?' 싶어 보며 나가버리는 이듬.

34.   이듬의 원룸 안 (밤)

뭔가 기분 나쁜 일이 있었는지- 잔뜩 짜증난 표정의 이듬.
노트북에 핸드폰 연결시켜 놓고, 레스토랑 셀카 사진 보고 있다.

이듬   (마우스로 사진들 넘겨가며) 아~ 그 자식, 어떡하면 엿을 먹이지?
(하다가 멈칫)

- **인서트** / 셀카 사진 떠 있는 노트북 화면
이듬 어깨 뒤로 걸린 상현, 여자와 포옹하는 사진이다.
(*여자와 포옹하는 사이에 여자 술잔에 약물 타는-
여기서 자세히 보이진 않고)

심상치 않은 표정이 돼서 사진을 뚫어져라 보던 이듬,
뭔가 생각난 듯- 썩소를 날리는데...

손계장   (소리) 어? 마검사님 인별 계정 만들었었네요?

35.   여아부 - 진욱 / 박검 사무실 (밤)

손계장, 핸드폰으로 이듬의 인스타 보는데 고개 갸우뚱하며
자리에서 수사기록 보던 진욱에게 다가가 보여준다.
사진 속- 와인 잔 들고 한껏 뽐내는 표정의 이듬인데-
자기 얼굴은 조금만 나오고, (또는 흔들려 나오고)
뒤에 이상현이 있는 배경은 또렷이 나온 사진이다.
사진 밑으로 [#이제막나온따끈따끈한전관출신 #상상그이상의결과로보답
#현금카드모두환영 #만인의변호사 #연락기다리겠습니다
#필요할때연락주세요] 해시태그까지 빡빡하게 달아놓았다.

진욱   (하... 어이없고)
손계장   아우- 해시태그 엄청나네요.
          마검사님, 1차 재판 끝나고 완전 업 되셨나 봐요.
진욱   뭐 그랬겠죠.
손계장   근데 이걸 왜 여검사님한테 꼭 보여주라고 그랬는지 모르겠네요?
          사진도 이상하게 나왔는데?
진욱   저한테 꼭이요?
손계장   네. 아주 신신당부를 하셨어요.

진욱, 그 말에 이듬이 올린 인스타 사진을 자세히 들여다보다가-
어느 순간! 뭔가 깨달은 듯 눈이 커진다.

36.   법원외경 (낮)

37.   형사법정 (낮)

자막 [이상현 준강간 사건 2차 공판 및 판결 선고기일]
부장판사와 부심 두 명 앉아있고,
피고인석의 상현과 이듬이 있다.
진욱, 앞으로 나와 증인석에 앉아있는 바텐더를 신문 중이다.
방청석에 유진도 앉아있다.

진욱   당시 피고인이 주문했던 칵테일이 어떤 것들이죠?
바텐더   거의 도수가 낮은 칵테일이었어요.
         블루하와이, 블루사파이어, 블루패션이요.

         진욱, 화면에 칵테일 사진 띄운다.

진욱   지금 화면에 보이는 것들이 맞습니까?
바텐더   네.
진욱   셋 다 푸른색이군요.

         상현, 진욱이 무슨 말을 하려는 건가 싶어 불안한 표정.
         이듬, 팔짱 끼고- 처다보는데...

진욱   (한 손에 투명한 액체가 들어있는 유리컵을 들고)
         한 가지 실험을 해보겠습니다.

진욱, 손에 든 유리컵 안에 알약 하나를 집어넣는다.
그러자 금세 푸른색으로 변하는 액체.
이상현, 표정 당혹스러워지고- 방청객들도 술렁술렁-
이때, 민부장 들어와 방청석 구석에 앉는다.

진욱　　　　로히프놀, 일명 루피라고 불려지는 데이트강간 약물입니다.
　　　　　　복용 즉시 심신무력과 단기 기억상실을 일으키고,
　　　　　　특히 알콜과 만나면 푸른색으로 변하죠.
재판장　　　검사, 말하고자 하는 요지가 뭡니까?
진욱　　　　사건 당시 피해자는 평소 주량에 못 미치는 술을 마시고,
　　　　　　갑작스런 기억상실을 경험했다고 진술했습니다.
　　　　　　이는 곧 피고인이 피해자가 마시던 파란색 칵테일에
　　　　　　로히프놀을 투입, 심신상실 상태로 만들고,
　　　　　　성폭행했다는 정황을 입증하는 것입니다.
재판장　　　검사 측의 추측 아닙니까? 증거 있습니까?
진욱　　　　네. 있습니다. (하더니 상현 쪽으로 다가간다)
상현　　　　(찔리는지 움찔움찔하는데)
진욱　　　　(상현의 수트 가슴주머니에 꽂혀있는 만년필을 가리키며)
　　　　　　이것이 바로 증겁니다.
상현　　　　(당황해 이듬을 보는데)
이듬　　　　말도 안 돼, 이게 증거라구요? (하더니)

상현 포켓에 있던 만년필을 얼른 뽑아 들고, 뒤를 꾹 눌러 보자
액체가 찍! 나온다.

상현　　　　(헉!!!!!)
이듬　　　　(헉!! 놀라 상현에게) 어머, 이게 뭐죠?
상현　　　　(어버버하다가) ... 구취 제거젠데요?
이듬　　　　그럼 아~ 해보시죠. (입가로 들이미는데)
상현　　　　(입을 꾹 다물며 피한다)

이듬	뭐하는 겁니까? 이게 약물이 아니라는 거 바로 입증 못하면-
	준강간으로 몰리게 생겼는데? 얼른 아~ 해보시라니까요?
상현	(원망) 변호사님~
재판장	변호인 측! 지금 뭐하는 겁니까?
이듬	죄송합니다. 잠시만요. (하더니)

'아니 구취 제거제라면서 진짜...' 구시렁대며 -
진욱이 탁자 위에 놓아둔 투명한 액체에 만년필 액체를 떨어뜨린다.
파란색으로 진하게 변하는 모습! 놀라는 방청객들 사이로 민부장 표정.
상현, 다 끝났구나 싶어 머리를 쥐어 싸는데-

이듬	(놀라는 척) 피고인!!! 대체 어떻게 된 겁니까?
상현	(시선 피하고)
이듬	(상현을 보며 통쾌하다는 듯 미소 씨익- 지으면)

- **플래시백** / 11부 33씬 연결 상황: 레스토랑 일각 (밤)
이듬, 상현을 뒤따라가는데
상현 누군가와 통화 중이다.

상현	야 내가 미쳤냐?
	그런 급 떨어지는 애한테 4천이나 갖다 바치게.
	알아보니깐 별것도 없는 기집애더라고.
	대충 얼마 쥐어주고 우쭈쭈하면서 엉덩이나 토닥여주지 뭐
이듬	(하!!! 확 열받는 모습)

다시 법정.

이듬	(재판장에게) 재판장님! 피고인은 지금까지 본 변호인을 기만하여,
	잘못된 변호를 하도록 조장하였으므로
	더 이상의 변호 의무가 없다 할 것입니다.
	따라서 본 변호인은 이 시간 부로 피고인 이상현의 변호를 사임합니다.

(하고는 상현에게 다가가)
뒤통수치지 말라고 분명히 경고했지? 넌 이제 끝이야!

이듬, 실무관 앞에 사임계 턱 내밀더니 당당하게 밖으로 나가버린다.
망연자실한 표정으로 이 모습을 보고 있는 상현.
방청석의 유진, 끌끌 하는 표정으로 상현 보고
민부장, 나가는 이듬을 의외라는 듯...
그리고, 이듬의 뒷모습을 보는 진욱의 표정 위로

재판장   (소리) 2017고합 8707호 준강간. 피고인 이상현을 징역 3년에 처한다.
          피고인에 대하여 80시간의 성폭력 이수 프로그램의 이수를 명한다.

38.   법정 일각 (낮)

앞서 걸어가고 있는 이듬을 따라 뛰어온 진욱.

진욱   마검사님!
이듬   (돌아보면) ...
진욱   고맙습니다. 역시 빅픽처가 있었네요.
이듬   당최 뭔 소린지?

       - **플래시백** / 11부 35씬 진욱 / 박검 사무실 안 (밤)
       이듬의 인스타 사진 밑 빽빽한 해시태그
       [#**이**제막나온따끈따끈한전관출신 #**상**상그이상의결과로보답 #**현**금카드모
       두환영 #**만**인의변호사 #**연**락기다리겠습니다 #**필**요할때연락주세요]

       앞 글자 조합하면- 이상현만년필.
       진욱, 역시!!! 하듯 웃는데.

진욱   조금 변한 거 같네요. 좋은 쪽으로-

이듬   (웃기네) 나 변한 거 1도 없거든요.
        그러니까 그 느끼한 웃음 좀 거두시죠. (하고 시크하게 돌아서 간다)
진욱   (미소로 뒷모습 보다 가던 길 간다)

        걸어가던 이듬, 슬그머니 뒤돌아보면- 진욱, 멀어져 가는 중.

이듬   (그제서야 짜증 팍! 내며) 아씨~!!! 내가 미친다!
        그 미친놈 때문에 진짜!
        빅엿은 멕였는데- 4천은 또 어디서 구하냐? (하고 어딘가를 보면)

        저편 야외주차장에 서 있는 이듬의 자동차,
        의미심장하게 쳐다보는 이듬.

39.   다른 도로변 일각 (낮)

        이듬, 자신의 차 앞에 서서- 중고차 딜러와 거래 중이다.

이듬   뽑은 지 한 달도 안 됐거든요? 좀만 더 줍시다, 네?
딜러   많이 드린 겁니다.
이듬   2백이라도 더 얹어봐요. 네?
딜러   백!
이듬   (김 팍 새지만 어쩔 수 없다는 표정으로 키 넘긴다)

        (시간 경과)

        멀어져 가는 자신의 차를 울컥해서 보며 손을 흔드는 이듬.
        '잘 가라... 내 분신아... 흑쩨' 하며 할 수 없다는 듯 돌아서서,
        어디론가 전화를 건다.

이듬   지금 그쪽으로 갑니다.

표정 싹 바뀌는 이듬.

40.   몽타주 - 이듬에게 3개월 동안 무슨 일이 있었나

- 검찰청 앞 거리 (밤) (10부 57씬 연결 상황)
이듬 혼자 우두커니 비를 다 맞으며 조갑수의 성공을 아프게 쳐다본다.
이어 이듬 생각난 듯 핸드폰을 꺼내보면
백실장으로부터 온 문자 내용[6] 보인다.
[혹시 저한테 무슨 일이 생기면, 증거는 민호에게 남겨 놓겠습니다.
- 백상호]
복수를 다짐하는 이듬, 이를 악 물며 핸드폰 든 손 꽉 쥐는 모습.

- 이듬의 원룸 안 (낮)
부스스한 차림의 이듬, 책상에 놓여있는 노트북으로
백실장 관련 기사를 보고 있다가 뭔가 발견한 듯한 표정.
노트북 화면 보이면,
[여고생 살인 사건 유력 피의자의 형, 숨진 채 발견] 기사 제목과 함께
폴리스 라인 쳐진 백실장의 이층집 사진이다.
이듬, 마우스로 확대 클릭 클릭 하면 이층집 유리창에 비춰진 차량 보인다.

- 홍신소 (낮)
이듬, 홍신소 직원에게 태블릿 PC로
인터넷 기사(바로 앞에서 봤던 기사) 보여준다.

이듬   블랙박스 확보해주세요.

....

6 백실장이 조갑수를 만나기 전 본능적으로 위험을 직감하고, 만일의 불상사를 대비해 이듬에게 미리 문자를
보냈으며, 당시 이듬은 핸드폰을 뺏긴 채 조사실에 갇혀있다가 나중에 조사실에서 나와 문자를 확인했다는 설정
입니다. 10부 57씬 촬영 시 반드시 여벌 컷으로 촬영해주세요.

직원	번호판도 안 보이고 이 정도면 견적 꽤 나오겠는데요?
이듬	일만 똑바로 처리해주세요.

- 구치소 접견 대기실 (낮)
이듬, 대기 중인데 교도관 다가와

교도관	백민호, 접견 거부하겠답니다.

이듬, 한숨 쉬고 돌아서려다 교도관에게 얘기한다.

이듬	형 사고 제대로 밝힐 증거 가지고 다시 찾아오겠다고-
	좀 전해주세요.

교도관, 고개 끄덕하고 안으로 들어가면
이듬, 수용소 쪽을 한 번 더 본다.

41. 다시 현재 - 흥신소 안 (낮)

유리창 전체에 [채권 추심! 떼인 돈 반드시 받아드립니다!] 썬팅지
붙어있는 배경으로 이듬, 양아치 인상의 흥신소 직원과 마주 앉아있다.

이듬	(돈봉투 턱 내밀며) 자! 5천!
직원	(하아... 난감해 보는데)
이듬	내가 진짜 대출받고, 차 팔고- 진짜 겨우겨우 마련했다.
	(손 내밀며) 얼른 블랙박스 영상 내놔요!
직원	좀만 더 일찍 오지 그랬어요?
이듬	네?
직원	그 영상, 더 급하신 분한테 팔았는데...?
이듬	뭐라구? (험악한 눈빛)

42.　　영파시청 외경 (낮)

43.　　동 - 시장실 (낮)

　　　　[영파시장 조갑수] 명패 놓인 커다란 책상에 앉아
　　　　노트북으로 블랙박스 영상을 보는 갑수.

　　　　- **인서트** / 10부 43씬
　　　　노트북 화면.
　　　　갑수의 자동차 백실장의 이층집 앞에 선다.
　　　　자동차에서 내리는 갑수의 모습

　　　　갑수, 화면 속 자신을 굳은 표정으로 보는데-
　　　　노크 소리 들리고, 허변이 들어온다.

갑수　　　어, 허실장.
허변　　　행사 준비됐습니다.

　　　　(시간 경과)

　　　　시끄럽게 뛰어다니는 대여섯 살 아이들 위로 현수막 보인다.
　　　　[오늘은 내가 영파시장! - 어린이 일일 시장 체험 -]
　　　　큰 의자에 누워 빙글빙글 도는 아이도 보이고.
　　　　아이들에 둘러싸여 바닥에 앉은 셔츠 차림의 갑수,
　　　　열심히 풍선을 불어 나눠주는데... 뒤에서 다가온 여자아이,
　　　　갑수에게 장난감 총 겨누며 "꼼짝 마! 움직이면 쏜다!" 한다.
　　　　갑수 허허 웃으며 돌아보면 여자아이, 장난감 총 쏘는데... 버블건이다.
　　　　몽글몽글 쏟아지는 비눗방울들. 갑수 얼굴께에서 터지고...
　　　　이때, 한쪽에 이 행사를 취재 중이었던 기자들, 웃음 터진다.

훈훈한 분위기. 기자들 옆으로 김형수 대변인(이하 '김보좌관') 서 있다.
기자1, 갑수에게 다가가 질문을 한다.

기자1   시장 당선 3개월 만에 지지율이 70%를 돌파했는데요.
        이렇게 인기가 높아진 이유가 뭐라고 생각하십니까?
갑수   다 저를 도와주는 분들 덕분이죠.
        온라인 시장실 같은 아이디어도... (허변 가리키며)
        우리 비서실장 머리에서 나왔습니다. (보면)
허변   (미소로 기자들에게 목례하다가 뭔가 생각하는 표정 되면) ...

        – 플래시백 / 형제로펌. 백실장이 죽던 날 (밤)
        홀로 야근 끝낸 허변, 퇴근하려 로펌 나서는데–
        다급하게 들어오던 갑수와 부딪친다.
        이때, 갑수 손에 든 수첩을 떨어뜨리는데
        허변, 주워주려 보는데 수첩, 펼쳐진 모습.
        안의 내용 살짝 보인다.
        갑수, 무서운 얼굴이 돼서 수첩을 얼른 집어 든다.
        갑수와 눈이 마주친 허변.
        땀에 흠뻑 젖은 채... 흥분과 공포가 뒤섞인 갑수의 표정!
        여태 한 번도 본 적 없는 얼굴이다.

        허변   (자기도 모르게) 죄송합니다, 후보님.

        갑수, 뭔가 숨기듯 자기 사무실로 향하는 뒷모습 보이고.
        그 뒷모습 보며 무슨 일이 생겼구나 직감하는 허변.

        허변, 소름끼치는 듯 눈 질끈 감았다 뜨면–
        갑수, 온화하고 여유로운 모습으로 시간촬영 하다가 허변을 본다.
        허변, 얼른 표정 관리하는...

44.   여아부 – 진욱 / 박검 사무실 (낮)

진욱, 미결수 복장의 민호와 마주 앉아있다.

진욱   항소심 공판기일 잡혔습니다.
민호   다시 얘기하지만 공수아 죽인 거 저 아닙니다.
진욱   주범에서 벗어나려면 안태규 범행을 입증할 증거가 필요합니다.
       백민호 씨도 그 부분에 대해서 노력하는 게 좋을 거예요.
민호   (답답한) 노력이요? 뭘 어떻게요?
       있으나마나 한 국선변호사밖에 없는데...
진욱   저도 찾고 있습니다.

       민호, 한숨 쉬고 일어난다.

진욱   (나가는 민호를 향해) 마이듬 검사 접견 신청, 계속 거부하셨다고요.
민호   별로 만나고 싶지 않아요.
       우리 형 억울하게 죽은 거, 그 여자도 책임 있으니까요.
진욱   백상호 씨 죽음, 마검사님도 의심 갖고 추적 중일 겁니다.
민호   ...
진욱   생각 바뀌면 교도관 통해 연락주세요.
민호   (갈등되는 표정으로 진욱을 보다 돌아선다) ...

45.   흥신소 앞 + 여아부 진욱 / 박검 사무실 (낮)

       열받아 씩씩거리며 흥신소에서 나오는 이듬.
       핸드폰 꺼내 112에 전화 건다.

이듬   (통화하는) 네! 112죠?
       여기 불법 채권추심 업체가 있어서 신고하려고 하는데요!
       돈 없는 서민들한테 빨대 꽂고

피 쭉쭉 빨아먹는 아주 못돼 처먹은 놈들이거든요?
빨리 와서 싹 다 쓸어가세요! 네!
(듣고) 제 이름이요? 저 마이듬 검... 아니 변호삽니다!

전화 딱 끊는 이듬. 여전히 분이 풀리지 않은지-
흥신소 쪽을 쫙 째려보는데, 바로 핸드폰 울린다.

이듬 (발신자 확인 안 하고 바로 받는) 벌써 출동하셨어요?

   - 진욱 / 박검 사무실
   손계장, 자리에 앉아서 통화 중이다.

손계장 저예요, 손계장.
이듬 (확인하고) 아, 네, 계장님!
손계장 (손에 든 명함을 보며) 저기 다른 게 아니라... 제가 잘 아는 로펌에서요,
    엄청 유능한 변호사를 찾는데요. 혹시 생각 있으세요?
이듬 로펌이요? 어딘데요?
손계장 (손에 든 명함 보며) 정소법률사무소요.
이듬 정소? (하는데)
손계장 ... 아, 네. 알겠습니다. (전화 끊으면)

   화면 커지고, 옆에 진욱이 서 있었다.

진욱 뭐라세요?
손계장 가보신다네요~
진욱 (잘됐구나 싶어 씨익- 웃는다)

46. 정소법률사무소 건물 앞 (낮)

   이듬, 건물 외경 쓱 보면- 으리으리한 20층 빌딩.

이 정도면 대형로펌임에 틀림없다 싶어 아싸~ 하며 들어간다.

손계장   (소리) 4층 15호라 그랬어요.

47.   정소법률사무소 복도 (낮)

이듬, 복도 두리번거리며 구시렁거린다.

이듬   415호가 어디야? 대체?

이때, 맞은편에서 양복 입은 남자 지나간다.

이듬   저기요! 혹시 정소법률사무소가 어딨는지 아세요?

남자, 어딘가를 가리킨다.

(짧은 시간 경과)

왠지 불안한 표정의 이듬의 시선 끝으로
화장실 옆으로 자리한 조그마한 유리문이 보인다.
유리문 앞에 [정의와 소신- 정소법률사무소] 간판 스티커 붙어있다.

48.   정소법률사무소 안 (낮)

이듬, 불안한 표정으로 문 열고 들어오면
책상 두 대에 소파 세트가 전부인 6평짜리 사무실 안이고,
저쪽으로 허리 굽은 할머니가 앞에 서 있는 누군가를 향해
연신 인사하는 모습.

할머니	변호사님, 고맙습니다- 진짜 고맙습니다-

보면- 그 변호사 바로 민지숙 부장이다!

할머니	나가 드릴 건 없구... 이거라두... (하며 고구마가 든 자루를 건넨다)
민부장	뭘 이런 걸 주세요. 무료로 해드린 건데요.
할머니	이거 지가 직접 키운 고구만디, 구워먹으면 아주 꿀이여라.
민부장	잘 먹을게요. 고맙습니다.

'헐... 대에박!' 하는 표정 돼서 이듬, 슬금슬금 뒷걸음질 쳐서
몰래 빠져나가려는데...

민부장	(소리) 마검사?

이듬, 민부장과 딱 눈이 마주친다.
'아하하...' 난처한 웃음으로 인사하는 이듬.

이듬	잘 지내셨죠? 저 잠깐 볼일 있어서 왔다가 들렀어요.
	바쁘신 거 같은데 다음에 올게요.
민부장	안 바빠.
이듬	하하... 안 바쁘시구나.
민부장	(할머니 의뢰인에게) 그럼 살펴가세요.
할머니	(인사하고 나가고)
민부장	뭐해? 앉아?

(짧은 시간 경과)

이듬, 심란한 표정으로 민부장과 차 마시고 있다.

민부장	어떻게 지냈어?
이듬	저야 뭐 늘... 잘 지내죠.

민부장	혹시 우리 사무실에 변호사 필요하다 그래서 온 거 아냐?
이듬	아~ 변호사 필요하셨구나. 아깝네요. 진짜-
	제가 오늘 아침에 막 다른 로펌에서 연락와서 거기로 가기로 했거든요.
민부장	그래? (피식 웃는데)

이때- 연희가 들어온다.

민부장	어, 연희 왔니?
이듬	(보더니 얼른) 아, 손님 오셨네요. 그럼 전 이만 가볼게요.
	(일어나 연희를 슬쩍 보고 나가는데)
연희	(자리에 앉더니) 저... 드디어 들어가게 됐어요.

이듬, 막 나가는데 귀에 꽂히는 소리.

연희	(소리) 조갑수 잡을 수 있어요, 이제!
이듬	(조갑수??)

49.   이듬의 원룸 (밤)

이듬, 어딘가를 심각한 표정으로 보고 있다.
보면- 원룸 한쪽 벽면에 빽빽이 붙어있는 조갑수 관련 신문기사들!
[조갑수 시장 영파시청 앞 광장에서 당선사례]
[복지단체 방문한 조갑수 시장, 의미 있는 첫 시작]
[영파시, 한국대학교와 MOU 맺어]
[조갑수 시장, 전통시장 현대화사업 파격 지원]
[약속 지키는 조갑수 시장, 연일 지지율 상승세]
[영파시장은 미담사냥꾼?! 길거리 환경미화 나서]

50.   정소법률사무소 건물 외경 (다음날 아침)

51. 정소법률사무소 안 (아침)

민부장, 조갑수와 관련된 사건기록들 보고 있는데,
노크 소리와 함께 이듬이 들어온다.

민부장 (놀라) 마검사가 웬일이야?
이듬 저 좀 도와주시죠. 부장님!
민부장 ?
이듬 부장님 아직 조갑수 포기 안 한 거 알고 있습니다.
저도 같이 싸울 수 있게 해주시죠.
민부장 ?
이듬 여기서 일하고 싶다고요.
민부장 (물끄러미 보다가) … 싫은데, 난?
이듬 네?

단호한 표정의 민부장과 놀란 표정의 이듬의 얼굴에서… 11부 끝!

· 마녀의 법정 ·

12 부

1. 뉴스 몽타주 (낮)

    - 영파시청 근처 호프집 앞 (낮)
    경찰차 사이렌 울리며 서 있고, 폴리스 라인 쳐져있다.
    그 앞에서 기자 한 명이 마이크 들고 뉴스 멘트 중.

기자   오늘 새벽 12시경 영파시의 한 호프집에서 칼부림 사건이 발생했습니다.

    - 동 / 안 (낮)
    테이블 네 개 정도 있는 작은 호프집.
    바닥에 핏자국 보이고, 테이블 쓰러지고 엉망인 모습.

기자   (소리) 경찰은 손님으로 온 남성이 호프집 주인 금 모 씨를 살해 후
      도주한 것으로 보고...

    과학수사관들, 술잔들에서 DNA 채취하는 모습들.

기자   (소리) CCTV와 현장 감식을 통해 확보한 용의자 다섯 명을
      소환해 집중 조사하겠다 밝혔습니다.

2.　영파경찰청 안 (낮)

김보좌관(이하 형수), 용의자로 형사 앞에서 조사받는 중이다.
주변으로 다른 용의자 두어 명이 각각 조사받는 모습.

형수　칼부림 벌어진 시각이 12시라면서요.
　　　제가 호프집에서 계산하고 나왔을 때가 10시 반이었습니다.
형사　아, 잠깐만요. (하며 노트북으로 호프집 안 CCTV 확인하는데)
형수　(초조한 듯 시계 보며) … 저기요. 더 걸립니까?
형사　(노트북에서 눈 안 떼고) … 좀 기다려보시죠.
형수　(맘에 안 든다는 듯 보는데)
형사　(CCTV에서 형수가 계산하는 모습 확인하고) … 네. 됐습니다.
형수　네?
형사　알리바이 확인됐으니까 가도 된다구요.
형수　(하… 어이없다는 듯 잠시 째려보고 얼른 간다)

3.　영파시청 외경 (낮)

4.　동 – 시장실 (낮)

태블릿 PC를 든 허변, 자리에 앉은 갑수에게 스케줄 보고 중이다.

허변　내일 오후 2시엔 한국대학교 제2캠퍼스 설립과 관련해
　　　MOU 체결식이 예정되어 있고요.
　　　다음 주 월요일, 시장 취임 백일 기념 기자간담회가 있습니다.
갑수　… 벌써 백일이 됐나? (하다가) 알았다, 나가봐라.

허변, 목례하고 나가는데- 노크 소리 들리고, 형수가 들어온다.

형수   (허변 나가고 나면) 다녀왔습니다.

갑수   그래, 주치의가 뭐라 카드나?

형수   사모님은 일시적인 쇼크였다고 합니다.
      깨어나지 않도록 만전을 기하라고 전달했습니다.

갑수   (쯧!) 재우는 거 하나 몬하나. 들어가는 돈이 얼만데. (하는데)

형수의 핸드폰 울린다.

형수   (잠시 눈치 보더니) 죄송합니다. (하고 받는다) 네.

강남 형사 (소리) 여기 강남 경찰선데요.
      호프집 살인 사건 용의자로 조사받은 김형수 씨죠?

형수   그런데요?

강남 형사 (소리) 선생님 DNA가 97년 이왕리 성폭행 사건
      가해자하고 일치한다고 나오네요?

형수   네? (얼른 갑수 눈치 본다)

5.   한국대학교 법학전문대학원 – 여자화장실 안 (낮)

미화원 유니폼 차림의 선화(여/39세)
세면대 앞 거울을 닦고 있는데 주머니 속 핸드폰 울린다.

선화   (받고) 여보세요?

강남 형사 (소리) 홍선화 씨? 여기 강남 경찰선데요.
      20년 전 이왕리에서 성폭행 신고한 적 있으시죠?

선화   (덜커) 네.

강남 형사 (소리) 가해자 확인됐습니다.

선화   (핸드폰을 든 손이 떨리는데) ...

강남 형사 (소리) 처벌 의사 있습니까?

선화   ... 네. (전화 끊고)

거울 속 자신 보면 흥분과 두려움이 섞여있다.

6.   몽타주 – 사건 인트로 (밤)

- 이왕리 강가 (밤)
앞 씬의 우울한 현재 선화 얼굴에서
19살 풋풋하고 밝은 표정의 선화로 바뀌면-
자막 [1997년, 11월]
옆으로 당시 19살이던 김형수도 앉아있다.
97년 유행가가 잔잔히 흘러나오는 강가.
작은 모닥불 피워놓고 앉아 노닥이는 중.
맞은편 한 커플은 이미 가까워진 듯 서로 간질이며 꺄르르- 넘어가는데
흰색 앙고라 니트 입은 선화와 옆에 형수는 어색한 분위기.
바닥 짚고 있던 선화의 새끼손가락 끝으로...
형수의 새끼손가락 와서 닿자
선화, 놀라서 쳐다보고 민망한지 큼큼- 헛기침하는 형수.
부끄러워진 선화, 모른 척 다른 쪽 바라보면
형수, 용기 내어 닿아있던 선화의 손 슬며시 잡는다.
그러자 빼내지 않고... 마주잡는 선화. 각자 쿡- 웃음이 터지고...

(시간 경과)

모닥불 사그라지고 있고...
한 커플은 이미 어딘가 가고 없어 둘만 남은 상황.
형수의 어깨에 기대 있던 선화. 저도 모르게 하품이 나온다.

형수   (그 모습 보고) 가자. 데려다줄게.

형수, 선화에게 손 내밀면- 선화, 그 손을 잡고 일어난다.

- 종합병원 앞 (밤)
요란한 사이렌 소리 울리며 도착한 구급차.
당직 레지던트와 간호사, 뒷문 열고 베드 끌어내리면..
실려 온 선화의 엉망인 모습 보인다.
경자(당시 42세), 따라 내리는데-

의사   최간호사님? 어떤 상탭니까?
경자   rape[7]로 의심되는 환자예요. 출혈도 있으니 일단 처치해주세요.
       (하고 걱정스러운 듯 선화를 보면)

눈물 자국으로 얼룩진 19살 선화의 얼굴 보인다. 그 모습 위로...

손계장   (소리) 공소시효 한 달 앞두고 가해자가 확인된 성폭행 사건입니다.

7.   여아부 - 회의실 (낮)

손계장, 사건 브리핑 시작한다.
자리에 장검, 진욱, 박검, 서검, 구계장, 윤검 앉아있다.
각각 앞에 수사 요약 자료들 놓여있다.
TV 모니터에 가해자 김형수와 피해자 홍선화 사진과 프로필 떠 있다.

손계장   (TV 가리키며) 가해자는 김형수, 현재 영파시청 대변인이고요.
진욱   (영파시청? 조갑수?) ?
손계장   사건 당시 97년, 고3 재학 중이었습니다.
박검   (긴피 오괘된 시건이네) 97년이면 따 20년 건이네...
손계장   피해자는 홍선화, 현재 한국대학교 미화원으로

....

7   rape=강간(*자막 요)

	사건 당시 김형수와 마찬가지로- 고3이었구요.
장검	(수사자료 보며) 그 당시 치고- 증거자료를 잘 남겨놨네.
	진술조사도 바로 받았고, DNA도 채취해놨고.
윤검	그러니까요. 왜 그때 못 잡고 미제 사건이 된 거죠?
손계장	그게... 수능 끝나고 여행지에서 즉석으로 만난 사이라
	김형수가 이름하고 학교를 다르게 댔나 봐요.
박검	하긴 나이트 부킹하는데 실명 까는 사람이 어딨어?
	(하다가 장검 보면 표정 안 좋다. 얼른)
	암턴 이제라도 잡혀서 얼마나 다행입니까. 네?
서검	근데요. 20년이면 너무 오래전인데 둘 다 기억이 날까요?
구계장	그러게요. 그때 저도 고3이었는데-
	같은 반 친구들 이름도 가물가물하거든요?
진욱	어차피 사람의 기억은 완전할 수 없어요.
	상황에 따라서 왜곡되기도 하고,
	불리하면 스스로 삭제하기도 하니까요.
윤검	그럼 진술도 증거로 인정 못 받는 거 아닙니까?
진욱	피해자가 처벌 의사를 확실히 밝혔다고 하니까-
	최선은 다해봐야죠.
장검	그래, 피해자 고통엔 공소시효는 없다는 말도 있잖아.
	오래전 사건이라고 솜방망이 판결 내리는 경우 많은데-
	이번엔 우리가 그 전례를 확실히 깨보자고!!

8.　　정소법률사무소 안 (낮)

이듬, 민부장 앞에 서 있다. (11부 51씬 상황)

이듬	부장님도 아시잖아요.
	조갑수 측근 김형수 보좌관, 성폭행으로 잡힌 거.
	DNA 증거도 확실하게 있대요.
	수사 단계부터 압박해 들어가면- 조갑수 약점, 치부!

옥수수 털듯이 우르르- 털어놓을 겁니다!

민부장 　(별 반응 없이) ... 그래서?

이듬 　저 좀 도와주시죠, 부장님!

민부장 　...

이듬 　부장님 아직 조갑수 포기 안 한 거 알고 있습니다.
　　　저도 같이 싸울 수 있게 해주시죠.

민부장 　...

이듬 　여기서 일하고 싶다고요.

민부장 　(물끄러미 보다가) ... 싫은데 난?

이듬 　네?

민부장 　... 공수아 사건 기억 안 나?

이듬 　!

민부장 　그때 마검 나한테 뭐라 그랬어?
　　　조갑수도 잡고, 공수아 사건 해결한다 그랬지? 근데 어떻게 됐지?

이듬 　... 반성하고 있습니다.

민부장 　반성한다면서 김형수 옥수수가 뭐 어쩌고 저째?

이듬 　...

민부장 　개인사 때문에 사건 놓치는 거 한 번이면 족해.
　　　(딱하다는 듯) 그리구 뭔가 착각하는 거 같아서 얘기하는데,
　　　마검 이제 변호사야. 여긴 법률사무소고.
　　　수사가 하고 싶음 검사를 해야지.
　　　정 아쉬우면- 경력 검사 공채 뜰 때 도전해보든가.

이듬 　(이거 쉽지 않겠는데 싶어 보다가) ...
　　　어우~ 검사라니요. 제 목표가 피해조력 변호산데요.[8]

민부장 　(어이없어 보는) ... 뭐?

이듬 　안 믿기시는 거 당연합니다.
　　　그치만 저! 변했어요. 예전의 마이듬이 아니라구요.
　　　부장님 옷끼기 벗게 헤놓고 안 변하면 사람도 아니죠.
　　　이제 절대 편법 같은 거 안 쓸 거고요.

8　2부 - 민부장 vs 이듬 첫 독대씬 패러디. "어우~ 사표라니요, 제 목표가 정년퇴직인데요."

피해자 눈물 닦아주는 따뜻한 변호사,
가해자와 맞서 싸우는 정직하고 소신 있는 변호사 될 겁니다!
(말해놓고도 민망해 시선을 슬쩍 내리까는데)

민부장   (보다가) … 그래? 그럼 잘해봐, 어디.
이듬   네?
민부장   (증거기록 복사본 턱 던져주며) 자.
이듬   아 네!

얼른 받아 들고 자리로 가서 앉는 이듬.
의욕적인 표정으로 팔 걷어붙이고 사건기록 뚜껑 넘기는데-
바로 일그러지는 표정. 담당 수사검사란에 [여진욱] 쓰여있다.

9.   법원 일각 (낮)

재판 마치고 나오는 법복 차림의 진욱, 핸드폰 문자 수신음 울린다.

민부장   (소리) 마검사, 김형수 사건 피해조력 변호인으로 갈 거야.
딴 짓 못하게 여검이 잘 지켜봐.

문자보고, 걱정스러운 표정 되는 진욱.

10.   여아부 – 진욱 / 박검 사무실 안 (낮)

사무실 들어오던 진욱, 뜨악한 표정이 된다.
보면 이듬, 박검과 머리를 맞대고 뭔가 쑥덕 모의 중.
이듬, 진욱을 보자 얼른 하던 말 멈춘다.

박검   왔냐?
진욱   (이듬 보고 수상) 무슨 일이시죠?

박검	야, 마검이 김형수 사건 와꾸 짜서 왔는데- 죽인다. 역시 에이스야!
이듬	과찬이십니다, 선배님.
진욱	(어이없는) 아니 그걸 왜 마검사님이 짜는 거죠?
	박검사님은 그걸 또 다 들어주셨다고요?
박검	그렇게 야박하게 나올 거 뭐 있냐, 서로 돕고 사는 거지.
이듬	지당하신 말씀입니다.
진욱	(하아...) 그래서요? 어디까지 가시게요?
이듬	어디까지 갈지는 아직 모르겠고...
	일단 담당 검사부터 바꾸는 게 좋을 거 같더라고요.
	여기 박검사님이 워낙 베테랑이시고,
	또 내가 물심양면으로 서포트하면...

11.   동 - 진욱 / 박검 사무실 앞 (낮)

이듬	(떠밀려 가는) 아아!! 알았어요, 알았어! 내가 나간다고!

진욱, 문 탁! 닫는다. 이듬, '아 나...'

12.   동 - 조사실 안 (낮)

진욱과 손계장 들어오면- 김형수 답답하다는 표정으로 앉아있다.

진욱	(앉으며) 조사 시작하겠습니다. (가져온 수사기록을 펼친다)
손계장	(노트북 앞에 앉는다)
진욱	경찰에선 혐의 내용 일체 부인하셨다고요?
형수	네. 성폭행한 기억이 절대 없으니까요.
진욱	(의혹) 기억이 안 난다는 뜻입니까?
형수	아뇨. 똑똑히 기억납니다.
진욱	?

형수	(반박하듯) 그때가 11월 22일 토요일이었구요.
	이왕리 강변에서 만났습니다.
	밤 9시에 캠프파이어 한 거까지 기억난다고요.
진욱	홍선화 씨 진술하고 많이 다르네요. 확실한 겁니까?
형수	(답답) 네! 저 그때요. 그 여자랑 첫눈에 반했고요.
	손잡았을 때 가슴 떨린 거!
	볼에 뽀뽀할 때 좋아하던 그 표정까지 생생합니다.
	너무 예쁜 추억이라 똑똑히 기억하는 거라고요.
진욱	(수사기록 보더니) ... 특정 부위의 상처와 출혈,
	정신적 충격으로 인한 패닉, 정액 DNA.
	당시 홍선화 씨 진료기록입니다.
	예쁜 추억하고는 거리가 머네요.
형수	(당황) ...
진욱	20년 전 그날 일,
	한여름 밤의 추억 같은 걸로 착각하시는 것 같은데—
	이제라도 기억을 잘 더듬어 보는 게 좋을 겁니다, 김형수 씨.
형수	(확 긴장되는) ...

13.   동 – 조사실 복도 + 관찰실 (낮)

진욱과 손계장 조사실에서 나오는데—
이때, 장검이 열려진 관찰실 안쪽을 보더니

| 장검 | 어? 마검? 거기서 뭐해? |

그 소리에 진욱과 손계장 얼른 보면—
관찰실 녹음 콘솔 밑으로 이듬이 웅크린 채 숨어있다.
(지금까지 진술조사 내용 다 듣고 있었던 것)
어이없는 진욱.

이듬	(얼른 일어서더니) 바닥에 뭐가 떨어져있는 거 같아서요.
	수고하십시오. (나가려는데)
진욱	마검사님!

이듬, 돌아보면- 진욱, 단단히 벼른 표정이 돼서 이듬을 보고 있다.

14. 검찰청 야외 일각 (낮)

이듬, 진욱, 마주 서 있다.

이듬	(변명) 아니 난 어디까지나 피해조력 변호인으로서... (맡은 바 소임을)
진욱	입에 침이나 바르세요.
	내가 마검사님 하루 이틀 봅니까?
이듬	(아나...)
진욱	지금 조갑수 잡으려고 이 사건 피해조력으로 붙은 거 모를 줄 알아요?
이듬	안다니 잘됐네요. 그럼 앞으로 잘해봅시다.
진욱	마검사님.
이듬	(찔려서 지레) 아- 알았어요.
	공수아 사건 안 잊었구요.
	개인사 때문에 재판 절대 안 망친다고 맹세도 하고 왔다구요.
	됐습니까?
진욱	... 공사구분 하겠단 말로 알아듣겠습니다.
	대신 업무분담 좀 하죠.
이듬	분담이요?
진욱	저번에 그러셨죠?
	나는 검사, 마검사님은 변호사, 각자 맡은 바 소임을 다하자고요.
	그 말 그대로 들려드리죠.
이듬	?
진욱	이 시간 이후로 마검사님은 피해조력 변호인으로
	제가 내리는 지시, 요구, 명령에 철저히 따라주세요.

이듬	아니 내가 무슨 검사 보조도 아니고 무슨 (하는데)
진욱	싫으면 관두시고요.
이듬	(아나...)
진욱	(시계 보며) 5초 드립니다. 5, 4, 3, 2...
이듬	알았어요. 알았다고요.
진욱	(진작에 그럴 것이지) 일단 사무소로 돌아가세요.
이듬	왜요?
진욱	그럼 여기 있게요?
이듬	아니- 대질신문 가야죠. 각자 조사해봤자 딴소리 나올 각인데.
	이 상태로 재판 가봤자 오래된 기억이라 신빙성 없다고
	인정 안 한다니까요.
진욱	... 대질신문은 원칙적으로 피해자가 요청해야 이뤄지는 겁니다.
이듬	오케이. 그럼 먼저 요청만 하게 만들면 되는 거죠?
진욱	(하아...) ...

선화	(소리) 싫어요.

15. 한국대학교 실내 일각 (낮)

미화원 복장을 한 선화, 청소 카트를 사이에 두고 이듬과 서 있다.

선화	(단호) 그때 일, 20년 전에 경찰서 가서 다 말했구요.
	더 이상 할 얘기 없습니다.
이듬	홍선화 씨!
선화	대질신문 절대 안 합니다. 돌아가세요! (하는데)

관리직원의 화난 음성 들린다.

관리	(소리) 홍여사!!!

보면- 남자 화장실에서 나온 관리직원(남/50대)이 화난 얼굴이다.

관리 시간도 없는데 거기서 뭐 하는 겁니까?
　　　빨리 남자 화장실 청소하고, 강당도 치워야 한다니까?
선화 네, 네. (하고 화장실 안으로 들어가려는데)

20대 남학생 세 명이 우르르- 먼저 화장실로 들어간다.
얼굴 하얗게 질려 카트 잡은 채로 주춤거리는 선화.
관리, '뭐 하는 거야?' 싶어서 노려보다가 다그친다.

관리 또 이런다! 또! 아니 남자 화장실이 뭐 대수라고 못 들어가요?
　　　다른 여사님들은 남자들 있어도 잘만 청소하고 나오든데!
선화 (푹 숙이고) 죄송합니다. (하는데)
이듬 (청소 카트를 잡아채더니) 제가 해드릴게요, 청소!
　　　대신 한 번만 더 고민해주세요.
선화 (난처한 표정)

(시간 경과)

이듬, 청소 카트 밀고 나오면- 선화 어디론가 가버리고 없다.

16. 동 - 강당 일각 (낮)

청소 카트 밀고 온 이듬, 두리번거리며 선화를 찾는데-
저편에서 겁에 질린 목소리 들린다.

선화 (소리) 이러지 좀 마세요!

이듬, 소리 나는 쪽으로 가보면-
관리직원, 걸레로 유리창 닦던 선화를 포개어 안다시피 한 자세로 선화 손에 자기 손을 올려놓고 걸레질 중이다.

관리   (웃으며) 아니 걸레질을 이렇게... 이렇게 해야지.
선화   (거의 기절 직전) 알았다구요... 하지... 말라고요.
관리   (선화의 뒤태를 슥 보더니) 보기보다 몸매가 좋네, 홍여사.
선화   (저항도 못하고 오들오들 떠는데)

이듬   (소리) 아우! 진짜 드러워서 못 살겠네!

관리직원, 발밑 감촉에 놀라 선화에게서 떨어지는데-
이듬이 화장실 청소하던 마대자루로 관리직원 발밑 바닥을 **빡빡** 닦는다.

이듬   웬 똥이 바닥에 떨어져있어?
        어디 비둘기들이 들어와서 똥이라도 쌌나? 아우. 드러. 드러!!

관리직원, 이듬의 걸레질 피하다가... '흠흠-' 민망한 헛기침 내며
저쪽으로 가버리고-

이듬   (그제야 선화 있던 쪽을 보며) 괜찮으세요? (하는데)

선화, 또 어디론가 사라졌다.

이듬   아나... 무슨 번개맨이야, 뭐야? 눈만 떴다 하면 사라져?

17.   동 - 세미나실 (낮)

[영파시 - 한국대학교 상호발전을 위한 MOU 체결식] 현수막 보이고
배경으로 선 갑수와 한국대학교 총장(남/60대)
협약서 들고 악수 나누면... 사진 찍는 기자들과
그 모습 바라보는 허변, 박수 치는 교직원들 모습 보인다.

(짧은 시간 경과)

체결식 마치고 모두 나간 후.
갑수, 안주머니에서 킹덤 출입카드 꺼내
마주 선 총장에게 은밀히 건넨다.

갑수   총리님 뵙기로 한 것, 잊지 않으셨겠죠?
총장   (받아 넣으며) 그럼요. 헌데 무슨 일로...
갑수   (넌지시) 총리님께서 손자분 학교를 알아보시나 본데-
         여기 로스쿨 쪽에 관심이 많은가 봅니다.
총장   (끄덕끄덕) 조부가 다니던 법대를 손자도 다닌다? 의미가 있겠군요.
         (미소 지으면)
갑수   (미소) 이따 뵙죠.

18.   동 - 건물 앞 (낮)

         갑수, 허변과 함께 교직원들 배웅받으며
         기사가 대기 중인 자동차 쪽으로 가는데- 낯익은 목소리가 들린다.

이듬   (소리) 홍선화 씨!... 홍선화 씨!!

         갑수, 보면- 저쪽 편에서 이듬이 청소 카트를 밀고 오고 있다.
         이듬도 갑수를 보자 얼굴 굳어서 멈칫한다.
         잠시 팽팽하게 시선 부딪히다가
         이듬, 돌연 카트를 밀고 갑수 쪽으로 돌진해 간다.
         허변과 교직원들, '어이?' 하고 보고
         이듬, 테러라도 할 분위기로 카트에 꽂혀 있던 대걸레 자루를 꽉 쥔다.
         갑수, 순간적으로 당황해 이듬을 보는데-
         이듬, 그냥 갑수 옆을 지나쳐 간다.

어이없어 '허!' 하는데- 이듬, 다시 돌아와 갑수 옆에 서더니-

이듬	... 쫄았냐?
갑수	!
이듬	벌써 쫄면 어떡해? 나 아직 시작도 안 했는데? (하고 간다)
갑수	(확 불쾌해지는데 표정 관리하는)
허변	(어이없어 이듬을 보고) ...
갑수	(성난) 뭐 이런 또라이 가스나가 다 있노?!!!

19.   달리는 갑수의 자동차 안 (낮)

앞좌석에 앉은 허변, 갑수의 눈치를 살피고-
갑수, 불쾌한 표정으로 넥타이를 풀고 있다.

갑수	눈깔 보니 나한테 덤빌 궁리하는 기 틀림없다.
허변	...
갑수	뭔 일을 꾸미고 있는 긴지 알아봐라.
허변	네. 알겠습니다.

20.   한국대학교 - 야외 일각 (낮)

이듬, 두리번거리다가 멈칫!
보면 저편에서 선화, 10살짜리 남자 꼬맹이랑 서 있는 모습.
이듬, 얼른- 다가가려는데...

선화	(속상한) 찬아. 또 여기까지 걸어온 거야? 엄마가 그러지 말랬잖아.
찬이	내가 엄마 지켜준다니까? 맨날 아저씨들 지나갈 때마다 깜짝깜짝 놀라면서. 왜 자꾸 오지 말라고 해.

선화   (미안한 눈으로) 엄만 괜찮다니까.

찬이   안 괜찮은 거 다 알거든? (괜히 다리 통통 두들기는) 아- 다리 아프다.

선화   (피식 웃고는 등을 내준다) 자.

찬이   (신나서 업힌다)

선화   너... 실은 엄마한테 업어달라 하려고 오는 거지?

찬이   아니거든? (하며 좋아하는)

조금 떨어진 곳에서 두 사람 모습 바라보던 이듬,
어릴 적 영실과의 추억 떠오르고...

- **플래시백** / 장현동 일각 (낮)
10살 이듬, 운동회가 끝나고 영실에게 업힌 채 집으로 돌아오는 길.
반팔, 반바지 체육복 밑으로 보이는 무릎이며 팔꿈치, 손바닥 곳곳
까진 상처 위에 일회용 밴드 붙어있고.

영실   (핀잔주는) 야, 마이듬. 1등 안 하면 죽냐?
       누가 그렇게 험하게 애들 밀치면서 달리래.
       심보가 고약하니까 넘어져서 다치는 거지.

10살 이듬 아 엄만! 딸내미 다친 걸 가지구 놀리고 싶냐?

영실   사이좋게 천천히 달렸음 아무도 안 다쳤을 거 아냐.

10살 이듬 천천히 달리면 그게 시합이냐?
       아 몰라. 나 배고파. 빨리 가서 밥줘.

영실   (피식/놀리듯) 집에 김밥밖에 없는데?
       니가 많이 먹고 싶대서
       2박 3일 내내 먹으려고 잔뜩 싸놨는데?

10살 이듬 아 엄마~

다시 현재.
멀어지는 선화와 찬이 바라보며 이듬, 그리운 표정이 되는데...

21. 2차선 도로 일각 + 진욱의 자동차 안 / 밖 (낮)

선화, 잠든 찬이 업은 채로 2차선 도로 옆 인도 걸어가는데-
이때 뒤에서 들리는 빵빵- 여러 대에서 울리는 요란한 클랙슨 소리.
선화, 돌아보면... 뒤로 길게 늘어선 차량들.
운전자들 고개 내빼고 "야! 뭐하는 짓이야!" "왜 기어가고 난리냐고!"
"빨리 안 가?" 언성 높이고 있다. 그 행렬 맨 앞에 선 진욱의 자동차.
선화 바로 옆에서 조수석 창문 내린 채 아주 천천히 운전 중인 이듬 보인다.

선화	(놀라서) 지금 뭐하시는 거예요?
이듬	(태연하게) 타세요. 홍선화 씨 탈 때까지 이렇게 기어갈 겁니다.
선화	(뒤쪽 쳐다보며/곤란한) 정말 이러실 거예요?
이듬	(내가 뭘?)
찬이	(자다가 클랙슨 소리에 깬) 엄마 시끄러...
선화	(어쩔 줄 몰라 하는 표정) ...

22. 찬이네 아파트 앞 (낮)

진욱의 자동차, 오래된 아파트 단지 안으로 들어오면...
아파트 건물 입구 쪽에 낡은 1톤 트럭 세워놓고
선화와 찬이 기다리는 선화의 전남편(남/40대) 보인다.
소시민적으로 선한 인상의 전남편. 초조하게 있다가...
차가 멈춰서고, 찬이 내리면 활짝 웃어 보인다.

찬이	아빠! (아빠에게 달려가면)
전남편	아들! (찬이 안아 들고 선화 보곤 어색하게) 여보... 왔어? 여긴 누구...
선화	(전남편 일부러 외면하는)
찬이	(이듬 가리키며) 엄마 도와주러 온 변호사님이래.
전남편	아... (살짝 목례하는) 안녕하세요.
이듬	(까딱 인사받는데) 넵.

선화	찬아. 엄만 갈게. 어서 들어가. (하고 돌아서 가려는데)
찬이	(쪼르르 달려와 선화 손 붙잡고 조르는)

엄마. 나 오늘 학교에서 그림 그렸는데, 그거 보고 가. 응?

차마 거절 못하고 선화, 찬이에게 이끌려
아파트 건물 안으로 들어가는데...
그 모습 안타깝게 바라보던 전남편, 이듬에게

전남편	(조심스레) 변호사님. 혹시... 저 사람한테 있었던 그 일, 맡으신 건가요?
이듬	(그걸 알아?) 네.
전남편	(90도로 숙이며) 부탁드립니다! 그 나쁜 놈, 꼭 좀 벌받게 해주십쇼!
이듬	(뭐야) 보아하니 같이 사는 것도 아닌 거 같은데,

이런 부탁, 너무 오바하는 거 아닙니까?

전남편	... 다른 거 바라는 거 없습니다.

전 그저... 저 사람이 이젠 좀 행복해졌으면 좋겠어요.
아무리 세월이 흘렀다 해도 저 사람,
아직도 툭하면 악몽 꾸고... 여전히 남자라면 무서워 떨어요.
저랑 찬이가 그 상처... 싹 낫게 해주고 싶었는데...

이듬	(진지하게 보는)
전남편	진짜 꼭 좀 부탁드리겠습니다.

저 사람 아팠던 것만큼... 아니 그보다 더 오래오래
그 나쁜 놈, 콩밥 먹여주십쇼. 부탁드립니다. (고개 숙이는)

이듬, 그런 전남편 바라보는데... 그 뒤로 나오는 선화 보인다.
착잡하게 바라보는 이듬 표정.

23. 찬이네 아파트 단지 입구 (낮)

벤치에 앉은 선화와 그 앞에 서 있는 이듬.

선화	변호사님. 내 입장... 돼 본 적 없죠.
이듬	(말문 막히는)
선화	그건 힘들고 말고 할 상황이 아니에요.
	나더러 다시 지옥에 가라는 거라구요.
	날 지옥에 빠뜨린 그 인간이랑 같이요.
이듬	(생각하다) ... 예전에... 혼자 국숫집 하면서 딸 키우던
	착해 빠진 아줌마 하나가 있었어요.
선화	(보면)
이듬	그 아줌마도... 그런 일을 당했어요.
	(말하면서 울컥하는) 많이 아프고 힘들었을 텐데...
	바보 같이 꽁꽁 숨기고 살다가...
	그 일 저지른 새끼한테 납치당하고, 감금당하고...
	결국엔... 죽었어요. 세상에 흔적도 없이...
선화	(안타까운) ...
이듬	그 새낀.. 사람을 죽여놓고도, 엄청 잘 먹고 잘 살더라구요.
	왠줄 아세요?
	자기가 그런 짓 했다는 증거도 없고,
	증언해줄 당사자도... 세상에 없으니까요.
	근데 홍선화 씨는, 말할 수 있잖아요.
	그 자식이 어떤 짓을 저질렀는지. 그래서 지금까지 얼마나 힘들었는지.
선화	!
이듬	아까 지옥이라고 했죠. 지금이 기회에요.
	그 지옥에서 나오세요.
선화	(눈동자 흔들리는)

24. 영파시청 - 시장실 (낮)

갑수, 자리에 앉아있고- 허변이 앞에 서서 보고 중이다.

허변	마이듬이 피해자 조력 변호인으로 붙었답니다.

담당 부서도 여야부고요.

갑수   (골치 아프게 됐다는 듯) ... 김 대변인, 괜히 부스럼 안 나게-
허실장 니가 힘 좀 써줘라.

허변   알겠습니다.

25.   검찰청 외경 (낮)

26.   여야부 – 조사실 앞 (낮)

진욱, 조사실 문을 열고 들어가려다 누군가 걸어오는 소리에 복도 쪽 보면
이듬이 선화와 오고 있는 게 보인다.
이듬, 걸으면서 선화를 계속 신경 쓰는 모습 보이고,
선화, 경직된 표정으로 조금 떠는 듯하다.
진욱, 걱정 어린 눈빛으로 선화를 바라보다 말을 건넨다.

진욱   혹시 너무 힘드시면 중간에라도 말씀해주세요.
선화   (진욱 보며, 겨우 고개 끄덕)

27.   동 – 조사실 안 (낮)

안으로 들어서는 이듬, 진욱, 선화.
먼저 와 있던 형수가 서류 봉투 하나를 앞에 두고
자리에 앉아있으면,
이듬과 선화가 형수의 맞은편에 앉는다.
진욱, 경찰시 송지자료 가지고 룸잉 위쪽 자리에 있고,
옆에 따로 떨어진 책상에 손계장이 앉아 조사 준비를 하고 있다.
마주 앉은 선화와 형수가 서로를 한참동안 보는데
두 사람 모두 서로를 알아보지 못하는 눈치다.

형수	(한참 생각하다가) 아- 이제 생각났어요. 참 많이 변했네요.
선화	... (얼굴이 떠오르지 않아 오히려 불안한 표정)
진욱	(선화와 형수의 표정 한 번 살피고) 대질신문 시작하겠습니다.

(시간 경과)

형수	이왕리에서 불꽃축제가 있었어요.
	수능 끝나고 친구랑 구경갔었고요. 여행 둘째 날 만났습니다.
진욱	당시 홍선화 씨에 대해서 기억나는 것 있으십니까?
형수	당연히 기억나죠.
	목에 진주가 달린 하얀색 니트 입고 있었어요.
	멀리서 걸어오는데도 눈에 띄게 예뻤습니다.
	그래서 용기 내서 말도 먼저 걸었던 거고요.
진욱	오래전인데 자세히 기억하시네요?
형수	말씀드렸지만, 저한텐 굉장히 좋은 추억이었어요.

진욱, 미심쩍은 표정으로 형수를 본다.

형수	강가에서 캠프파이어도 하고,
	피곤하다길래 민박집까지 데려다줬어요.
	거기 이름이... 아마 강민박... 이었을 거예요.

- 플래시백 / 민박집 가는 시골길 (밤)
어둑어둑해진 분위기, 멀리서 기차 지나가는 소리 간간히 들리고
쌀쌀한 바람 불어오는 가운데 시골길을 걷고 있는 두 사람 보인다.
기습적으로 선화의 볼에 쪽 뽀뽀를 하고 살며시 웃음 짓는 형수.
살짝 당황한 표정이 되었다가 다시 수줍은 미소를 보이는 선화.
멀찌감치 보이는 간판 하나 [강민박].

형수	강가에서 10분 정도 거리에 있는 민박이었는데,

저 사람, 들어가기 싫은지 계속 걸음이 느려지더라고요.
그래서 저도 기분 맞춰주려고 느릿느릿 걸었던 기억납니다.

이때, 진욱 앞에 놓인 자료 넘겨보는데,
[홍선화 숙소 '강민박' - 강가에서 민박집과의 거리 도보 10분]
쓰인 것 보고 형수의 얘기가 신빙성 있다고 느낀다.

형수 민박집에 잘 데려다주고 그냥 가려고 했었습니다.
     그런 저를 붙잡은 건 저 사람이었다고요.

     - 플래시백 / 민박집 앞 *(밤)*
     형수, 선화를 들여보내는데
     아쉬운 표정으로 주춤거리며 서 있는 선화.
     그리고 형수 돌아서는데 선화가 형수의 팔을 붙잡는다.
     형수 '왜?' 하는 표정으로 선화 바라보면,

     선화   들어가서 더 놀다가 가요. (수줍은 표정)

     형수의 얘기에 얼굴 급격히 굳어지는 선화.
     그런 선화를 향해 질문을 던지는 진욱.

진욱 홍선화 씨, 김형수 씨 말이 사실입니까?
선화 아뇨, 절대 아니에요.
     저 사람이 갑자기 절 강제로 덮쳤다고요.
진욱 그때 상황을 좀 더 자세히 말씀해주실 수 있나요?
선화 (손을 부들부들 떨며, 어렵게 말을 꺼낸다) 수풀이 우거진 곳이었는데...

     플래시백 / 수풀 우거진 원두막 부근 *(밤)*
     불 나간 가로등 때문에 더욱 어두운 곳.
     살짝 겁먹은 표정으로 걸음을 재촉하고 있는 선화.
     그때, 형수가 우뚝 멈춰서더니 선화의 손을 확 잡아당긴다.

형수의 거친 행동에 잠시 휘청하는 선화의 몸.
선화가 놀라서 형수를 올려다보는데,
형수의 눈빛이 어딘가 야비하게 변해 있다.
선화, 소리 지를 새도 없이 형수의 손에 이끌려 원두막 밑으로 들어가고
어두컴컴한 원두막 아래서 거칠게 밀쳐져 넘어지는데...
(암전)
그리고 선화 시선 저 멀리 펼쳐져있는 분홍빛 억새밭.

선화 귀뚜라미 소리도 들리고, 차가운 바람도 불었는데,
   앞이 한참 캄캄하다가 눈을 떠보니까
   분홍색 억새밭이 저 멀리 보이는 거예요.
진욱 네? 분홍색이요?
   손계장님, 확인 좀 해주세요.
손계장 (검색해보더니) 우리나라에 수입된 시기는 5년 전이라고 하는데요?

진욱과 이듬, 선화의 얘기에 약간 당황하는 표정되는데,

이듬 확실하신 거예요? 혹시 잘못 보신 거 아니죠?
선화 분홍색 맞는데...
형수 (끼어드는) 이것 보세요. 저렇게 말도 안 되는 얘기를 늘어놓고 있잖아요.
진욱 (형수에게 눈으로 주의주고, 선화에게) 홍선화 씨,
   좀 더 구체적인 상황이 떠오르진 않으세요?
선화 그냥... 조금 바람이 스산했고, 풀들이 많았고...
진욱 거기가 어디쯤이었죠?
   어느 방향으로 가던 길이었어요?
선화 그건...

이듬과, 진욱 모두 답답한 표정으로 선화를 보는데,

형수 이럴 줄 알았어요. 계속 이렇게 딴소리만 하잖아요.
   정말 내가 그랬고, 지금껏 못 잊었으면- 다 기억하고 있겠죠.

(진욱 보며) 이런 미친 소리를 제가 계속 듣고 있어야 합니까?

선화   (형수의 말에 울컥) 뭐라구요? 지금 내가 미쳐서 헛소리라도
       한다는 거예요?

형수   아니면 뭡니까?
       같이 좋아서 즐겨놓고 이제 와 사람 잡는 거 아니냐고요!
       진짜 남의 인생 망치려고 작정한 것도 아니고.

이듬   (참지 못하고) 지금 말이 좀 심하잖아요!!

       그때, 선화 벌떡 일어나 형수의 뺨을 후려친다.
       이듬과 진욱, 갑작스런 상황에 당황하는 사이
       어안이 벙벙한 얼굴로 선화를 보는 형수.

선화   인생을 망쳐? 내가?
       니가 망친 내 인생은?
       내가 20년을 어떻게 살았는데!!
       니가 아무 죄책감 없이 행복하게 사는 동안
       나는 단 하루도 편하게 잠든 적이 없었어.
       그런 내가 지금 니 인생을 망치려고 헛소리나 지껄이는 걸로 보여?

       감정이 복받치는지 숨을 제대로 쉬지 못하는 선화.
       눈물이 쉴 새 없이 볼을 타고 흐르고 있다.
       그런 선화를 보며, 인상 찡그리는 형수.
       맞은 볼을 쓱쓱 손으로 문지르더니,
       진욱 앞에 가지고 왔던 서류를 밀어준다.

형수   정말 이렇게까지 하고 싶진 않았는데요.
       나도 더 이상 못 참겠네요.

       진욱, 서류 받아보면 선화의 병원 진료기록지다.
       (1996-1997년 사이 정신병원 치료를 받았다는 내용)
       놀란 표정이 되는 진욱.

그리고 진욱이 들고 있던 서류를 뺏어 보는
이듬도 이를 보고 놀란 표정이 되는데...

형수   이 여자, 첨부터 정신에 문제 있었고요.
그것 때문에 말도 안 되는 얘기하고 있는 겁니다.
분명히 말씀드리지만, 저는 합의하에 관계 가졌습니다.

선화, 털썩 주저앉은 채 울고 있고
진욱과 이듬 복잡한 표정이 된다.

28.   동 – 진욱 / 박검 사무실 앞 복도 (낮)

이듬과 진욱, 복도에 서서 얘기 중이다.

진욱   만약 김형수 진술이 거짓이라 그래도
홍선화 씨가 불리해진 건 확실하네요.
이듬   아니- 근데 어떻게 20년도 넘은 진료기록 남아있죠?
의무보존 기간은 10년이잖아요?
진욱   그건 병원 사정 따라 다르죠.
그리고 제출된 진료기록대로면 홍선화 씨가 평소 앓고 있던 우울증으로
피해망상을 일으켰다고 주장해도 할 말이 없어요.
이듬   그럼 다른 증거를 더 찾아야겠네요.
당시 목격자도 있다면서요?
진욱   네.
이듬   잘됐네요. 그럼 나도 같이... (하는데)
진욱   (딱 자르고) ... 수고하셨습니다.

진욱, 사무실로 들어가서 문을 쾅 닫아버린다.
아나- 하며 닫힌 방문을 보는 이듬.
"여검! 여검?!"

29.　　　동 - 진욱 / 박검 사무실 안 (낮)

진욱 들어서는데,
닫힌 문밖으로 이듬이 문을 두드리며 진욱 부르는 소리 들리고,
박검과 손계장이 어색한 표정으로 진욱을 보면,
진욱, 이듬을 전혀 신경 쓰지 않는 표정으로 손계장에게 말을 건넨다.

진욱　　손계장님, 목격자 소재 파악은 아직 인가요?
손계장　네, 본인 명의로 개통된 휴대폰도 없구요, 신용카드나 통장 거래내역도 전혀
　　　　없는 상태고요. 계속 생활 반응 추적하고 있는데 쉽게 안 잡히네요.
진욱　　아- 그럼 출입국 기록이랑 배승선 기록도 확인해주세요.
손계장　네-

30.　　　진욱의 오피스텔 안 (밤)

진욱, 샤워하고 나와 수건으로 머리 터는데-
테이블 위에 올려진 핸드폰에서 알림 소리 난다.
보면- [엄마 생일 D-1] 이다.
진욱, 씁쓸한 표정 돼서 고민하는...

31.　　　고재숙 정신과의원 외경 (다음날 아침)

간호사　(소리) 어머~ 꽃 너무 예뻐요.

32.　　　동 - 원장실 (아침)

간호사, 들고 온 꽃바구니를 재숙 앞에 놓아준다.

간호사　올해도 아드님이 보내셨나 보다~ 좋으시겠어요, 원장님.
재숙　　응. 고마워.
간호사　(인사하고 나가면)

재숙, 꽃바구니에 꽂힌 카드를 열어보는데- 실망하는 표정.
[고재숙 원장님, 생신 축하드려요! -KSB '행복인터뷰' 작가진 일동-]
이라 적혀있다.

33.　　여아부 – 진욱 / 박검 사무실 안 + 앞 (낮)

진욱, 자리에 앉아 수사기록 보는데- 핸드폰 문자 소리 들린다. 보면-

재숙　　(소리) 진욱아 잘 지내니?
진욱　　(쓸쓸한 표정으로 문자 보다가 핸드폰 끄는데)

이때- 구계장이 "여검사님!" 하며 들어온다.

진욱　　(보면)
구계장　최경자 씨 찾았습니다. 부진도에 있는 내일요양병원에
　　　　근무 중인 간호사라고 합니다.
진욱　　(간호사?) … 알겠습니다. 한 시간 있다 출발하시죠.
구계장　(약간 난처한 웃음) 아… 네…
진욱　　?

34.　　검찰청 – 야외 주차장 진욱의 자동차 안 / 밖 (낮)

서류가방을 든 진욱, 자동차를 향해 걸어간다.

차 키 버튼 삐삑! 누르고 운전석 문 열고 타는데-
갑자기 조수석 쪽 문 열리더니 이듬이 자연스럽게 탄다.

진욱   ... 뭐하십니까?
이듬   (당당) 목격자 만난다면서요? 같이 좀 갑시다.
진욱   내리세요. 구계장님 오실 겁니다.
이듬   안 오실 겁니다. 내가 가기로 얘기 다 끝났거든요.
진욱   ... 아니... 어차피 목격자 진술 받아올거고-
          나중에 진술서 보면 되잖아요.
          이렇게 사사건건 쫓아다녀야겠습니까, 네?
이듬   네. 난 무조건 직접 보고 들어야 안심이 되거든요.
          (하더니 팔짱 끼고 눈 감더니) 도착하면 깨워요.
진욱   (어이없어 본다) ...

35.   진욱의 자동차 안 / 밖 (낮)

진욱의 자동차, 배에서 나와 섬으로 들어가는 중이다.
저 멀리 [내일요양병원] 건물 보인다.

36.   내일요양병원 - 로비 앞 / 안 (낮)

로비에 들어서는 이듬과 진욱.

이듬   (진욱에게) 잠깐만요. (하고 화장실 쪽으로 가고)

진욱은 원무과 데스크로 다가가 간호사에게

진욱   저기 최경자 씨 찾아왔는데요. (하는데)
간호사   (최경자?) 아~ 최간호사님이요?

이때- 저쪽 병실에서 빈 소변통 들고 나오는 경자가 보인다.

간호사   간호사님! 여기 손님이요!

진욱, 놀란 표정되고- 경자도 진욱을 보고 놀란 표정!

진욱   수간호사님?
경자   (얼떨떨) ... 세상에 이게 누구야? 너 진욱이 맞지?
진욱   네. 여기 계셨어요?
경자   (반가움) 어. 이게 얼마만이니? 너 고3 때 보고 처음이지?
진욱   네. (생각난) 근데 왜 그렇게 갑자기 그만두셨어요?
       인사도 못해서 섭섭했는데...
경자   그랬니? 그때 동생이 아팠거든.
       돌봐줄 사람이 나밖에 없어서 급하게 그만뒀어.
진욱   (아~)
경자   원장님은 잘 지내시지?
진욱   네.
경자   근데 여기 무슨 일이야? (하는데)
이듬   (소리) 여검!

이듬이 진욱을 향해 다가온다.
경자, 이듬을 보더니- 흠칫 놀라는 표정된다.

- 플래시백 / 검찰청 로비 (낮)
자막 [3개월 전]
안내데스크 앞에 선 경자, 초조한 표정으로 통화 중인 직원 바라보고 있다.
직원, 전화 끊더니 경자에게

직원   지금은 못 만나실 것 같은데요.
경자   왜죠?

직원	마이듬 검사님, 내사로 조사받으러 가셨다고 해서요.
	연락도 안 될 거예요.
경자	(실망한) 아, 네... 알겠습니다.

경자 돌아서서 나오는데..
로비 안 대형 TV에 뉴스 속보 보인다.
백실장 사진과 모자이크된 이듬 사진으로 나오는 밑으로 자막
[살인사건 피의자 친형, 마 모 검사 협박에 자살] 보고
놀라 표정 굳어지는 경자...

경자, 자기도 모르게 이듬을 빤히 보고-

경자	(소리) 마이듬?
진욱	(얼른 소개해주는) 아, 소개시켜드릴게요. 마이듬 변호사님이세요.
	(경자 가리키며) 이분은 저 예전에 알던 수간호사님이시고요.
경자	(아... 고개 끄덕 인사하고)
이듬	(목례 까딱한다)

37.　동 - 휴게실 (낮)

탁자에 둘러앉은 진욱, 이듬, 경자.

진욱	(선화의 사진을 경자에게 내밀며) ... 이분 알아보시겠어요?
경자	(들여다보더니 끄덕끄덕) 기억나지, 그럼.
이듬	！
진욱	나 그때 종합병원에서 간호사로 있을 땐데...

- 플래시백 1 / 으슥한 도로변 (밤)
머리 단정하게 묶은 40대 경자, 손가방 들고 피곤한 듯
걸음 재촉 중인데- 저편 풀숲에서 허연 물체가 쓰러져있는 모습.

경자, 깜짝 놀라 다가가 보면- 선화가 옷차림 엉망인 채로 기절해있다.

- **플래시백 2** / 종합병원 응급실 안 + 앞 (밤)
간호사들, 베드에 누운 선화를 응급실로 이동시키고 있다.
경자 따라간다.

진욱 방금 하신 얘기, 재판에서 증언해주실 수 있죠?
경자 당연히 그래야지. 그렇게 오랫동안 힘들었다는데요.
이듬 (진욱에게 볼일 다 봤다는 듯) 그럼 가죠. 이제.
경자 아유~ 멀리서 왔는데- 식사라도 하고 가세요.
이듬 아닙니다. 멀리서 왔으니까 빨리 가야죠.
진욱 어차피 배 시간 때문에 지금 가봤자 몇 시간 기다려야 돼요.
이듬 (아나...)
경자 그래요. 오신 김에 점심 드시고 가세요. 여기 밥 맛있어요.

38. 동 - 야외 식탁 벤치 + 빨랫줄이 있는 마당 (낮)

이듬, 진욱 마주 앉아서 식판에 밥 먹고 있는데-
이때- 저편에서 경자가 이불 빨랫감이 잔뜩 든 카트 밀고
빨랫줄이 설치된 마당 쪽으로 가는 모습 보인다.
진욱, 그 모습 보더니 "잠깐만요!" 하고는 경자에게 간다.

진욱 (다가가 카트 자기가 밀며) 제가 할게요.
경자 됐어, 얼른 가서 밥 먹어.
진욱 다 먹었어요. (이불 빨래들 빨랫줄에 거는데)
경자 (그 모습 보며) 넌 옛날이나 지금이나 착한 건 똑같다.
진욱 (피식 웃는)
경자 그때도 니가 병원 허드렛일 참 많이 도와줬는데...
진욱 봉사점수 따려고 그런 거라니까요.
경자 (피식 웃고 이듬을 슬쩍 보며) 근데 저 아가씨... 낯이 익다.

진욱	(멈칫하다가 다시 빨래 너는) ...
경자	어디서 많이 본 얼굴 같애.
진욱	... 혹시 그분 기억나세요?
경자	?
진욱	그때 병원에 화재 사고 났을 때- 저하고 수간호사님 구해줬던 분이요.
경자	...
진욱	그분 딸이세요.
경자	아... 정말? 세상에... (하고 이듬을 보는데)
진욱	... 저도 얼마 전에 알았어요. (씁쓸한 표정으로 이듬 본다)

39.   동 - 운동장 앞 (낮)

야외 체조 시간이다.
10명 정도 노인들- 치료사가 하는 동작을 구부정하게 따라하고 있다.
이듬, 운동장 한쪽에 앉아 무료한 표정으로 쳐다보는데-
경자, 머그컵을 들고 다가와 이듬에게 건넨다.

경자	우엉차 좀 드세요. 몸에 좋아요.
이듬	(뻘쭘히 받으며) 네. 고맙습니다.
경자	(조금 떨어져 앉는데)
이듬	(한 모금 마시고 노인들 보다가) ... 다들 표정이 밝아 보이시네요?
경자	그래 보이죠? 원랜 다들 많이 아프셨어요.
이듬	?
경자	(하나하나 가리키며) 저기 할아버지는요. 작년에 심근경색 와서 거의 돌아가실 뻔하다- 겨우 살아오셨구요. 저쪽 할머니는 치매하고 우울증이 같이 와서- 얼마 전까진 매일 울기만 하셨어요.
이듬	아 네...
경자	노인분들이 겉으론 멀쩡해보여도 들여다보면 다들 아프세요.

그래서 건강검진 정기적으로 받으셔야 돼요.
(걱정/떠보는) 변호사님 어머니는 건강하시죠?

이듬   ...

경자   아, 혹시 돌아가셨나요?

이듬   ... 네. 오래전에요.

경자   아이구. 미안해요. 내가 주책이다.

이듬   아니에요. 엄마랑 헤어진 지 20년도 더 됐는데요. 뭐.
           이제 뭐 그냥 그래요. (하고 쓸쓸한 표정)

경자   (심상치 않은 표정으로 이듬을 살피는) ...

40.   동 – 주차장 (낮)

진욱, 이듬 자동차에 타려는데- 경자가 달려오더니
이듬에게 커다란 비닐봉지 하나를 건넨다.

경자   이거 내가 직접 말린 거예요.
           아까 보니까 우엉차 잘 먹는 거 같길래...

이듬   (부담스러운) 뭘 이런 걸 주세요?

경자   딸 같아서... 조카 같아서... 주는 거예요.

이듬   (뭐지? 싶지만 할 수 없이) ... 감사합니다.

진욱   올라가서 연락드릴게요.

경자   응. 그래 진욱아. 조심해서 올라가.

(시간 경과)

경자, 멀어지는 진욱의 자동차를 보는데- 표정이 심란하다.

41.   달리는 진욱의 자동차 안 / 밖 + 내일요양병원 입구 (낮)

진욱의 차, 천천히 병원을 빠져나가는 중이다.
이때, 진욱의 자동차를 지나쳐 병원 쪽으로 가는
50대 후반의 여자의 뒷모습 살짝 보인다.

42.   배 갑판 위 (낮)

갑판에 서 있는 이듬, 진욱- 멀어져 가는 섬을 무심히 보고 있다.

이듬   (비닐봉지 보더니) 그 수간호사님이라는 분이요.
       원래 처음 보는 사람한테도 막 잘해주는 타입이세요?
진욱   ?
이듬   (비닐봉지를 내밀며) 아니- 고맙긴 한데 부담스러워서요.
진욱   아... 그게...
이듬   ?
진욱   (망설이다가) 너무 미안하고... 너무 고마워서 그랬을 거예요.
이듬   그게 무슨 얘기죠?
진욱   ... 14년 전, 새날정신병원에 화재 사고가 났었어요.
       그때... 저하고 아까 그 간호사님이 세탁실에 갇혔었거든요.
       다들 대피하느라 정신없을 때...
       어떤 환자분이 문을 열어줘서, 살 수 있었어요.
이듬   (설마...?)
진욱   마검사님 어머니가... 구해주신 거예요. 저도, 수간호사님도.
이듬   (놀라 쳐다보다가) 아... 하여간... 오지랖도 넓네.
진욱   (미안한 표정으로 이듬을 보는)
이듬   (속상해) 아니 대체... 누가 누굴 구한다고 진짜...
       (눈물 맺히자 얼른 고개 돌리고 체념한 듯) 그래. 우리 엄마답네.
진욱   그때 나도 그랬어요.
       미안하고, 고마워서... 뭐라도 하고 싶었어요.
       그래서 장현동도 찾아갔었던 거고...
이듬   ...

진욱	지금도 마찬가지예요.
	할 수만 있다면 마검사님 어머니 그렇게 만든 사람들,
	그게 누구라도... 마땅한 벌받을 수 있도록... 돕고 싶어요.
이듬	... 그게 누구라도요?
진욱	(맘 아프지만) ... 네.
이듬	그래요. 사과는 받을 수 있어요.
	그치만 용서할 생각은 없어요.
진욱	(씁쓸히 보다가) 그 마음도 이해합니다.
이듬	(살짝 흔들리는 표정으로 진욱을 본다)
진욱	수간호사님, 마검사님 어머니를 저보다 더 오래 보셨어요.
	혹시... 궁금한 거 있으면 연락처 드릴게요.
이듬	됐어요. 뭐 좋은 얘기가 있을 거라고 물어봐요.
	알아봤자 마음만 아프지. (씁쓸한 표정으로 바다를 쳐다본다)
진욱	(가슴 아픈 표정으로 이듬을 본다)

43.　　내일요양병원 – 식당 안 (낮)

경자, 식당 안으로 들어서는데-

경자	경선[9]아-
영실	언니 왔어? (하고는 미소 짓는다)

보면- 12부 41씬 진욱의 차를 스쳐간 50대 여자,
테이블에 신문지 깔아놓고 대파 까고 있다. 영실이다!

44.　　검찰청 외경 (낮)

9　최경자는 기억을 잃은 영실에게 죽은 자신의 동생 '최경선'의 명의를 주고, 살게 해왔음.

45.   여아부 - 조사실 안 (낮)

진욱과 형수 마주 앉아있다. 짜증난 표정으로 있는 형수.

형수   아니, 조사할 게 더 남았습니까?
        지난번에 다 확인하셨잖아요? 그 여자 헛소리하는 거.

        형수 앞으로 서류 하나 스윽 밀어주는 진욱.
        형수, 뭔가 싶어서 보면
        [참고인 진술조서] 라고 쓰여있다.

진욱   당시 쓰러져있던 홍선화 씨를 최초 발견한 목격자 진술섭니다.
형수   그래서요?
진욱   오래 지났는데도, 그때 홍선화 씨의 상태가 너무 안 좋아서
        생생히 기억난다 그러더라고요.
형수   지난번에 그 여자가 하는 말을 듣고도 그러세요?
        분홍색 억새를 봤다잖아요?
        그 말을 믿고 목격자까지 만나신겁니까?
진욱   저도 홍선화 씨 얘기가 좀 황당하다고 생각했습니다. 근데...

        진욱, 형수 앞에 사진 한 장을 내민다.

        - 인서트 / 사진
        원두막을 기준으로 정면에 펼쳐져있는 억새밭.
        [이왕리 불꽃축제] 라고 쓰인 현수막 아래
        분홍빛으로 염색되어 있는 억새밭이 펼쳐져있다.

        사진 보고 얼굴이 굳어지는 형수.

진욱   목격자분 얘기론 그때 축제 때문에

이렇게 꾸며진 공간이 있었다더군요.

홍선화 씨 진술과 정확히 일치합니다.

형수　(살짝 당황하며) 뭔가 잘못됐겠죠.

진욱　정말 확신하십니까?

형수　(단호하게) 난 싫다는 사람한테 강제로 그런 일을 할 사람이 아닙니다.

진욱　다시 한 번 잘 생각해보세요.

형수　아무리 생각해도, 내 대답은 같습니다.

　　　내 기억에 서로 즐거웠던 추억일 뿐입니다.

진욱　지난번 대질 때 홍선화 씨 보셨죠?

　　　서로 좋은 추억이었다면 그런 반응이 나올까요?

형수　지금 검사님께서 너무 편파적으로 수사하는 것 같은데요?

진욱　(계속 부인하자 답답한) ...

형수　조사 끝나셨으면 가도 되겠죠? 제가 좀 바빠서요.

형수, 진욱을 한 번 노려보고 왼쪽 팔목에 채워진 시계를 보며
시간을 확인한다. 그러면서 팔목이 살짝 드러나게 올라가는 셔츠.
시계 사이로 슬쩍 보이는 오래된 흉터 자국.
자세히 보면 이에 물린 자국이다.
형수, 순간적으로 무언가 떠올랐는지 움찔하는데.

- *플래시백 / 원두막 밑 (밤)*
선화를 짓누르고 있는 형수.
그런 형수에게 벗어나려고 발버둥치는 선화.
그리고 소리를 지르려는데 팔을 들어 선화의 입을 틀어막는 형수.
그런 형수의 팔목을 물어뜯는 선화.

급격하게 흔들리는 형수의 눈빛.
그런 형수의 표정을 읽은 진욱. 형수의 팔목에 있는 흉터 자국을 한 번 본다.

진욱　저는 지금 김형수 씨에게 기회를 드리고 있는 겁니다.

　　　자백해서 형량을 줄일 수 있는 기회요.

형수   (불안한 표정으로) 아니요. 전 할 말 다 했습니다. (하고 나간다)

46.   검찰청 입구 (낮)

불안한 표정의 형수.
안절부절 어쩔 줄 몰라 하더니 핸드폰을 꺼내 어딘가로 전화를 건다.

허변   (소리) 허윤경입니다.
형수   김대변인입니다. 저… 아무래도 문제가 좀 복잡해진 것 같습니다.
허변   (소리) 저희 쪽에선 충분히 도와드렸는데요?
형수   그러지 말고 시장님께 말씀드려서…
허변   (소리) 저는 시장님의 뜻을 전한 겁니다.

뚜뚜뚜- 전화 끊어지는 소리 들리고
허망한 표정 되는 형수. 다급하게 택시를 잡아탄다.

47.   영파시청 외경 (낮)

48.   영파시장실 앞 + 안 (낮)

시장실로 돌진해서 들어가려는 형수.
그런 형수를 막아서는 비서.

비서   시장님 지금 안 계시다니까요.
형수   시장님! 시장님!!

형수, 막아서는 비서를 뿌리치고 막무가내로 시장실로 들어선다.
소파에 앉아 누군가로부터 보고를 받고 있던 갑수가,

형수 들어오는 것을 싸늘한 눈빛으로 본다.
형수, 갑수에게 달려가 매달리듯 얘기한다.

형수 시장님, 정말 절 버리실 겁니까?
갑수 (잠깐 쳐다보더니, 옆에 서 있던 남자를 가리키며) 인사해라.
      새로 온 대변인이다.

갑수의 말에 망연자실한 표정 되는 형수.

49.   영파시청 앞 (낮)

      넋 나간 표정으로 터덜터덜 걸어 나오던 형수.
      갑자기 무언가 떠오른 표정 되는데.

      - 플래시백 / 검찰청 일각 (대질신문 이후) (낮)
      형수 걸어가는데, 이듬이 다가와 명함 내민다.
      보면- [정소법률사무소 - 변호사 마이듬]

      형수 이게 뭡니까?
      이듬 *내가 누군진 알죠? 그럼 내가 뭘 원하는지도 알 거구요?*
            거래할 게 있으면 연락주세요.

      주머니를 뒤지기 시작하는 형수.
      그리고 재킷 안주머니에서 나오는 명함 하나.
      [정소법률사무소 - 변호사 마이듬]
      명함을 뚫어지게 보는 형수.

50.   정소법률사무소 안 (낮)

이듬, 책상에 앉아서 기록 보는데-
그때 똑똑 문 두드리는 소리 들리고,
문 밀고 들어오는 사람, 형수다.
이듬, 형수를 보고 살짝 놀라는 표정.
민부장 빈자리를 한 번 보더니 얼른 형수를 데리고 밖으로 나간다.

51.   정소법률사무소 앞 복도 (낮)

형수를 거의 떠밀다시피 하며 밖으로 나가고 있는 이듬.
그 모습을 화장실에서 나오던 민부장이 본다.
민부장, 표정 씁쓸해지는데.

52.   카페 안 (낮)

이듬과 형수 커피 잔 하나씩을 놓고 마주 앉아있다.
팔짱을 끼고 뒤쪽으로 기대앉은 이듬이
초조한 표정의 형수를 쳐다본다.

이듬   뭘 가져오셨어요? 내놔 보시죠?
형수   (다급) 아뇨, 제가 먼저죠. 솔직히 이제 검사님도 아니신데,
        저한테 뭘 해줄 수 있긴 한 겁니까?
이듬   (기다렸다는 듯) 처벌불원서. 받아드리죠.
        재판부에선 피해자와 합의로 인정해서,
        집유나 벌금 정도로 끝날 겁니다.
형수   (놀라서) 정말입니까?
이듬   (고개 끄덕)
형수   진짜 확실히 받아줘야 합니다. 지금 상황 보니까,
        그거 없음 꼼짝없이 감옥 들어가게 생겼어요.
이듬   그쪽이 뭘 주는지에 달렸겠죠?

형수	조갑수 정치 생명에 치명타가 될 증거가 있습니다.
이듬	(솔깃, 몸 테이블 쪽으로 가까이 다가온다)
형수	안서림, 조갑수 부인이요!

씨익- 웃는 이듬의 표정.

53.   법원 외경 (낮)

54.   법정 안 (낮)

자막 [공소시효 만료 임박 – 1997년 발생 성폭행 사건]
판사석 중앙에 재판장 앉아있고,
피고인석에 형수가 국선변호사와 함께 동석해있다.
검사석에 진욱과, 방청석에 앉아있는 이듬,
이듬과 약간 거리를 두고 구석자리에 앉아있는 민부장도 보인다.
그리고 방청석 앞쪽 자리에 초조한 얼굴로 재판을 지켜보는
선화의 얼굴 보이면, 재판장 목소리 들린다.

재판장	지금까지 각 진술과 의견을 종합해보면,
	피고인의 공소사실이 인정되는 바가 커 보입니다.
	피고인, 마지막으로 할 말 있습니까?

형수, 주위를 둘러보는데 자신에게 불리하게 흘러가는 듯한 분위기 느끼고
방청석의 이듬을 쳐다본다.
이듬, 손에 노란색 서류봉투 하나 들어 보이며 형수에게 씨익 미소를 짓고
형수, 안도하는 얼굴이 돼서 벌떡 일어선다.

형수	재판장님, 저는 지금껏 길에 휴지 하나 버려본 적이 없을 정도로
	법을 준수하며 살았습니다.

만약 제가 정말 그런 일을 저질렀다면,
마땅히 사과하고 그에 따른 처분을 받을 겁니다.
그치만 결코 제 기억이 잘못됐을 거라곤 생각하지 않습니다.
부디 현명한 판단을 내려주시기를 간곡히 부탁드립니다.

재판장　(고개 끄덕) 좋습니다. 피고인의 최후진술까지 참작하여
신중히 판결하도록 하겠습니다.

이때, 방청석에 있던 이듬이 손을 번쩍 든다.

이듬　재판장님! 드릴 말씀이 있습니다.

형수, 이듬을 보며 회심의 미소를 띠고
이듬도, 형수를 향해 찡긋해 보인다.
재판장 이듬에게 말할 권한을 주면
앞으로 걸어 나오는 이듬.

이듬　피해자 홍선화 씨의 조력 변호사 마이듬 입니다.

이듬, 손에 들고 있던 서류 봉투에서 무언가 꺼내들고,

이듬　이 사건의 매우 중요한 참고자료가 있어, 제출하도록 하겠습니다.

이듬 성큼성큼 걸어가 실무관에게 자료 넘기고,
실무관이 재판장에게 서류 건네주면,
서류를 보고 미간 찡그리며 눈썹 꿈틀하는 재판장.
이 모습 보고, 심상찮은 표정으로 재판장과 이듬을 번갈아 보는 진욱과
심각한 표정이 돼있는 민부장 보인다.
형수, '드디어!!' 하는 희망으로 재판장을 보면-
한동안 서류를 훑어보던 재판장이 어렵게 입을 뗀다.

재판장   (이듬에게) ... 이게 모두 사실입니까?

이듬   네, 그렇습니다.

재판장   피해자 측에서 피고인 김형수에 대해...

형수   (웃으며 듣고 있는)

재판장   강력한 처벌을 촉구하는 탄원서들이로군요.

형수   ?

이듬   존경하는 재판장님, 저는 피해자의 조력 변호사로써
        피해자가 어떻게 살아왔는지를 들었습니다.
        피해자는 지난 20년을 1997년 11월 22일.
        사건 발생 날에 멈춰 살아왔습니다.
        한 인간으로서 그리고 한 명의 평범한 여자로서 삶을 포기한 채 말입니다.
        지금이야말로 피해자가 제대로 살아갈 기회를
        줄 수 있는 때라고 생각합니다.
        그러기 위해선 반드시 저기 앉아있는 피고인이 처벌되어야 마땅합니다.

        이듬의 얘기에 술렁이는 법정.
        그리고 재판장 고개 끄덕하면,
        형수가 참지 못하고 벌떡 일어나 소리를 지른다.

형수   지금 뭐하는 겁니까? 이거 얘기가 다르잖아요!!!

        그때 이듬, 그럴 줄 알았다는 듯이 손에 들고 있는 녹음기를 켠다.

        형수   (소리) *진짜 확실히 받아줘야 합니다. 지금 상황 보니까,*
                그거 없음 꼼짝없이 감옥 들어가게 생겼어요.

        법정 안에 울려 퍼지는 형수의 목소리.
        그 소리에 일그러지는 형수의 표정.

이듬   어제 피고인이 저를 찾아와 회유하며,
        피해자로부터 처벌불원서를 받아달라고 얘기하는 내용입니다.

전혀 기억이 안 난다면 과연 이런 행동을 했을까요?
모두 다 기억하면서 계속 모르쇠로 일관하는
피고인의 파렴치한 행동에 대해서
엄벌에 처해주시길 간곡히 부탁드립니다.

모든 게 끝났다는 표정으로 자리에 털썩 주저앉는 형수.
민부장 피식 웃음 짓더니, 핸드폰 들어 뭐라고
톡톡 문자 두드려 쓰고 밖으로 나간다.
눈물이 그렁해서 이듬을 보는 선화의 표정.
그리고 씨익 웃는 이듬.
진욱, 그런 두 사람의 모습을 보다가 이듬 향해 미소 짓는다.

재판장 (소리) 오랜 시간 범죄의 피해에서 벗어나지 못하고
힘들게 살아온 피해자에 반해 자신의 죄를 뉘우치지 않고,
죄의식 없이 편하게 살아온 피고인에 대하여
마땅한 벌을 줘야 한다고 판단했다.
따라서 피고인 김형수에 대해 징역 5년을 선고한다. (땅땅땅)

55.   법정 앞 (낮)

이듬, 가방 챙겨서 밖으로 나오며 핸드폰 들어보는데,
문자 와 있는 것 보이고, 열어보면 민부장이다.
[굿 잡] 두 글자 쓰인 것 보고 피식 웃음이 나는 이듬.

56.   법원 야외 일각 (낮)

법원 나서는 이듬에게 다가오는 선화.

선화 고맙습니다. 변호사님.

이듬	아- 네.
선화	덕분에 이제 사람처럼 살 수 있을 거 같아요.
	마음이 조금 편해졌어요.
	오랜 시간 제가 바란 게... 저 사람이 저렇게 벌받는 걸 보는 거였나 봐요.

이듬과 선화 서로 고개 숙여 인사하는데,
"엄마!" 부르며 뛰어오는 찬이와 선화의 전남편 보인다.
편안한 표정으로 달려오는 찬이를 와락 안아주는 선화.
그리고 살짝 미소를 지으며 전남편을 바라보면
전남편도 수고했다는 듯 선화의 팔 쪽에 조심스럽게 손을
토닥토닥 두들겨준다. 웃으며 찬이와 손을 잡는 선화,
어색하게 웃음 지으며 그 모습 보고 있던 전남편에게
선화가 살며시 손을 펴서 내밀고, 전남편이 활짝 웃으며
선화의 손을 잡는다.
그 모습을 멍하니 서서 보고 있던 이듬.
문득 엄마가 떠올라 지갑 속 엄마 사진 꺼내 본다.
어느새 다가온 진욱, 그 모습을 안쓰럽다는 듯 보다가...

진욱	수고했어요. 마검사님.
이듬	(얼른 사진 지갑 속에 넣고 표정 수습) ... 아니 뭐 수고야 늘 하는 거고.

이듬 핸드폰 울린다. 보면 민부장이다.

이듬	(받으면) 네, 부장님.
민부장	(소리) 안 들어오고 뭐 해? 조갑수 회의해야지.
이듬	네! 바로 들어가겠습니다.

57.   정소법률사무소 안 (낮)

어둑한 정소법률사무소 안.

빔 프로젝터 통해 흰 벽면에
업데이트된 [조갑수 사건 관계도] 비춰지고 있다.
이듬과 민부장, 빔 프로젝터 조명 배경 삼아
심각한 분위기로 얘기 중이다.

민부장   조갑수 인맥의 비결은 단순해. 성접대와 로비.
               난 그곳을 드나드는 사람들의 리스트와
               성접대 증거를 모아 조갑술 잡을 거야.
이듬   (!!! 하다가) ... 거기가 어딘데요? (하면)

연희   (소리) 킹덤이요.

그 소리에 보면-
어느새 들어온 연희가 자신만만한 미소 지으며
이듬과 민부장을 향해 K카드를 내보인다.
놀라움과 기대로 눈빛 반짝이는 이듬의 얼굴에서... 12부 끝!

· 마녀의 법정 ·

13부

1.　　부진도 선착장 (낮)

물때에 열린 간이 어시장.
구경하러 몰려든 사람들 사이로 핸드카트 끌고 시장 보는 영실 보인다.
이때 선착장에 정박하는 여객선 문 열리고
자동차들 줄줄이 나오는데-
그 사이로 갑수가 탄 자동차가 보인다.

2.　　(붐비는 선착장 일각에 서 있는) 갑수의 자동차 안 / 밖 (낮)

어시장에 몰린 사람들로 차 움직이지 못하고 서 있자-
운전석의 비서, 룸미러로 뒷좌석 갑수 눈치 살핀다.

갑수　(짜증) 총리님 모시는 자린데- 이 뭔 꼴이고?
비서　죄송합니다. 대이비료 진행차라 하셔서...
갑수　(답답하다는 듯 창문을 내리는데)

이때, 길이 열리고 자동차 움직이기 시작한다.

이제야 길이 뚫렸구나 싶은 그때- 다시 멈추는 자동차.
보면, 갑수의 자동차 앞에 서 있는 영실 보인다.

3.　　　갑수의 자동차 앞 + 안 (낮)

영실의 핸드카트 바퀴가 콘크리트 갈라진 틈새에 딱 끼어있다.
이어 빵! 하는 소리. 보면, 갑수 비서가 고개 내밀며-

비서　　좀 비켜주세요.
영실　　죄송합니다. (카트 빼내려고 끙끙)
갑수　　(보다가) … 니가 가 처리해라.
비서　　네!

후다닥! 내린 비서, 영실에게 다가가 카트를 빼내주고
영실, 그런 비서에게 고맙다고 인사하는데
그 모습을 지켜보던 갑수, 영실의 얼굴을 보고는
'어디서 봤더라?' 하는 표정이 된다.
이어, 다시 돌아온 비서, 자동차 서서히 출발시키는데-
이때 자동차 옆으로 비켜서 있던 영실도 갑수의 시선을 느끼고 고개 돌린다.
잠시 시선이 마주치는 갑수와 영실.
영실은 처음 보는 사람 보듯 무심한 시선으로 보고…
갑수는 '어디서 봤는데?' 하며 기억을 더듬으며… 멀어지는 모습.

4.　　　부진도 안 골프장 (낮)

탁 트인 바다가 보이는 골프장.
박명회(전 미래당 대표, 현 국무총리)가 샷 날리면
갑수와 김호경(한국대학교 총장) 박수 친다.

갑수　총리님 샷은... 여전히 호쾌하십니다.
　　　정치면 정치, 골프면 골프... 모든 분야를 타고나신 거 아닙니까?
명회　원래 우리 집안이 대대로 뭐든 빠지는 게 없지. (허허)
갑수　이번에 손주분이 한국대 특별 장학생으로 들어가게 됐으니...
　　　이제 우리 모두 동문이로군요.
호경　동문 덕분에 일이 술술 풀리는 게 보입니다.
　　　제2캠퍼스 위해 애써주셔서... 정말 감사드립니다.
명회　말 그대로 조건부 허가 아닌가. 거의 다 됐지만...
　　　마무리는 이제 조시장 운에 달렸지. (갑수에게) 자, 치고 오게.

　　　갑수, 골프채 힘차게 휘두르면... 공이 빨려들 듯 홀컵 안으로 들어간다.
　　　다들 깜짝 놀라서 보는데 캐디 "홀인원입니다!"
　　　그제서야 박수치기 시작하는 사람들.
　　　얼떨떨하다 웃음 터뜨리는 갑수고.

호경　축하드립니다, 시장님! 홀인원하면 3년간 재수가 좋다던데요?
명회　조시장, 한턱 단단히 내야겠구만.
갑수　(캐디가 가져다준 골프공 든 복주머니 받아 들고 뿌듯한)
　　　여부가 있겠습니까.
　　　오늘은 물론이고... 다음 라운딩도 제가 풀코스로 모시겠습니다.

　　　허허- 웃으며 화기애애한 분위기.
　　　그 모습 멀리서 숨어 지켜보고 있는 한기자.
　　　한기자와 동행한 사진기자가 세 사람을 찍고 있다.

5.　　법원 야외 일각 (낮)

　　　(*12부 56씬)
　　　이듬, 선화 가족 손잡고 돌아가는 모습
　　　멍하니 서서 보고 있다가...

문득 엄마가 떠올라 지갑 속 엄마 사진 꺼내본다.
어느새 다가온 진욱, 그 모습을 안쓰럽다는 듯 보다가...

진욱   수고했어요. 마검사님.
이듬   (얼른 사진 지갑 속에 넣고 표정 수습) ... 아니 뭐 수고야 늘 하는 거고.
진욱   (퉁퉁거리는 이듬을 미소로 보며)
        마검사님 이제 보니 피해조력 변호인도 잘 어울리네요.
이듬   ?
진욱   앞으로도 잘 부탁해요.
이듬   앞으로도 잘 부탁할 일 없을 겁니다.
진욱   ?
이듬   뭔가 또 착각하는 거 같은데-
        나요, 조력 같은 거 싫어해요.
        그리구 이건 뭐 말이 조력이지 공은 다 검사가 가져가고,
        내 앞으로 떨어지는 거 꼴랑 몇십만 원이고...
진욱   (미소) 그럼 뭐 하려고요? (하는데)

이듬 핸드폰 울린다. 보면 민부장이다.

이듬   (받으면) 네, 부장님.
민부장   (소리) 안 들어오고 뭐 해? 조갑수 회의해야지.
이듬   네! 바로 들어가겠습니다. (끊고는 진욱에게 마저 대답하는)
        뭐 하기요? 검사해야죠, 검사!
진욱   ?
이듬   두고 봐요. 내가 경력 검사로 돌아가서!
        (진욱을 가리키며) 것도 바로 여검 바로 위로 가서!
        그 나이브한 뇌구조를 쥐 잡듯이 잡으면서 활개치고 다닐 거라고요!
진욱   그래요. 기대하겠습니다.

이듬, 진욱- 피식 웃고는 각자 제 갈 길 간다.

6.   연희의 과거 - 형제호텔 앞 (밤)

또각또각- 하이힐에 늘씬한 몸매를 뽐내며 로비로 들어가는
연희의 뒷모습.

7.   연희의 과거 - 동 / 화장실 안 (밤)

메이크업 고치는 연희, 가방 속에서 작은 상자 꺼내면-
녹음 기능이 장착된 큰 귀걸이가 들어있다.
귀에 끼고는 거울 속 자신을 긴장된 시선으로 보다가 심호흡하는...

8.   연희의 과거 - 동 / 킹덤 입구 (밤)

엘리베이터 문 열리고- 연희가 내리면
입구를 지키고 있던 가드 김동식(30대 초)이
바디스캐너로 몸을 구석구석 검색하기 시작한다.
살짝 긴장한 표정이 되는 연희.
그때 바디스캐너가 연희의 어깨에서 얼굴 쪽으로 올라가자 삐삑삑- 소리.
연희, 얼른 '왜 이러지?' 하는 표정으로 동식에게 미소 짓고,
동식도 다시 한 번 스캐너 검색하는데 또다시 삐삑삑!!
동식, 의심의 눈빛으로 연희를 보고-
그 모습을 멀리서 보고 있던
뚱뚱한 덩치의 최용운(9부 13씬 가드)도 다가오자-
연희, 얼른 가방 열고, 겉옷 벗어서 보라는 듯 동식이게 건넨다.
동식, 겉옷을 살피는 사이- 연희 얼른 오른쪽 귀걸이를 빼서
휙 옆으로 던져버린다.
귀걸이 바닥에 톡톡 미세한 소리를 내더니 구석에 쏙 들어가는 게 보인다.

용운	(동식에게) 줘봐. (바디스캐너 뺏더니 연희 몸을 훑는데
	아무 소리도 안 나서 험악한 표정이 돼서 동식 쏘아보는)
동식	어? 이게 왜 이러지?
용운	야! (한대 칠 듯) 똑바로 안 하냐? 내가 스캐너 점검하라 그랬지?
동식	(쫄아서) ... 죄송합니다.

연희, 살짝 빠져나가는데-

용운	진연희!
연희	(멈칫, 살짝 식은땀 흐르는)
용운	(연희 앞으로 와서 위아래로 스윽 훑어보고) 너.
연희	(긴장) ...
용운	귀걸이 한 짝 빠졌다.
연희	(놀라서) 네?
용운	방에 들어가면 쥬얼리 모아놓은 것 있을 거야. 다른 걸로 하라고.
연희	(눈치 챈 건 아니구나 싶어 안도) 아... 네. (어색한 미소)

연희 서둘러 룸 안으로 들어가면,
용운이 그 모습을 한참 지켜보며 살짝 찜찜한 표정 짓는다.

9.   연희의 과거 – 동 / 킹덤 접대룸 안 (밤)

테이블 가운데 도자기로 된 고급 전통주 몇 병 보이고...
신선로, 전복찜 같은 궁중 한식요리 세팅되어 있다.
가운데 홀로 앉은 갑수, 술병 들어 따르면...
그 잔 받는 박명회, 바로 옆에 다른 귀걸이를 한 연희가 앉아있다.
맞은편 김호경 옆에도 아가씨 한 명 앉아있고...

| 갑수 | 성적이 뭐 대숩니까. 그 집안을 보면 되는 것이죠. |
| | 총리님 손자분이 입학하는 것만으로도... |

	한국대로선 아주 영광이지 않겠습니까, 총장님.
호경	물론이죠. 형제그룹 안태규 군이나 민정수석님 따님처럼
	매년 훌륭한 집안의 자제분들이 저희 학교를 빛내주고 있습니다.
	덕분에 학교 강당이며 체육관까지... 새롭게 단장시킬 수 있었구요.
연희	(안태규? 입학비리?)
갑수	대한민국이 얼마나 좁은 동넵니까.
	서로 도와가며 차근차근 발전시켜 나가는 거지요.
호경	그런 의미로... 이번엔 학교를 영파시로 좀 넓혀가보려 하는데요.
갑수	아- 제2캠퍼스 말씀이시죠? 주영동에 허가만 떨어진다면야,
	저희도 물심양면으로 도울 텐데 말이죠.
연희	(... 짜고치는 고스톱이구만)
명회	영파시 주영동이면... 그린벨트에 군사시설로 묶여있는 동네라
	국토부에 국방부까지 안 된다고 난리칠 게 뻔할 텐데.
갑수	그래서 특별히 말씀드리는 거 아니겠습니까.
	학교 주변에 형제건설이 추진 중인 와이타운까지 개발되면...
	총리님 손주분의 손주분까지... 평생 모실 수 있을 겁니다.
명회	내 손주의 손주까지? 거 말은 듣기 좋구만. (웃는)

연희 같이 웃으며 귓불을 만지작거린다.
오가는 얘기들을 녹음하지 못해 못내 아쉬운 마음이고...

10. 연희의 과거 - 동 / 킹덤 복도 (밤)

접대 끝난 빈 복도.
아가씨와 가드, 동식 퇴근하러 엘리베이터 쪽으로 가는데-
연희, 일행에서 살짝 빠져 복도 안쪽에 숨는다.

(시간 경과)

불 다 꺼서 어둑한 복도.

일각에 숨어있던 연희, 슬며시 나와 귀걸이를 찾느라 두리번거린다.

복도 구석에 반짝이는 귀걸이 한 짝을 발견하고 얼른 주워드는데-
갑자기 남자의 구둣발 소리가 가까이 다가오는 게 느껴진다.
얼른 복도 안쪽으로 몸을 숨기는 연희.
그때 로비 쪽 불이 켜지며 용운, 룸을 하나하나 열어보며 둘러보고
점점 연희가 있는 쪽으로 다가온다.
연희, 손으로 자신의 입을 틀어막으며 숨소리를 죽여 보는데
거의 연희 앞까지 걸어온 용운, 딱 한 발짝 차이, 걸리기 일보 직전이다.
연희 이마에 송글송글 맺히는 땀. 바들바들 떨리는 손.
용운이 마침내 연희가 숨어있는 쪽으로 고개를 살짝 들이미는데,
띠리리리리리- 용운의 전화가 울린다.

용운   (전화 받고) 네, 알겠습니다.

급하게 불을 끄고 엘리베이터를 타는 용운.
용운이 나가자 겨우 참았던 숨을 내뱉는 연희,
다리에 힘이 풀렸는지 스르륵 바닥에 주저앉는다.

11.   다시 현재 – 정소법률사무소 건물 외경 (낮)

12.   정소법률사무소 안 (낮)

암막 커튼 닫아서 어둑한 정소법률사무소 안.
빔 프로젝터 통해 흰 벽면에
[조갑수 사건 관계도] 비춰지고 있다.
이듬과 민부장, 빔 프로젝터 조명 배경 삼아
심각한 분위기로 얘기 중이다.

민부장	조갑수의 인맥 비결은 단순해. 성접대와 로비.
	입맛에 맞는 아가씨들을 제공하고,
	돈을 뿌려서 자기 사람으로 만드는 거지.
이듬	조갑수답네요.
	근데 성접대야 잡아봤자 강요죄밖엔 안 될테고...
	일단 돈주머니부터 추적해야 되는 거 아닙니까?
민부장	아니. (하더니 리모컨 누른다)

화면에 박명회, 진설희, 백상호 사진이 뜨며
[2004년 청운각 성접대 파문] 글자가 나온다.

이듬	청운각?
민부장	(끄덕하더니) 오늘날의 조갑수를 만들어준 사건이지.
이듬	?
민부장	2004년 조갑수가 경찰청장 재직 시
	백상호는 룸싸롱 업주들로부터 거액의 상납금을 받아왔어.
	그 돈으로 비자금도 만들고, 로비 공간도 제공받아서
	끈 없는 조갑수를 국회의원으로 만들어줬지.
이듬	(생각하더니) ... 그럼 청운각을 시작으로 오늘날까지
	성접대와 로비로 몸집을 키웠다?
민부장	맞아. 거기다 다시 청운각 같은 로비 공간을 만들어서
	정관계 인사들에게 성접대를 하고 있어.
	난 그곳을 드나드는 사람들의 리스트와
	증거를 모아서 조갑술 잡을 거야.
이듬	로비 공간? 거기가 어디죠? (하면)

| 연희 | (소리) 킹덤이요. |

그 소리에 보면- 어느새 들어온 연희가 이듬과 민부장을 보고 있다.

| 이듬 | 어? (떠오르는) 부장님 엑스맨? |

연희	(벽에 떠 있는 진설희 가리키며) 저 여자 동생이요.
이듬	?
민부장	진연희야, 우리하고 목적이 같아.
이듬	근데... 그쪽이 킹덤을 어떻게 알아요?
연희	이미 다녀왔거든요. (K카드를 내보이며) 형제호텔 K층.
이듬	K층이면...

- 플래시백 / 8부 40씬

수아	(소리) 하... 하.... (힘들어하는) 언니... 나 좀 살려주세요...
	여기 형제호텔 K... 으악--- (누군가에게 끌려가는 듯한 느낌의 소리)

이듬	공수아 사건 난 곳? (하다 민부장을 보며) 부장님 알고 계셨어요?
민부장	(고개 저으며) 최근에 연희가 킹덤에 들어가면서 알게 됐어.
	더 일찍 알았다면 공수아 사건 그때 해결할 수 있었겠지.
이듬	(어이없고 화나는) 로비에 성접대에 살인 현장 은폐까지...
	하! 완전 조갑수 치부가 다 모였네요?
연희	그중에 하날 어제 보고 왔죠.
이듬/민부장	?
연희	(귀걸이가 든 박스를 열어 보여주며) 여기 녹음됐어요.
이듬/민부장	!!

13.   검찰청 외경 (낮)

14.   여아부 - 진욱 / 박검 사무실 (낮)

한기자, 진욱에게 몇 장의 사진을 내민다.
골프장에서 박명회, 김호경과 찍힌 갑수의 로비 정황 사진이다.

한기자	한동안 쫓아다녀도 아무것도 안 나오길래 헛물켜나 보다 했는데

생각보다 큰 게 딸려 나오네요.

진욱 ?

한기자 (갑수 옆에 있는 호경을 가리키며) 김호경이라고 한국대 총장이에요.
(박명회 가리키며) 이 사람은 알죠? 박명회.
요즘 조갑수가 한국대 부정 입학에 관여하고 있는 것 같아요.
고위층 인사들과 한국대 사이에서 브로커 활동을 하고 있는 거죠.

진욱 브로커? 그럼 조갑수한텐 무슨 이득이 돌아오는 거죠?

한기자 영파시에서 한국대 제2캠퍼스를 추진하고 있단 찌라시가 돌았어요.
확정만 되면 영파시 쪽에선 잭팟이 터진 셈이 되는 거라
잠깐 소문 돈 것만으로 지지율이 20프로 넘게 올랐구요.
정치인으로서 다음 스텝 준비 중인 거라고 봐야겠죠.

진욱 입학비리라...

한기자 계속 따라붙다 보면, 뭔가 하나 잡히겠죠.
아참 그리고 이거요. (하고 사진 한 장을 더 내민다)

보면, 백상호 관련 기사 중 폴리스 라인 쳐진 백실장의 이층집 사진[10]이다.

한기자 여기 차량 비춰지는 거 보이죠?
혹시나 해서 블랙박스 주인을 만나봤거든요.
근데, 사겠다는 사람이 나타나서 팔았대요.

진욱 팔았다고요?

한기자 혹시, 마검사님 아닐까요? 백상호 의문사도 쫓고 있다면서요?

진욱 아마... 그건 아닐 겁니다. 있었다면 백민호부터 만났겠죠.

한기자 그럼... 백상호 죽음을 덮고 싶은 누군가가 있단 소리네요.
역시 조갑술까요?

진욱 생각하는 표정 되는데
이때, 급히 문을 열고 들어오는 손계긱.

....

10 11부 40씬, 이듬의 원룸 안에서 보던 사진과 같은 것.

손계장	(진욱에게) 검사님, 정영호 긴급 체포됐대요.
	구계장님이 출입국 관리소에서 인도받아 오는 길이래요.
진욱	(드디어? 하는 표정)

15.   동 – 조사실 / 관찰실 (낮)

- 관찰실
편면경 너머로 진욱과 정영호(남/30대 후반) 마주 앉아있는 모습.
손계장 노트북 챙기고 있는데
박검 들어와 조사실 쪽 슥- 보더니

박검	저 사람 뭐예요?
손계장	아- 공수아 사건 너클 증거 조작한 국과수 연구원이요.
박검	(정영호 잠시 보더니) 그래요? 뭐... 잘됐네요. (하고 나간다)

- 조사실
진욱이 보면... 정영호, 오랜 시간 도주로
수염 까칠하게 자라 있고, 옷도 지저분하다.

진욱	정영호 씨, 공수아 살인 사건의 증거로 제출된 너클 분석자료.
	조작한 거 인정하시죠?
영호	아니요, 전혀 모르는 일입니다.
진욱	(영호 앞에 서류 몇 장 놓으며) 국과수 DNA 분석 담당 연구원
	이상준 씨 진술섭니다.
	당시 너클은 분석 요청도 들어온 바가 없었다더군요.
영호	(불안한 눈빛)
진욱	그리고 정영호 씨 컴퓨터에서 작성됐다 삭제된 분석결과서도 복구했습니다.
	사직서 제출 직후 정영호 씨 통장에 익명으로 입금된 2억 원도 확인했고요.
	이래도 전혀 모르는 일이라고 잡아떼실 겁니까?
영호	(입술을 꽉 깨문다)

진욱 사주한 사람이 누굽니까?

영호, 깊은 한숨을 쉬며 고개를 푹 숙이다가...

영호 자백하면 저... 불구속으로 나갈 수 있는 겁니까?
외국에 숨어있느라 아버지 임종도 못 봤습니다.
아버지 가는 길이라도 같이 있게 해주십시오.

진욱 !

16. **정소법률사무소 안 (낮) (13부 12씬에 이어서)**

테이블 위, 연희의 귀걸이 두 짝 보이는 모습 위로
민부장의 성난 목소리 들린다.
민부장, 연희 마주 앉아있고-
가운데 앉은 이듬, 얼른 싸움 끝나고 녹음 들어보고 싶어 답답한...

민부장 내가 분명 그랬지! 리스트만 빼낼 수 있는 방법 찾아보자구!
접대 자리 가는 거, 절대 안 된다구!

연희 그럼 어떡해요?

민부장 ...

연희 그깟 리스트만 있으면 조갑수가 잡혀요?
안으로 들어가야 그 인간들 더러운 짓 하는 증걸 잡죠.

이듬 (아나...)

민부장 아무리 그래두 그렇지, 어떻게 니가...
딴 사람두 아니구 박명횔 접대하는 자리에 나가?

연희 ... 그렇지 않으면요?
다른 방법이 있어요?
있으면 부장님이 한번 말씀해보세요.

민부장 (깊은 한숨 쉬더니) ... 나가. 니가 가져온 증거도 필요 없으니까 갖고 나가.

이듬 부장님!!

연희	(원망) ...
민부장	가서 다 니 마음대로 해!
이듬	아니 그래도 이건... (하고 귀걸이 잡으려는데)
연희	(귀걸이 갖고 일어서 나간다)
이듬	(민부장 눈치 슬쩍 보다가 일어서는데)
민부장	어딜 가!
이듬	아, 네. (얼른 앉으며 아씨 미치겠네)
민부장	(속상한 표정으로 일어서 창밖 보는데...)

17. 정소법률사무소 앞 복도 (낮)

연희, 화난 표정으로 걸어가다가 멈춰 뒤를 돌아본다.
후회하는 표정 ...

18. 정소법률사무소 안 (낮)

이듬, 민부장 눈치 보며 나갈까 말까 엉덩이 들썩들썩하는데
문 열리더니 연희 다시 들어온다.

이듬	(반색하고)
연희	(민부장에게 다가가) ... 잘못했어요.
민부장	!
연희	... 이렇게라도 하지 않음, 조갑수 못 잡을 거 같아서 그랬어요.
민부장	(돌아보는) ...
연희	(귀걸이 다시 내밀며) 그러니까 이번엔 부장님이 꼭 잡아주세요.
민부장	... 다신 내 지시 없이 단독으로 움직이지 마. 그거 약속할 수 있어?
연희	네. (하면)
민부장	(연희 어깨 토닥토닥)
이듬	(얼른 귀걸이 잡고) 두 분 다 화해된 거죠?

일단 이거부터 틀어볼까요?

(시간 경과)

이듬, 민부장, 연희... 녹음 귀걸이 무선 스피커로 듣고 있다.

- 인서트
킹덤 일각에서 가드 동식과 용운이 싸우는 소리가 녹음됐다.

동식(소리) 야, 최용운! 스캐너 고장날 수도 있지.
　　　　 그런 걸로 여자 앞에서 개망신을 줘?
용운(소리) 뭐? 너 내가 여기 나오면 실장님이라 부르랬지?
　　　　 어디서 집에서 하던 버릇을!
동식(소리) 실장님 같은 소리 하네.
　　　　 야, 솔까 그 동영상 내가 갖다췄음 지금 니 자리, 내꺼야.
용운(소리) 동영상 얘기하지 말랬지!
　　　　 그거 있는 거 조갑수 알면 둘 다 개죽음이라고!

녹음 끝났다.
민부장, 이듬, 연희... 모두 '동영상??' 하는 놀란 표정으로 보는데...

19.　　구치소 접견실 (낮)

진욱, 민호와 마주 앉아있다.
민호, 진욱과 시선 마주치지 않고 눈을 내리깔고 있다.

진욱　　1신에서 안태규 쪽이 제출한 너른 증거,
　　　　조작됐다는 연구원 진술 받았습니다.
민호　　(살짝 놀란 눈으로 진욱 본다)
진욱　　이제 안태규도 백민호 씨도 남은 증건 없습니다.

0부터 다시 시작하게 되는 겁니다.

민호   (흔들리는 눈빛)

진욱   지난번에 말했던 안태규 폭행 영상.

그것만 있으면, 이 사건 뒤집을 수 있습니다.

혹시 있을 만한 곳 없습니까?

누가 찍었을지 짐작되는 사람은요?

나한테 뭐라도 얘기해주면 찾아서... (하는데)

민호   (한참 말없이 진욱을 보다가 툭) 내가 검사님을 어떻게 믿죠?

진욱   네?

민호   난 지금 아무도 믿을 수가 없어요.

그렇게 믿었던 우리 형도 내 사건 해결하려다 죽었잖아요.

진욱   이 사건 절대 포기하지 않을 겁니다.

잘못된 건 반드시 바로잡을 거예요.

민호   더 이상 드릴 말씀 없습니다.

진욱   (낮은 한숨) ... 뭐라도 할 말이 생각나면,

공판기일 전에 꼭 얘기하세요.

민호, 일어서면 교도관1이 수갑을 채운다.

진욱   (가려는 민호에게) 아, 그건 알고 있었습니까?

동영상 찾아보려고 백상호 씨 집에 갔었는데,

조갑수가 그 집을 처분해버렸더군요.

민호, 잠깐 놀란 표정 되다가 교도관1과 함께 밖으로 나간다.

진욱, 민호가 나간 쪽을 쳐다본다.

20.   구치소 복도 (낮)

민호, 교도관1과 함께 복도를 걷다가 멈칫.

- **플래시백** / *구치소 특별면회실*

슬픈 표정을 하고 민호와 마주 앉아있는 갑수.
민호의 손을 덥석 잡으며 눈물 그렁그렁해 얘기한다.

갑수　미안타... 상호 그레 만든 거 내다.

민호　*(놀란 표정으로 보면)*

갑수　마이듬이 그 여검사... 내한테 개인적인 악감정이 있었다 아이가.
　　　초장부터 그 싹을 잘라뿌렀어야 하는 긴데,
　　　그레 몬했으니 내 잘못 아이겠나.

민호　*(갑수가 하는 말이 진심인가 의심되는)*

갑수　항소 판결나믄, 몇 년 줄어들끼다.
　　　쪼매만 고생하래이-
　　　나오면 상호하던 일, 니가 해야되지 안 켔나?
　　　그래야 상호도 하늘에서 안심할 테고... *(눈물 찍는)*

민호　우리 집... 형 유품들은... 어떻게 됐습니까?

갑수　*(살짝 당황)* 아... 걱정할 것 없다- 고대로 챙겨놨다.
　　　느그 형 집도 유품도 잘 챙겨놨다.

민호, 조갑수의 말이 거짓이었음을 깨닫는다!

민호　*(교도관1에게 다급)* 저, 잠깐 검사님께 드릴 말씀이 있는데요.

교도관1　*(팔 거칠게 잡아채며)* 접견 끝났다. 들어가.

민호, 아쉬운 표정으로 접견실 쪽을 바라보면,
교도관1, 싸늘한 눈빛으로 민호를 본다.

21.　　정소법률사무소 안 (밤)

이듬, 민부장, 연희 테이블 위에 신문지 깔아놓고 짜장면 먹으며-
작전 회의 중이다.

이듬	분명 동영상이라 그랬지?
연희	고막에 이상 없다면...
이듬	그럼 원본은 조갑수한테 넘겼다는 거고,
	가드 노릇이나 하던 양아치한테 실장 명함 달아준 걸 보면,
	백퍼 조갑수 약점 딱 걸린 동영상이란 거고...
	(민부장에게) 로비 리스트보다 동영상 잡는 게 더 빠르겠는데요, 부장님?
민부장	어딨는지부터 파악해야지.
	(연희에게) 최용운한테 일단 접근해봐.
연희	최용운은 안 돼요. 벌써 해봤는데 의심이 많아서 접었어요.
이듬	그럼 내가 김동식한테 가면 되겠네.
	(하더니 티슈로 입 닦고 사뿐히 일어난다)
연희	(헐 싶어 보고)
민부장	마검이 하게?
이듬	당연하죠. 제가 또 남자 꼬시는데 남다른 스킬이 있거든요.
	동식이 금방 넘어오게 할 자신 있습니다. (눈 찡끗 한다)
연희	(뭐래? 하는 눈빛으로 보는데) ...

22. 소규모 BAR 안 (밤)

작지만 고급스러워 보이는 술집 안.
부글부글 속이 끓는 동식, 바 자리에 앉아
얼음만 남은 언더락 잔 흔들며 "한 잔 더!" 외친다.
바텐더가 위스키 담긴 잔 새로 가져다 주면 쭉 들이키고는

동식	하- 최용운 이 새끼. (하는데)

동식이 대각선으로 보이는 바 구석자리에 앉은 이듬.
우아하게 손들어 바텐더 부른다. 바텐더 다가오자...

이듬   (무언가 가리키며) 이거, 저쪽 분께 부탁해요.
바텐더   (황당한) ... 이걸요?
이듬   (끄덕/동식 쪽 가리키며) 저저 술 비었네. 얼른요.

바텐더, 한숨 폭 내쉬고 동식 앞으로 다가간다.
동식의 눈앞에 턱! 하니 바텐더가 칵테일 잔에 담긴 맥주 내려놓자...

동식   (황당) 이게 뭡니까?
바텐더   (썩은 표정으로 이듬 쪽 가리키며) 저쪽에서 보내셨습니다.

동식이 보면... 느끼한 미소 지으며 보는 이듬.
자기도 병맥주를 칵테일 잔에 따르더니 건배하자는 듯 들어 보이고.
동식이 황당한 얼굴로 그냥 보면
어깨 으쓱한 이듬, 보란 듯이 원샷 하고는 캬- 탈탈 털어 보인다.
어이없는 동식인데...
이듬, 이제 니 차례라는 듯이 윙크하며 손가락 총 빵야- 쏘면
동식이 뭔가 민망해져서... 모른 척하며 자기 술 마시는데,

이듬   뭐야, 저 자식? 왜 쌩 까는데?

이듬, 저벅저벅 걸어와 동식의 옆 자리에 앉는다.

이듬   저기요. (하는데)

동식, 못 들은 척 잔 들고 바로 옆 자리로 이동하는데...
이듬, 따라서 한 자리 더 옆으로 간다.
한 번 더 이동하면 오기로 또 따라가는 이듬.
자신을 빤히 바라보는 이듬에 어쩐지 진땀나는 동식이고.

이듬   이봐요. 사람 성의를 봐서라도 한 잔 하지 그래요? (하는데)
동식   (벌떡 일어서서 바텐더에게) 얼마죠?

23.   BAR 앞 길거리 (밤)

불안한 표정의 동식, BAR 나와서 성큼성큼 걷는데
뒤따라 나온 이듬. 동식 뒤에 대고

이듬   (크게) 에헤이~ 좋은 말 할 때 나랑 같이 술 한 잔 하지? 저기요!
동식   (돌아보며/소름) 뭐야. 저 여자... 무슨 싸이코 아냐? (하는데)

이때 동식, 앞에서 오던 누군가와 부딪힌다.
"아!" 하는 여자 목소리에 보면
킹덤에서 봤을 때와 사뭇 다른... 청순한 여대생 느낌의 연희다!

동식   (휘둥그레) 진연희?
연희   동식 오빠? (하는데)
이듬   (뒤에서 동식 어깨 떡하니 붙잡고) 아나... 그냥 가면 섭하지~
       나랑 둘이 술 한 잔 (꺾는) 하자니까?
동식   (아씨... 하다가 연희 어깨 확 끌어안고 돌아서서) 저 여친 있는데요.
이듬   여친? (연희 가리키며) 얘가?
연희   (얼른 동식 허리 감으며) 자기야~ 이 여자 뭐야?
       혹시 나 말고 바람피는 거? (입 삐죽, 서운한 눈으로 동식 올려다보면)
동식   (순간 좋아서 헤벌쭉) 어어? 바람은 무슨... 그런 거 아냐. 가자!
이듬   (아쉽다는 듯 쩝 하고 보는데)

이때, 조금 떨어진 호떡집 앞에서 이 모습 지켜보던 구계장.
믿기지 않는 듯 이듬의 망가진 모습을 보는데...
뒤에서 두 손에 테이크아웃 잔을 든 손계장이 해맑게...

손계장   호떡 샀어요? (하다가) 뭘 그렇게 보고 있어요?
구계장   (얼른 손계장 어깨 감싸 돌아 세우며) 보지 마세요.

우리 한방이한테 안 좋을 거 같아요.

손계장   왜요? 뭔데요? 뭐 어디 흉한 꼴이라도 봤어요?

구계장   (한숨 푹 쉬며) 마검사님, 진짜 많이 힘드신 거 같아요.
          아무리 그래도 그렇지...

손계장   마검사님이요? (뭔 소리지? 싶어 뒤를 한 번 돌아보는)

24.   길거리 다른 일각 (밤)

동식, 연희와 다정한 자세로 한참 걷다가
문득 멈춰서 뒤돌아보면 이듬 보이지 않는다.
휴- 하며 옆을 보면 얼굴 발그레한 연희가 어쩐지 너무 예뻐 보이고...

동식   (아쉽지만 팔 풀고는) 아까 봤지? 미친 여자 하나 떼어내느라...
          갑자기 여친이라 그래서 미안했다.

연희   난... 괜찮은데.

동식   ?

연희   안 미안해도 된다구요.
          잠깐이라도 오빠 여친 돼서 기분 좋았으니까.

동식   그게... 무슨 말이야?

연희   몰랐어요? 나... 오빠 첨 봤을 때부터 좋아했는데...

수줍게 배시시 웃는 연희 보고 얼굴이 뜨끈해지는 동식이고..

25.   길거리 또 다른 일각 (밤)

으슥한 골목길에 서서, 연희 기다리며 핸드폰 들여다보는 이듬.

이듬   (구시렁) 아... 얜 왜 연락이 없어. 된 거야 만 거야.

이때, 시크한 표정의 연희 나타난다.

이듬 뭐야. 어떻게 됐어.
연희 (엄지 척) 미션 클리어.

만족하는 표정의 이듬, 연희와 하이파이브 하고-

26. 형제호텔 - 회장실 (밤)

안회장과 허변, 마주 앉아있다.

안회장 항소심 준비는 잘돼 가고 있나?
허변 검찰 측에서 내세운 주장에 대해... 충분히 대비하고 있습니다.
안회장 이번이 마지막이어야 한데이.
     깨끗이 잘 끝낼 자신 있나?
허변 네. 안심하셔도 됩니다.
안회장 (만족한 미소로 끄덕이더니) ... 허변 니, 갑수 밑에서 일한 지 얼마나 됐노?
허변 검찰 나와서 바로 형제로펌 스카웃됐으니... 5년 돼 갑니다.
안회장 (생각하는) 5년이라... 그만하면 마이 했네.
     인제 내 밑으로 올 생각 없나?
허변 (그 말에 미소로 보는) ...

27. 형제호텔 로비 (밤)

허변, [안태규] 에게 전화 거는 모습 보인다.

허변 (받으면) 지금 어딨죠?
     항소심 전에 말을 좀 맞춰야 될 거 같은데.
태규 (소리/술 취해 혀 꼬인) 아... 나 지금 바쁜데...

허변 (인상 쓰는) 그럼 언제 보죠?

28. 영파시청 외경 (다음날 아침)

29. 영파시장실 + 구치소 일각 (아침)

갑수, 자리에 앉아있고-
앞에 서 있는 허변, 오늘 스케줄 알려주고 있다.

허변 오전 10시 영파문화센터에서 행복한 영파시 만들기 강연이 예정돼있고,
오후 2시 지역경제정책협의회에 참석하시게 됩니다.
오후 5시 영파시장 현장 방문 후 지역상권 살리기에 관한
회의를 진행할 예정에 있습니다. (하는데)

이때 갑수, 핸드폰 울린다.

갑수 어. (하고 받으면)

교도관1, 갑수와 통화하고 있다.

교도관1 백민호 말입니다. 아무래도 그 검사한테 쓸데없는 소릴 할 것 같습니다.
갑수 (소리) 알아서 조치해라.
교도관1 네.

의미심장한 눈빛으로 갑수 보는 허변.

30. 형제호텔 - 객실 앞 복도 (낮)

허변 걸어간다.

태규   (소리) 702호로 와.

보면, 저편 702호에서 미모의 아가씨 나온다.
그 모습 보고 인상 찌푸리는 허변.

31.   동 - 객실 안 (낮)

허변 들어오면...
술 덜 깬 태규, 반라 차림으로 나와 허변을 보더니

태규   어차피 다 끝난 거 아냐?
      왜 이렇게 귀찮게 굴어.
허변   재판 아직 안 끝났어요.
      항소심 결론 날 때까지 이런 행동, 자제하시죠.
태규   이런 행동이 뭔데?
허변   (대답 못하고) ...
태규   (가소롭다는 듯 웃으며) 나 충분히 자제하고 있으니까...
      잔소리 그만하고. 그래서, 뭘 어쩌란 건데?

32.   구치소 - 민호의 수용실 앞 / 안 (낮)

민호, 방에 앉아있는데 갑자기 들이닥치는 교도관 3명.
교도관2가 민호를 붙잡아 세우고,
다른 교도관들이 방을 수색하기 시작한다.
어리둥절한 표정으로 그들이 하는 모습을 보고 있는 민호.
이때 교도관1, 날카롭게 갈려있는 칫솔 들고 나오더니 민호 앞에 보여준다.
황당한 민호.

33.   구치소 – 독방 (낮)

교도관1에 의해 떠밀려 독방(창문 없이 어두운)에 들어가는 민호.
매몰차게 문 닫고 돌아서는 교도관1을 향해 소리치는 민호.

민호   (억울한) 아니라고! 그거 내꺼 아니라고!!!

34.   용운 / 동식 집 앞 마당 (낮)

용운과 동식이 함께 사는 마당 딸린 오래된 단층 주택.
정장 차림의 용운, 현관 나오는데– 뒤따라 나온 동식이 잡는다.

동식   아 너 정도면 해줄 수 있잖아. 우리 연희 빼줘...
용운   (황당) 언제 또 우리 연희가 됐냐.
동식   어제 그랬어, 연희가. 나 사랑한다고.
      그래서 킹덤도 관두고 싶대.
용운   (헐) ... 똥을 싸라. (가려는데)
동식   야! 내가 지금 농담하는 걸로 보여?
용운   안 돼. 연희 걔 총리 할배가 특별히 아끼는 애야.
동식   비슷하게 생긴 애 하나 갖다 붙이면 되잖아.
      야, 잘되면 연희가 장차 너 형수 될 수도 있어.
      나중에 진짜 껄끄러워질 수 있다.
용운   (황당한 듯 보는데 핸드폰 진동 울린다. 갑수다. 보여주며)
      정신 차려라. 이 양반한테 혼나고 싶지 않음.
동식   (아아) ...
용운   (깍듯이) 네! 시장님!
갑수   (소리) 어, 니 킹덤에서 내 홀인원 골프공 못 봤나?

35.   킹덤 복도 (낮)

갑수의 골프공을 찾으려 복도 구석구석을 살펴보는 용운.
아무리 찾아도 없는지, 짜증난다는 듯 고개 절레절레 하는 용운

(시간 경과)

태블릿 PC를 들어 CCTV 녹화 영상 폴더를 연다.
그중에 갑수가 왔던 날짜(갑수가 박명회, 김호경을 접대하던 날)
파일 클릭해서 재생시키는 용운.

- **인서트** / 재생되는 CCTV 화면
킹덤 입구 쪽으로 들어서는 갑수, 박명회, 김호경의 모습 보이고
용운, 갑수의 손을 확대해서 보는데 복주머니 하나 들고 있는 것 보인다.
영상 플레이 시간을 앞으로 돌려 나갈 때 모습 보는 용운.
밖으로 나가는 갑수, 박명회, 김호경과 모습 보이고
불안한 표정으로 두리번거리며 따라 걷는 연희의 모습도 보인다.
이때도 역시 갑수의 손에 들려 있는 복주머니.

용운   (짜증난다는 듯 구시렁) 아... 갖고 나가셨구만. (하는데)

이때 영상에서 뭔가를 본 듯 미간 꿈틀한다!

- **인서트** / CCTV 화면
일행에서 떨어져 구석으로 숨는 연희 모습 보인다.
'뭐하는 거지?' 싶어 영상 빠르게 감기로 돌려보는 용운.
잠시 뒤, 모두 퇴근하고 불이 꺼지자 숨어있던 연희가 몰래 나와
귀걸이를 찾아 나가는 게 보인다.

용운, 표정 찡그려진다.

36.   정소법률사무소 안 (낮)

연희 이듬과 민부장 앞에 동식에게서 온
[자기야~ 우리 집에 언제 올래?] 문자를 보여준다.

민부장   (단호) 안 돼. 너무 위험해.
연희   이번 기회 놓치면 또 언제까지 기다려야 될지 몰라요.
이듬   (얼른) 그럼 제가 같이 갈까요?
       아무래도 온갖 현장 수사에 뛰어 본 사람이 같이 가면...
민부장   그건 더 안 돼.
       지금 무단가택침입에 절도까지 세트로 하겠단 거야?
이듬   김동식이 초대해서 가는 거니까 무단가택침입은 아니죠.
       그리고 동영상 어딨는지까지 확인했는데,
       그냥 손 놓고 있을 순 없잖아요?
민부장   동영상 가져나오다 김동식한테 들키면?
       돌발 상황 벌어지지 않을 거란 보장 있어?
연희   (답답한데)
민부장   다른 방법을 생각해보자.
이듬   (민부장 눈치 보다가 돌변해) 그래, 생각해보니 불법은 나도 아니라고 봐.
       부장님 말씀 들어.
연희   ?

37.   정소법률사무소 빌딩 앞 (낮)

이듬, 연희아 마주 서 있다.

이듬   합법적으로 공권력 동원할 수 있는 방법도 얼마든지 있거든.
연희   ... 그게 뭔데요?

이듬	내가 겪어봐서 잘 아는 방법.
연희	?
이듬	(핸드폰 내밀고) 번호 찍고, 최용운 집 들어갈 날 정해지면 문자해.
연희	(반신반의하며 보면) ...
이듬	벌써 파악했겠지만 난 민부장님하고 일하는 스타일이 다르거든?
연희	(씨익 웃고) 그거 하난 맘에 드네. (번호 찍는다)

38. 형제호텔 - 킹덤 일각 (낮)

용운, 흥신소 직원과 통화하고 있다.

용운	어, 알아봤어?
흥신소	(소리) 네. 진연희... 2004년에 자살한 진설희 친동생 맞아요.
용운	알았어. 서류하고 사진 좀 보내.

용운의 표정 굳어진다.

39. 영파시청 외경 (낮)

40. 동 - 시장실 (낮)

갑수, 자리에 앉아- 연희/설희 가족관계증명원과 둘이 찍은 사진을
보고 있다. 그 앞으로 택배기사로 위장한 용운이 서 있다.

갑수	쥐새끼가 들어왔구만.
용운	죄송합니다. 조치하겠습니다.
갑수	아이다.
용운	?

갑수	아무리 간땡이가 커도 그런 새파란 가스나 혼자 들어왔을 린 없다.
	뒤에 분명 누가 있을 끼다. 그기 누군지부터 알아봐라.
용운	네!

41. 영파시청 야외 일각 + 용운 / 동식 집 안 (낮)

용운, 차에 타려는데- 핸드폰 울린다. 보면 동식이다.

용운	왜?
동식	어떻게 됐어? 다른 애 구했어?
용운	아나 진짜.
동식	내 말 뺄로 들었냐, 우리 연희 얼른 빼내라고.
용운	진짜 왜 그러냐? 오바 좀 그만해, 이 미친놈아.
	걔 너 진짜로 좋아하는 거 아냐.
동식	그걸 니가 어떻게 알아? 니가 연희 만나봤어?
	킹덤 나가는 거 땜에 나한테 얼마나 미안해하는데...
용운	(난처한 표정되는데)
동식	(간절한) 나 진짜 연희랑 잘되고 싶어 그래.
	야... 친구란 새끼가 이 정도 부탁도 못 들어주냐?

42. 형제호텔 - 지하주차장 (낮)

연희, 두리번거리며 용운의 자동차를 찾는데-
저쪽에 서 있는 중형차에서 빵! 클랙슨을 울린다.
다가가보면 용운이 운전석에 앉아있다.

43. 용운의 자동차 안 / 밖 + 용운 / 동식의 집 안 (낮)

용운, 운전석에 앉아있고- 연희 그 옆에 앉아있다.
연희, 무슨 일인가 싶어 긴장된 표정으로 눈치 보는데...

용운 (툭) 너 동식이랑 만난다며?

연희 아... 네.

용운 동식이가 너 완전 사랑한다고 난리던데, 너는?

연희 뭐... (어색하게 웃는)

용운 이제 그만 나와라.

연희 네?

용운 어른들 모시는 거 그만해도 된다구.

연희 왜요? 제가 무슨 실수라도 했나요?

용운 그게 아니라 동식이 그 새끼가 너 빼내라고 하두 난리를 쳐서 그래.
      너도 동식이 만나면서 이 일 계속 하는 거 좀 걸릴 거 아냐?

연희 아...

용운 ?

연희 동식 오빠 그러는 거 그냥 무시하세요.
      솔직히 그 정도 사이도 아닌데요. 뭘.
      전 킹덤 일 계속하고 싶어요. 적성에두 잘 맞구... 다 좋아요.

용운 진짜야?

연희 네. 전 절대 그만둘 생각 없어요.

용운 그래, 알았다.

연희, 차문 열고 내리고 나면
용운이 앞주머니에 핸드폰을 꺼내 말을 한다.
핸드폰 화면에 통화 중 화면 떠 있다.

용운 들었냐?
      사랑은 개뿔- 쟤 너 이용하려는 거야. 정신 차려 새끼야.

동식 (하... 배신감에 핸드폰 든 손을 툭 떨어뜨리는데) ...

44. 구치소 외경 (낮)

교도관1 (소리) 백민호 나와!

45. 동 - 복도 (낮)

초췌한 얼굴로 독방에서 나오는 민호.
그때 교도관1, 민호의 팔짱을 깊게 껴서 잡더니 귀에 대고 속삭인다.

교도관1 설마 너 희망 있다고 생각하는 거냐?
쓸데없는 소리 지껄이지 말고 그냥 얌전히 있는 게 좋을 거야.
명줄이라도 보존하고 싶으면. (간다)

교도관1의 말에 잠깐 움찔.
길게 뻗은 복도를 걸어가는데,
단단히 결심한 표정이 되는 민호.

46. 여아부 - 진욱 / 박검 사무실 (낮)

눈에 띄게 핼쑥한 얼굴로 진욱 앞에 앉아있는 민호.

민호   ... 다 얘기할게요.
진욱   ?
민호   말해도 죽고, 안 해도 죽는 거면 해야겠어요.
진욱   무슨 일이 있었군요.
민호   네, 나 혼자만 당하는 거 더는 안 해요.
진욱   ...
민호   공수아 폭행 일어났던 장소, 일반 객실 아니었습니다.
진욱   ?

민호	킹덤이에요. 형제호텔 K 플로어에 있어요.
진욱	킹덤?
민호	... 조갑수가 만든 비밀 로비 공간이요.
	공수아 동영상이 찍힌 곳도 바로 거깁니다.

진욱, 놀라는 표정!

47.   용운 / 동식의 집 근처 일각 (밤)

멀리 용운의 집이 보이는 골목길에 이듬과 연희가 서 있다.

이듬	최용운 안 들어오는 거 확실한 거지?
연희	(말없이 핸드폰 문자 보여준다)

- 인서트
연희, 핸드폰 화면 속 동식의 문자 보인다.
[오늘 용운이 출장 간대. 얼른 와 자기야~ 하트 뿅뿅]

이듬	오케이! (하더니 들고 있던 작은 쇼핑백을 건넨다)
연희	이게 다 뭐예요? (안을 들여다보면)

라이터, 캡모자, 뿔테안경, 손목시계, 만년필, USB 등으로
위장된 몰카들이 가득 담겨있다.

이듬	말했잖아. 합법적으로 공권력을 동원할 수 있는 방법이라고.
연희	(보더니) ... 대에박.
이듬	(끄덕) 일단 맛배기로 욕실부터 몇 개 갖다놔.
	그리고 최용운 방이 포인트니까 거기도 꼭 놔두고.
연희	(쇼핑백을 매고 있던 백팩에 넣으며) 알았어요.
이듬	10분 뒤에 신고할 거야.

설치 끝나면 무슨 핑계를 대서든 바로 나와.
경찰들 들이닥치게 해서 몰카범으로 압수수색할 거니까.

연희   콜!

이듬, 연희 잘해보자는 듯 눈빛 교환한다.

48.   용운 / 동식의 집 앞 (밤)

오래된 단층 주택인 용운/동식의 집.
연희, 대문에서 벨 누르면- 인터폰으로 "어서 와~" 동식 목소리
들리더니 문 덜컹 열린다.
조금 떨어진 곳에서 그 모습 긴장된 표정으로 지켜보는 이듬.

49.   동 – 집 안 (밤)

추리닝 차림의 동식, 연희를 다정한 미소로 맞는다.

동식   왔어?
연희   (미소) 어. (들어와) 오빠 나 화장실.
동식   (가리키며) 저기.

– 화장실 안
연희, 얼른 들어와 가방에서 몰카 하나 꺼내 욕실장에 넣는다.
이어, 나가려던 연희... 뭔가 생각난 듯-
민부장에게 문자 보내는 모습.
[부장님. 동영상 찾아 올게요. 그 언니랑 같이 있어요.]

(시간 경과)

- 거실

소파에 나란히 앉아 TV로 영화 보는 연희와 동식.

연희, 동식의 눈치를 살짝 살피다가...

연희	오빠 나 배고프다. 나 라면 끓여줘.
동식	자기 배고팠어? 오빠가 얼른 끓여줄게. (일어나 주방 쪽으로 간다)
연희	(슬쩍 일어나 용운의 방문 손잡이 잡는데)
동식	(뒤돌아 연희를 본다) 뭐 해?
연희	(살짝 당황해) 어, 화장실 가려고.
동식	아아~ (하더니) 근데 너...
	(표정 싸늘해져서) 화장실 좀 전에 다녀왔잖아.
연희	!!!

50.   킹덤 일각 + 영파시장실 (밤)

용운, 정소법률사무소를 나오는 연희, 민부장, 이듬이 찍힌 사진을 보며
전화로 갑수에게 보고 중이다.

용운	진연희 배후 알아봤습니다. 민지숙 부장하고...
	그리고 또 마이듬 검사가 따라붙은 거 같습니다.
갑수	마이듬이?

51.   용운 / 동식의 집 앞 (밤)

초조한 표정으로 기다리던 이듬,
핸드폰으로 연희에게 전화를 거는데...
신호만 가고 받지 않는다.

52.   동 – 거실 안 (밤)

겁에 질린 연희, 동식이 싸늘한 표정으로 점점 다가온다.
동식 손에 연희 핸드폰이 울리고 있고, 발신자 이름 [마이듬 검사] 다.

동식   야. 넌 내가 호구로 보였냐?
연희   오빠...
동식   나쁜 년. (핸드폰 바닥에 집어던지더니 연희의 목을 조른다)

53.   동 – 집 앞 / 동식의 방 안 (밤)

연희가 나오지 않자 불안한 표정의 이듬, 기웃기웃거리다가...
다시 들어가 마당 쪽으로 가서 고개 내밀고
손모자 만들어 집 안을 살펴보다가 깜짝 놀란 표정.
보면, 동식의 방 안... 동식이 연희의 목을 조르고 있다.
놀라 핸드폰을 꺼내는 이듬, 이때 누군가의 손이 우악스럽게
이듬의 뒷덜미를 잡는다. 보면- 용운이다!
헉! 하는 이듬의 표정 위로... 갑수의 목소리 들린다.

갑수   (소리) 지들 발로 들어간 집이니- 발목을 짤라부려라.
죽이고 나서 흉기 하나 쥐어 놓으면
정당방위로 주장해도 할 말 없을 끼다.

54.   정소법률사무소 안 (밤)

민부장, 퇴근하려 짐 챙기다가- 가방 속에서 알림음 울려 보면
핸드폰 문자 도착해있다. 확인하면 연희에게서 온 문자다.
불길한 예감에 얼른 연희에게 핸드폰 걸어보는데... 받지 않는다.
확! 불안해지는 민부장.

이때, 진욱이 다급히 들어온다.

진욱	민부장님!
민부장	?
진욱	저 확인할 게 있습니다.
민부장	잠깐만. 여검사!
진욱	?
민부장	마검한테 뭔가 일이 터진 거 같아.
진욱	네?
민부장	(핸드폰 문자 내용 보여준다)

55.   용운 / 동식의 집 앞 (밤)

입 틀어막힌 채 버둥거리며
용운에게 끌려가는 이듬의 모습.

56.   정소법률사무소 앞 (밤)

다급하게 차에 올라탄 진욱,
블루투스로 이듬에게 전화 걸어보는데
'지금 저희 고객 전화기의 전원이 꺼져있습니다'
하는 안내 음성 차량 안을 가득 메운다.

57.   용운 / 동식의 집 안 (밤)

손과 발이 청테이프로 묶인 채 구석에 몰려있는 이듬과 연희.
그리고 두 사람을 내려다보고 서 있는 용운과 동식.
이때, 이듬을 알아보는 동식.

- **플래시백 / 13부 23씬 BAR 앞 길거리**
자신에게 추파를 던지며 계속 쫓아오던 이듬과,
기다렸다는 듯 나타났던 연희.

동식 (하- 어이가 없는) 니들... 그때 일부러 접근한 거였어?
       아나- 진짜 미친년들 아냐?

동식 열받아서 어찌할 바 몰라 하는데,
용운이 이듬 가까이 다가가 쭈그려 앉으며 말을 한다.

용운 야, 여기 왜 들어왔어?
       뭐 캐낼라고 왔냐고!
이듬 (눈 똑바로 마주치며) 너 동영상 갖고 있지? 그거 내놔-
용운 동영상?
이듬 조갑수 협박했던 영상 있잖아. 그거 내놓으라고-
용운 (인상 찡그려지는데)
이듬 좋게 말할 때 순순히 내놓는 게 니 신상에도 좋을걸?
용운 (험악한 표정으로) 뭘 믿고 이렇게 당당하지?
       지금 남 생각하실 때가 아닐 텐데?
       니들 여기서 살아서 나갈 순 있을 거 같냐?
이듬 (피식 웃으며) 뭐 무서워서 벌벌 떨 줄 알았냐?
       내가 검사질 7년이다. 너 같은 놈들 눈이 시리게 봐서
       별로 놀랍지도 않아.
용운 (슬금슬금 짜증이 올라온다)
이듬 경찰 오기 전에 협조하는 게 좋을 거야.
       내가 여기 들어오기 전에 신골 했거든.
용운 와- 진짜 뭐 이런 게 다 있어?
이듬 계속 버티면 너 진짜 빵에서 썩게 만드는 수가 있다-

용운, '아오-' 하면서 이듬 때리려 손 올리는데

밖에서 들리는 경찰차 사이렌 소리.

이듬, '내 말 맞지?' 하는 표정으로 용운 보면,

다급해진 용운이 이듬의 입에 청테이프를 확 붙인다.

용운, 동식을 향해 뭐라고 귓속말하고

바둥거리는 이듬을 어깨에 들쳐 맨 채 어디론가 나간다.

58.   용운 / 동식의 집 – 현관 앞 (밤)

경찰1과 경찰2가, 현관 앞에 서서 '쾅쾅쾅' 문을 세게 두드린다.

그래도 인기척 없자, 다시 한 번 세게 두드리며 "계십니까?" 하는데

이때, 문을 열고 나오는 연희와 동식.

동식, 연희의 허리에 팔을 두르고 다정한 모습으로 서 있다.

두 사람 모습을 본 경찰들 '이거 분위기가 장난전화 같은데?' 싶은데.

경찰1	실례합니다. 신고가 들어와서요. 혹시 뒷자리 7451 쓰시는 분 계신가요?
연희	(어색하게 웃으며) 아... 그거 제가 신고한 건데요.
	죄송해요... 장난전화였어요.
경찰1	네?
연희	오빠랑 놀다가... 그냥 장난전화한 거예요.
	진짜 오실 줄은 모르고. 죄송해요.
경찰1	(어이없는) 아니- 거 아실 만한 분들이 이러심 안 돼죠.
	이런 생각 없이 하는 장난전화 땜에
	진짜 필요한 사람들은 도움받을 기회도 놓치게 되는 겁니다.
연희	죄... 죄송해요... (이마로 식은땀 흐른다)
경찰1	다신 이런 짓 하지 마세요! (하고 돌아서려는데)
연희	저... (무언가 말하려다가 움찔)

경찰들 연희 보고,

연희 무언가 할 말 있는 표정으로 경찰들 간절히 쳐다보지만,

경찰들 이를 눈치채지 못하면,

동식이 연희 허리 두른 손에 더 힘을 준다.
보면, 연희 허리 감은 손에 칼 들고 있는 동식.

59.   용운 / 동식 집 근처 일각 (밤)

급하게 차를 정차시키는 진욱.
그리고 핸드폰 지도를 보며 골목 안으로 뛰어 들어간다.

60.   용운 / 동식 집 - 용운의 방 (밤)

밖의 경찰들과 얘기하고 있는 연희와 동식의 목소리 계속 들리고 있고,
서랍 속에서 이것저것(속옷, 양말, 여벌옷) 꺼내
백팩에 집어넣고 있는 용운. 그러다 서랍을 아예 잡아 빼는 용운.
그리고 빼낸 서랍을 뒤집자 아래쪽에 붙어있는 태블릿 PC.
태블릿 PC를 의미심장하게 바라보더니 가방에 집어넣는다.

61.   동 - 욕실 안 (밤)

청테이프로 입과 손목, 발목 모두 묶인 채
욕실 바닥에 내동댕이쳐져 있던 이듬,
겨우겨우 몸을 일으켜 앉아서 묶인 손발 풀어보려 버둥대는데,
테이프가 점점 조이기만 할 뿐 풀리지 않는다.
안되겠다 싶어 엉덩이를 밀어 문쪽 가까이 다가가는 이듬.

62.   동 - 현관 앞 + 욕실 (밤)

동식 금방이라도 닫을 기세로 현관문 잡고 서 있다.

동식 헛걸음하게 해드려 죄송합니다.
    다신 이런 일 없을 겁니다. 조심히 돌아가세요.
경찰1 네... (하는데)

동식, 문을 확 닫아버리고.
경찰들 황당한 표정으로 돌아서는데,
거친 숨을 몰아쉬며 들어오는 진욱.
경찰들을 막아선다.

진욱 (신분증 내밀며) 중앙지검 여진욱 검삽니다.
    이 집 수색해야 합니다.
경찰1 네?
진욱 납치 정황이 포착됐어요.

진욱의 말에 경찰들 급히 돌아서서 현관문을 거칠게 열어젖히면,
어색한 표정으로 동식과 연희가 서 있다.
연희의 겁에 질린 표정 읽은 진욱.
안쪽으로 빠르게 스캔하며 소리친다.

진욱 마검사님!!

이때 이듬, 두 발 모아 있는 힘껏 욕실 문을 찬다. 퍽!!!
화장실 나무문(가운데가 비어있고, 얇은 합판 같은 걸로 붙어있는
옛날 집 나무문) 부서지는 소리 들리고,
경찰과 진욱이 욕실 쪽 보면,
청테이프로 묶여있는 이듬의 발이 뚫린 문밖으로 쭉 나와있다.
상황 파악한 경찰, 동식의 팔을 뒤로 꺾어 제압하는데,
동식의 손에서 떨어지는 칼.
진욱, 이듬이 있는 욕실 쪽으로 가서 문을 열고
입에 붙어있는 청테이프 뜯어주는데,

'드르륵' 창문 열리는 소리 들리고
열린 창문으로 뛰어내리는 용운의 모습이 이듬의 시야에 들어온다.

이듬   최용운 잡아요! 저 새끼한테 동영상 있다고요!!
진욱   !!!

이듬의 소리에 용운이 나간 창문 쪽으로 따라 뛰는 진욱.

63.   좁은 골목길 (밤)

검은색 백팩을 멘 용운, 앞서 뛰고 있으면
그 뒤를 쫓아 뛰고 있는 진욱 보인다.
용운, 지리를 잘 아는지 골목 사이사이로 빠르게 도망치고
진욱, 그런 용운을 버겁게 따라 뛰는데
이때, 순식간에 눈앞에서 사라지는 용운.
진욱, 어느 방향으로 가야 하나 잠시 갈등하다가
핸드폰 지도 꺼내 자세히 보더니
한 골목길로 뛰기 시작한다.
용운, 뒤를 돌아봐도 진욱이 모습 보이지 않자 안심한 듯
자리에 멈춰 숨을 고르는데,
언제 왔는지 용운의 뒤에 나타난 진욱이
용운의 백팩을 거칠게 잡아챈다.
놀란 용운이 가방을 뺏기지 않으려고 진욱과 실랑이를 벌이고,
진욱은 용운이 가방을 필사적으로 막아서는 모습에
가방 안에 무언가 있음을 확신하며 가방을 뺏는데 주력한다.
진욱, 용운과 몸싸움을 하는데
바닥에 뒹굴고 서로 옷을 잡아채며 싸움이 계속된다.
그리고 서로 엉켜서 바닥에 눌려있던 진욱이
용운의 가방을 꽉 붙잡은 채 있는 힘껏 용운을 발로 밀어내면
옆으로 나가떨어진 용운이 잠시 가방을 노려보다가 '에잇-' 하며

가방을 버리고 도망쳐버린다.
'헉-헉-' 용운의 백팩을 가슴에 꼭 끌어안고 거친 숨을 쉬는 진욱.

64.   용운 / 동식 집 앞 (밤)

경찰차 안에 동식 앉아있고,
담요를 덮고 집 앞에 앉아있는 연희 보인다.
초조한 표정으로 진욱을 기다리고 있는 이듬.
그때, 어두운 골목 끝에서 터벅터벅 누군가 힘겹게 걸어오는 것 보이고,
집 앞 가로등 밑으로 오자 보이는 진욱의 얼굴.
이듬, 진욱 쪽으로 급하게 뛰어가는데
진욱의 손에 들린 가방을 보고 반갑게 말한다.

이듬   동영상은요? 거기 있죠?

진욱, 백팩 안에서 태블릿 PC 꺼내서 이듬에게 건네면
얼굴이 활짝 펴서 태블릿 PC 받아드는 이듬.
이때 진욱, 이듬의 빨개진 손목이 눈에 들어온다.

진욱   (걱정으로 화내는) 마검사님. 왜 이렇게 사람이 무모해요?
이듬   ?
진욱   이제 검사도 아닌데... 나 안 왔음 어쩔 뻔했어요?
이듬   (뻘쭘) 아니, 어려운 사람 한 번 도와줄 수도 있지...
         뭘 그렇게 또 화를 내요? (하다가)

그제서야 진욱의 엉망인 모습을 발견하는데...

이듬   (순간 미안해지는) ... 본인이나 잘 챙겨요.
         (손가락으로 진욱 여기저기 가리키며) 여기저기 다 다쳤구만.
진욱   (어이없어 피식 웃음이 나온다)

65.   정소법률사무소 안 (밤)

이듬, 진욱, 민부장 앉아있고
태블릿 PC에 들어 있는 영상을 노트북 큰 화면으로 재생시키는데

- **인서트** / *10부 15씬의 영상*
사건 당일 밤. 킹덤 접대룸 안.
태규가 장갑 긴 손으로 일방적으로 수아를 구타하고 있는 상황.

영상을 보고 놀란 표정이 되는 이듬과 진욱.
서로 마주보며 무언가 결심하는 표정에서... 13부 끝!

· 마녀의 법정 ·

14 부

1.　　형사대법정 앞 (낮)

[개정 중] 불이 켜져있는 재판장 앞

2.　　형사대법정 안 (낮)

자막 [공수아 살인 사건 항소심 재판]
판사석 중앙에 주심 재판장과 양옆으로 부심 판사 앉았고,
피고인석에는 허변과 함께 있는 태규,
국선변호인과 함께 있는 민호.
방청석으로 초조한 표정으로 앉아있는 수아 할머니와
2층 방청석에 안회장도 비서와 함께 서서 재판 지켜보고 있다.
진욱 나와 의견진술 중이다.

진욱　피고인은 1심에서 공수아를 살해한 주범은 백민호라 주장하며,
　　　그 증거로 백민호의 혈흔이 묻은 너클을 제출한 바 있습니다.
태규　(보는) ...
진욱　(실무관에게 서류 내밀며) 당시 너클을 분석한 국과수 연구원

정영호의 진술섭니다.

재판장 　(보면) ...

진욱 　진술에 따르면 해당 증거는 있지도 않았고,
처음부터 안태규 측의 회유로 조작했다고 합니다.
(태규를 보며) 이는 자신의 범죄사실을 적극 은폐한 것으로,
살인 사건의 주범이 곧 본인임을 입증한 것이라 하겠습니다.

재판장 　... 변호인 측 의견 있습니까?

허변 　(일어서 나오더니 실무관에게 서류 내밀고)
국과수 연구원 이상준의 권고사직서 원본을 제출합니다.

재판장 　변호인, 그걸 왜 내는 거죠?

허변 　이상준은 검사 측에서 안태규의 살해 증거로 제시한
징 박힌 장갑을 분석한 연구원으로,
최근 공금 횡령으로 징계를 받았습니다.
너클이 피고인 안태규의 회유로 조작됐다는
검사 측의 주장을 받아들인다면-
징 박힌 장갑 또한 같은 이유로 의심해보는 것이 마땅하다 할 것입니다.

재판장 　(고개 갸웃하며 허변이 제출한 사직서를 본다)

태규 　(슬쩍 미소 짓고)

민호 　(표정 어두워진다)

재판장 　양측이 1심에서 제시한 증거 모두
신빙성이 없다고 판단되는 바,
둘 모두를 증거에서 제외토록 하겠습니다.
검사 측, 다른 증거 있습니까?

진욱 　(뭔가 망설이는 표정) ...

태규 　(자신 만만한 미소) ...

민호 　(고개 떨구고) ...

2층 방청석에서 재판 지켜보던 안회장도 비서에게...

안회장 　재판 다 끝났다. 가자. (하는데)

이때 문이 열리더니-

또각! 또각! 선명한 굽 소리를 내며 재판장을 향해 걸어오는 누군가...

바로 이듬이다!

모두 '뭐지?' 하는 눈빛으로 이듬을 보는데...

이듬   재판장님. 피고인 백민호의 새로운 변호사 마이듬입니다.
      (하고 실무관에게 선임계 내민다)

허변   (뭐지? 하는 눈빛으로 보고)

민호   (이듬과 의미심장한 눈빛 교환)

이듬   공수아 살인 사건의 주범은 바로...
      (태규 손가락으로 가리키며) 안태규입니다.

허변   (쌩뚱맞다는 듯 보고) ...

태규   (뭐야, 저 여자 싶고) ...

재판장 변호인, 증거 있습니까?

이듬   (주머니에서 USB 꺼내보이며) 사건 현장에서
      안태규가 피해자를 폭행한 장면이 찍힌 동영상을
      증거로 제출합니다! (실무관에게 준다)

다들 '뭐어??' 하는 놀라는 눈빛으로 이듬을 보는 사이-

TV 모니터로 태규가 수아를 폭행하는 동영상 나온다.

잔인한 장면에 다들 인상 찡그리며 보면-

태규와 허변, 안회장 모두 멘붕인 가운데

이듬과 진욱, '이제 됐어!' 하는 눈빛을 교환한다.

(시간 경과)

진욱, 패닉에 빠진 태규를 보며 구형 중이다.

진욱   피고인 안태규는 자신의 범죄사실을 숨기고,
      친구인 백민호에게 모든 죄를 전가했으며,
      지금까지 단 한 번도 그 어떠한 반성도 하지 않았습니다.

증거를 조작하고 사건을 은폐하고, 법을 농락한
피고인 안태규에게 본 검사는... 무기징역을 구형합니다.

그 소리에 다들 술렁술렁하고-
겁에 질린 표정으로 고개 떨구는 태규,
애써 담담한 표정으로 앉은 민호 위로 판결문 소리 들린다.

재판장   (소리) 피고인 안태규와 백민호에 관한 원심 판결을 파기한다.
         안태규를 무기징역에, 백민호를 징역 3년에 처한다.
         다만 백민호에 대한 형의 집행을 5년간 유예한다.

열받은 표정의 태규, 교도관이 수갑 채우려 하자
"이거 놔!" 뿌리치다가 거칠게 끌려간다.
2층의 안회장도 믿을 수 없다는 듯 본다.
누명을 벗은 민호, 뭔가 울컥하는 기분으로 법정 둘러본다.
이때, 씁쓸한 표정으로 법정을 빠져나가는 수아 할머니를
진욱과 이듬이 짠하게 지켜본다.

3.   형사대법정 앞 + 영파시청 시장실 (낮)

         문 열리고 사람들 술렁거리며 나오는 사이로
         넋 나간 표정으로 나오는 안회장, 잠시 휘청한다.
         비서, "괜찮으십니까?" 잡는데-

안회장   ... 갑수 연결해라.

         - 시장실
         갑수 자리에 앉아있는데, 핸드폰 울린다. 안회장이다.

갑수   재판 잘 (끝났습니까?)

안회장   (다짜고짜) 니 알고 있었제?

갑수   네?

안회장   킹덤 동영상 말이다!

갑수   ... 무슨 소립니까?

안회장   방금 재판에서 킹덤에서 찍힌 우리 태규 동영상 나왔다, 이말이다!

갑수   (놀라) ... 그게 왜 법정에서... (황당해 말을 못 잇는데)

안회장   거 때문에 태규 무기 받았다. 이제 우짤래?!!

갑수   !!!

4.   과거 - 정소법률사무소 안 (밤)

(*13부 엔딩씬 연결)
자막 [이틀 전]
노트북 화면 속 태규가 수아를 때리는 장면이 재생되고 있다.
이듬, 진욱, 민부장 그 모습 심각하게 보다가...

민부장   안태규는 이걸로 잡으면 되겠네.

진욱   (끄덕) 네.

민부장   문제는 조갑순데...

이듬   재판 끝나고 킹덤 동영상 있는 거 알려지면,

        조갑수... 무슨 수를 써서라도 덮을 겁니다.

        재판과 동시에 킹덤도 터뜨려야 돼요.

민부장   언론을 이용하자? 지난번에 마검도 겪어봤잖아.

        그쪽도 조갑수 손이 뻗쳐있어.

이듬   (짜증나는) ...

진욱   (생각하다가) ... 터뜨리는 곳이 꼭 신문이나 방송일 이유는 없잖아요, 그죠?

이듬/민부장   ?

진욱   딱 맞는 분을 알고 있어요.

(시간 경과)

한기자, 들어와 이듬, 진욱, 민부장 앞에 명함 내민다.
보면- [한정미의 팩폭뉴스] 찍혀있는 명함이다.

한기자 중아일보 퇴사하고 인터넷에서 방송하고 있어요.

이듬 (미심쩍은 표정으로 보는)

한기자 믿으세요. 조갑수하고 킹덤, 제대로 터뜨리겠습니다! (자신만만한 표정)

5. 다시 현재 - 영파시청 시장실 (낮)

(*14부 3씬 연결)
당황한 표정으로 안회장과 통화 중인 갑수.

갑수 행님, 내 함 알아보고 연락하겠습니다. (끊는데)

이때, 다급한 노크 소리와 함께 비서가 태블릿 PC 들고 다가온다.

비서 (심각) 시장님, 이거 한번 보셔야겠습니다. (태블릿 PC 내밀면)

갑수 뭔 일이고?

비서 시장님 조카분에 대해 이런 인터넷 방송이 나오고 있습니다.

갑수 (? 해서 태블릿 PC 보면)

6. 몽타주 - 한기자의 인터넷 뉴스 (낮)

- 뉴스 영상 / 법정 앞 (낮)
법정 앞에 마이크를 들고 선 한기자,
화면 오른쪽 상단에 [한정미의 팩폭뉴스] 떠 있다.

한기자 오늘 이 법정에서 공수아 살인 사건의 진실이 밝혀졌습니다.

- **인서트** / 킹덤 접대룸 안, 태규가 수아 폭행하는 영상
모자이크 되어 보여지는 위로...

한기자 (소리) 1차 재판에서 알려진 것과 정반대로,
살인 사건의 진범은 백민호가 아닌 안태규였습니다.

- **인서트** / 자료화면. 형제그룹 안회장과 안태규 사진

한기자 (소리) 한국대 로스쿨에 재학 중인 안태규는
형제그룹 안서필 회장의 막내아들입니다.
사건의 진실이 지금까지 은폐되었던 건
형제호텔 측이 오너가의 명예를 지키기 위해
숨겨온 것으로 보여집니다.
하지만 단순히 그 이유 때문만은 아니었습니다.

- **인서트** / 형제호텔 전경 보여지며

한기자 (소리) 형제호텔 안에 존재하지만,
외부에 절대 드러나서는 안 되는 은밀한 로비 공간.
바로 그곳에서 일어난 사건이기 때문입니다.

- **인서트** / (민부장이 찍어둔) 형제호텔 드나드는 정관계 인사들의 사진

한기자 (소리) 제보에 의하면... 국무총리 박명회부터
검찰, 경찰의 고위급 인사들이
형제호텔을 드나든 것으로 확인되었습니다.

- 뉴스 영상 / 공원 벤치 일각 (낮)
왼쪽에 한기자, 오른쪽에 카메라를 등진 채 앉은 연희 보인다.
연희, 음성변조 처리된 채로 인터뷰 나가고

화면 하단에 [킹덤 종업원] 으로 자막 깔린다.

연희   킹덤은... (카드 보이며) 형제호텔 K층에 위치한 VIP 멤버십 클럽이에요.
거기서 높은 사람들 많이 봤죠.
어린 여자 끼고 비싼 술 마시면서... 추잡하게 놀아요.
최근엔 국무총리가 한국대 총장한테
자기 손자 학교에 좀 넣어달라고.. 입학 청탁을 하더라구요.
그동안 이런 경우가 좀 많았나 봐요.
총장 말로는 형제그룹 안태규도 강당 지어주고
한국대 로스쿨 들어갔다던데요?

- 뉴스 영상 / 한국대학교 법학전문대학원 사무실 (낮)
한기자, 교직원 도움으로 안태규 출석 자료와 성적 확인하는 모습 위로

한기자   (소리) 확인 결과, 안태규의 이번 학기 총 출석일수는 단 17일.
그런데 전 과목 평균 A학점에... 장학금까지 받았다고 합니다.
로비를 통한 비리 없이는 결코 설명될 수 없는 지점입니다.

- **인서트** / 팩폭뉴스 실시간 댓글창, 조회수 팍팍 올라가고...
[재벌 아들이라고 진짜 막나가네]
[유전무죄 무전유죄냐?]
[어이상실. 로스쿨을 17일 나오고 A 받았다고?]
[살인자에 도둑놈이구만! 썩어빠진 한국사회 같으니]

- 현재 / 한국대학교 도서관 안 (낮)
조용한 도서관 안, 여기저기서 징- 징- 진동이 울려댄다.
너도나도 핸드폰 보면 단톡방에 팩폭뉴스 링크 떠 있고
한 명씩 이어폰 꽂고 핸드폰으로 영상 틀어보면...
저도 모르게 "헐 대박!" "안태규? 입학비리?" 웅성대기 시작하고...

- 현재 / PC방 (낮)

PC방 안에서 "이거 봤어?" "킹덤이 뭐냐?" 소리 들리고
모니터 보면 포털 사이트 실시간 검색어에
[1. 킹덤 2. 형제호텔 3. 안태규 4. 김호경 총장 5. 한국대 비리
6. 성로비 ...] 줄줄이 늘어선 것 가리키며 떠드는 사람들.
구석에서 후드 뒤집어쓴 채 킹덤 소리에 움찔하는 최용운 보이고...

- 현재 / 번화가 길거리 (낮)
커다란 전광판에 팩폭뉴스에 대한 뉴스 화면 보인다.
한기자 얼굴 밑에 자막 [전직 기자, 형제호텔 내 로비 공간 폭로] 떠 있다.
지나가는 사람들도 삼삼오오 핸드폰 보며
"성로비래..." "추잡하네 진짜." 얘기 나누고 있고...

- 뉴스 영상 / 형제호텔 앞 (낮)
마이크 든 한기자, 엔딩 멘트 한다.

한기자   우리는 로비를 통해 사회적 지위를 얻은 살인범이
남에게 죄를 덮어씌우는 모습을 똑똑히 목격했습니다.
영상이 공개된 이상, 더는 침묵할 수 없습니다.
억울한 여고생의 죽음을 은폐시키고
성접대를 통한 입학비리 및 각종 비리의 온상으로 떠오르고 있는...

7.   영파시청 – 시장실 (낮)

한기자   (소리) 최고위층의 로비 공간,
킹덤에 대한 특별 수사를 요청하는 바입니다.

황당한 표정의 갑수, 태블릿 PC를 툭- 내려놓는다.
잠시 망연자실한 표정 하다가...
책상 위에 있던 유리잔을 분노로 내팽개친다.

8.   구치소 외경 (낮)

9.   구치소 복도 + 수용실 안 / 밖 (낮)

       태규의 수용실 안.
       태규, 괴로운 듯 구석에 쭈그리고 앉아 머리 감싸고 있는데
       철컥 하고 문 열리는 소리 들리더니

교도관   (소리) 백민호 나와!

       태규, 그 소리에 벌떡 일어나 철창 매달려 밖을 보면
       교도관과 민호가 지나간다.

태규   (열받아) 야! 백민호! 니가 왜 나가?
민호   (스윽- 보더니) 본 중에 그 옷이 제일 잘 어울린다.
태규   뭐?
민호   (피식 비웃고 지나가면)
태규   야 이 새끼야! 너 거기 안 서! 백민호! 백민호!!

10.   구치소 안 사무실 (낮)

       사복으로 갈아입은 민호가 교도관 앞에 선다.
       교도관, 핸드폰과 지갑, 등기부등본이 든 비닐을 건넨다.
       받아드는 민호, 등기부등본을 보자 표정 어두워진다.

11.   구치소 앞 (낮)

문 열리면 착잡한 표정으로 나오는 민호.
기다리던 이듬, 민호에게 다가가 선다.

민호   ... 어쨌든 수고하셨습니다.

이듬   그 말 들으려 온 거 아니고... 당신 형한테 받을 게 있어요.

민호   ?

이듬   (백상호가 마지막으로 보낸 문자를 보여준다)

- 인서트 / 이듬이 받은 문자 내용
[혹시 저한테 무슨 일이 생기면,
증거는 민호에게 남겨놓겠습니다. - 백상호]

민호   우리 형이 왜 마검사님한테 이런 걸 보냈죠?

이듬   나한테 아주 잘못한 게 있거든요.
그거 해결하려다 갑자기 죽었고...
혹시 여기에 대해 뭐 얘기한 건 없어요?

민호   ... 아뇨.

이듬   어쨌든 나... 당신 형이 말한 그 증거 때문에 백민호 씨 꺼낸 겁니다.
시간이 별로 없어요. 증거 찾는 대로 연락줘요.

민호   (편치 않은 시선으로 이듬 보다가) ... 알겠습니다.

12.   중화요리집 – 룸 (낮)

한쪽에 세워놓은 TV에서 뉴스 나오고 있다.

- 인서트 / TV 뉴스
검찰청 입구에 신 기사가 뉴스 전하고 있나.

기자   *재벌가의 아들이 여고생을 살해한 사건에서 시작된*
국민들의 분노가 점점 더 끓어오르고 있습니다.

공 모 양 살인 사건이 일어난 장소는
형제호텔의 비밀 공간인 킹덤으로
그곳에서 성로비를 통한 입학비리가 있었음이 알려지면서
킹덤은 오늘 하루 포털 사이트 실시간 검색어를 장악했습니다.
현재 청와대 국민청원 게시판에는
킹덤에 대한 특검을 요청하는 글이 만여 건 이상 쇄도하고 있습니다.

차장검사(이하 송차장) 리모컨으로 TV 끄면, 맞은편 민부장 앉아있다.

송차장 민부장 니 그림대로 가고 있네. (니가 노린 게) 조갑수 특검, 맞지?
민부장 (미소) ... 20년 걸렸네요.
송차장 대단하다, 민지숙.
        하긴... 연수원 때부터 니가 근성 하난 끝내줬지.
민부장 송차장님도 약속 하난 칼 같은 걸로 유명했죠.
        조갑수 잡는 거 도와준단 그 약속, 안 잊으셨죠?
송차장 당연하지. 근데...
민부장 ?
송차장 조금 더 기다려야겠다. 지검장님이 특검을 반대하셔.
        뚜렷한 증거도 없는데 여론만 믿고 덤빌 순 없다는 거지.
민부장 그러니까 그 증거 잡을 수 있게 차장님이 도와주세요.
        조갑수가 움직이기 전에 압색해서 빨리 털어야 돼요.
송차장 (생각에 잠긴 표정이 되는데) ...

13. 동 - 홀 (낮)

홀 일각에서 진욱과 박검, 짜장면 먹고 있다.

박검 그니까 너 대체 마검하고 뭔 사이냐고? 어?
진욱 아까부터 그 얘깁니까.
박검 그 동영상도 원래 여검 니가 찾았는데- 마검한테 넘긴 거라며?

아, 뭐지, 대체? 느낌적으로 사귀는 건 아닌 거 같은데?

진욱   (단무지 집어 박검에게 놓아주며) 드십쇼.

박검   마검한텐 동영상 주고, 난 단무지나 먹으라 이거야?

진욱   (대꾸없이 묵묵히 먹는데)

박검   나 선배잖아~ 나 빼놓고 이러기냐?

       좋은 거 있음 나한테도 좀 공유해라. 어?

진욱   (단무지 집어 박검에게 놓아주며) 하나 더 드시죠.

박검   (김새서 젓가락 탁 놓는) 에라이. 드르븐 자슥! 짜장면 값 니가 내!

       (하는데 눈 커져서 얼른 일어난다)

       진욱, 보면- 저쪽에서 민부장과 송차장이 다가온다.

박검   식사하셨습니까? 차장님. (인사하는데)

송차장 어. (하고는 진욱 보고)

진욱   (목례하면)

송차장 자네가 여검사구만.

진욱   네.

송차장 (의미심장한) ... 민부장한테 얘기 다 들었네.

진욱   (송차장 보다가 민부장 보면) ...

민부장 (끄덕)

박검   (심상치 않은 분위기 감지하고 보는) ...

14.   형제호텔 앞 (낮)

       [공무집행] 글자 박힌 자동차 두 대가 급정거한다.
       이어, 진욱을 비롯한 구계장과 수사관들 박스 들고 들어가고...
       뒤따라온 자동차들에서 기자들 내려 급히 따라간다.

15.   동 - 로비 (낮)

진욱을 필두로 호텔 안으로 들어서는 구계장, 수사관들과 기자들.
승강기 쪽으로 가는데, 매니저(8부 42씬 등장한)와 호텔 직원들
앞을 가로막는다.

매니저   무슨 일이십니까?

진욱   (압수수색 영장 내밀며) 검찰입니다.
지금부터 이곳에 있는 킹덤 압수수색을 시작하겠습니다.

매니저   (압색 영장 보자 할 수 없이 물러서고)

진욱과 구계장, 수사관들, 기자들 승강기 쪽으로 몰려가고-
매니저, 안절부절 못하는 표정으로 쫓아가는데-

16.   동 – 승강기 안 / 앞 (낮)

승강기 안에 올라탄 진욱과 모두들,
막상 킹덤에 가려니 몇 층을 눌러야 할지 몰라 난감한데...

구계장   (승강기 앞에 선 매니저에게) 킹덤 몇 층입니까?

매니저   저야 모르죠.

구계장   (난감해 진욱에게) 어뜩하죠 (하는데)

이듬   (소리) 이걸 빠뜨리셨네.

보면, 이듬이 K카드를 들고 승강기 앞에 선다.

이듬   (카드 보여주며) 킹덤, 이거 없음 못 들어가요. (씨익 웃고 카드 대면)

승강기 안, 층수 번호 다 사라지고 [K] 글자만 나온다.
기자들 놀라 '오오-' 하면서 플래시 터뜨리는 사이
이듬도 승강기 올라탄다.

17.   동 – 킹덤 입구 + 안 (낮)

승강기 문 열리면- 이듬, 진욱, 구계장, 수사관들, 기자들 쏟아져 나온다.
당당히 걸어가 킹덤의 문을 벌컥 여는데!
놀란 표정이 되는 이듬과 진욱, 구계장.
보면- 킹덤 안, 어느새 싹 치워 물건 하나 없이 텅 빈 공간이다.
허탈한 표정으로 서로를 바라보는 이듬과 진욱.
그 모습을 찍고 있는 기자들.

매니저   (소리) 검찰에서 빈손으로 돌아갔습니다.

18.   영파시청 – 시장실 (낮)

호텔 매니저와 통화 중이던 갑수.

갑수   (코웃음 치며) 알았다. (끊고 나면)

      - 플래시백 / 킹덤 룸 안
오부장이 보낸 문자를 확인하는 갑수, 그 앞으로 안회장 마주 앉아있다.

오부장 (소리) 곧 압색 갈 겁니다. 준비하시죠.

안회장 (원망으로 쏘아보며) 태규만 망할 수 없다 아이가.
      눈 달린 사람들 요즘 다 니 뒷방 보고 싶어 안달인데-
      쌔 디 공개해뺄란다. 니도 팬임저사 히기 않겠니.
갑수   (허허 웃다) 이럴 때일수록 냉정해지셔야죠.
안회장 뭐라?
갑수   킹덤이야 내 뒷방이지만도- 여는 행님 꺼 아닙니까?

안회장 *(하!) ... 그래서?*

갑수　행님이 덮어야지요, 킹덤.

　　　막말로 킹덤이 어디 영파시청에 있습니까?

　　　바로 여그 형님 호텔 안에 있다 아닙니까?

　　　거기다 그동안 킹덤 드나드는 윗분들 덕분에

　　　와이타운이다 뭐다 콩고물 마이 묵었지요?

　　　검찰이 쪼매만 털면 로비 증거 바로 잡을 텐데-

　　　그 뒷감당 우예 할라 그랍니까?

안회장 *갑수 니... (이를 부득부득 가는)*

갑수　지나가는 법니다.

　　　싹 치우고 가만히 엎드려 있음 금세 지나갈 낍니다.

　　　태규 형량이라도 쫄일라 카믄 행님이라도 건제해야지요.

　　　(비웃는다)

다시 시장실.

갑수, 자리에 앉아있는데- 노크 소리 들리더니 허변 들어온다.

갑수　알아봤나?

허변　네.

갑수　검찰 라인에 누가 붙어있다 카드나?

허변　송차장 검사랍니다. 민지숙 부장과 연수원 동깁니다.

갑수　*(찌푸리는)* 또 민지숙이가.

허변　입학비리 때문에 여론이 심상치 않습니다.

　　　검찰 내부에서도 특검을 주장하는 목소리가 높다 하고요.

갑수　일단 검찰 쪽 불부터 꺼야겠네. 지검장하고 약속 잡아라.

허변　네. *(생각난)* 아, 그리고... 김호경 총장 쪽에서 계속 연락 오고 있습니다.

　　　입학 특혜 혐의로 검찰 출석 통지 받았다 합니다.

갑수　*(짜증)* 알아서 살아 나오라 캐라.

　　　내 지금 거까지 신경 쓰게 생겼나?

허변　알겠습니다. *(하고 나간다)*

갑수　*(심기 불편한 표정)* ...

19.   상호의 납골당 (낮)

민호, 백상호 사진이 놓인 납골당 앞에 선다.
사진 속 해맑게 웃고 있는 형의 모습을 보자 눈물 흐르는 민호.
"형... 미안해... 형..." 흐느끼는데...

20.   백민호의 이층집 앞 + 안 (낮)

이층집 앞에 서서 쓸쓸히 서 있던 민호.
이내, 뭔가 결심한 표정이 돼서 안으로 들어간다.

(시간 경과)

안에서 한참 증거를 찾다가 나온 듯 땀을 닦는 민호.
허탈한 표정으로 다시 집 쪽을 쳐다보며...

민호   (중얼) 대체 어디다 뒀다는 거야. (하는데)

        - 플래시백 / 10부 34씬
        백실장 (진지한) 왜 너 초등학교 다닐 때... 시장 가던 길에
                큰 나무 멋있다고 했던 그 집 있잖아.

        민호, 그 말에 번득 떠오르는 표정 돼서 정원 일각에 심어진
        큰 나무 쪽으로 가서 보면...
        나무 밑을 따라 잔디가 심어진 부분 보이는데- 어느 한 부분은
        잔디가 없고 흙으로만 덮인 모습 보인다.
        이어, 작은 삽을 가져와 흙을 파헤치는 민호.
        이어 흙 사이로 비닐봉지에 꽁꽁 싸매어져 있던 수첩이 나온다.

얼른 비닐봉지를 풀어 수첩을 열어보는 민호,
마지막 장을 펼쳐 읽다 표정 심각하게 굳는데!

21.   검찰청 외경 (낮)

22.   동 - 지검장실 (낮)

노크 소리와 함께 송차장 문 열고 들어오면-
응접 소파에 지검장과 오부장이 앉아있는 모습.

지검장   어서 와요.
오부장   (일어서서 인사하는데/뼈 있는) 요즘 많이 바쁘시죠, 차장님.
송차장   오부장도 바쁘겠지. (앉으면)
지검장   다른 게 아니라 작년에 퇴임한 박차장 알죠.
         요즘 법무법인을 두 개나 합병하면서 새 변호사를 찾든데,
         혹시 생각 있어요?
송차장   (잠시 보다가) ... 아직 그만둘 생각 없습니다.
지검장   그래요? 내가 잘못 알았나?
         송차장 요즘 특검에 관심이 아주 많다던데?
송차장   !
오부장   민지숙 부장하고 밀실 회동하셨다면서요?
         내부에 소문 파다합니다.
송차장   그럼 저도 소문 하나 말씀드리죠.
         킹덤 비리에 검찰 내부인사까지 연루됐다고 하던데,
         혹시 들어보셨습니까? (지검장 똑바로 쏘아본다)
지검장   (미소로 쏘아보며) ... 검찰에 30년 몸담으면서
         여론에 우르르 쫓아가다 망가진 검사들 많이 봤습니다.
         그런 검사들 특징이 뭔지 압니까?
         입으론 정의와 소신을 떠들어대지만 결국 원하는 건 출세죠.

송차장	...
지검장	난 그런 애송이들보다 자기 행동에 책임지는 검사를 원합니다.
	특히 내 밑에 있는 부하 검사라면 말이죠.
송차장	... 킹덤 압수수색 건 말씀하시는 겁니까?
지검장	... 전 국민이 지켜보는 앞에서 허탕치는 꼴 보였어요.
	이만하면 충분히 책임질 만하죠, 송차장?
송차장	(굳은 표정으로 지검장 본다)

23. 동 - 야외 일각 (낮)

송차장, 어두운 표정으로 나오면- 기다리던 진욱이 다가간다.

진욱	차장님.
송차장	아무래도 너무 성급하게 움직였어.
	보고 체계 무시하고 압색 보낸 부분에 대해선
	내가 책임진다고 말씀드렸네.
진욱	... 제가 하겠습니다, 차장님.
송차장	?
진욱	지금 이 상황에서 누군가 책임을 져야한다면
	미약한 제가 하는 게 맞는 거 같아서요.
	차장님께선 검찰 안에서 하실 일이 더 많으시니까요.
송차장	... (진욱의 어깨를 툭툭 쳐준다)

24. 여아부 - 장검 사무실 (낮)

장검	(황당) 정지 3개월이라니?!

진욱, 장검 앞에 서 있다.

장검	여검 대체 요즘 왜 그래?
	부장인 나한테 보고도 안 하고 압수수색 나가질 않나,
	갑자기 와서 징계 받았다고 통보하질 않나.
진욱	정말 죄송합니다. 부장님. (하는데)

이때- 똑똑! 노크 소리 들리더니 민부장이 미안한 표정으로 들어온다.

장검	부장님!
민부장	(난감) ... 잠깐 할 얘기가 있는데...

25.   동 – 복도 (낮)

(민부장과 함께 온) 이듬, 복도에 서서 대기 중인데-
이때 소문 듣고 나온 박검, 윤검, 서검, 손계장, 구계장이
이듬에게 인사하러 다가온다.

윤검	마검사님, 진짜 오랜만이네요.
이듬	그러게. 이게 얼마만이야, 윤검? (하는데)
서검	어머~ 마검사님. 변호사 되시더니 더 이뻐지셨다.
	(해맑게) 변호사가 체질인가 봐요.
이듬	(어이없어 웃으면)
박검	서검 너는 은근히 돌려 까는 거 잘하더라?
	여튼 마검 너 잘 만났다. 나 진짜 요즘 너한테 궁금한 거 많았거든?
	너 여검이랑 뭔 짓 하고 다니냐, 어?
이듬	여검을 왜 나한테 물어봐요? 이제 박검사님 후배잖아요.
박검	그니까 내가 걔 선배잖아~ 근데 그렇게 말을 안 한다?
이듬	(피식 웃는데)
손계장	암튼~ 마검사님 여기서 보니까 진짜 반가워요.
구계장	(안타까운) 그러게요. 역시 마검사님은 우리 여아부랑 딱인데...
	여기 T.O 나면 다시 돌아오시면 안 되나... (하는데)

마침 진욱이 박스 들고 다가온다.
다들 놀라서 보는데...

26.　　검찰청 – 야외 주차장 (낮)

진욱, 박스 들고– 자기 차를 향해 걸어가고,
이듬 따라가며 약 올리는 중이다.

이듬　　아니 완전히 옷 벗은 것도 아니고–
　　　　꼴랑 3개월 정직인데, 박스는 좀 오바 아니에요?
진욱　　개인 소지품 아니고요.
　　　　이제 피가 되고 살이 될 수사자료들입니다.
이듬　　정직 먹은 검사가 수사는 해서 뭐하게요?
진욱　　뭐하긴요, 조갑수 잡아야죠.
이듬　　?
진욱　　그때 말씀드렸잖아요.
　　　　마검사님 어머니 그렇게 만든 사람,
　　　　그게 누구라도 잡아서 처벌하겠다고요.
이듬　　(보다가) ... 말린다고 안 할 사람도 아니고,
　　　　굳이 가시밭길 가겠다는데 어쩌겠어요.
진욱　　(피식) 또 남 일처럼 말하네요.
이듬　　?
진욱　　이제 인정하세요. 우리 이미 한 배 탔어요. (진지하게 보는데)
이듬　　(그 말에 살짝 당황하는데)

이듬의 핸드폰 울린다. 보면 백민호다!

27.　　여아부 – 윤검 / 서검 사무실 안 (낮)

구계장 자리에 앉아 사건기록 보는데... 핸드폰 울린다.
보면, [장부장님] 이다.

28.   동 – 장검 사무실 (낮)

장검, 구계장 앞에 누군가의 신상정보 서류를 내밀더니...

장검   이 사람 어딨는지 좀 찾아줘요, 구계장님.
구계장   (보더니) 성매매 알선 혐의네요? 체포해야 됩니까?
장검   네. 빠를수록 좋아요.
          도주 중이라니까 경찰하고 협조해서 진행해주세요.
구계장   알겠습니다. (서류 들고 나간다)

29.   뉴스 화면 (낮)

킹덤 문을 열고 들어가는 진욱, 이듬과 수사관들.
안이 휑하니 비어있자 당혹 감추지 못하는 진욱 표정 보이고
화면 하단에 자막 [검찰, 형제호텔 K층 압수수색 실패]

TV   (앵커 소리) 한국대학교 입학 청탁 로비와 관련해
          검찰이 형제호텔 K층, 일명 킹덤의 압수수색에 나섰지만 실패했습니다.
          형제호텔 측은 검찰의 무리한 압수수색으로
          막대한 영업 손실을 입었다며...

30.   고재숙 정신과의원 – 원장실 안 (낮)

재숙, '행복인터뷰' 촬영 위해 가운에 마이크 단 채로 서 있는데

틀어놓은 TV 뉴스에 꽂힌 시선 떠나지 못한다.

- **인서트** / 뉴스 화면 속 실망하는 진욱 모습 보이고...

TV   (이어지는/앵커 소리) 해당 부서 검사들과 검찰 측에
명예훼손 및 손해배상을 청구하겠다는 입장을 밝혔습니다.

재숙, 리모컨 들어 TV 끈다.
진욱이 조갑수 관련 사건에 뛰어들었단 것에 놀라고 떨리는 재숙...
주머니에서 핸드폰 꺼내 진욱에게 문자한다.
[진욱아] 까지 쓰고는 뭐라 덧붙일 수 없어 망설이는데...
그때, 똑똑 문 두드리는 소리 들리고
'행복인터뷰' 대본 든 작가 들어온다.

작가   원장님, 촬영 들어갈게요.
재숙   아... 네. (핸드폰 다시 주머니에 넣는)
작가   참, 원장님. 저희 '섬마을 어르신 행복 특집' 있잖아요.
다음 3탄은 부진도로 가기로 했어요.
재숙   부진도요?
작가   네. 거기 내일요양병원이라고 있는데... 분위기가 화기애애하거든요.
재숙   (끄덕) 알겠습니다.

31.   달리는 진욱의 자동차 안 / 밖 + 분당강해종합병원 VIP실 (낮)

- VIP실
침대 위에 누워 있는 서림, 손가락 움찔움찔 한다.
의사, 그 옆에서 상태 지켜보며 이듬과 통화 중이다.

의사   말씀하신 대로네요.
안서림 환자, 원래 투약하던 약을 중단했더니

의식을 조금씩 회복하고 있습니다.

- 진욱의 차
진욱, 운전 중이고
이듬, 옆에서 통화하고 있다.

이듬   예. 알겠습니다. (끊는)
진욱   무슨 전화예요?
이듬   보험이에요. 조갑수를 잡기 위한.
진욱   무슨 보험인데요?
이듬   그런 게 있어요.
진욱   정보 공유 좀 하시죠, 마검사님.
이듬   내가 왜요?
진욱   (어이없다는 듯 웃더니)

진욱, 차를 갑자기 갓길에 세워버린다.

이듬   뭐하는 거예요?
진욱   수사 정보 공유 안 하면
        나도 내 차... 공유 안 합니다.
이듬   헐.
진욱   (지이잉- 시트 뒤로 젖힌다)
이듬   지이잉? 지금 뭐하는 거예요?
진욱   (대답 없이 팔짱 낀다)
이듬   아 알았어, 알았어요. 안서림!
        조갑수 와이프! 됐습니까?
진욱   (만족한 표정으로 다시 지이잉- 올라온다)

32.   백민호의 이층집 앞 (낮)

진욱의 자동차, 이층집 앞에 선다.
이어, 진욱과 이듬 내리면- 집 앞에 굳은 표정으로 서 있는 민호 보인다.

33.   동 - 마당 (낮)

이듬, 진욱, 민호... 마당에 있는 야외 테이블에 앉아있다.
민호, 백상호 수첩 마지막 장 찢은 것을 이듬 앞에 놓아준다.

이듬   이게 뭐죠? 설마 백상호 씨가 말한 증거, 이게 답니까?
민호   일단 읽어보시죠.

이듬, 진욱 보면...
[민호 구하기 위해, 킹덤에서 안태규가 공수아를 때린 영상을
받아내려 조갑수 만나러 간다. 부디, 이것이 마지막이 아니기를 바라며.]

진욱   백상호 씨 마지막 기록인 거 같네요. 맞죠?
민호   네. 형이 말한 증거는 수첩이었어요.
이듬   수첩이 증거라면...
민호   맞아요. 조갑수가 지난 20년 동안 우리 형한테 내린 모든 지시들,
수첩 안에 아주 자세하게 적혀 있었습니다.
이듬/진욱 !
민호   그 수첩이면 조갑수 법정에 세워서
최고 무기징역까지 때릴 수 있을 겁니다.
이듬   잘됐네요. 근데 왜 이것뿐이죠?
민호   우리 형 죽음부터 밝혀주세요. 그 전엔 못 내놓습니다.
이듬   네?
진욱   (짐작한 듯 민호를 보면)
민호   (수첩 마지막장 다시 가리키며) 이거 보고도 모르겠어요?
우리 형, 나 때문에 조갑수 만났다가 타살당한 겁니다.
이듬   (답답한) 이봐요, 백민호 씨.

지금 억울한 심정 알겠는데- 약속은 지켜야죠.

민호   약속보다 형이 먼접니다!

형이 억울하게 죽었다는 증거 가져오세요.

그럼 저도 수첩 드리겠습니다.

단호한 표정으로 이듬 보는 민호,

이듬, 답답한 표정으로 민호를 보는데...

34.   정소법률사무소 앞 복도 (밤)

이듬과 진욱, 사무실로 향해 가는데...

민부장, 열려있는 문 앞에 망연자실한 표정으로 서 있다.

진욱   부장님. 무슨 일이세요?

민부장   (할 말 잃은 표정으로 보다 사무실 쪽 본다)

이듬과 진욱, 민부장 가까이 다가가 사무실 안 들여다보면

도둑이라도 든 듯 누군가 한바탕 헤집어놓은 사무실 안.

민부장   조갑수에 대한 수사기록하고 그동안 모은 자료들... 다 사라졌어.

놀란 얼굴이 되는 이듬과 진욱의 모습에서.

35.   한강고수부지 일각 (밤)

불 활활 타오르고 있는 드럼통 하나 놓여있고,

그 안에 이것저것 서류 뭉치들 집어넣고 있는 덩치 둘 보인다.

그때 근처에 멈춰 서는 갑수의 차.

갑수와 허변이 차에서 내려 다가오면

서류를 태우던 한 남자(30대/전직 조폭/철영)
갑수에게 서류 뭉치 하나를 건네며 말한다.

철영   이게 마지막입니다.
갑수   (받으며) 수고했다, 철영아.
철영   백실장님도 안 계신데 제가 도와드려야죠.

갑수, 만족한 얼굴로 서류 보는데..
표지에 적힌 [형제공장 성고문 사건 파일]
피식하는 갑수. 불타는 드럼통 안에 서류 집어던진다.
화르르- 위로 치솟는 불길.
그 불길 보며 슬쩍 미소가 번지는 갑수.

갑수   이제 한동안은 꿈틀도 못할 끼다-

허변, 갑수의 모습에 살짝 두려움이 스친다.

36.   정소법률사무소 안 (밤)

난장판이었던 사무실 안- 대충 치운 모습.
이듬, 진욱, 민부장 심각한 분위기로 얘기 중이다.

이듬   이렇게 쪼잔하게 나올 줄 몰랐는데... 방심했다 한 방 먹었네요.
진욱   특검은 열릴 수 있을까요?
민부장 (고개 저으며) 검찰 내부에서도 특검 반대로 돌아서는 분위기고-
            여론도 점점 사그라들고 있어서- 이대로라면 힘들 거 같아.
이듬   그렇담 강력한 한 방이 필요한 타이밍이네요.
민부장 맞아. 특검을 열 수밖에 없을 완벽한 명분,
            그걸 손에 넣어야 돼.
진욱   백상호가 남긴 수첩밖엔 없겠네요, 그럼.

민부장	일단 백상호 죽음부터 해결해야지.
	근데 3개월 전에 이미 자살로 종결됐고,
	쓸 만한 증거도 없을 텐데, 괜찮겠어?
이듬	없으면 만들어서라도 와야죠.
	지금 조갑수 잡을 유일한 방법은 수첩밖에 없는데. (벌떡 일어선다)
진욱	(이듬 따라 일어선다) 백상호 사망 당시부터 자료들 모아놨어요.
	그것부터 공유하시죠.
이듬	오케이.
민부장	수고해. 나도 불씨가 될 만한 것들 찾아볼 테니까.

이듬, 진욱... "다녀오겠습니다." 인사하고 나가는데
민부장에게 전화가 걸려온다.

| 장검 | (소리) 부장님, 그놈 잡혔습니다. |
| 민부장 | ! |

37. 진욱의 오피스텔 앞 (밤)

진욱의 차에서 내린 이듬, 오피스텔 올려다보는데 어딘지 어색한 표정.
진욱, 이듬의 표정을 읽고는...

진욱	마검사님, 우리 집 좀 그렇죠?
	여기 잠깐 있어요. 내가 들어가서 자료 챙겨서 나올게요.
이듬	됐어요. 시간도 아까운데 지금 찬 밥 더운 밥 가릴 땐가요?
	들어갑시다.

이듬 성큼 성큼 앞장서 걸어간다.
그런 이듬을 보는 진욱, 피식 미소 나온다.

38.　진욱의 오피스텔 안 (밤)

바닥에 온갖 사진과 자료들(뉴스기사 스크랩, 프린트한 현장 사진,
서류 뭉치 몇 개) 흩어져있다.
세워져있는 화이트보드 맨 위에 백상호 사건 타임라인이라 쓰여있다.
이듬, 보드마커로 주욱 가로줄 하나를 긋는다.

이듬　(그어진 줄 위에 세로줄 하나 그으며) 백상호가 백민호를 접견한 게
　　　8일 오후 2시, (그 옆에 세로줄 하나를 더 그으며) 접견 끝나고
　　　조갑수와 통화를 한 게? (진욱 보면)
진욱　(백상호 통화내역 뽑은 것 넘겨보며) 오후 3시 23분이요.

이듬, 진욱의 얘기 들으며 화이트보드 위에 3시 23분이라고 쓴다.

이듬　(세로줄 4시 30분 문자라고 쓰고) 나한테 문자를 남긴 시각이
　　　4시 30분이었거든요.
　　　서울구치소에서 백상호 집까지 거리가 1시간 내외니까
　　　백상호가 구치소를 나와 조갑수와 통화하고,
　　　집에 도착해서 나한테 문자 보낸 거예요.
진욱　사망 추정 시간이 8일 낮 6시에서 12시 사이였으니까
　　　그때, 유서를 직접 작성하고...

진욱, 유서가 찍힌 사진 찾으려 바닥에 있는 사진을 뒤지는데
잘 보이지 않고 이듬도 함께 사진을 찾는다.
그리고 동시에 "여기" 하면서 사진 들어 보이는 이듬과 진욱.
같은 듯 어딘가 다른 사진이다.
자세히 보면, 유서 위에 올려져 있는 펜의 모양이 다른데...
(하나는 위아래 금색에 바디만 검은색인 펜,
나머지 하나는 온통 검은색 바디에 가운데 무언가 각인이 새겨져있다)
이듬과 진욱 '이게 뭐지?' 싶은 표정으로 서로를 쳐다본다.

형사1   (소리) 백상호 자살 사건 증거요?

39.   방천동 경찰서 – 안 (밤)

       형사1, 피곤에 절은 컴컴한 얼굴로 이듬, 진욱과 마주 서 있다.

진욱   네, 뭐 좀 확인할 게 있어서요.
형사1   (까칠하게) 무슨 일로 그러시는데요?
이듬   (진욱의 팔을 어깨로 툭 친다)
진욱   (알아듣고, 신분증 꺼내서 보여주며) 재수사 요청이 들어와서요.
       잠시 확인 좀 하겠습니다.
형사1   (신분증 확인하고, 얼른) 아- 증거보관실에 있을 겁니다.

40.   동 – 증거보관실 (밤)

       사건 관련 증거물들로 가득 차있는 선반들 보이고,
       그 사이를 두리번거리며 안으로 들어서는 형사1.
       그러다 한 선반 앞에 멈춰 서서
       바구니 하나를 꺼내 이듬과 진욱에게 내민다.

형사1   확인하고, 나오시면 말씀해주세요.

       이듬과 진욱 형사1을 향해 고개 끄덕하면,
       형사1이 밖으로 나간다.
       이듬, 주머니에서 사진 두 장을 꺼내더니
       형사1이 줬던 바구니에서 유서를 썼던 볼펜을 찾는데
       증거 3호라 써 있는 비닐봉투 안에 들어있는 볼펜 보인다.
       비닐봉투 들어보는 이듬의 손.
       안에 들어 있는 펜, 검은색 바디에 각인이 새겨진 그 펜이다.

뭐라고 쓰여있는지 볼펜 돌려서 보는데
[두발로 조기축구회 10주년 기념]

진욱   (위아래 금색에 바디만 검은색인 펜) 사진에 있던 게 진짜고,
       지금 있는 이건 누군가 바꿔치기 했다는 거네요. 조갑술까요?

이듬   (생각하다) ... 아니라고 봐요. 조갑수라면 펜 자체를 없앴겠죠.
       사건을 은폐해야 되니까.

진욱   그럼 왜 다른 펜으로 바꿔놨을까요?
       뭔가 확인하고 싶은 게 있어서?

이듬   백상호 죽음이 자살이 아니라고 의심한 사람일 수도 있어요.

진욱   타살로 의심했다면... 백상호와 연결된 사람일 확률이 높겠네요.

이듬   (펜의 각인을 자세히 보며) 어떤 분이신지는 모르겠지만
       이렇게 단서까지 남기셨으니 한번 찾아보죠-

41.   진욱의 차 안 / 밖 (밤)

이듬과 진욱 태블릿 PC를 보며 검색을 하고 있다.
검색창에 '두발로 조기축구회' 하고 쓰자
밑으로 카페 주소가 하나 뜬다.
주소 클릭해서 들어가자 카페 대문에 떠 있는 사진 보이는데,
[두발로 조기축구회 10주년 기념] 이라고 쓰인 현수막 밑에서
양복 입은 백실장이 흰 봉투를 누군가에게 건네고
악수하며 환하게 웃고 있는 사진.
백실장과 악수하고 있는 사람 자세히 보고 깜짝 놀라는 진욱.

- **플래시백** / 장현동 경찰서(7부 5씬)
숙직하던 최형사(40대 초)가 피곤에 쩔은 얼굴로
노트북을 두드리며 앞에 앉은 이듬과 진욱에게 얘기 중이다.

최형사 아~ 백상호 형사님이요?

진욱   (최형사 알아보고) 이 사람... 지난번 장현동 경찰서에서 봤던 형사예요.

이듬, 진욱의 말에 깜짝 놀라 사진을 자세히 보는데...

42.   검찰청 외경 (다음날 낮)

43.   여아부 - 복도 (낮)

장검   (소리) PC방에서 3박 4일간 무전취식을 했답니다.
      사장이 신고해서 경찰에 체포된 상태였고요.

민부장, 조사실 쪽으로 걸어가고 있다.

44.   동 - 조사실 안 (낮)

민부장, 안으로 들어서면
용운을 조사 중이던 장검이 일어나 민부장에게 인사한 뒤 밖으로 나간다.
민부장, 용운의 맞은편에 가서 앉으면
까칠한 표정으로 민부장을 처다보는 용운.

민부장   최용운 씨, 내가 제안 하나 하려고 하는데요.
용운   ?
민부장   킹덤에서 지난 3년간 일한 것 알고 있어요.
       누구보다 킹덤 내부 사정에 대해 잘 알거라 생각하고요.
용운   (인상 찌푸리는)
민부장   나한테 킹덤 정보 넘기세요.
       그럼 정상참작되도록 힘써줄게요.

용운   내가 왜요?

민부장   어차피 그쪽으론 다시 못 돌아가는 거 알고 있죠?

       최용운 씨가 입 다물고 있어야 할 이유도 없어졌단 뜻이에요.

용운   (피식-) 거절하면요?

       성매매 알선으로 크게 엮어서 집어넣겠다 협박할 겁니까?

민부장   (표정 차갑게 굳어서) 아니.

용운   ?

민부장   (핸드폰 들어보이며) 지금 조갑수한테 전화할 거야.

       최용운 데려가라고!

       사색이 되는 용운.

45.   검찰청 앞 (낮)

       밤샘 조사로 초췌한 몰골이 되어 밖으로 나오고 있는 호경.

       그때, 호경의 어깨 쪽에 무언가 와서 툭- 부딪친다.

       보면, 날계란이 깨져서 옷을 타고 흘러내린다.

       호경이 이게 뭔가 싶어 고개를 들어 보면,

       학생들 10여 명이 피켓('비리 의혹 해명하고 사퇴로 사과하라'

       '우리는 모두에게 공평한 한국대를 꿈꾼다' 등의 문구 쓰인) 들고

       시위하고 있는 모습 보인다.

       "비리 의혹 해명하라" "사퇴로 사과하라" 외치며

       호경에게 가까이 다가오는 학생들.

       그리고 손에 든 계란과 밀가루를 호경에게 투척하는데,

       피하지 못하고 꼼짝없이 모두 맞고 있는 호경.

       뒷걸음질 쳐서 자리를 조금 벗어나려 할 때

       호경이 차가 앞에 와서 선다.

       차 안으로 호경이 급하게 올라타고,

       비서가 차를 출발시키면,

       호경의 차를 계속 쫓아오는 학생들 보이고,

엉망이 된 자신의 몰골을 내려다보며
이를 바득바득 가는 호경.

비서   (소리) 왜 이러세요. 안 된다니까요-

46.   영파시청 - 시장실 (낮)

갑수, 밖에서 나는 소란스런 소리에 시선 문쪽으로 보내면
비서의 만류 뿌리치며 문을 벌컥 열고 안으로 들어오는 호경.
계란과 밀가루로 엉망이 되어있는 모습이다.
갑수, 호경의 꼴 보더니 짜증난 표정이 된다.

호경   하! 살아계시는구만!
갑수   지금 뭐하는 겁니까? 예의 없이.
호경   예의? 이봐 조시장, 내가 지금 예의 찾게 생겼어?
갑수   (어처구니없는 표정)
호경   검찰 조사 내내 당신 이름 댔어.
        (명패 가리키며) 조갑수도 공범이니까 조사하라고.
        근데 들은 척도 안 하더군.
        대체 검찰에 얼마나 찔러준 거야? 어디까지 짝짜꿍이 됐길래
        나만 몰고 있는 거냐고?
갑수   (무시하고) 김총장님. 더 추한 꼴 보이지 말고, 나가시죠.

그때, 안으로 들어와 호경을 잡는 경비 두 명.
호경을 끌고 나가는데,

호경   (끌려가며) 내가 당하고만 있을 거 같아?
        조갑수 당신 진짜 끝장내버릴 거야!!!

호경, 나가고 문 닫히면

갑수, 짜증스런 표정으로 인상 찌푸리는데...
그때 비서가 큰 박스 하나를 들고 들어온다.

비서	시장님께서 주문하셨던 부진도 C.C 홀인원 기념품입니다.
갑수	홀인원? 치아라 마! 쫏-
비서	죄송합니다. (얼른 갖고 나가면)
갑수	... 그 섬이 재수가 없었던 기라. (하다가 부진도? 하고 번뜩)

　　　 - **플래시백** / *부진도 선착장 (13부 3씬)*
영실의 핸드카트 바퀴가 콘크리트 요철에 딱 끼어있다.
이어 빵! 하는 소리. 보면, 갑수 비서가 고개 내밀며-

비서	*좀 비켜주세요.*
영실	*죄송합니다. (카트 빼내려고 낑낑)*
갑수	*(보다가) ... 니가 가 처리해라.*
비서	*네!*

후다닥! 내린 비서, 영실에게 다가가 카트를 빼내주고
영실, 그런 비서에게 고맙다고 인사하는데
그 모습을 지켜보던 갑수.

갑수, 드디어 영실을 기억해낸다!

47.　부진도 - 내일요양병원 식당 안 (낮)

영실	(소리) 엄마~ 배고프지?

급식 주방이 딸린 작은 식당 안.
쟁반에 국수 담아 나온 영실이
구석에 앉은 80대 할머니 쪽으로 다가간다.

영실, 뜨개질하느라 분주한 손놀림 보이는
할머니 앞에 국수와 젓가락 내려놓으며

영실   엄마. 그만하고 따뜻할 때 얼른 먹어.
할머니 이리 와봐.
영실   (가까이 다가가면)
할머니 (뜨개질하던 목도리를 영실에게 대주며) 잘 어울리네.
영실   이거 내 꺼야? 엄마?
할머니 그럼 니 꺼지. 경선이 너 찬바람 불면 목감기 때문에 골골하잖아.
영실   좋아라... 역시 딸 생각해주는 사람은 엄마밖에 없네. (웃는)

이때, 마대자루를 들고 식당 안으로 들어서는 경자 보인다.

영실   언니. 내가 할게.
경자   (다정하게) 괜찮아. 거의 다 했어.
영실   근데 갑자기 웬 대청소야? 무슨 일 있어?
경자   어. 방송국에서 무슨 촬영을 온다네?

48.   부진도로 향하는 여객터미널 앞 (낮)

여객터미널 주차장에 [KSB 행복인터뷰] 붙어있는 촬영 차량과
출발 기다리며 삼삼오오 모여있는 스텝들 보인다.
선착장 쪽에 홀로 서 있는 재숙, 바다 너머로 부진도 바라보고 있는데...

작가   (소리) 원장님~
재숙   (돌아보면)
작가   (커피 내밀며) 추우시죠? 이것 좀 드세요.
재숙   (받고) 고마워요. (한 모금 마시는)
작가   부진도는 가보셨어요?
재숙   아뇨... 오늘이 처음이에요. (부진도 쪽 바라보는)

49.   영파시청 – 시장실 (낮)

갑수, 책상 밑 금고 열어 백실장 수첩을 꺼낸다.
수첩을 몇 장 넘겨보는 갑수. 그리고 어느 지점에 멈춰 보는데
수첩에 쓰여있는 내용 클로즈업해서 보인다.

– 인서트 / 백실장의 수첩 내용
[2003년 2월 11일 화요일,
– 오후 10시, 새날정신병원을 찾아가 고재숙 원장에게 얘기했지만...]

– 플래시백 / 새날정신병원 원장실 안 / 밖 (밤)
자막 [2003년]

백형사 (소리) 곽영실 씨 산소마스크, 원장님 손으로 떼시죠.

백형사, 재숙과 심각한 분위기로 마주 서 있다.

재숙　 ... 못 들은 걸로 하겠습니다.
백형사 이미 혼수상태라 들었습니다.
재숙　 곽영실 씨, 아직 살아있어요.
　　　 그리고 내 아들 구해준 사람이에요. 못 해요. 난 절대 못 해요.
백형사 곽영실 씨 7년간 불법 감금한 사람, 바로 원장님입니다.
재숙　 !
백형사 빠져나오긴 이미 늦었습니다.
재숙　 (단호) 그럼 나도 제대로 벌받을 각오하고,
　　　 곽영실 씨 세상에 공개하겠습니다.
백형사 원장님!

재숙과 백형사, 시선 팽팽하게 맞서고...

- 영실이 입원한 병원 / 병실 (밤)
혼수상태로 누워있는 영실을 갈등하는 눈빛으로 보고 있는 백형사.
이때, 노크 소리 들리더니 경자가 들어온다.
백형사가 의미심장한 눈빛으로 쳐다보면...

(시간 경과)

경자, 떨리는 손으로 주사를 링거에 주입한다.
옆에서 지켜보는 백형사.
침대 위에 영실, 호흡이 가빠지고-
백형사, 보기 힘들다는 듯 시선을 돌리는 사이,
"띠이이이이-" 소리 나면...
경자, 영실 덮고 있는 이불을 얼굴에 씌우고 나서...

경자   (백형사에게) 무연고자로 처리해서 화장할 겁니다.
백형사 (끄덕하고는 안주머니에서 두툼한 흰 봉투 꺼내 경자에게 주며)
        ... 오늘 일, 죽을 때까지 가져가는 겁니다.
경자   (끄덕하며 받는다)

- 다시 현재
갑수, 수첩을 거칠게 닫는다.

갑수   그래, 상호 글마가 그레 사람을 쉽게 죽일 아가 아이지...

갑수, 표정 일그러져서 한참 생각하다가
핸드폰 들어 어딘가 전화를 건다.

갑수   아이고~ 우리 경찰청장님~ 잘 지내십니까?
        네네- 다 청장님 덕분이지요. (하하하)
        부탁 하나 드려야겠습니다.

제가 사람 하날 찾아야 해서요. 이름이요?
(싸늘한 표정) ... 최경잡니다.

50.   장현동 경찰서 안 (낮)

당황한 표정으로 이듬, 진욱과 마주 서 있는 최형사.
진욱, 최형사에게 백상호 사건 현장 사진 내민다.
(유서 위에 올려져있는 진짜 펜의 사진)

진욱   이 펜, 아시죠?
최형사   (모른척) 잘 모르겠는데요.
이듬   (최형사의 표정 살피며) 백상호, 살해당한 거 알고 있죠?
최형사   (당황) 네?
이듬   (백민호가 가져왔던 찢어진 백상호 수첩 보여준다)
        백상혼 조갑수 만나고 시신으로 발견됐어요.
        난 그때 조갑수한테 살해당했다고 생각해요.
최형사   ...
진욱   백상호 죽음, 증거만 잡히면 제대로 밝힐 수 있어요.
        그거 때문에 형사님 찾아온 거고요.

        잠시 갈등하는 표정의 최형사,
        자신의 자리로 가더니 서랍에서 돌돌 말려있는 수건을 하나 꺼낸다.
        그리고 이듬, 진욱 앞에 내미는 최형사.
        진욱이 얼른 수건을 풀어보면
        그 안에 비닐백에 들어있는 진짜 펜이 있다.

최형사   사고 소식 듣고 믿어지지가 않아서 현장에 갔었습니다.

        - 플래시백 / 백실장의 이층집(백실장 자살 직후 사건 현장)
        현장 감식 중인 경찰 몇몇 보이지만

뭔가 한가로운 분위기.

그 안에 들어서는 최형사의 모습.

한 무리의 형사들이 자기들끼리 모여 잡담하고 있다.

그 모습에 약간 화가 나는 최형사.

최형사 (신분증 보여 주며) 사건 감식 끝났습니까?

형사1 감식할 게 뭐 있어요. 단순 자살인데.

최형사 들어보니까 자세도 이상했다면서요?

　　　 앉은자리에서 목을 매 죽었다는 게 말이 안 되잖아요.

형사1 말이 안 되긴 뭐가 안 돼요.

　　　 자살이니까 자살이라고 하는 거지-

최형사 타살 흔적은 없는지 더 제대로 수사해야죠!!

형사1 아- 짜증나게.

　　　 왜 남의 구역에 와서 이래라 저래란데?

서로 큰소리 오가다가 다른 형사들 말리는 틈에

떠밀려 쫓겨날 분위기 되는 최형사.

그때 최형사의 눈에 들어오는 유서 위의 펜.

의미심장한 표정으로 펜을 보다가,

최형사 (잡힌 팔 뿌리치며) 알았어요 알았어. 가면 되잖아.

최형사 급하게 나가는 시늉하다가

발 삐끗한 척 살짝 주저앉았다 일어난다.

어느새 바꿔치기 되어있는 유서 위의 펜.

- 다시 현재

최형사 아무래도 이상했어요.

　　　 의심되는 게 한두 가지가 아닌데,

　　　 너무 빨리 덮으려고만 들더라고요.

그래서... 안 되는 거 알면서 그거 하나 들고 나온 겁니다.

이듬   이거 감식은 해봤어요?

최형사   (책상 서랍에서 지문감식 결과서 꺼내며) 두 사람 지문이 검출됐다는데,
대조군이 없어서 확인은 못했습니다.

이듬   보나마나 조갑수랑 백상호겠죠.

진욱   (서류와 펜 챙기며) 일단 저희가 가져가서 확인하겠습니다.

이듬과 진욱, 돌아서는데
최형사가 애잔한 표정으로 말한다.

최형사   저요- 백형사님께 갚을 거 많은 사람이에요.
제가 능력이 안 되서 할 수 있는 게 이것밖에 없네요.
검사님들 믿겠습니다. 부탁드립니다.

최형사 깊이 고개 숙여 인사한다.

진욱   (최형사에게 살짝 고개 숙여 보이고, 이듬에게) 가시죠. 백민호 만나러.

51.   백민호의 이층집 안 (낮)

이듬과 진욱, 민호와 마주 앉아있다.
민호 앞에 펜과 지문감식 결과서를 내려놓는 이듬.

이듬   감식서에 나와있는 지문 중 하나는 백상호 씨 것으로 확인했어요.

민호   (이듬 보면) ...

이듬   나머지 하나가 조갑수 지문으로 확인되면
유서에 남아있는 인쇄 분서 견과서랑 같이 묶어서
조갑수 살인죄로 기소할 수 있을 거예요.

민호   그럼 그것부터 하죠.

이듬   아니요-

민호	?
이듬	그거 가지곤 안 돼죠.
민호	(무슨?)
이듬	살인. 형법 250조 1항 기소해도 5년 이상 못 줄 거 뻔하고,
	252조 2항 자살 방조라고 주장해서 빠져나가게 되면
	1년도 안 살고 나오게 되겠죠.
민호	(한숨)
이듬	우린 조갑수가 평생 감옥에서 썩을 수 있게 할 거예요.
민호	어떻게요? 방법이 없다면서요?
진욱	특검 준비하고 있습니다.
민호	!!
이듬	그러니까, 백민호 씨도 우리한테 붙어요.
	형, 복수 제대로 하고 싶다면서요.
	조갑수, 한번 잡아보죠!
민호	(이듬 보면)
이듬	(민호에게 손을 내민다) 형이 남긴 수첩 지금 어딨습니까?

민호의 흔들리는 눈빛과
자신감 넘치는 표정의 이듬, 진욱의 표정에서.

52.   부진도 내일요양병원 야외 일각 (낮)

내일요양병원이 보이는 야외 일각에
택배 차량이 서 있다.

53.   철영의 택배 차량 안 / 밖 + 영파시청 시장실 (낮)

- 차량 안
철영, 차창 너머로 보이는 내일요양병원 보며

갑수와 통화 중이다.

철영   말씀하신 최경자와 곽영실이
　　　　이곳에 있는 걸 확인했습니다.
　　　　곽영실은 현재 최경선이란 이름으로 살아있고요.

　　　　- 영파시장실
　　　　자리에 앉아 통화 중인 갑수.

갑수   (표정 일그러져서) ... 살아있다 이말이제?
철영   ... 어떻게 할까요?

54.　　검찰청 - 브리핑실 (낮)

　　　　기자들 모여있고,
　　　　다들 웅성웅성 하는 가운데
　　　　문이 열리고 당차게 들어서는 누군가의 발 보인다.
　　　　기자들 그 사람을 향해 쉴 새 없이 플래시 터뜨리는데.
　　　　단상 위에 서는 발.
　　　　서서히 화면 위로 올라가면
　　　　당당한 표정의 이듬이 서 있다.

이듬   안녕하십니까. 특검보 마. 이. 듬. 입니다. (씨익 웃는)

55.　　내일요양병원 근처 길 (낮)

　　　　작은 짐 가방 들고 사색이 되어 도망치는 경자,
　　　　영문을 모른 채 따라 뛰는 영실.

| 영실 | 언니, 왜 그래? 무슨 일이야? |
| 경자 | 얼른 가자, 얼른! |

도망치는 경자와 영실 얼굴 위로
갑수의 목소리 들린다.

| 갑수 | (소리) 처리해라. 둘 다. |

이때 영실, 경자 어깨 저 너머로 보이는 철영의 택배 차량.

특검 브리핑실에서 플래시 세례 받고 있는 이들의 결연한 표정과
살기로 빛나는 갑수의 얼굴 이등분되며... 14부 끝!

· 마녀의 법정 ·

15^부

1.　　　철영의 택배 차량 안 / 밖 + 영파시청 시장실 (낮)

- 차량 안
운전석에 철영, 차창 너머로 보이는 내일요양병원 보며
갑수와 통화 중이다. 옆에 조수로 보이는 남자 앉아있다.

철영　말씀하신 최경자와 곽영실이 이곳에 있는 걸 확인했습니다.
　　　곽영실은 현재 최경선이란 이름으로 살아있고요.

- 영파시장실
자리에 앉아 통화 중인 갑수.

갑수　(표정 일그러져서) ... 살아있다 이말이제?
철영　... 어떻게 할까요?
갑수　... 처리해라, 둘 다. (끊는다)

2.　　　동 - 입구 + 스테이션 (낮)

헬멧 눌러쓰고 택배기사로 위장한 철영,
박스 들고 스테이션에 앉은 간호사에 다가가...

철영   최경자 씨 어딨습니까?

3.   동 - 복도 (낮)

'행복인터뷰' 촬영 마친 재숙.
가운 걸친 내일요양병원 원장(남/60대), 작가와 함께 복도로 나온다.

원장   덕분에 한시름 놓았습니다.
        할머니가 온 사방에 창문만 그려 대서... 걱정이 아주 많았거든요.
재숙   동그라미만 반복해서 그리는 화가도 있는 걸요.
        스스로 치유하려는 행동이니까 마음껏 그리게 도와주세요.
작가   (재숙에게) 이제 여기 원장님 인터뷰만 하면 끝나거든요?
재숙   그럼 난 차에서 기다릴게요. (인사하고 입구 쪽으로 가는데)

이때, 저쪽 병실에서 경자가 차트를 들고 나온다.

재숙   (경자를 알아보고) ... 수간호사님?
경자   (재숙을 보자/깜짝) 원장님!
재숙   (놀라 다가가) 어머, 세상에... 여기서 다 만나네요.
경자   (얼떨떨) 그러니까요.
재숙   (반갑게) 그동안 어떻게 지내셨어요?
경자   저야 고만고만하죠. 원장님은요?
재숙   저도 똑같아요. 여기서 이럴 게 아니라
        어디 들어가서 차라도 마셔요.
경자   (재숙과 영실이 마주칠까 봐 불안한) 아 죄송한데...
        제가 지금은 많이 바빠서요. 다음에 뵈어요. (서둘러 가는)
재숙   ?

4.　　　동 – 스테이션 앞 (낮)

초조한 표정의 경자, 다급히 식당을 향해 가는데...
이때 스테이션에 앉아있던 간호사, 경자를 보더니...

간호사　최간호사님~
경자　　(보면)
간호사　택배 왔대요.
경자　　택배? 나 택배 올 거 없는데?
간호사　그래요? 이상하네? 경선이 이모 택배도 있다구 어딨냐구 물어보든데?
경자　　뭐?

5.　　　동 – 실내 일각 (낮)

택배 박스를 든 철영, 무서운 눈빛으로 복도를 따라 있는
병실 문 하나씩 열어보며- 경자와 영실을 찾고 있다.
저쪽 편 모퉁이에 선 경자, 그 모습 보고 뭔가 싸한 느낌에
얼른 반대편으로 도망친다.

6.　　　동 – 영실과 경자의 숙소 앞 (낮)

영실, 앞치마 두르며 나오다가- 저편에서 다급히 오는 경자를 본다.

영실　　(경자 표정이 심상치 않음을 느끼고) 언니, 무슨 일 있어?
경자　　(얼른 영실을 숙소 안으로 밀어넣는다)

7.　　　동 – 영실과 경자의 숙소 안 (낮)

경자, 허둥지둥 손가방에 옷이랑 핸드폰이랑 집히는 대로 집어넣는다.

영실　　왜 그래? 무슨 일인데, 어?
경자　　나중에 얘기해줄게. 빨리 도망가야 돼, 빨리!
영실　　?

8.　　　동 – 영실과 경자의 숙소 앞 (낮)

철영, 숙소 앞에 놓인 여자 신발들 발견한다.
'여기구나' 싶은 표정! 살금살금 다가가 문에 귀를 대보고는
뒤따라온 조수에게 있다는 듯 고개 끄덕한다.
문을 벌컥 열면! 싸다만 짐들만 널브러져 있다.

9.　　　부진도 여객 터미널 안 (낮)

경자, 덜덜 떨리는 손으로 매표원에게 표 두 장 받고 돌아서는데...
영실, 더는 못 참겠다는 듯-

영실　　(답답) 뭐야, 대체? 뭐 땜에 이러는데?
경자　　나중에 얘기해준다니까, 일단 나가자. (잡아끄는데)
영실　　언니!
경자　　(할 수 없이) ... 내가 사채 빚을 좀 썼어.
　　　　지금 그 사람들한테 잡히면 너나 나나 죽어.
영실　　사채?

10.　　부진도 여객 터미널 앞 (낮)

영실과 경자, 터미널에서 나오는데-
저 멀리 철영의 택배 차량이 멈추더니, 철영이 내리는 모습!
놀란 경자, 시선이 마주칠까 얼른 등을 돌리다가
배에 오르려 선착장 쪽을 향하는 재숙의 자동차를 발견한다!

11.   재숙의 자동차 안 / 밖 (낮)

운전석에 재숙, 차창 너머 자동차들 슬금슬금 움직이자
출발하려 액셀에 발 올리는데... 이때 뒤쪽 문 발칵 열리더니
누군가 뒷좌석에 다급히 올라탄다.
깜짝 놀라보면 경자와 영실이다!

재숙   간호사님? (하다가 옆에 영실 알아보고는 눈이 커지는데) !!!
경자   (얼른) 동생이에요!
재숙   ?
경자   내 동생 경선이요! (하고는 영실에게)
        경선아, 내가 일하던 병원에 원장님이셔.
영실   (난감한 표정으로 고개 살짝 숙이고)
재숙   (믿을 수 없다는 표정으로 보고)

        경자, 초조한 표정으로 뒤 유리창을 보는데 그만...
        저만치 다가오고 있던 철영과 눈 마주친다!

경자   (얼른 수그리며) 원장님! 터미널까지만 숨겨주세요, 네?!

        재숙, 그 소리에 뒤를 보면- 철영, 택배 차에 올라타는 모습!

12.   선착장 앞 + 재숙의 자동차 안 / 밖 + 배 안 (낮)

- 선착장 앞

철영의 택배 차량, 클랙슨 빵빵- 하이빔 번쩍번쩍하며

재숙의 차를 향해 다가오고-

- 재숙의 자동차 안 / 밖

그 모습에 재숙, 급하게 액셀을 밟아 출발하고-

- 선착장 앞

손님이 모두 올라타 출발 직전인 여객선.

갑판으로 이어지는 발판이 올라가기 직전인데...

이때 선착장을 달려오는 재숙의 차 보이고!

재숙, 거침없이 밟아서... 마지막으로 아슬아슬하게 승선에 성공하고,

철영의 차, 간발의 차로 놓친다!

13.   철영의 택배 차량 안 / 밖 (낮)

철영, 분하다는 듯 운전대를 탁! 치더니 핸드폰 꺼낸다.

철영   (부하에게 전화 거는) 차량 넘버 4885.
       그 차에 아줌마 둘 다 있으니까 꼭 잡아!

14.   여객터미널 근처 (낮)

선착장 앞에 선 검은 양복의 두 남자,

저 멀리 여객선 선착장에 도착하는 모습을 보고 있다.

(짧은 시간 경과)

여객선에서 나오는 자동차들 사이로 재숙의 차가 보인다.
검은 양복 입은 두 남자, 재숙의 차 번호(4885)를 확인하자마자
한 명이 거침없이 다가와 보닛을 쾅! 내리치며 막아서고.
다른 한 명, 운전석 문을 확- 여는데!
차 안에 홀로 앉아있는 운전자. 보면 '행복인터뷰' 작가다.

작가   무... 무슨 일이시죠?

남자 둘, 서로 보며 의아한 표정이 되는데...
그 옆으로 '행복인터뷰' 쓰여있는 KSB 방송국 벤이 서서히 지나간다.

15.   KSB 방송국 벤 안 / 밖 (낮)

벤 뒷좌석에 앉아 창밖으로 상황 지켜보던 재숙,
자신의 차 옆을 무사히 지나치자 안도의 한숨 내쉬고 돌아보면
몸 수그린 채 숨어있는 영실과 경자 보인다.

재숙   ... 여기도 위험한 거 같은데... 어디 갈 데는 있어요?
경자   (고개 젓는)

16.   영파시청 외경 (다음날 아침)

17.   동 - 시장실 (아침)

열받은 갑수, 택배 사인으로 위장한 철영의 정강이를 세게 긴이친다.
"윽!" 아파서 정강이를 붙잡는 철영.

갑수   코앞에서 놓쳐? 똑바로 안 하나, 니!!

철영	잘못했습니다. 핸드폰 추적해서 곧 잡아오겠습니다. (꾸벅 하고 나가는)

씩씩거리며 자리에 앉는 갑수,
이때 핸드폰 울린다. 보면 [김택춘 지검장] 이다.

갑수	(받는) 네, 지검장님.
지검장	(소리/다급) 조시장! 민지숙 부장 쪽에 백상호 수첩이 들어갔다던데, 알고 있습니까?
갑수	뭐라고요? 수첩?
지검장	지금 그거 때문에 특검이 열렸다고요!
갑수	네? (놀라는)

18.　　特검 사무실 앞 (아침)

특검 개소식이 열리는 모습 위로 뉴스 소리 들린다.

뉴스	(소리) 오늘 오전, 한국대 입학비리 및 킹덤 정관계 성로비를 수사할 민지숙 특검팀이 현판식을 열며 본격적인 수사착수를 선언했습니다.

사무실 앞에 걸린 현판에 흰 천 씌워져있고
민부장, 이듬, 진욱을 비롯한 여아부 식구들이 기자들 앞에서
천에 연결된 끈을 한 번에 끌어내리면-
[한국대학교 입학비리 및 킹덤에서 벌어진
정관계 성로비 의혹 사건 등의 진상규명을 위한 특별검사 민지숙] 적힌
현판, 모습을 드러낸다. 플래시 세례 쏟아지고-

19.　　特검 사무실 - 브리핑룸 (아침)

단상에 올라선 민부장, 기자들 플래시 세례 받으며,
특검으로 임명받은 소감 밝히고 있다.
그 뒤로 이듬, 진욱, 장검, 박검, 서검, 윤검이 서 있다.
기자들 뒤쪽에 손계장과 구계장 보인다.

민부장   (결연한 표정으로) 먼저 국민 여러분께 이번 특검수사를 시작하기 전에
         저 민지숙은 몇 가지 각오를 밝히고자 합니다.
         하나, 국민적 공분을 불러일으킨 입학비리와 성로비 의혹에 대해
         결코 좌고우면하지 않고 수사할 것입니다.
         하나, 수사 영역을 한정하거나 대상자의 지위고하 또한
         고려하지 않겠습니다.
         하나, 오로지 사실 관계의 명백한 규명에 초점을 두고,
         킹덤에서 이루어진 로비 정황을 철저히 파헤칠 것입니다.
         나머지는 마이듬 특검보가 말씀드리겠습니다.

         민부장, 내려오면- 뒤에 서 있던 이듬이 플래시 세례를 받으며 선다.

이듬   안녕하십니까. 특검보 마이듬입니다. (하면)
기자1   (손을 들고) 특검에서 이번 수사에 핵심 증거를 입수했다던데, 뭡니까?
이듬   조갑수 영파시장을 20년 동안 보필해온
         고 백상호 씨가 기록한 수첩입니다. (손에 든 수첩을 들어 보인다)
기자2   (손을 들고) 어떤 내용입니까?
이듬   킹덤 성로비에 연루된 정관계 인사들의 리스트와
         구체적인 로비 징황이 들어있습니다.
기자3   리스트 공개는 언제 할 겁니까?
이듬   최대한 빨리 하겠습니다. (하고는 씨익- 웃는다)

         다시 터지는 플래시들.

20.   고재숙 정신과의원 - 작은 방 (아침)

숙직실처럼 딸린 작은 방-

심란한 표정의 영실, 자고 일어나 이불을 개다가 한숨 쉰다.

재숙   (소리) 어떻게 된 거예요, 대체?

21.   동 - 원장실 (낮)

재숙과 경자, 마주 보고 앉아있다.

경자   14년 전에... 원장님이랑 백형사가 하는 얘길 듣게 됐어요.

재숙   !

경자   그래서 죽은 걸로 위장시켜서 도망쳤어요.

          내 목숨 구해준 사람이니까...

재숙   그럼 지금까지 계속 언니 동생으로 살았단 말이에요?

경자   (끄덕) 아무것도 기억을 못 하더라구요. 차라리 잘됐다 싶었어요.

재숙   (어이없는) 간호사님, 저분 딸 있어요.

경자   ... 알아요.

재숙   (안다고?)

경자   무슨 수사 때문에 진욱이랑 부진도에 온 적 있거든요.

          - 플래시백 / 내일요양병원 운동장 앞 (낮)

          이듬과 경자, 운동 중인 노인들 바라보며 얘기 중이다.

경자   (걱정/떠보는) 변호사님 어머니는 건강하시죠?

이듬   ...

경자   아, 혹시 돌아가셨나요?

이듬   ... 네. 오래전이에요.

경자   아이구. 미안해요. 내가 주책이다.

이듬   아니에요. 엄마랑 헤어진 지 20년도 더 됐는데요. 뭐.

이제 뭐 그냥 그래요. (하고 씁쓸한 표정)

경자   어차피 한쪽은 기억도 못하고, 한쪽은 죽었다고 알고 있으니
        그냥 이렇게 지내다 보면... (얼버무린다)

재숙   지금 그게 말이 된다고 생각해요?

경자   ...

재숙   수간호사님 지금 행동, 납치잖아요.

경자   ... 그럼 원장님은요?

재숙   (할 말 잃다가) ... 그래요. 그건 내가 속죄할 부분이에요.
        그치만 멀쩡히 가족이 살아있는데, 이렇게 속이는 건 아니죠.
        수간호사님이 못하면 나라도 얘기할게요. (일어나 나가고)

경자   원장님! (따라 나가는)

22.   동 - 대기실 겸 거실 (낮)

재숙, 나오는데- 벽걸이 TV에서 나오는 뉴스(특검 관련)를 보던 간호사가
반갑게 가리키며 말한다.

간호사   원장님. TV에 아드님 나오세요.

그 소리에 재숙, 놀라 멈춰 서서 보면...

- **인서트** / 특검 뉴스 화면
자막 [킹덤 특검, 조갑수 시장 비서 백상호 수첩 입수] 위로
브리핑 중인 이듬 뒤에 서 있는 진욱 모습 보인다.

기자   (소리) 킹덤에서 일어난 성료비 이후은 밝히기 위해
        특검팀은 조갑수 영파시장의 비서였던 고 백상호 씨가
        20년 동안 기록해온 수첩을 입수했다고 밝혔습니다.

간호사	아드님 진짜 멋지시네요. (하며 가면)
경자	(가까이 다가와) 세상에... 진욱이도 조갑수 잡겠다고 나섰네요.
재숙	(TV에 나온 진욱 모습에 난처해진 표정) ...
경자	원장님. 조금만 기다려주세요.
	어제도 보셨잖아요. 경선이 조갑수 눈에 띄면 바로 죽은 목숨이에요.
재숙	그래도 이건...
경자	그럼 어디부터 얘기해줄 건데요? 원장님?
재숙	?
경자	납치당해서 7년 동안 강제 입원됐던 거?
	혼수상태로 있다 남의 손에 죽을 뻔했던 거?
재숙	(난처한 표정 된다)
경자	저분 충격 받을 건 생각 안 해요?
	그러지 말고 시간을 좀 줘요.
	조갑수 잡히면 그때 경선이랑 (TV에 나오는 이듬 보며)
	저 아가씨한테 제가 얘기할게요. 그때까지만 제발요.

재숙, 다시 TV를 보면- 진욱이 특검 수사검사로 소개된다.
재숙. 갈등하는 눈빛으로 경자를 보는데...

23.　　특검 사무실 – 회의실 (낮)

민부장을 중심으로 이듬, 진욱, 장검, 박검, 윤검, 서검,
손계장, 구계장 모두 앉아있다. 특검 첫 번째 회의다.
다들 앞으로 백상호 수첩 복사기록 (a4지) 수북이 쌓여있다.

민부장	다들 수첩 내용 확인했지?
박검	2006년 월드컵, 강남 룸싸롱 업주한테 상납받은 것까지요.
	... 이제 11년 남았네요.
서검	전 아직 2005년인데...
장검	이게 20년 치 기록이라 양이 엄청나더라고요.

조갑수하고 한두 번 정도 접촉한 사람들만 뽑아도
3백은 훌쩍 넘겠어요.

이듬　복잡하게 생각할 거 뭐 있어요?
어차피 주인공은 조갑수고,
단골 조연들 몇 사람 추려서 조사 들어가면 되죠.
(진욱에게) 아까 선발 리스트 뽑았다 그랬죠?

진욱　네. (써온 것을 읽는다)
일단 정계로는 박명회 총리하고-
검경 쪽으론 문정수 경찰청장, 김택춘 지검장, 오수철 부장 있고요.
학계로는 김호경 한국대 총장까지 핵심 인물로 추려졌습니다.

윤검　(놀라) 아니, 지검장님하고 오부장님도 있었어요?
(하고 수첩 복사 내용 찾는데)

박검　어, 아까 보니까 지검장님 2012년 8월부터 나오시더라.
오부장님은 지난 9월에 캐스팅되셨고...

서검　(헐 해서 중얼) ... 대에박.

장검　현직 총리에 총장에 지검장까지... 이거 완전 그랜드 슬램이네.

손계장　그래도 스타트가 이 정도면 엄청 수월한 거 아닌가요?
다른 특검은 완전 맨바닥에서부터 시작해서
있는 증거, 없는 증거 모아가면서 진행하잖아요.

구계장　그러니까요. 수첩 보니까 백상호 이 사람 아주 꼼꼼해요.
지시 내용, 날짜, 정황까지 엄청 자세히 적어놨더라고요.

진욱　어차피 수첩은 간접 증거밖엔 안 돼요.
로비 받았단 직접 증거, 것두 안 되면 인정하는 진술이라두 받아야
범죄 소명, 제대로 될 겁니다.

장검　(끄덕) 그렇지. 수첩 증거 완성도를 얼마나 높이느냐가
이번 특검 수사 관건이지. (앞에 쌓인 a4지 뭉치를 탁탁 치면)

디들　저기 앞에 쌓여있는 먹씨 뭉뎅이 보며
이거 쉽지 않겠다 싶은 표정들.

민부장　킹덤 사건, 건국 이래 최대 성로비 스캔들이야.

부정한 로비로 썩은 부위 도려내라고 국민들이 칼 주셨고.
검사로서 다신 없을 기회라 생각하고-
다들 열심히 해주길 바래. 시간 많이 없는 거 알지?

다들 - "넵! / 알겠습니다!!" 씩씩하게 대답하면...

이듬   (민부장에게) 일단 핵심 인물부터 부르죠.

24.   **몽타주 - 택춘 / 정수 / 명회의 조사 (낮)**

각기 다른 조사실에서 조사받는 모습, 컷 컷으로 보여진다.

- 박검 / 윤검의 조사실 (낮)
박검과 윤검, 지검장 김택춘과 마주 앉아있다.
박검, 조갑수와의 통화내역과 수첩 복사 내용 내밀며...

윤검   죄송합니다, 지검장님.
택춘   (끄응- 불편한 심기)
박검   자라나는 후배를 위해 성실한 답변 부탁드립니다.
택춘   순서가 틀렸지, 박검사.
박검   ?
택춘   내가 킹덤에 드나들었단 증거부터 줘야
        나도 거기에 대해 답변을 해줄 게 아닌가.

정수   (소리) 킹덤이요? 거기가 어딨는 겁니까?

- 장검 / 서검의 조사실 (낮)
장검과 서검, 경찰청장 문정수와 마주 앉아있다.

정수   (비꼬는) 검사님들 압수수색 가서도 못 찾은 데 아닙니까?

내가 뭔 수로 없는 킹덤에서 성접대까지 받았겠습니까?

장검과 서검, 어처구니없다는 시선으로 문정수 보고...

- 이듬 / 진욱의 조사실 (낮)
이듬과 진욱, 국무총리 박명회와 마주 앉아있다.

진욱   (수첩 내용 보며) 백상호 수첩에 등장하는 총 삼백일흔 명 가운데
        가장 자주 나오는 인물이 바로 총리님이었습니다.

이듬   성접대 대가로 공천 주시고, 요직 꽂아주고,
        이권 정보도 주시고... 조갑수랑 거진 소울메이트 급이던데요?

진욱   오늘은 일단 2003년 공천 비리부터 조사 시작하죠.

명회   지금 여론만 믿고 까부나 본데...

이듬/진욱 ?

명회   전직 형사 나부랭이가 쓴 종이 쪼가리 말고, 다른 증거 있어요?

이듬   (팔짱 끼고 노려보면)

명회   난 킹덤에 드나든 적도 없고, 조갑수하고도 아무 연관 없습니다.
        이 말밖엔 드릴 얘기 없습니다.

이듬, 진욱... 그럴 줄 알았다는 듯 명회 본다.

25.   달리는 갑수의 자동차 안 / 밖 (낮)

뒷좌석에 앉은 갑수, 명회와 통화 중이다.

갑수   ... 죄송합니다, 총리님.
        저도 대비책 마련해 움직이고 있으니 조금만 기다려주시죠.
        ... 네. 또 연락드리겠습니다. (끊고 뭔가 단단히 결심한 표정)

갑수   (소리) 아이구~ 한국장~

26.　　KSB 방송국 일각 (낮)

갑수, 방송국 신분증 목에 건 보도국장(한대웅/40대 후반)과
반갑게 악수한다.

갑수　　국장으로 영전하고 처음이지?
대웅　　네. 와주셔서 영광입니다.

(시간 경과)

갑수, 백상호의 범죄경력조회서[11]를 한국장 앞에 내민다.

갑수　　보다시피 백상호, 성상납을 강요한 죄로 감옥까지 다녀온 사람이야.
대웅　　그럼 지금 특검에서 이 사실을 의도적으로 감추고 있다,
　　　　이 말씀입니까?
갑수　　... 그거야 한국장이 밝혀낼 일이고...
　　　　중요한 건 특검에서 부정부패 도려낸다고 떠들어대는 근거가 고작
　　　　전과자 수첩이라는 거 아닌가?
대웅　　(범죄경력서 다시 보더니) ... 이거 정말 특종인데요.
갑수　　... 한국장만 믿겠네.
대웅　　걱정 마십시오. 제가 형님 덕 본 세월이 얼만데-
　　　　이만한 부탁 하나 못 들어드리겠습니까?

갑수 의미심장한 미소를 지으며 대웅을 보면,
대웅, 갑수를 향해 고개 숙여 인사하고 바쁜 걸음으로 들어간다.

....

11　서울중앙지방법원 2004년 5월 2일 강요죄 징역 1년.

27.   동 - 보도국 사무실 (낮)

대웅, 갑수가 준 백상호의 범죄경력조회서를 꺼내
앞에 앉아 있는 여기자에게 내민다.

대웅   최기자! 내가 특종 소스 하나 줄게 준비 좀 해봐.
최기자   (보더니 피식! 오히려 자기가 보던 핸드폰을 들이민다)
         특종은 이거 같은데요?
대웅   ?

보면, 특검 포토라인 앞에 선 용운의 사진 위로
[킹덤 책임관리자 최용운 특검 자진 출두 "진실 밝힐 것"]
헤드라인 보인다.
대웅, 기사 보더니... 갑수가 준 범죄경력조회서를 휴지통에 툭 넣는다.

28.   몽타주 - 모르쇠로 일관하는 로비 리스트 대상자들 (낮)

         - 국회의사당 앞 (낮)
         차에서 내리는 박명회에게 달려드는 기자들.

기자1   총리님, 킹덤 여종업원과 성관계한 사실, 인정하십니까?
기자2   20대 총선 당시, 수차례 성접대받고
         조갑수 시장에게 공천 줬다는 의혹에 대해 한 말씀 해주시죠.

그런 기자들을 외면하며 안으로 들어가는 박명회.
끈질긴 기자들이 계속해서 앞을 막아선다.

기자3   총리님, 좋아하는 타입이 청순 베이글녀라면서요?
명회   (신경질적인 반응) 거, 확실하지도 않은 일로 사람 매도하지 맙시다-
기자3   그럼 어디까지가 확실한 겁니까?

명회   ... 성접대받은 적 절대 없습니다.

         - 중앙지검 앞 (낮)
         지검장 역시 기자들에게 둘러싸인 채 질문 공세 당하고 있다.

기자1   수사 정보를 빼돌린 대가로
         킹덤에서 성접대받았다고 하던데, 사실입니까?
기자2   영파시 철거 현장 사건 은폐하는 대가로
         신인 여배우를 요구했다는 증언에 대해 입장 밝혀주십시오.
지검장   (불쾌한) ... 단순한 술자리였고, 성접대 같은 건 없었습니다.
         사람 추잡하게 만들지 마시죠! (들어간다)

         - 경찰청 앞
         제복 차림의 경찰청장, 기자들 앞에서 간단히 입장 발표하고 있다.

경찰청장 킹덤에 한두 번 드나든 건 인정합니다.
         그러나 그건 어디까지나 전직 청장님과의 사적인 술자리였고,
         성접대 사실은 절대 없었다는 것을 명확히 밝힙니다.

         한껏 근엄한 표정 위로 터지는 플래시 세례.

29.   특검 회의실 안 (낮)

         민부장을 비롯한 특검 식구들(구계장과 손계장은 없고)
         다들 각각 태블릿 PC나 노트북으로 인터넷 뉴스 기사 보고 있다.

         - **인서트** / 인터넷 신문기사
         [킹덤 로비 의혹 대상자, 성접대 전면 부인 '단순 술자리였다']

장검   (어이없는) 킹덤은 갔지만, 성접대는 없었다?

	술은 마셨지만 음주운전은 아니다하고 뭐가 달라?
민부장	예상대로 가고 있네.
	(이듬에게) 우리도 다음 스텝 준비됐지?
이듬	네. 최용운 통해서 성접대 동원된 종업원 리스트 뽑아놨고요.
	그중에 다섯 명 정도 증언하겠단 협조 받았습니다.
민부장	오케이. 조사는 몇 시야? (하면)
진욱	(시계 보고) 시간 다 됐습니다. (하는데)

이때, 손계장이 심상치 않은 표정으로 들어오더니...

손계장	(민부장에게) 저기 특검님...
민부장	?
손계장	증언하기로 한 킹덤 아가씨들이요. 다 연락이 안 돼요.

다들 놀라는 표정 돼서 손계장 본다.

30.　영파시청 시장실 + 공항 일각 (낮)

자리에 앉은 갑수, 공항 일각에 서 있는 철영과 통화 중이다.

철영	애들 방금 출국시켰습니다.
	특검 끝날 때까지 돌아오지 않겠단 각서도 받았구요.
갑수	수고했다. (끊고 미소)

31.　특검 - 회의실 안 (낮)

민부장, 이듬, 진욱, 심각한 표정으로 앉아있다.
그 앞으로 조사받으러 오기로 한 아가씨들 출국 기록들 놓여있다.

이듬	... 조갑수 정말 빠르네요.
진욱	일단 최용운 리스트엔 있었지만 조사 거부했던 종업원들,
	다시 만나서 설득해볼까요?
민부장	킹덤 종업원으로 낙인찍힐까 봐 숨었을 텐데, 설득 쉽지 않을 거야.
진욱	그치만... 입학 특혜나, 공천비리, 이권 개입 모두
	성접대로 시작된 거 아닙니까?
	성접대 사실부터 인정해야 나머지 비리 사실도 꺼낼 겁니다.
민부장	... 다른 방법 찾아보자.
이듬	... (뭔가 떠오른) 있어요, 방법.
민부장	?
이듬	스스로 털어놓을 아주 화끈한 방법이요! (씨익 웃는다)
진욱	?
이듬	일단 이 작전은 우리끼리만 공유하죠.

32. 동 - 사무실 (낮)

구계장, 목에 카메라 매고 나가는데,
기록 들고 마주 오던 박검, 그 모습 보더니...

박검	어디 취재 가요? 카메라 뭡니까?
구계장	(난감한) ... 아무것도 아닙니다.
박검	(엉기며) 뭔데요, 뭔데? 나한텐 얘기할 수 있잖아?
구계장	사실 제가 조류 사진 동호회 총무라서요.
박검	조류 사진? 아니 이 중요한 시기에 동호회 나간다고?
구계장	네. 지금 철새 시즌이라... 암튼 다녀오겠습니다. (얼른 간다)
박검	(아, 뭐지? 싶은 표정으로 보는) ...

33. 영파시청 시장실 + 달리는 명회의 자동차 안 / 밖 (낮)

자리에 앉은 갑수, 명회와 통화 중이다.

갑수　제 아무리 특검이라도 팔다리 다 잘렸는데-
　　　무슨 수로 수사하겠습니까?
　　　찻잔 속 태풍처럼 곧 꺼질 겁니다. 안심하시죠.
명회　대처가 아주 빨랐네. 역시 조시장이야.
갑수　번거롭게 해드려 죄송할 따름입니다.
명회　(만족한) ... 잠잠해지는 대로 회포 풀도록 하지. (끊는다)

명회, 여유로운 미소를 띠며- 차창 밖을 보는데 카톡 수신음이 울린다.
무심코 열어보는데... 놀란 듯 눈 치켜뜬다.
카톡 내용 보면, [저는 킹덤에서 일했던 에이즈 환자입니다.] 로
시작하는 장문의 찌라시 글이다.

34.　뉴스 화면 (낮)

자막 [킹덤 에이즈 괴담, 인터넷 통해 확산] 보이고
앵커, 뉴스 전한다.

앵커　최근 특검으로 이슈가 된 킹덤에
　　　에이즈 바이러스가 퍼졌다는 괴담이
　　　SNS를 통해 급격히 확산되고 있습니다.

　　　- **자료화면 인서트** / 네이트판에 올라온 고백글
　　　제목 [저는 킹덤에서 일했던 에이즈 환자입니다.]
　　　하단에 K카드와 두 줄 그어진 에이즈 검사 키트 사진 보인다.

앵커　(소리) 작성자가 킹덤의 출입증으로 알려진 K카드와
　　　양성으로 판정된 에이즈 검사 키트를 함께 찍어 올렸습니다.
　　　이에 네티즌들은 킹덤 리스트에 오른 정관계 인사들이

에이즈에 감염되었을 가능성을 제기했고,
경찰은 논란을 잠재우기 위해 작성자 추적에 나섰습니다.

35.　　영파시청 – 시장실 안 (낮)

앵커　　(소리) 전문가들은 에이즈란 쉽게 감염되지 않지만,
　　　　적극적인 대응으로 빠른 발견과 치료에 나서야 한다고 강조했습니다.

　　　　TV 뉴스 보던 갑수.
　　　　어이없고 황당하기 짝이 없는 표정이다.

갑수　　… 에이즈? 이 무슨 미친 소리란 말이고?

36.　　몽타주 – 에이즈 찌라시 떡밥 무는 킹덤 이용자들 (낮)

　　　　- 명회의 달리는 차 안 (낮)
　　　　초조한 표정으로 뒷좌석에 앉아있는 명회.
　　　　핸드폰에 얼굴 묻고 무언가 열심히 검색 중이다.
　　　　핸드폰 화면 가까이 보면,
　　　　검색창에 [에이즈 검사] [에이즈 키트] 라고 쓰여있다.
　　　　그러다 번뜩 무언가 봤는지 급하게 '스톱' 외치는 명회.
　　　　놀란 비서가 급히 차를 세우면
　　　　명회가 약국을 향해 달려 나간다.

　　　　- 약국 안 (낮)
　　　　'딸랑–' 문에 달린 종소리 울리고 명회가 약국 안으로 들어서는데,
　　　　약을 사고 있던 여자1이 명회를 한눈에 알아본다.

여자1　　어머, 총리님 아니세요?

자신을 알아보는 여자에게 놀란 명회.
얼른 뒷걸음질 쳐서 밖으로 나가버린다.

- 다른 약국 앞 (낮)
아웃도어 차림의 오부장,
챙이 넓은 모자를 깊이 눌러쓰고 약국 안을 유심히 보고 있다.
안에 있던 손님이 모두 나오는 걸 확인하고는 얼른 안으로 들어간다.

- 다른 약국 안 (낮)
오부장, 스윽- 하고 여자 약사에게 다가가 은밀히 속삭이는데...
여자 약사 불쾌한 듯 얼굴을 찡그린다.

여자 약사 손님, 왜 귀에다 바람을 불구 난리예요?
오부장　　네?
여자 약사 그냥 말씀하세요. 뭐가 필요하신데요?
오부장　　(난감한 듯) 저기 에이즈... 키트...
여자 약사 네?
오부장　　키트... 에이즈... (하는데)

이때, 문을 열고 들어오는 손님.

여자 약사 (큰소리로) 에이즈 진단 키트[12]요?

약사의 소리에 들어왔던 손님 놀라서 오부장 보는데...

- 등산로 입구 (낮)
입구에 도착한 오부장, 두리번거리다 저쪽 보면

12　참고한 키트기 = 오라퀵 구강점막 에이즈 진단 키트 - 구강 점막으로 20분 안에 감염 여부를 확인할 수 있다.
한 줄이 나오면 음성, 두 줄이 나오면 정밀검사 대상으로 분류된다.

양복 차림의 지검장이 초조한 표정으로 다가온다.

지검장 내 것두 샀지?
오부장 (끄덕)

- 인적 드문 일각 (낮)
오부장과 지검장, 으슥한 곳에 나란히 서서 입 아~ 벌린 채로
에이즈 키트에 구강 점막 골고루 묻히고 있다.

(시간 경과)

바위 위에 나란히 놓여있는 에이즈 키트.
그 앞으로 오부장과 지검장, 무릎 꿇고 앉아 두 손 모으고 절박한 표정들!
오부장, 슬쩍 실눈을 뜨고 키트기를 보는데...!
한 줄만 표시된 거 보고 키트기 든 채 "만세!!" 하는 오부장!
어디선가 찰칵! 소리 난다.

37. **몽타주 - 에이즈 사진으로 소환된 사람들 (낮)**

각기 다른 조사실에서 조사받는 모습, 컷 컷으로 보여진다.

- 박검 / 윤검의 조사실 (낮)
박검과 윤검, 지검장 김택춘과 마주 앉아있다.
박검... 앞 씬에 오부장과 만세! 하는 사진을 내민다.
지검장, 쪽팔림에 고개 떨군다.

- 장검 / 서검의 조사실 (낮)
장검과 서검, 국무총리 박명회와 마주 앉아있다.
장검, 사진 한 장 내밀면...
아파트 어린이 놀이터 벤치에 앉은 명회,

에이즈 진단 키트 두 손에 꼬옥 쥐고 앉은 사진이다.

명회, 쪽팔림에 헛기침한다.

- 이듬 / 진욱 조사실 (낮)

오부장, 감격에 겨워 만세! 하는 사진을 사이에 두고-

이듬과 진욱, 오부장과 마주 앉아있다.

이듬	축하드려요. 한 줄 나오셨네.
오부장	(어이없는) 마겸 이 새끼...
이듬	이 사진 하나로 성로비 정황증거 되는 거야 뭐...
	선수들끼리 굳이 말할 거 없고.
	암튼 한때 정으로 충고하겠는데요.
	정상참작이라도 받으려면 조갑수에 대해 아는 거, 빨리 다 터시죠.
오부장	(고민하다가 돌변해서) ... 뭐부터 말하면 되나?
진욱	방금 말씀드리지 않았습니까, 아시는 거 전부요.
오부장	알았어. 노트북 가져와!

이듬과 진욱, 서로 마주보고 책상 밑으로 살짝 손뼉 맞장구친다.

38.   동 - 회의실 (낮)

민부장을 비롯한 특검 식구들 모두 회의실에 앉아있다.

조사 결과 공유하는 중이다.

민부장	(구계장에게) 수고했어요, 구계장님.
구계장	(쑥스러운 듯) 아닙니다.
민부장	다들 조사 결과 얘기해봐. (장건 보면)
장검	박명회, 성접대받은 사실 인정했고요.
	다만 조갑수의 일방적인 권유로 벌어졌다는 점, 엄청 강조했습니다.
민부장	박검 쪽은?

박검	접대 사실 인정하셨고요. 모든 건 조갑수 때문이다로 일관하셨습니다.
이듬	(피식) 다들 조갑수한테 몰빵 하셨네.
민부장	그럼 이제 때가 된 거 같은데?
진욱	잡아올까요?
민부장	(끄덕) !

39.   영파시청 앞 + 갑수의 자동차 안 / 밖 (낮)

갑수의 자동차, 시청 앞으로 들어서는데-
갑자기 운전기사, 급 브레이크 밟으며 끼익! 선다.

갑수	(신경질) 뭔 일이고? (하면)

차 앞을 막고 선 이듬과 진욱!
이듬, 갑수가 있는 쪽으로 다가오더니- 차창을 똑똑! 두드린다.

갑수	(창문 내리면) 뭡니까?
진욱	(소환장 탁 내밀며) 소환장입니다.
	내일 오전까지 특검으로 출석하세요.
갑수	(어이없다는 듯 쏘아보면) ...
이듬	복장 단정히 하고 오세요. 기자들 엄청 올 겁니다. (하고 간다)
갑수	(소환장 차 바닥에 집어던지는)

40.   특검 사무실 건물 외경 (다음날 아침)

41.   동 - 조사실 앞 / 안 (아침)

민부장, 이듬, 진욱... 편면경 너머 앉아 있는 갑수를 보다가 조사실로 들어가 갑수 마주하고 앉는다.

갑수   (비꼬는) ... 내가 거물은 거물인가 봅니다.
         검사님들이 세 분씩이나 들어오고...
민부장   20년 만인데 이 정도 대우는 해드려야죠. 조갑수 씨.
갑수   민지숙 영감님.
         꼴랑 그 수첩 하나로 날 잡을 수 있을 거라 생각하나 본데...
         나 그렇게 호락호락하게 무너질 사람 아닙니다.
진욱   이미 무너져 있습니다, 조시장님.
갑수   !
진욱   백상호 수첩에 조시장님이 저지른 범죄사실 다 기록됐고,
         박명회, 김호경, 김택춘, 오수철, 문정수 모두
         각종 로비와 비리 사건 주범으로 시장님을 지목했습니다.
         이제 남은 건 인정하는 것밖엔 없습니다.
갑수   (하하하 웃다가 쏘아본다)
민부장   20년 전엔 증거 불충분으로 빠져나왔죠?
         이번엔 많이 준비했습니다.
갑수   (주먹 불끈 쥐고) 어디 한번 해보시죠, 민영감님.
         이번엔 잡을 거다, 이번엔 틀림없다 큰소리치다-
         빈손으로 돌아간 게 한두 번도 아니고..
민부장   (비웃고) 인사치레는 이 정도면 된 거 같고... 조사 시작하죠.
이듬   잠깐만요.
갑수   ?
이듬   조갑수 씨, 밥은 먹고 왔습니까?
갑수   뭐요?
이듬   적응하는 차원에서 밥부터 드시죠.
         콩밥 아주 잘하는 집 있는데...
갑수   (노려보면)
이듬   그래, 그 눈빛 좋네요, 조갑수 씨.
         (다가가) 기대해. 우리 엄마한테 니가 한 짓,
         (백상호 수첩을 들어 보이며) 이걸로 두 배, 세 배 갚아줄 테니까.

죽을 때까지 죽지도 못하고 산다는 게 뭔지 뼈저리게 느끼게 해줄 거야.
그때까지 몸 건강하게 있으려면 밥 먹어야지. (비웃는다)

갑수, 주먹 쥔 손 부들부들해서 이듬을 노려본다.

42.   동 – 조사실 앞 / 사무실 (밤)

이듬과 진욱, 조사 마치고 나온다.
이어, 긴 조사를 마친 갑수가 피곤한 표정으로 나가다가...
자리로 돌아간 이듬이 백상호 수첩을 책상 서랍에 넣는 모습을
유심히 본다.

43.   특검 사무실 건물 앞 (밤)

박검, 인적 드문 일각에 서서 심각한 표정으로 통화하고 있다.

박검   아... 일단 알겠습니다. 네, 그렇게 하죠.

표정 굳어져서 생각에 잠긴 박검의 얼굴.

44.   동 – 사무실 안 (밤)

특검팀 식구들, 소환 조사한 사람들 진술조서 정리하며 분주한 분위기.
박검, 시계를 한 번 보더니 벌떡 일어선다.

박검   자자, 다 먹고 살자고 하는 짓인데-
       저녁식사부터 하고 계속 하시죠?
구계장   (박검 얘기에 화색) 그럴까요? 마침 배고프던 참인데-

(손계장 배 보며) 그죠? 미영 씨?

다들 배고픈지 서로 맞장구치는 분위기.
박검, 주도해서 특검팀 식구들 밖으로 밀고 나간다.

45.   특검 사무실 건물 앞 (밤)

밖으로 나온 특검팀 식구들.
서로 이야기 주고받으면서 걸어가는데
그 옆으로 모자를 깊이 눌러쓴 택배 배달원 한 명이
커다란 박스로 얼굴을 가리며 지나간다.
택배 배달원, 특검 사무실 방향으로 걸어가면,
박검이 뒤를 잠깐 돌아보며 멈칫한다.
특검 식구들 뭉쳐서 걸어가고 있는 사이
구계장이 재밌는 농담을 했는지 다들 까르르 웃음 터지고
그때, 뒤쪽에서 후다닥 뛰어와 윤검에게 어깨동무하는 박검의 모습 보인다.

46.   특검 사무실 안 (밤)

식사 끝나고 안으로 들어서는 특검 식구들.
이듬, 사무실 들어서는데 책상 서랍 열려있는 것 보이고
이상한 기분에 가까이 다가가는데
당황한 표정으로 굳어 서 있는 이듬.
무슨 일인가 싶어 하나 둘 이듬에게 다가오면

이듬   수첩이... 없어요.

다들 놀란 얼굴로 이듬과 서랍 안을 번갈아 본다.

47. 동 - 민부장 방 (밤)

민부장, 이듬과 진욱이 심각한 얼굴로 마주 앉아있다.
진욱, 민부장과 이듬 앞으로 지문 출입기록 내민다.
민부장과 이듬 보더니... 믿을 수 없다는 표정이 된다.

이듬   ... 정말 이 사람이라고요?

48. 동 - 조사실 (밤)

초조한 표정으로 다리를 떨고 있는 박검.
민부장, 이듬 진욱이 박검을 노려보고 있다.

이듬   수첩 어딨어요?
박검   (눈치 보며) 무슨... 소리야?
진욱   (지문 출입기록 내밀며) 다 확인했으니 발뺌하지 마시죠.
박검   (기록 확인하고 다리 더욱 심하게 떤다)
민부장   왜 그랬어? 조갑수랑 대체 무슨 일이 있었던 거야?
박검   (뭐라 변명하려 하는데) 아니 저 그게...
이듬   선배!!
박검   (할 수 없다는 듯 민부장에게) ... 죄송합니다!
           이렇게까지 할 생각은 아니었는데...
           근데... 전에 했던 일까지 다 알리겠다고 협박을 해서...
이듬   (어이없어 보다가 번뜩) 그럼- 지난번에 킹덤 종업원 잠적 건두 선배?!
박검   미안하게 됐다-
진욱   박검사님. 이번 특검에 얼마나 많은 사람들이 애쓰고 있는지 모르십니까?
박검   ... 미안. (한숨)
민부장   미안하면 조사 제대로 받아.
           이 사건 정리되는 대로 경찰에 넘길 테니까.

박검	특검님!!!
민부장	(차갑게 쏘아보다 나간다)

49. 동 - 조사실 앞 / 사무실 (밤)

민부장, 이듬과 진욱, 조사실 나오면-
나머지 특검 식구들 걱정스러운 표정으로 바라본다.

50. 동 - 회의실 (밤)

특검 식구들(민부장, 이듬, 진욱, 장검, 윤검, 서검, 손계장, 구계장)
모두 침울한 표정으로 앉아있고, 민부장이 말을 꺼낸다.

민부장	그래두 복사본 있어서 수사엔 차질 없을 거야.
장검	그나마 다행이죠.
민부장	문제는 기소 이후야.
	어렵게 수사해서 재판 넘겼는데,
	원본 아니라고 수첩이 증거에서 배제되면 타격이 너무 커.
진욱	직접 증거 부족으로 감형 사유만 늘어나겠죠.
윤검	그럼 수첩부터 찾아야 하는 거 아닙니까?
서검	조갑수 쪽에 들어갔으면 벌써 없애지 않았을까요?
장검	하긴... 본인한테 제일 치명적인 증거니까...
이듬	아뇨- 그건 아닐 거예요. 장부장님도 보셨잖아요, 수첩.
	정관계 인사들 숨겨진 치부가 깨알같이 적혀있는데-
	이용가치 생각하면 쉽게 못 버리죠.
구계장	압색이라두 가아 차는 거 아닙니까?
민부장	수첩 분실된 거 외부에 알려져서 좋을 거 없어.
	최대한 조용히 움직일 수 있는 방법 찾아야 해.
손계장	방법... 있을까요?

이듬	(잠깐 생각하다가) ... 있을지도 몰라요. (진욱 본다)
진욱	(알겠다는 듯) 보험금 찾을 때 됐다는 거죠?

다들 궁금한 표정으로 이듬과 진욱을 보면...

51.   영파시청 외경 (다음날 낮)

52.   동 - 시장 비서실 (낮)

허변, 책상에 앉아서 사무실 전화로 통화 중이다.
몹시 귀찮고 신경질적인 표정.

허변	죄송합니다- 당분간 시장님 인터뷰 계획 없습니다.

허변, 전화 끊고 나면... 연달아서 또 걸려오는 전화.
한숨 푹 쉬는 허변, 사무실 전화 코드선 뽑는데...
이번엔 핸드폰으로 계속해서 전화벨 울린다.
전화 화면에 [중아일보 송기자] 라고 떠 있다.
거절 버튼 누르는 허변, 인상 찌프러진다.

53.   동 - 시장실 안 (낮)

소파에 앉은 갑수, 원본 수첩을 보고 있다.
그 옆에 택배 기사로 위장한 철영이 서 있다.
원본 수첩, 표지는 가죽으로 되어있고 [백 상 호] 이름 크게 쓰여있다.
낡고 손때 묻은 페이지들 펼쳐 읽는데..
탁자 위에 펼쳐진 가짜 수첩과 진짜 수첩 내용 비교되어 보인다.

- 인서트 / 가짜 수첩 내용

[2003년 2월 11일 화요일.

- 오후 8시, 조갑수 청장님, 청운각에서 미래당 대표 박명회와의 만남.

2004년도 17대 총선 출마 공천을 위한 청탁하기 위한 자리.

박명회 대표의 사모님과 아들은 미국에서 유학 중으로 현재 기러기 아빠.

비서진들 주로 청순한 외모로 꾸린다고 함.

나일기획 대표 통해 신인 여배우, 배우 지망생들 소개받음.

뒤탈 없을 것 같은 인물들 추렸고 그중에서 진설희 낙점하여 데려옴.

박명회 대표가 몹시 만족했다고 함.]

- 인서트 / 진짜 수첩 내용[13]

[(*앞에 내용까지는 똑같이 들어가 있고)

박명회에게 숨겨진 딸이 있다. 명월관 김마담 사이에서 난 딸이다.

딸에 대한 사랑이 각별하다. 현재 예술중학교 2학년으로

피아노과에 다니고 있다. 딸의 연주회에 스폰을 대달라고 해서

2천만 원을 현금으로 보냄.]

갑수   상호 니... 죽어서도 내를 돕네.

이때, 똑똑 노크 소리 들리더니 허변이 벌컥 문을 열고 들어온다.

허변, 탁자에 펼쳐진 두 개의 수첩을 보는데...

허변을 의식한 갑수가 얼른 탁자에 올려져있던 신문으로 수첩들 덮는다.

철영, 고개를 숙여 인사하고는 급히 자리를 뜬다.

갑수   (신경질 적으로) 뭔 일이고?

허변   특검 연루 보도 때문에 기자들 전화가 계속 오고 있습니다.

아무래도 공식 입장 발표를 준비하시는 게 좋을 것 같습니다. (하며)

---

13 진짜 수첩은 가짜 수첩하고 내용은 거의 같으나,

백상호가 조갑수 모르게 개인적으로 처리한 부분들까지 기록되어 있음.

허변, 탁자 위 신문 밑에 있는 수첩들을 의미심장한 눈으로 바라보는데...

54.   형제호텔 - 회장실 (낮)

안회장과 허변 마주 앉아있다.
안회장, 못마땅한 표정으로 허변을 바라보는데.

허변   회장님 밑으로 들어갈 준비되면 오라고 하신 말씀, 아직 유효한가요?
안회장   뭔 소리고?
허변   지금 특검 핵심 증거물 백실장 수첩,
       조시장님 손에 있는 걸 확인했습니다.
안회장   ?
허변   그 수첩 가져다 드리죠-
       그것만 있으면 조시장님 압박하실 때 도움될 겁니다.
안회장   (잠시 생각하다가) ... 니를 어찌 믿나?
허변   네?
안회장   지난번 우리 태규 재판 때, 믿으라고 신신당부하던 기 니였다-
       근데, 우찌 됐노?
허변   ...
안회장   수첩이 어딨는지 안다캐도
       니가 그걸 갑수한테서 가꼬 올 수 있다는기 말이나 되겠나 이말이다.
       갑수가 그레 호락호락하게 당해줄 거 같나?
허변   (안회장 보면)
안회장   확실한 거 아니면 큰소리치지 마라-

55.   동 - 비서실 (낮)

이듬과 진욱이 비서와 실랑이를 벌이고 있다.

비서	(막무가내로 들어가는 이듬 막아서며) 지금 손님 계십니다.
진욱	그럼 기다리겠습니다. 잠깐이면 된다고 말씀 좀 드려주세요.
비서	전화로 말씀드렸잖아요. 회장님께서 만남 거부하셨다니까요.
이듬	아니- 진짜 물어본 게 맞긴 해요?

그때, 민망함에 얼굴 붉어진 허변이 회장실 문을 열고 나온다.
이듬과 진욱, 허변과 눈이 마주친다.

56.   동 - 승강기 앞 (낮)

이듬, 진욱, 허변이 승강기 앞에 서 있다.
이듬, 허변을 힐끗대며 이죽거리기 시작한다.

이듬	와- 처세술 갑. (엄지 척) 조갑수 끈 떨어진 거 알고, 안회장한테 붙었나 봐요?
허변	(이듬의 말이 거슬리는) 남의 일에 신경 끄시죠?
이듬	하긴- 자기 살 궁리 하는 게 중요하죠! 근데, 안회장이 받아는 준대요?
허변	(이듬의 깐족에 열받는) 그러는 마이듬 씨야 말로 자기 살 궁리 할 타이밍 아닌가요?
이듬	?
허변	수첩부터 빨리 찾으셔야죠. 설마 안회장님께 있을 줄 알고 온 건 아니겠죠?
이듬	(뭐래- 싶은데)

허변, 승강기 열리자 쏙 들어가서 문을 닫아버리고
이듬 어이없어 서 있는데 이때 진욱, 뭐가 번뜩 떠오른 표정이 된다!

| 진욱 | 저 사람, 어떻게 알았죠? 수첩 없어진 걸? |
| 이듬 | (얼른 알아채고 승강기 버튼을 급하게 누르는) |

57.   형제호텔 앞 (낮)

호텔 앞에 허변의 차가 와서 서고,
발렛 직원이 허변에게 차키를 건네주면
허변, 차에 올라타는데 이듬이 허변의 옆자리에, 진욱이 뒷좌석에 탄다.
허변, '이 사람들 뭐야?' 싶은 표정으로 둘을 번갈아 보면
이듬이 씨익- 웃는다.

58.   카페 안 (낮)

이듬과 진욱, 허변과 마주 앉아있다.
이듬, 허변에게 서류 하나를 밀어준다.
허변, 이듬이 내민 서류를 잡아당기는데 서류 끝을 잡고 놓지 않는 이듬.

이듬   일단 여는 순간 거래는 성립되는 거예요.
허변   (잠깐 이듬을 보는데)
이듬   (서류 잡은 손에 더 힘주며) 싫으면 관두시고-

허변, 잠깐 생각하다가 이듬의 손에서 서류봉투를 확 잡아챈다.
그리고 안에서 서류 꺼내보는데
[안서림 진료기록부] 다. 허변, 놀라는데!

이듬   그거면 안회장 라인으로 들어갈 수 있을 거예요.
허변   (눈빛 반짝이며) ... 난 뭘 주면 되죠?

59.   특검 사무실 건물 앞 (낮)

이듬과 진욱, 문을 열고 나오면..
구계장과 여러 명의 수사관들이 압수수색을 위한
파란색 박스를 손에 들고 뒤따라 나온다.
이 모습에 기자들 플래시 터뜨리며 몰려든다.

기자1 어디로 압수수색을 가시는 겁니까?
기자2 혹시 킹덤 관련 새로운 장소가 나온 건가요?

이듬과 진욱 기자들의 질문에 답하지 않고
담담한 표정으로 차에 올라타 출발한다.
기자들, 이듬과 진욱의 차를 뒤따른다.

60.   영파시청 – 시장실 (낮)

갑수, 누군가로부터 온 문자를 확인하고 있다.
[압수수색 출발했습니다. 대비하시죠-]
갑수, 책상 아래쪽에 있는 금고를 열어
백상호 수첩을 꺼내들더니 얼굴에 야비한 미소가 번진다.

61.   어딘가 앞 (낮)

어딘가 앞에 이듬과 진욱이 탄 차와,
구계장과 수사관이 탄 차가 멈춰 서고
뒤를 따르던 기자들도 한꺼번에 쏟아져 내린다.
건물을 올려다보며 결연한 표정을 짓는 이듬, 진욱과
이이이 장소에 놀란 표정이 기자든이 언군에서.

62.   영파시청 – 시장실 (낮)

여유로운 표정으로 시장실에 앉아있는 갑수. 손목시계 내려다보는데...

(짧은 시간 경과)

다시 시계를 내려다보는 갑수. 한 시간 정도가 흘러 있다.
갑수, 갸우뚱하는 표정이 되는데.
이때, 비서가 얼굴이 하얗게 질려서 방으로 들어선다.

갑수   검찰에서 왔나?
비서   저... 그게...
갑수   뭐꼬?
비서   (말없이 TV를 켠다)

    - **인서트** / TV 뉴스 화면
    자막 [속보 – 조갑수 시장의 아내 안서림 씨 강제 코마 상태로 밝혀져]
    떠 있고, 이듬과 진욱이 서림이 있는 병원을 압수수색하는 모습 보인다.

63.   분당강해종합병원 – VIP실 (낮)

    서림의 병실 안을 구석구석 뒤지던 이듬과 진욱, 아무것도 나오지 않자
    마지막으로 서림의 침대 쪽을 보는데,
    서림이 베고 있는 베개 중간이 딱딱하게 각져있는 걸 보는 이듬과 진욱.
    이듬이 서림의 머리를 살짝 들어서 베개를 꺼내드는데
    그 안에서 나오는 백상호 수첩.

    - **플래시백** / 특검 조사실 (낮)
    잔뜩 주눅 들어 쭈그러져 있는 박검.
    벌컥 문 열리더니 이듬이 박검에게 다가온다.

이듬   속죄 타이밍~

박검   ?

짧은 시간 경과 후... 박검, 조갑수에게 문자를 쓰고 있다.
[압수수색 출발했습니다. 대비하시죠-]
씨익- 만족의 미소를 짓는 이듬.

- **플래시백** / 영파시청 주차장 (낮)
주차되어 있는 갑수의 차를 몰래 열고 들어가는 허변.
차 안에 있는 네비게이션에서 최근 목적지를 검색한다.
목록에서 '분당강해종합병원'을 보는 허변.
핸드폰을 꺼내 이듬에게 문자를 보낸다.
[분당강해종합병원 안서림 씨의 병실 안에 숨긴 것으로 보입니다- 허윤경]

64.   동 - VIP실 앞 (낮)

이듬과 진욱이 밖으로 나오자
기다리고 있던 기자들이 플래시를 터뜨리며 가까이 모여든다.
그리고 질문들을 쏟아내는데.

기자1   특검 팀에서 이곳에 무슨 일이신 겁니까?

진욱   조갑수 시장의 여죄에 대한 제보를 받고
본 병원에 압수수색을 나오게 되었습니다.

기자2   여죄라면 무엇을 말씀하시는 건가요?

이듬   조갑수 시장의 아내 안서림에 대한 살인미수죄입니다.

기자들 웅성웅성 당황하는 모습 보이고

기자1   자세히 말씀해주실 수 있나요?

진욱   희귀병으로 인한 뇌사 상태로 알려졌던 안서림 씨는

과도한 약물 주입에 의한 코마 상태에 있었을 뿐
특별한 질병 없이 건강한 상태였던 것으로 확인되었습니다.

기자2 조갑수 시장이 약물을 투입했단 말인가요?

이듬 그렇습니다. 조금만 더 늦게 발견되었어도
심각한 장기손상으로 인해 생명이 위험한 상태였다는
담당의 소견서를 받았습니다.

기자1 그럼 앞으로 어떻게 진행되는 겁니까?

이듬 조갑수 시장의 범죄사실에 살인미수죄를 추가해 조사 진행할 계획입니다.

기자들 서로 특종이라며 여기저기 전화하는 소리 들리고
이듬과 진욱 만족스런 표정으로 서로를 바라본다.

65. 영파시청 - 시장실 (낮)

TV 보다 충격으로 표정 일그러진 갑수.

갑수 (앞에 서 있는 비서를 향해 다급하게) 허실장 들어오라 캐라-

비서 ... 그게... 허실장님, 사직서 내셨습니다.

갑수 뭐라꼬?

66. 형제호텔 - 회장실 (낮)

자리에 앉아 초조하게 안회장을 기다리고 있는 갑수.
안회장이 들어오자, 벌떡 일어난다.

안회장 니가 뭔 낯짝으로 여 와 있노?

갑수 행님- 뉴스 보셨는교? 그기 다 특검 놈들 모함입니다-
절대로 휘둘려선 안 됩니다!

안회장 (헛웃음, 인터폰 누른다) 법무팀장 들어오라 캐라.

그때, 문을 열고 들어서는 허변. 허변을 보고 기함하는 갑수.

갑수 허변... 니!! (하는데)

허변, 안회장에게 서류 봉투 하나를 내민다.
안회장, 봉투를 받아 갑수에게 툭 던져준다.
갑수, 봉투 보면 [서울가정법원] 이라고 쓰여있다.

안회장 이혼 서류다- 여에 도장 찍어라-
갑수 행님!
안회장 내 이제 니 행님 아니다. 우리 서림이한테 장난질한 거
     다 갚아줄끼다. 각오해라, 갑수야.
갑수 !
안회장 허팀장, 특검에서 필요한 거 있다 카믄 다 챙겨서 갖다줘라.
     뭔 수를 쓰든 갑수 점마, 무조건 무기징역 만들어줘라. 알았제?
허변 네-
갑수 (허변 보며 인상 찌푸린다)

안회장 일어서 옷 탈탈 털고 밖으로 나가면,
허변이 그 뒤를 따라나간다. 두 사람 보며 분노로 얼굴 일그러지는 갑수!

67. 특검 사무실 건물 외경 (밤)

68. 동 – 민부장 방 (밤)

이틈, 자리에 앉은 민부장에게 수사기록을 내민다.
민부장, 수사기록 뚜껑 보면 [곽영실 살인교사 사건] 쓰여있다.

민부장	... 마검사.
이듬	저 이거 하나 보고 여기까지 달려온 거 아시죠?
	조갑수 구속돼서 오면- 우리 엄마 살인교사 혐의까지 추가해서
	제가 직접 조사하게 해주십시오.
민부장	마검 마음 모르는 거 아냐.
	어머니 사건, 당연히 같이 조사할 생각이고...
이듬	(간절히 보면)
민부장	그치만 피해자 친족이 가해자를 수사하는 건-
	원칙에 어긋나. 그건 보복이야.
이듬	특검님.
민부장	이 사건 맡을 적임자 따로 생각해놓은 사람 있어.
이듬	누군데요? (하면)

69. 동 - 민부장 방 앞 (밤)

모두 퇴근하고 난 특검 사무실 안.
진욱, 무거운 표정으로 [곽영실 살인교사 사건] 수사기록 들고 나온다.
앞에서 기다리던 이듬, 진욱에게 다가가...

이듬	우리 엄마 사건, 정말 맡으려고요?
진욱	... 네.
이듬	여검이 이 사건 수사검사가 된다는 게
	무슨 뜻인지는 알고 있죠?
진욱	... 알고 있습니다.
이듬	(보다가) ... 내가 여검이었음 이 사건 못 맡았어요.
	어떻게 맡아, 자기 엄마 범죄자 만드는 건데...
진욱	(마음이 무겁다) ...
이듬	... 그래두 부탁할게요.
진욱	! (이듬 보면)
이듬	나 지금 부탁할 수 있는 사람이 여검밖에 없어요.

진짜 내 손으로 직접 처단하고 싶은데, 그럴 수 없으니까...
여검이 대신해줘요. 조갑수, 제대로 벌받을 수 있게.

진욱   ... 네.
이듬   (고맙고 미안한 마음으로 진욱을 보면)
진욱   (재숙 때문에 마음 무겁기 그지없다) ...

70.   고재숙 정신과의원 - 대기실 겸 거실 (밤)

재숙, 차트 들고 원장실에서 나오다가 뭔가를 보고 멈칫한다.
보면- 영실이 손걸레 들고 벽에 걸린 액자들을 닦고 있다.

재숙   (다가가) 이런 거 안 하셔도 돼요.
영실   신세만 지는데- 가만히 있기 미안해서요.
재숙   괜찮아요. 들어가세요.
영실   네. 이것만 마저 닦고요. (하는데)

재숙, 보면- 새날정신병원에서 환자들과 찍은 사진이다.

영실   (보며) 사진 참 잘 나왔네요. 다들 표정도 좋고-
재숙   ...
영실   좋은 분인가 봐요, 원장님. (재숙 얼굴을 보는데)
재숙   (그런 영실 얼굴을 제대로 볼 수가 없다)

이때 핸드폰 울린다. 보면 진욱이다.

재숙   (놀라 얼른 받는다) 진욱아!
진욱   (소리) 할 얘기 있어, 엄마. 지금 병원으로 갈게.
재숙   (다급) 아냐. 내가 갈게. 너 지금 어디니?

71.   진욱의 오피스텔 안 (밤)

침대 이불도 흐트러져 있고, 소파에 옷가지들 널브러져 있고-
어수선한 집 안 모습 보인다.
꼬질꼬질한 와이셔츠 차림에 면도도 못해 까칠한 얼굴의 진욱,
급한 대로 소파 밑까지 청소기 밀며- 어질러진 집 안을 정리 중이다.
이어, 청소기 끄고 자리로 갖다놓는데... 인터폰 울린다.
문 열면- 어색한 표정으로 서 있는 재숙이 보인다.

재숙   ... 오랜만이네.
진욱   (어색한 미소)

(시간 경과)

무거운 표정의 진욱, 재숙 앞으로 찻잔을 놓아주고 앉는다.

재숙   (초췌하고 피곤한 진욱을 안타까이 보다가)
        ... 많이 힘든가 보다, 우리 아들.
진욱   (무거운 표정으로 시선 마주치지 못하고 떨구다가) ... 엄마.
재숙   ...
진욱   (어렵게 말 꺼내는) 저번에 마지막으로 만났을 때...
        내가 엄마한테 했던 말 있지, 그거 혹시 생각해봤어?
재숙   ... 응.
진욱   (더 이상 뭐라 말할 수 없어 재숙을 보는데)
재숙   (툭) 미안해.
진욱   !
재숙   니가 어떤 마음으로 엄마한테 전화했을지 알아.
        너 힘들게 해서 미안, 진욱아.
진욱   (울컥하는데) ...
재숙   그리구 엄마... 그때 저지른 일, 벌받을 준비돼있어.
진욱   엄마.

재숙   ... 그치만 진욱아.

　　　　법정에 증언하면 정신과의사 고재숙 아들이 너란 것두

　　　　세상 사람들이 다 알게 될 거야.

진욱   ...

재숙   그럼 넌 범죄자 엄마를 둔 검사가 되는 건데, 괜찮겠니?

진욱   ... 아니. 안 괜찮아.

재숙   ...

진욱   엄마를 법정에 세우는데, 세상에 어떤 아들이 괜찮을 수가 있어?

재숙   !

진욱   솔직히 나두 피할 수만 있으면 피하고 싶어.

　　　　재판 끝나고 엄마가 감당할 고통을 생각하면

　　　　마음이 아파, 엄마. (눈물 맺히고)

재숙   ...

진욱   그치만 엄마두 알잖아.

　　　　어쩔 수 없이 내가 할 수밖에 없다는 거...

　　　　그리구 나 원래 이렇게 생겨먹은 것두.

재숙   (눈물이 맺히는데)

진욱   미안해, 엄마. 나 같은 놈이 엄마 아들이라서 정말 미안해...

재숙   (어깨 두드려주며) 괜찮아.

　　　　엄마 걱정하지 말고- 검사로서 니 일해. 진욱아.

72.　　동 - 앞 (밤)

오피스텔에서 나오는 재숙, 눈물이 줄줄 흐른다.

73.　　동 - 안 (밤)

진욱, 엄마에 대한 미안함에 흐느끼며 운다.

74. 고재숙 정신과의원 – 대기실 겸 거실 (밤)

영실, 소파에 앉아 TV 뉴스를 보고 있다.

앵커 (소리) 민지숙 특검팀이 조갑수 영파시장에 대해
사전 구속영장을 청구했습니다.

- **인서트** / 뉴스 화면
단상 앞에 선 이듬. 가져온 원고 읽으며 정례 브리핑 중이다.

이듬 특검은 조갑수 영파시장의 성로비를 통한 각종 의혹을 확인한 결과,
조갑수 시장에 대한 직권남용, 업무방해, 사문서위조, 알선수재,
중강요, 뇌물수수 등의 혐의로 사전 구속영장을 청구했습니다.

영실, TV에 나오는 이듬을 보는데- 자기도 모르게 눈물을 툭 흘린다.
지나가던 경자, 그 모습을 보는데...

경자 경선아. (뭔 일 있어?)
영실 (눈물 닦고) 어. 언니.
경자 뭔 일 있어? (하고 TV를 보면 이듬이 나오고 있다) !
영실 아니. 저 검사 아가씨를 보는데... 갑자기 눈물이 나네. 이상하지?
경자 (이제 말할 때가 됐구나 싶은 기분) !

75. 고재숙 정신과의원 작은 방 + 달리는 재숙의 자동차 안 / 밖 (밤)

숙소에 들어온 경자, 가방 안에서 핸드폰 꺼내더니
전원 버튼 꾸욱- 누르고, 재숙에게 전화를 건다.
운전 중이던 재숙, 블루투스로 전화 받는다.

재숙	네.
경자	원장님, 저예요. 최간호사.
재숙	... 말씀하세요.
경자	(미안한) 제 생각이 짧았네요, 원장님.
재숙	?
경자	제 이기심에 모녀 사이를... 너무 오랫동안 떨어뜨려놨어요.
	이제... 말하려고요.
재숙	그래요. 나두 마검사 만나러 가는 길이에요.
경자	... 그 아가씨한테 잘 얘기해주세요.
재숙	수간호사님도요. (끊는다)

76. 영파시청 – 시장실 안 (밤)

- 인서트 / 뉴스 화면
브리핑 중인 이듬의 모습 보이고
자막 [마이듬 특검보, 조갑수 구속영장 신청했다고 밝혀]

기자 (소리) 조갑수 시장에 대한 영장은 내일 오전 서울중앙지법에서
구속 전 피의자 신문 절차를 진행할 예정입니다.

갑수, 허망한 얼굴로 TV 끈다.

77. 영파시청 앞 + 갑수의 차 안 / 밖 (밤)

갑수, 나오는데- 저편에서 들리는 시위대 소리.
보면 20명 정도 사람들,
[조갑수 OUT / 영파시장 자진사퇴 / 부정부패 뽑아내자] 등
피켓 들고 갑수에게 몰려와 고성을 지른다.
"조갑수는 물러나라 / 부패시장 사퇴하라."

비서, 시위대를 막아서지만 쪽수와 기세에 밀리고-
시위대, 갑수의 먹살을 잡고 난리치는 바람에
갑수 안경, 바닥에 떨어져 짓밟힌다.
갑수, 겨우 비서와 운전기사의 도움받아 차 뒷좌석에 오르고..
룸미러에 비친 자신의 모습을 보자
'허허허' 실성과 분노로 웃는데- 이때 핸드폰 울린다.

갑수   (받는) 그래.
철영   (소리) 최경자 핸드폰 위치 확인됐습니다.
갑수   (살기로) 거가 어데고?

78.   특검 사무실 건물 앞 (밤)

      재숙, 앞에 서 있는데- 이듬이 나온다.

이듬   ... 할 얘기 뭐죠?
재숙   ... 마검사님.
이듬   (심상치 않은 표정 느끼고 뭐지? 싶은) ?
재숙   (어렵게 말 꺼내는) 어머니... 살아계세요.
이듬   ... 네?

79.   고재숙 정신과의원 – 작은 방 (밤)

      경자, 의아한 표정의 영실 손을 잡아끌어
      침대에 마주 보고 걸터앉는다.

경자   (영실 차마 못 보고) 너 내가... 지금부터 하는 말,
       놀라지 말고 잘 들어.

(시간 경과)

경자에게 모든 이야기를 들은 영실, 얼떨떨한 표정인데...

영실   (믿기지 않는) ... 언니 말이 다 맞다 쳐.
        근데 이제와 갑자기 왜 이러는 거야?
경자   ... 너한테 딸이 있거든, 20년 전에 헤어진.
영실   뭐?
경자   너두 이미 봤어.
영실   ?
경자   아까 TV 뉴스에 나온 그 검사 아가씨가 니 딸이야.
영실   (놀라서 눈 커지는데) ... 그 아가씨도 알아? 내가 엄마인 거.
경자   알 거야. 원장님이 너 여깄다고 얘기해주러 갔거든.

이때 경자 핸드폰 울린다. 보면 재숙의 전화다.

경자   네. 원장님.
재숙   (소리) 마검사랑 지금 가고 있어요. 거의 다 왔어요.
경자   알겠어요. (끊고) 니 딸 지금 오고 있대...
영실   (충격에 혼란스러운) ... 언니 이러는 법이 어딨어?
        하루아침에 갑자기 동생이 아니라니... 거기다 나한테 딸이 있다고?
경자   미안해, 정말 미안해. 근데 니 딸이 20년 동안이나 널 찾고 있었대.
영실   ...
경자   그리구 지금 너 살아있다는 얘기 듣자마자 오고 있구.
영실   ... 내 딸? ... 이름이 뭔데?
경자   ... 마이듬.
영실   마이듬? (기억을 더듬어보지만 전혀 기억나지 않는다)

이때, 땡동- 하고 병원 현관벨이 울린다.

경자   ... 왔나보다.

영실	지금?
경자	(끄덕)

혼란에 빠진 채로 영실, 밖으로 나간다.
그런 영실 내보낸 경자. 죄책감과 상실감에 눈물이 왈칵 솟는다.

80. 고재숙 정신과의원 현관 안 + 앞 (밤)

혼란스러운 얼굴로 천천히 현관 향해 다가가는 영실인데...
땡동- 병원 현관벨이 한 번 더 울린다.
영실, 그제서야 퍼뜩 "네!" 하며 현관으로 다가가 조심스레 문 여는데..

영실	(순간 의아한) 누구... 세요?

현관 앞에 서서..
영실을 바라보며 씨익- 미소 짓는 사람... 다름 아닌 갑수다!!!

곧 엄마를 만난다는 흥분으로 들뜬 이들의 표정과
사악한 미소로 영실을 보는 갑수의 얼굴 이등분되며... 15부 끝!

· 마녀의 법정 ·

16부

1.   특검 사무실 건물 근처 일각 (밤)

진욱의 자동차가 건물 근처에 선다.
진욱, 차에서 내려 특검 건물로 향하는데
저편에 세워진 낯익은 재숙의 자동차가 보인다.
'엄마 차가 여긴 왜?' 갸웃하며 걸어가는 진욱 앞으로-
이듬과 재숙이 서서 뭔가 얘기하는 모습 보인다.

2.   특검 사무실 건물 앞 (밤)

(15부 78씬 연결)
이듬과 재숙이 마주 서 있다.

이듬   중요하게 할 얘기라는 게 뭐죠?
재숙   ... 어머니 살아계세요.
이듬   (잘못 들었나 싶은) 네?
재숙   마검사님 어머니 살아계시다고요.
이듬   (놀라 얼떨떨한데) ... 갑자기 이게 무슨 소리예요?

우리 엄마가 살아있다니?

재숙   지금 우리 병원에 있어요.

어느새 다가온 진욱도 놀라서 재숙을 보는데...

영실   (소리) ... 나한테 딸이 있다고?

3.   고재숙 정신과의원 – 작은 방 (밤)

(15부 79씬 연결)
경자의 고백을 듣고 충격에 빠진 영실.

경자   (끄덕) 어. 20년 전에 헤어진...
영실   ... 누군데?
경자   너두 아까 봤어.
영실   ?
경자   아까 TV에 나온 그 검사 있지, 보면서 울었잖아, 너.
        그 아가씨가 니 딸이야.
영실   !

4.   도로 위 (밤)

이듬과 재숙이 탄 자동차가 보인다. 그 뒤로 진욱의 차가 따라간다.

이듬   (소리) 엄마가 날 기억 못한다구요?

5.   달리는 재숙의 자동차 안 / 밖 (밤)

재숙, 운전 중이고- 옆으로 상기된 표정의 이듬 앉아있다.

재숙   혼수상태에서 깨어난 다음부터 과거 일을 전혀 기억 못했대요.
        외상성 스트레스 장애로 인한 기억상실 같아요.

이듬   그래서? 지금까지 최경자라는 간호사가 우리 엄말 데리고 있었고요?

재숙   네.

이듬   (하... 어이없는)

재숙   그분도 미안해하고 있어요.
        그리구 피치 못할 사정도 있었고요.

이듬   사정? 대체 무슨 사정이요?

경자   (소리) 조갑수라고... 널 죽이려고 하는 사람이 있었어.

6.   고재숙 정신과의원 - 작은 방 (밤)

        경자와 영실, 계속 얘기 중이다.

영실   조갑수? 그 사람이 나를 왜?

경자   (성고문 얘기를 꺼낼 수 없어서) ... 나두 자세한 건 몰라.
        암튼 조갑수가 널 강제로 입원시켰고-
        화재 사고로 너 혼수상태 빠져있었을 때도 죽이려고 했어.

영실   (믿을 수가 없는) ...

경자   ... 그래서 조갑수가 너 찾아낼까 봐 이름도 바꾸고
        다 숨길 수밖에 없었어, 미안해.

영실   (충격에 멍하니 있다가) 그럼 부진도에서 도망친 것두?

경자   (끄덕)

영실   그런 애긴 에 이게 하는 거야? (히디기) 내 딸은? (어떻게 알고 있어?)

경자   니 딸두 니가 여태 죽은 줄 알고 있다가...
        너 살아있단 얘기 듣자마자 이리로 오고 있대.
        여기 원장님이 아까 만나러 갔어.

영실   (놀라) 지금 온다고? (하는데)

땡동- 하고 병원 현관벨이 울린다.

7.   고재숙 정신과의원 현관 안 + 앞 (밤)

떨리는 영실, 현관으로 다가가 조심스레 문 여는데...

영실   (순간 의아한) 누구... 세요?

현관 앞에 서서..
영실을 바라보며 씨익- 미소 짓는 사람... 다름 아닌 갑수다.

갑수   (자기를 몰라보는 영실을 가만히 보다가) ... 곽영실 씨?
영실   네?
갑수   혹시 저 기억나십니까?
영실   ... 누구세요?
갑수   (기억 못하는구나! 확인하고 씨익 웃는다) 아주 오래전부터
       곽영실 씰 알고 있는 사람입니다.
영실   (두려움과 경계심으로 갑수 얼굴을 보는데) ...
갑수   이렇게 살아있을 줄 몰랐네요. (돌연 싸늘하게 보면)

덜컥! 겁이 나는 영실. 놀라서 문 확! 닫으려는데...
갑수의 발이 턱! 문 사이를 막는다.
겁에 질려 갑수의 얼굴을 보는 영실의 눈동자!

8.   고재숙 정신과의원 앞 + 근처 (밤)

재숙과 진욱이 탄 차가 연이어 선다.

이어 이듬, 진욱, 재숙이 다급히 내려 병원을 향해 가는데
병원 쪽에서 나와 황망한 얼굴로 두리번거리는 경자가 보인다.

재숙   수간호사님!
경자   !!
재숙   왜 나와 계세요? 곽영실 씨는요?
경자   원장님... 경선이 (하다 이듬을 보고) 아니 영실이가 사라진 거 같아요.
이듬   (놀라) 무슨 소리예요? 엄마 여깄다고 했잖아요! (하는데)

이때, 이듬 핸드폰 문자 수신음 들린다.
이듬, 얼른 보면... 정신을 잃은 채 쓰러진 영실 사진이다!

9.   달리는 철영의 자동차 안 / 밖 (밤)

운전석에 앉은 누군가의 모습(철영이지만 잘 보이지 않는) 보이고...
뒷좌석에 정신 잃은 채 쓰러져있는 영실 보인다.

10.   서 있는 진욱의 자동차 안/밖 + 달리는 갑수의 자동차 안/밖 (밤)

이듬, 얼굴 하얗게 질려 조수석에 앉은 채로 전화기만 노려보는데...
이때 진욱이 문 열고 운전석에 올라타더니...

진욱   사진 보낸 전화번호 조회해봤는데... 대포폰인 거 같아요.
         일단 손계장님한테 연락해서 위치 파악하라고 했어요.
이듬   (미치겠다) ...
진욱   다시 전화 온 건데다.
         사진으로 겁주는 거 보면 분명 목적이 있어요.
이듬   목적? (하는데)

때마침 전화 걸려온다.

이듬   (긴장해) 당신 누구야? (하면)

갑수   (소리) 마이듬 검사님?

이듬   (낯익은 목소리에 쿵!) 조갑수?

진욱   (그 소리에 놀라 보는데) !!

운전 중인 갑수, 핸드폰 블루투스로 연결해 통화하고 있다.

이듬   ... 우리 엄마, 당신이 데려갔어?

갑수   ... 그러게 와 내를 벼랑까지 내미노?

이듬   (눈앞이 캄캄해지는) ...

갑수   내 여까지 어떻게 왔는지 아나?

        내 물어뜯으려고 댐비는 놈들, 숨통 끊고 모질게 밟아가며 왔다.

        니 같은 애송이한테 당할 내가 아니다 이말이다.

이듬   (정신줄 부여잡으려 애쓰는) ... 됐고, 우리 엄마 어떻게 했어?

갑수   아직 살아있다.

이듬   (욕지기가 나오는) 야 이 개만도 못한 놈아.

        우리 엄마 털끝이라도 건드려봐. 너 가만 안 둬.

        끝까지 쫓아가서 내 손으로 죽일 거야.

갑수   (재밌다는 듯 웃는다)

진욱   (이성을 잃은 이듬이 걱정돼) ... 마검사님. 일단 어머니부터...

이듬   (그 말에 다시 정신줄 잡는) ... 우리 엄마 보여줘! 전화 바꾸라고!

갑수   보구 싶음 수첩 갖고 온나.

이듬   뭐?

갑수   백상호 원본 수첩 말이다.

        한 장도 찢지 말고 고대로 갖고 온나.

이듬   (어이없는) 수첩 때문에 우리 엄말 납치한 거야?

        지금 와서 그 수첩으로 뭘 할 수 있는데?

갑수   그건 내 알아서 할 끼다. 니는 수첩만 갖고 온나.

이듬	그럼 우리 엄마부터 돌려보내. 엄마 확인하면 수첩 줄게.
갑수	... 끝까지 웃기는 가스나네.
이듬	뭐?
갑수	... 느그 엄마 송장으로 보고 싶나?
이듬	!!
갑수	한 번 죽인 사람 두 번은 못 죽이겠나?
이듬	조갑수!!
갑수	앞으로 딱 1시간 줄 끼다.
	느그 엄마 살아서 보고 싶으면 수첩 가져 온나. (끊는다)
이듬	!!!

11.　특검 사무실 안 (밤)

패닉 상태로 정신없이 사무실에 들어서는 이듬.
진욱이 이듬을 뒤따라 들어온다.
이듬, 자신의 자리로 가서 서랍장 잡아당기는데 잠겨있고,
거칠게 여러 번 잡아당기다 책상 위에 있는 작은 수납상자를 뒤집어엎는다.
쏟아져 나온 물건들 사이에 섞여있는 열쇠를 찾아 서랍장 문을 여는 이듬.
그 모습 지켜보던 진욱, 이듬을 막을 수 없어 보고 서 있는데
이듬, 서랍장에서 수첩 꺼내든다.
그때, 어느새 이듬 쪽으로 다가온 민부장이 이듬의 손을 붙잡는다.

민부장	마검!
이듬	특검님. 미안해요. 이거 안 들고 가면 지금 우리 엄마 죽게 생겼어요.
민부장	얘기 다 들었어. 일단 진정해.
	조갑수 수첩 손에 넣기 전까진 절대 어머니 못 건드려.
이듬	특검님!
민부장	내 말 믿어. 지금 이대로 나갔다간 수첩은 수첩대로 뺏기고
	어머니 안전도 보장 못해.
진욱	맞아요. 조갑수 순순히 어머니 넘기지 않을 거예요.

이듬	(하아... 미치겠는데)
민부장	(진욱에게) 조갑수가 만나자고 한 장소가 어디야?
진욱	영파동에 있는 영파산 쪽이요.

그때, 손계장이 다가온다.

손계장	아까 알려주신 대포폰 위치, 주영동으로 확인됐어요.
이듬	주영동이요? 확실해요?
손계장	(끄덕) 네.
진욱	역시... 수첩만 뺏고, 어머닌 넘기지 않을 계획이었네요.
민부장	일단 여검이 주영동으로 가서 마검 어머니부터 찾아.
이듬	(벌떡 일어나며) 그럼 난 수첩 들고 조갑수 쪽으로 갈게요.
민부장	마검 혼자 위험해. 구계장님 하고 같이 가.
이듬	아뇨. 혼자 갈게요. 괜한 의심 받으면 엄마한테 무슨 짓 할지 몰라요.
진욱	괜찮겠어요?
이듬	걱정 마요. 나 조갑수한테 그 어떤 것도 넘길 생각 없어요.
	여검이 엄마 찾아내면 수첩도 가지고 돌아올 거예요.
	부탁해요. 내가 어떻게든 시간은 끌어볼게요.
진욱	(걱정 되는 눈빛) 최대한 빨리 찾겠습니다.

12.   영파시 야산 일각 (밤)

야산 일각에 택시가 서고, 이듬이 허둥지둥 내린다.
불안한 시선으로 두리번거리다 걸음 멈추는 이듬의 시선 끝,
저쪽에 갑수가 자동차 등지고 비열한 웃음 보이고 있다.
이듬, 혹시 영실이 있나 차 안을 보는데 어두워서 안 보인다.
핸드폰을 꾹 쥔 채로 갑수에게 다가가...

이듬	엄마는?
갑수	수첩은 가꼬 왔나?

이듬	우리 엄마부터 확인해야겠어.
갑수	니가 그레 큰소리칠 입장은 아닐 텐데?
이듬	피차 마찬가지 아닌가?
	(수첩 들어 보이며) 당신도 이 수첩이 꼭 필요하잖아, 지금?
갑수	순순히는 못 주겠다 이말이가?
이듬	하나만 묻자.
갑수	?
이듬	나랑 우리 엄마한테 왜 이렇게까지 하는 거야?
갑수	몬 소리고?
이듬	대체 무슨 원한이 있다고 이렇게까지 하난 말이야?
갑수	(피식) 시작은 느그 엄마가 했다–
	니한테도 경고했다 아이가, 나대지 말라고.

이듬, 슬쩍 핸드폰 한 번 내려다보는데 아직 아무런 연락 없고,
아무 말이나 생각나는 대로 뱉어 댄다.

이듬	조갑수! 수첩으로 뭐라도 할 수 있을 거 같아?
	웃기지 마. 수첩 없어도 지금까지 있는 걸로도 정황증거 충분히 넘쳐.
	당신 못 빠져나와. 거기다 지금 납치에 살인협박까지 합치면
	최소 무기징역이라고.
갑수	(하... 어이없다는 듯 웃더니 핸드폰 꺼내 철영에게 영상통화 건다)
이듬	뭐하는 거야? (하면)
갑수	(이듬 눈앞에 영상통화 화면을 들이미는데)

– 인서트 / 영상통화 화면
컨테이너 박스 안에 쓰러져있는 영실.
철영이 영실의 주위에 열심히 휘발유를 뿌리더니 지포라이터를 꺼낸다.

충격으로 얼굴 굳는 이듬!!!

13.   공터 - 한국대 제2캠퍼스 부지 일각 (밤)

진욱, 손에 핸드폰 위치 추적기 켜놓은 채 다급한 시선으로
영실을 찾아다니는데... 공터에 컨테이너 박스 몇 개만 있고
인기척이 들리지 않는다.
그러다 저 멀리 컨테이너 박스 창문에 희미하게 불빛 보이자...
후다닥 그쪽을 향해 뛰는데...

14.   영실이 갇힌 컨테이너 박스 안 / 밖 (밤)

정신 잃고 쓰러진 영실을 보던 철영, 누군가의 발소리가 들리자
얼른 라이터를 닫고 불을 끈다.
이때 다가온 진욱, 창문 안을 들여다보는데 어두워 보이지 않고-
문도 잠겨있다. '아닌가?' 하는 표정으로 고개 갸웃거리다
다른 컨테이너 박스로 가는데...

15.   영파시 야산 일각 + 갑수의 자동차 안 / 밖 (밤)

갑수와 대치하고 있는 이듬.

갑수   시간 없다. 빨리 결정해라-
이듬   (수첩 든 손이 부들부들 떨리는)
갑수   싫으면 할 수 없고- 20년 전에 헤어진 엄마라 별 정이 없나?
       됐다 마- 그 수첩 니 해라- (전화기 들어올리며) 철영아...
이듬   (다급) 알았어! 수첩 줄 테니까 우리 엄마한테서 떨어지라고 해.
갑수   (피식, 전화기에 대고) 들었지? 나와라. (하고 이듬 보면)
이듬   (수첩을 패대기치듯 던진다) 자, 말해. 우리 엄마 어딨어?
갑수   (발밑에 떨어진 수첩을 집어 들더니 전화기에 대고) 됐다.
       이제 다 태워 삐라-

이듬	안 돼!!!
갑수	(전화기 화면 들어서 이듬에게 보여주면)

- 인서트 / 영상통화 화면
컨테이너 박스 앞에 서 있던 철영, 들고 있던 라이터를 안에다 툭 던진다.
순식간에 불길이 확! 오르는 박스 안.

이듬	(경악) !!!
갑수	(전화기 내리더니 차에 올라타 시동을 건다)
이듬	조갑수! (차 본넷 마구 두드리며) 저기 어디야? 우리 엄마 어딨어!

갑수, 부왕! 액셀을 밟으며 산 아래쪽으로 내려가버린다.
이듬, "야!!!" 하며 쫓아가는데... 이때 저편 아래쪽으로
화르르- 올라오는 불길이 보인다.
보면 아래쪽으로 보이는 공터 컨테이너 박스 하나가 화염에 휩싸인 모습!
이듬, 급하게 몸을 돌려 공터 방향으로 내려가고...

16. **야산 내려가는 길 (밤)**

돌과 흙으로 뒤섞인 산길에 미끄러지기를 여러 번.
온몸이 흙투성이가 되어 뒹굴다시피 하며 아래쪽으로 내려가고 있는 이듬.
"엄마... 엄마." 부르짖으며 눈물범벅이다.
그 옆으로 화르르르- 불길이 치솟아 오르는 게 더욱 선명하게 보인다.

17. **공터 - 한국대 제2캠퍼스 부지 (밤)**

가까스로 공터에 도착한 이듬.
불길에 휩싸여있는 컨테이너 박스 쪽으로 다가가는데
뜨거운 불길에 가까이 다가갈 수가 없다.

가까이 가자 더욱 거센 불길에 당황하는 이듬.

이듬   (넋 나간 표정으로) 엄마... 엄마!!! 엄마 조금만 기다려...

이듬, 두리번거리며 주위에 물이 있는지 급하게 찾는데
이듬의 시야에 수돗가가 보인다.
정신없이 그쪽으로 뛰어가 물을 틀려는데 물이 나오지 않는다.
안타까움에 발을 동동 구르는 이듬.
"엄마.. 엄마... 어떡해... 어떡해 엄마..."
다시 컨테이너 쪽으로 들어가려 여러 번 시도하다가
치솟은 불길에 어쩌지 못하다가 이내 바닥에 털썩 주저앉는다.
그때, 컨테이너 문 쾅! 발로 차는 소리 들리더니
불속에서 물에 젖은 진욱이 영실을 업은 채 나오는 모습!
"엄마!!!" 다가가는 이듬.
진욱, 바닥에 영실을 내려놓고 상태 살피는데,
연기를 많이 마셔 의식을 잃은 상태다.

진욱   (콜록 거리며) 걱정 마세요. 응급차 금방 올 거예요.
이듬   (눈물범벅으로 영실 잡고) 엄마... (하는데)

18.   다난종합병원 외경 (밤)

19.   동 - 일각 (밤)

진욱, 손계장과 통화 중이다.

진욱   박철영은요?
손계장   (소리) 방금 검거됐구요. 관할서에서 조사 중이래요.
진욱   조갑수 위친 확인됐습니까?

| 손계장 | (소리) 지금 추적 중에 있습니다. |
| 진욱 | 특검님한테도 마검사님 어머니.. 잘 구출됐다고 전해주세요. |

20. 동 - 응급실 안 (밤)

침대 위에 누운 영실, 정신이 들어 가물가물 눈을 뜨면-
자신의 손을 꼭 잡은 채 잠든 이듬이 옆에 있다.
흙투성이에 꾀죄죄한 꼴의 이듬을 보는 영실,
'이 아가씨가 내 딸이구나' 싶은... 뭔가 낯설고 이상한 기분으로
이듬을 빤히 보는데... 기척에 눈을 뜬 이듬.

이듬	엄마!
영실	!
이듬	일어났어? 괜찮아?
영실	(어색해서 보는) ...
이듬	많이 놀랐지 아까? 의사 그러는데 연기 많이 마시긴 했는데- 괜찮을 거래. 특별한 이상은 없대.
영실	(끄덕하며 보는데) ...
이듬	... 우리 진짜 오랜만이다, 그치?
영실	... 미안해요. 내가 (기억을 못해서)
이듬	괜찮아. 나두 알아. (씨익 웃으면)
영실	TV로 봤을 때보다 더 이쁘네요.
이듬	봤어? 나 의사 될라 그랬다 검사 됐다? 기억나? 나 돈 많이 벌어서 엄마 호강시켜준다 그랬잖아.
영실	(난감한 미소로 고개 젓더니) 미안해요.
이듬	아유 엄마. 딸한테 미안해요가 뭐야.
영실	(여전히 미안하고 난감한 표정)
이듬	(아차 싶어) 아냐 괜찮아. 엄마 편할 대로 해. 기억 안 나면 어때, 내가 다 기억하는데...
영실	(자기도 모르게 눈물 툭 나는데)

이듬	엄마 괜찮다니까.
영실	아니에요. 그런 거. (눈물 훔치고) 이상하게 아가씨만 보면 눈물이 나네요.
이듬	(보다가 피식) ... 그래두 엄마 눈은 나 기억하나 보다.
영실	!
이듬	그럼 (하더니 지갑에서 사진 꺼내 보여주며) 이거 보면 더 금방 기억날지도 모르겠다.
영실	(보면 10살 이듬과 찍은 사진이다) !
이듬	하나도 안 변했지? 엄마 이때랑 똑같아.
영실	(묘한 느낌으로 사진 속 자신과 이듬의 얼굴을 만지는데)
이듬	이제 어디 가지 마. 알았지?
영실	(이듬의 절실한 표정에 짠한 느낌이 든다)

이때 경자와 진욱이 들어온다.

영실	언니!
경자	괜찮아? (하다가 이듬과 눈 마주치자 죄인처럼 고개 떨군다)

21.   동 - 실내 일각 (밤)

이듬, 경자, 진욱과 마주 서 있다.

이듬	대체 언제까지 숨기려 그랬어요?
경자	... 미안해요.
이듬	백번 양보해서 조갑수 때문에 그동안 숨었다 쳐요. 그럼 나 부진도 갔을 때는요? 그때라도 말했어야죠.
경자	...
이듬	진짜 어이가 없어서...
진욱	... 마검사님.
경자	... 미안해요, 아가씨. 내가 정말 큰 잘못했어요. 그치만 경선이 진짜 동생으로 생각하면서 살았어요.

이듬	(원망으로 보다가) ... 고마워요.
경자	?
이듬	우리 엄마 저렇게 살아있게 지켜줘서.
경자	(울컥하는데)

22.   동 – 응급실 안 (밤)

영실, 이듬이 주고 간 사진을 짠한 표정으로 들여다보는데...

민부장	(소리) 실례합니다.

보면, 민부장이 영실 앞에 서 있다.

민부장	곽영실 씨 맞죠, 마검사 어머니.
영실	누구세요?
민부장	저 민지숙이라고 합니다. 마검사 직장 상사예요.
영실	(놀라) 아 네.
민부장	... 많이 놀라셨죠. 이렇게 살아있어줘서 고마워요.
영실	... 혹시 예전에 절 만난 적이 있나요?
민부장	만날 뻔했죠. 20년 전에요. 그때 만났더라면 (하다가) ... 암튼 다행이에요. 마검사가 어머니 얼마나 보고 싶어 했는지 몰라요.

23.   다시 동 – 응급실 안 (밤)

경자, 이듬, 진욱 서 있는데... 이때 진욱 핸드폰 울린다.

진욱	네. 손계장님!
이듬	?

진욱	알겠습니다. 그쪽으로 갈게요. (끊고는) 조갑수 위치 잡혔대요. 어머니하고 있어요, 내가 갔다 올게요.
이듬	뭔 소리에요, 조갑수 잡는데 나두 가야죠.
경자	?
이듬	조갑수 내 손으로 잡을 겁니다.
진욱	그래두...
경자	영실이는 내가 잘 지키고 있을게요.

24.   다시 동 - 응급실 (밤)

이듬, 진욱, 경자 들어오면- 민부장, 영실과 함께 있는 모습.

이듬	특검님!
민부장	마검사. 어머니 만나서 좋지?
이듬	네, 좋아요. (하더니) 엄마. 나 잠깐 어디 좀 갔다 올게.
영실	(어색한 반말) 어디 가려구...
이듬	응. 일하러. 금방 올 거야. 걱정 마. (하고 민부장을 보면)

민부장, 이듬의 마음을 알겠다는 듯 고개 끄덕여준다.

25.   영파시 일각 - 갑수의 차 안 / 밖 (밤)

운전석에 앉아 있는 갑수, 손에 수첩을 들고 펼쳐보고 있다.
그러다 어느 페이지에서 시선 멈춘다.

- **인서트** / 백상호 원본 수첩 내용
[박명회에게 숨겨진 딸이 있다. 명월관 김마담 사이에서 난 딸이다.
딸에 대한 사랑이 각별하다. 현재 예술중학교 2학년으로
피아노과에 다니고 있다. 딸의 연주회에 스폰을 대달라고 해서

2천만 원을 현금으로 보냄.]

비열한 미소로 보는 갑수.

26. 몽타주 – 버림받는 갑수 (밤)

    – 총리 관저 앞 / 갑수의 차 안 (밤)
    운전석에 갑수, 조수석에 명회 타 있는 것 보인다.
    심기 불편한 표정을 짓고 있는 명회.

명회 자네 아직도 상황 파악이 안 되나?
     지금 이 따위 협박으로 특검을 막아달라고?
갑수 ... 총리님?
명회 막말로 똥물은 이미 뒤집어썼는데–
     사랑하는 내 딸 존재 밝혀진다고 뭐가 문제가 되겠나?
갑수 내연녀 사이에 딸이 있다는 게 알려지면
     총리님 정치 인생에 치명탈 텐데요?
명회 치명타? 숨겨진 딸 건사하며 살았던 게 치명탈까,
     딸 같은 여자 끼고 놀은 거 알려진 게 치명탈까?
갑수 (얼굴 일그러진다)
명회 다신 찾아오지 말게–

    명회, 차문 열고 나가버린다. 명회의 태도에 당황하는 갑수.

    – 중앙지검장 자택 앞 (밤)
    갑수, 지검장과 마주 서 있다.

갑수 (수첩 들어 보이며) 원본 수첩도 제 손에 들어왔습니다.
     이번에만 잘 빼내주시면,
     지검장님 퇴임 후는 저 조갑수가 책임지겠습니다.

지검장   (허-) 조갑수 씨!

갑수   (조갑수 씨??)

지검장   남 퇴임 후 걱정 마시고, 본인 앞가림이나 잘 하시죠.
       그리고, 그간에 정으로 충고하겠는데
       이쯤에서 자수하고 광명 찾는 게 좋을 겁니다.
       그래야 일이 년이라도 감형 받을 거 아닙니까?

       지검장, 자기 할 말만 하고 홱- 집 안으로 들어가버린다.
       굳게 닫힌 문 앞에서 황당한 표정이 되는 갑수.

       - 경찰청장 자택 앞 (밤)
       갑수, 문을 두드리며 소리를 친다.

갑수   문청장! 이거 봐 문청장!!

       그때, 덜컹 문 열리더니 안에서 나오는 덩치 두 명.
       갑수가 약간 놀란 표정으로 흠칫하면
       덩치들 갑수에게 달려와 확 들어올리더니
       갑수를 멀리 내동댕이치고 안으로 들어가버린다.
       바닥에 고꾸라지는 갑수, 모멸감에 손이 부들부들 떨리는데
       눈앞에 떨어져있는 수첩 보인다.
       수첩을 보자 괜히 허망한 웃음이 터지는데,
       옷을 탈탈 털고 일어나 수첩을 집어 드는 갑수.
       어깨가 축 처진 채 터벅터벅 걸어가는 처량한 뒷모습.

27.   진욱의 달리는 차 안 / 밖 (밤)

       이듬과 진욱, 차에 타 있고
       차 안에 블루투스로 연결된 전화 너머로 손계장의 목소리 들린다.

손계장   (소리) 두경산이에요. 그쪽에서 이동 멈췄습니다.

진욱, 이듬 손계장의 연락에
'두경산? 설마...?' 싶은 표정으로 서로를 바라보는데.

28.   두경산 전망대 (밤)

갑수, 터덜터덜 무거운 발걸음으로 전망대에 선다.
그리고 툭... 수첩을 떨어뜨리더니
자신의 처지가 너무 한심하고 처량한 갑수,
무릎을 꿇고 앉아 오열하기 시작한다.
그때, 갑수의 뒤쪽에서 들리는 상호의 목소리.

상호   형님, 많이 힘드십니까?

갑수, 벌떡 일어나 뒤를 돌아보는데
상호가 갑수의 앞에 서 있다.
상호를 보자 더 울컥하는 갑수.

갑수   상호야...
상호   (갑수를 보고 미소 짓는)
갑수   미안타- 내가 니를 그레 보내는 게 아니었던 기라...
        니를 놓고... 다 잃었다...
상호   이제, 제가 모시겠습니다. 저랑 같이 가시죠.
갑수   (격하게 고개 끄덕이는) 그래... 같이 가자...

갑수, 목에 삐뚤어지게 매저 있던 넥타이를 풀어 들고
근처에 놓여있는 둥글넓적한 돌덩이 몇 개를 모아 바닥에 쌓아올리더니
아슬아슬하게 돌무더기를 밟고 올라서
나뭇가지에 넥타이를 고리 모양으로 묶는다.

갑수, 상호를 한 번 더 쳐다보는데 이미 사라지고 없는 상호.
갑수, 묶여있는 넥타이 고리를 회환에 찬 표정으로 쳐다보더니
실성한 마냥 울다 웃다 하며 목을 집어넣는다.

이듬   (소리) 조갑수 안 돼!!

이때, 갑수를 향해 뛰어 올라오고 있는 이듬과 진욱의 모습 보이고,
두 사람의 모습을 확인한 갑수가 딛고 있던 돌무더기를 발로 힘껏 차며
넥타이에 턱! 매달린다.
놀라는 표정의 이듬과 진욱.

29.   특검 사무실 – 브리핑룸 (다음날 아침)

단상에 올라선 민부장, 기자들 플래시 세례 받으며,
종이에 적힌 내용을 읽으며 마지막 소회 밝히고 있다.
그 뒤로 이듬, 진욱, 장검, 서검, 윤검이 굳은 표정으로 서 있다.
기자들 뒤쪽으로 손계장과 구계장도 보인다.

민부장   (무거운 표정으로) 핵심 수사 대상의 갑작스러운 사고로
이번 특검 수사가 절반에 미치지 못한 채 끝나게 된 점,
국민 여러분께 사과드립니다.
(결연한 표정으로 바뀌며) 그나마 다행인 점은
이번 특검을 통해 고질적인 병폐인
고위층의 성접대 관행에 대해 경종을 울릴 수 있었다는 겁니다.
사실 우리 사회엔 조갑수와 같은 자들이 많습니다.
일말의 죄의식도 없이 성을 이용해 이득을 챙기고 권력을 나눠먹는
그런 자들 말입니다. 그것이 범죄이고 불법임을 입증하는데-
20년이 걸렸습니다. 다시는 조갑수와 같은 자들이
우리 사회를 썩게 만드는 불행이 일어나지 않기를 바랍니다.

단상 옆으로 나와 비장한 표정으로 인사하는 민부장,
그 뒤로 서 있던 특검팀 전원도 함께 고개 숙이는 모습 위로
플래시 세례 쏟아진다.

30.   특검 사무실 안 (낮)

수사관들, 수사 기록 박스들을 밖으로 나르는 분주한 모습 배경으로
민부장… 이듬, 진욱을 비롯한 특검팀 식구들에게 마지막 인사 중이다.

민부장 표정들 왜 그래? 다 진 사람들처럼 (피식 웃고)
장검 아쉽긴 하네요. 성접대라는 게 어차피 강요죄밖에 안 돼서
    빠져나갈 사람들, 거진 다 빠져나가고…
민부장 재판 아직 안 끝났어. 그러니까 잘해야지, 앞으로.
손계장 맞아요. 원래 다른 특검은 검찰에서 공판 맡는데-
    이번엔 여기 특검에서 나가잖아요.
구계장 특검도 원스톱이네요. 여아부처럼.
민부장 (그 말에 웃으며) 마검, 여검.
이듬/진욱 네.
민부장 두 사람 믿을게. 재판에서 잘 마무리해줘. 알았지?

이듬과 진욱, 진지한 표정으로 고개 끄덕인다.

31.   법원 외경 (다른 날 낮)

재판장 (소리) 2017고합8771호 업무방해 등 사건과
    2017고합 8776호 중강요 등, 2017고합8960호 살인, 2017고합8992호
    살인교사 사건을 병합하여 공판을 진행하도록 하겠습니다.

32.　　형사 대법정 안 (낮)

합의부 재판, 우정미 판사와 양쪽에 부심판사 각각 앉아있다.

재판장　피고인 나왔습니까? (하면)

검사석에 앉은 이듬과 진욱, 방청석을 가득 메운 기자들과
그 사이로 보이는 민호, 연희, 허변... 2층에 서 있는 민부장 모두
피고인석을 향해 시선 주는데...

갑수　　(소리) 네!

피고인석에 앉아있는 갑수, 그제야 보인다.
옆으로 성의 없는 표정으로 앉아있는 국선변호사.

　　　- 플래시백 / 두경산 전망대 (16부 28씬 연결)
넥타이로 목을 맨 갑수를 발견하는 이듬과 진욱.

이듬　(진욱에게) 조갑수 잡아요!!

진욱, 쏜살같이 달려들어 "놔! 놔!!" 발버둥치는 갑수의 다리를 붙잡고-
이듬이 갑수가 발로 차 무너진 돌무더기를 다시 만들어 밟고 올라가
나무에서 넥타이를 풀어낸다.
털썩! 갑수와 진욱 한꺼번에 바닥에 쓰러지고
갑수 '콜록콜록' 기침 심하게 하고 있으면
나무에서 내려온 이듬, 갑수에게 다가가 말한다.

이듬　(노려보며) 이렇게 쉽게 죽으면 안 되지,
*　　　　법정 가서 죗값 받아야지, 조갑수!*

　　　- 다시 법정 안

재판장   검사 측 모두진술하세요.

자리에서 일어서는 진욱, 앞으로 나가 말한다.

진욱   피고인 조갑수는 불법 로비 공간을 만들어 부당이득을 취하고,
여종업원들에게 성로비를 강요, 접대를 하게 하였으며,
이를 발설 시 죽일 수 있다는 협박을 일삼았습니다.
한국대와 고위층 인사들 사이에 브로커로 입학비리를 주도했고,
이 과정에서 이득을 취한 것으로 확인됐습니다.

진욱, 갑수 쪽으로 다가가 진술 이어간다.
이를 무표정하게 보는 갑수.

진욱   또한 피고인은 자신의 치부가 드러나는 것을 막기 위해
무고한 피해자를 여러 차례 죽이려 시도하였고,
자신의 범죄 행위를 덮어씌우기 위한 목적으로
타인에게 살인을 지시하는 등 파렴치한 행동을 일삼았으며
증거를 인멸하려는 목적으로 직접 살인을 행하기도 하였습니다.
갑수   (그래서? 하는 눈빛으로 쏘아보는데)
진욱   이에 본 검사는 피고인 조갑수에 대해,
형법 326조 중강요죄, 형법 129조 뇌물죄와 132조 알선수뢰,
123조 직권남용, 231조 사문서위조와 314조 업무방해,
그리고 형법 253조 위력에 의한 살인 및
형법 250조 1항에 31조를 적용하여 살인교사한 혐의까지
총 8개 부문에 관한 공소를 제기하는 바입니다.

진욱의 모두 진술이 끝나자
방청석에 있던 기자들 너무 많은 공소 사실에 웅성대는 분위기.
여전히 별 표정 변화 없는 갑수 보인다.

33.   법원 앞 (낮)

법원을 배경으로 선 기자가 뉴스 전한다.

기자   자살을 기도해 생명이 위독한 것으로 알려졌던
       조갑수 전 영파시장이 오늘 법정에 모습을 드러냈습니다.

       – **인서트** / 자료화면
       굳은 얼굴로 법원 들어서는 미결수 복장의 갑수 모습 보이고...

기자   (소리) 조 씨 측은 건강 악화를 이유로 구속집행정지 신청을 했으나
       상태가 호전되었다는 담당 의료진의 증언에 의해 기각되었습니다.

34.   병원 로비 (낮)

환자복 차림으로 TV 앞에 앉아있던 영실의 눈이 커진다.
보면 TV에 자신을 납치했던 조갑수가 나오고 있다!

TV   (소리) 현재 기소된 조갑수의 공소사실은 직권남용, 알선수재,
       중강요, 뇌물수수 등 총 여덟 건으로... 기존에 알려졌던 혐의 외에
       살인 및 살인교사 혐의가 추가되어 충격을 주고 있습니다.
영실   (중얼) 조갑수?
TV   (소리) 검찰에 따르면 조 씨는 지난 96년,
       형제공장 성고문 사건 재판 승소를 위해...
       제보자로 나선 피해자를 납치 및 감금하고
       살해하도록 지시한 것으로 알려졌습니다.

영실   96년? (하는데)
경자   (소리) 경선아!

영실	(보면 경자가 물통 들고 서 있다)
경자	(영실의 심상치 않은 표정을 보자 뭔가 있구나 싶은데) ...

영실	(소리) 말해!

35.   동 - 다른 일각 (낮)

경자와 영실, 실랑이 중이다.

영실	조갑수가 나한테 무슨 짓 했는지 언니 알잖아.
경자	경선아.
영실	나도 나한테 무슨 일이 있었는지 좀 알자.
경자	몸이나 좀 추스르면... 어? 그때 천천히 얘기해줄게.
영실	(버럭) 언니 진짜 이럴 거야?
	언제까지 쉬쉬하면서 나 바보 만들래?
경자	경선아...
영실	나 이듬이한테 미안해서 그래.
	엄마라는 사람이 20년 만에 나타나서 민폐만 끼치고 있잖아.
	나 기억 빨리 찾아야 돼. 그러니까 말해.
	대체 조갑수하고 무슨 일 있었어?
경자	... (고개 저으며) 못해.
영실	언니!
경자	잠깐 묻어두고 있자? 응? 20년도 지난 일이야.
	그리고 조갑수 잡혔잖아. 이제 너 괜찮아. (하는데)

영실, 문득 떠오르는 표정이 된다.

- 플래시백 / *16부 22씬*
민부장 만날 뻔했죠. 20년 전에요. 그때 만났더라면...

36.   정소법률사무소 (낮)

민부장, 재판 보러 가기 위해 가방 챙겨 일어서는데...
똑똑- 노크 소리에 보면, 영실이 조심스레 문을 열고 들어온다.

민부장   (놀란) 곽영실 씨? 여기 어떻게...
영실   저... 20년 전에 만날 뻔했다 그랬죠?
민부장   네.
영실   ... 그때 무슨 일 있었는지 알고 싶어요.
민부장   !

        (시간 경과)

        이미 사정 들은 영실, 충격에 얼떨한 표정이고... 민부장도 마음 무겁다.

영실   ... 내가 성고문 피해자였다구요?
민부장   네. 그때 사건을 담당했던 검사가 저였어요.
        조갑수 1심 재판 무죄로 풀려났을 때 곽영실 씨가 저한테
        제보하겠다고 연락했고요.
영실   (순간 눈앞이 깜깜해지는) 아...
민부장   죄송합니다. 제가 그때... 조갑술 제대로 잡지 못한 바람에...
        지난 20년간 동안... 이런 끔찍한 일들을 겪게 했네요...

37.   거리 (낮)

        혼란스러운 표정으로 휘청휘청 걸어가던 영실,
        건물 뉴스 전광판 보고 걸음 멈춘다.
        미결수 차림으로 법원을 향하는 갑수의 모습 위로
        뉴스 자막 [조갑수 전 영파시장, 살인 및 살인교사 등 혐의로 재판]

*- **플래시백** / 앞 씬 이어서*

영실 이듬이도... 이 사건... 다 알고 있나요?

민부장 ... 얼마 전에요.

영실 !

민부장 마검사, 곽영실 씨 사건 알게 된 다음부터...
　　　　조갑수 잡으려고 많이 애썼어요.
　　　　엄마 그렇게 만든 놈, 자기 손으로 꼭 벌준다구요.

영실, 화면 속 조갑수를 보자, 뭔가 결심한 표정이 되는데...

38.　　대법정 안 (낮)

재판장 증인들 호명하겠습니다.
　　　　검사 측 증인... (서류 보며) 김호경, 박명회, 진연희, 허윤경...
　　　　모두 오셨습니까? (하면)

방청석 앞줄에 앉아 있던 미결수 복장의 호경을 비롯해
네 사람 모두 "네." 하고 일어선다. 갑수, 그들을 바라보는 표정.

(시간 경과)

(각각 개별 사건의 증인으로 출석한) 호경, 명회, 연희, 허변이
갑수를 향해 원망, 분노, 인신공격 등을 뱉어내는 모습이
짧게 짧게 보여진다.

호경 총리에 장관에 국회의원 자식에 그 자식들까지...
　　　　조갑수 저 인간, 자기한테 이득이 될 만한 사람만 나타나면
　　　　눈이 벌개서 접근하더군요.
　　　　그러고는 한국대에 넣어준다 꼬드기는 거죠.

뒤에서 일이등 하는 돌머리들, 명문대에 넣어준다는데,
누가 싫어하겠습니까?

갑수   (표정 변화 없이 보는)...

(짧은 시간 경과)

증인석에 명회 앉아있다.

명회   도무지가 후안무치하기 짝이 없는 잡니다.
아밤중에 집까지 쳐들어와 특검 안 덮어주면-
숨겨놓은 니 딸을 공개한다고 나를 협박했어요!

갑수   (어이없다는 듯 보는) ...

(짧은 시간 경과)

증인석에 연희 앉아있다.

연희   내가 그때 옆에서 통화하던 걸 똑똑히 들었어요.
언니는 이제 그만 나가고 싶다고...
배우 안 시켜줘도 된다고 울면서 비는데...
조갑수 저 인간이 그랬어요, 살고 싶으면 나가라고...
아버지뻘 되는 늙은 남자한테 보내서 억지로 성접댈 시켰어요.

갑수   (같잖다는 듯 웃는) ...

(짧은 시간 경과)

증인석에 허변 앉아있다.

허변   조갑수 피고인, 특검 막으려고 조폭까지 동원했습니다.
정소법률사무소에 있던 모든 자료들 다 털어와서
불 지르는 걸 똑똑히 봤구요.

그러면서 민지숙, 당분간 못 기어나올 거라고 좋아하는데...
깊은 환멸이 느껴지더군요. 이것이 그때 태우다 만 수사 자룝니다.
(하더니 책상 밑에서 비닐백에 담긴 불에 타다 만 수사기록 꺼내면)

진욱 (그것을 받아 실무관에게 건네며) 증거로 제출합니다.

허변, 얄미운 미소로 갑수를 보면 갑수도 쏘아본다.

(시간 경과)

이번엔 증인석에 민호 앉아있고- 이듬이 신문 중이다.
자막 [백상호 살인 사건 증인 신문]

이듬 증인이 형과 마지막으로 만난 곳이 어디죠?
민호 구치소 접견실이었습니다.
이듬 무슨 얘길 했죠?
민호 살인 혐의에서 빼내준다고요.
이듬 어떻게요?
민호 조갑수가 결정적인 증걸 갖고 있다고 했습니다.
      안태규가 공수아를 때린 동영상이요.
      그걸 증거로 제출하면 나갈 수 있다고요.
이듬 동생에 대한 사랑이 지극했군요.
      살인 혐의를 쓴 증인 때문에 많이 괴로워했겠네요?
민호 ... 네.
이듬 혹시 자살을 암시하는 말을 한 적이 있습니까?
민호 아뇨. 오히려 죽고 싶은 건 저였습니다.
      그런 저한테 걱정하지 말라고, 형이 구해준다고,
      재판 잘 끝나면 변호사 다시 할 수 있다고...
      내가 잘되는 모습 보기 전까진 절대 포기 않겠다고 했습니다.
이듬 그렇다면 형의 자살 소식을 들었을 때 어떤 생각이 들었습니까?
민호 (조갑수를 노려보며) 조갑수가 죽였다는 확신이요.
이듬 (재판장을 향해) 재판장님. 피고인의 신문을 요청합니다.

(시간 경과)

이듬, 증인석에 앉아있는 갑수 앞에 서 있다.

이듬   피고인은 두경산에 있는 전망대에서 자살기도한 사실이 있죠?

갑수   네.

이듬   왜 하필 거기였습니까? 집도 있고, 강도 있는데?

갑수   그런 것까지 밝혀야 합니까?

이듬   대답하세요.

갑수   질문부터 제대로 하세요.

이듬   (노려보는데) …

재판장   검사 측! 질문의 의도가 뭡니까?

이듬   죽은 백상호와 피고인의 평소 관계를 소명키 위해섭니다.

재판장   (잠시 생각하다) … 피고인! 답변하세요.

이듬   (들었지? 하는 눈빛으로 보면)

갑수   (마지못해) 평소 즐겨 찾던 곳이었습니다.

이듬   두경산 전망대, 죽은 백상호와도 간 적이 있죠?

갑수   ?

이듬   (수첩 복사 내용 읽는) 2017년 10월 **일.
두경산 전망대에 오랜만에 형님과 갔다.
앞으로 다 잘될 거라 했다.
형님께 마음을 다해 모시겠다고 했다.

갑수   …

이듬   자살 직전 피고인은 수첩을 무기로 마지막 발악을 했고-
모두가 등을 돌리고 모든 게 수포로 돌아가자
한 사람이 떠올랐을 겁니다.
바로 피고인을 위해 오랫동안 충성해온 백상호요.

갑수   … 소설 쓰지 말고 질문을 하세요.

이듬   그런 백상호가 죽기 직전 증인에 대해
수첩에 뭐라고 썼는지도 보셨습니까?

갑수	?
이듬	(다시 수첩 내용 읽는) 민호를 구하기 위해 영상 받아내려
	조갑수를 만나러 간다. 부디 이것이 마지막이 아니길 바라며.
갑수	!
이듬	백상호도 짐작했을 겁니다.
	어쩌면 피고인이 자기를 죽일지도 모른다고요.
	그러면서도 일말의 희망을 걸고 피고인을 만나러 갔죠.
	그런 백상호한테 어떻게 했죠?
갑수	...
이듬	(증거로 가져온 펜을 내밀며) 이 펜을 직접 쥐어주며-
	백민호를 미끼로! 유서를 쓰라고!
	피고인이 저지른 죄를 뒤집어쓰라고 시켰죠!
	그리고 피고인 손으로 직접 죽인 겁니다! 아닙니까?
갑수	(분노를 억누르며) ... 난 죽이지 않았습니다.
	상호 스스로 죽은 겁니다!
이듬	피고인의 지문이 검출된 이 펜도 있고!
	피고인을 만나러 간다는 기록도 있는데, 안 죽였다구요?
갑수	이미 말했습니다!
이듬	그래요! 차라리 저도 백상호가 자살했길 바랍니다.
갑수	뭐라구요?
이듬	(노려보며) 당신처럼 도리도 의리도 없는 무가치한 인간 손에 죽었다면
	얼마나 불쌍한 죽음입니까? 안 그래요?
갑수	(모욕감에 부들부들 떤다) !!!

39.　대법정 앞 (낮)

[개정 중] 불이 꺼진다.

재판장	(소리) 잠시 휴정하겠습니다.

이어, 문이 열리고는 기자들 우르르 나와- 재판 소식을 전하느라
분주한 목소리 들린다.
그 사이로 법정 앞에서 망설이는 표정으로 서 있는 영실이 보인다.

40. 다시 대법정 안 (낮)

영실, 무거운 표정으로 구석 자리에 앉는 모습 위로
자막 [곽영실 살인교사 공판] 뜬다.

재판장 검사 측 신문하세요.

증인석으로 다가가는 재숙이 보인다.
영실, 재숙을 보자 놀라서 쳐다보는데...
진욱, 재숙에게 다가가는데...
순간 두 사람 사이에 복잡 미묘한 시선이 잠시 얽히다가...
재숙이 괜찮다는 듯 고개를 끄덕이면...

진욱 (결심한 듯 입을 여는) 증인이 곽영실을 처음으로 만난 때는 언제였습니까?
재숙 1996년 5월이었습니다.
진욱 당시 증인의 소속은요?
재숙 새날정신병원의 원장이었습니다.
진욱 당시 곽영실 씨 상태는 어땠습니까?
       정신과 의사로서 소견을 묻는 겁니다.
재숙 ... 지극히 정상이었습니다.
영실 (그 말에 놀라 듣는데) ...
진욱 그리고요?
재숙 딸이 있다고... 제발 풀어달라고 매일 철창에 매달려 울부짖었습니다.
이듬 (그 말에 가슴이 아파 눈을 감고)

이때- 영실 번득 스쳐가는 기억이 있는데...

- **플래시백** / 6부 37씬

새날정신병원 안 복도 / 병실 앞
단독 병실에 갇혀 "원장님!!" 다급하게 부르던 자신의 모습
작은 창살문에 매달려...

영실   나 안 미쳤어요. 진짜예요! 원장님도 알잖아요!

영실   (그때 그 여자가 바로 저 여자구나 싶어 소름이 돋고) !!!
재숙   자기는 미치지 않았고 누군가에게 강제로 납치를 당했다 그랬습니다.
진욱   그게 누구죠?
재숙   (조갑수를 보며) 조갑수요.
진욱   증인은 당시 조갑수가 누군지 알고 있었습니까?
재숙   아뇨. 나중에 인터넷으로 찾아보고 알았습니다.
       당시 경찰서장이었고... 형제공장 성고문 사건으로 재판 중에 있었고...
       그 일 때문에 곽영실 씰 납치한 게 아닌가... 짐작만 했다가...
영실   (그 말에 갑수를 보는데) ...
진욱   짐작만 했다가요?
재숙   2003년에 백상호 형사가 와서 곽영실을 죽이라고 청부하면서
       확실하게 알게 됐습니다.
       전직 경찰청장이자 선거에 나가는 분이 계시는데-
       그분이 곽영실 씨가 살아있는 걸 원치 않는다고...
진욱   ... 살인교사를 지시한 사람이 누구라 그랬습니까?
재숙   조갑수요. (하면)
진욱   재판장님 피고인 조갑수의 신문을 요청합니다.

(시간 경과)

갑수, 증인석에 앉아있고 진욱 신문 중이다.

진욱   피고인은 1996년 5월 12일 동양병원에서 곽영실 씨를 납치한 적이 있죠,

인정하십니까?

갑수 기억나지 않습니다.

진욱 당시 피고인과 동행한 백상호 수첩에 이렇게 적혀있습니다.
엘리베이터에서 조갑수 청장님의 86년 성고문 피해자였던
곽영실 발견. 후에 문제가 되지 않게 하기 위해 납치하였음.

그 말을 들은 영실, 순간 떠오르는 기억에 얼굴 하얗게 질리는데!

- 플래시백 / 1부 19씬
삐삐 소리에 돌아보는 갑수, 영실과 눈이 딱! 마주친다.
영실, 나가려는데 갑수 재빨리 닫힘 버튼 누르고 백형사가
승강기 문을 탁 가로막는다.

영실, 그날의 기억에 자기도 모르게 입을 막는데!

갑수 (뻔뻔하게) 그 내용이 사실이란 증거, 있습니까?

진욱 재판장님, 피고인의 당시 범행사실을 기록한 수첩 내용과
같은 날짜에 피고인이 동양병원에서 퇴원했다는 기사가 실린
신문 기록을 증거로 제출합니다. (실무관에게 증거들 주면)

갑수 (어이없다는 듯 보고)

진욱 또한 피고인은 지난 11월 또다시 곽영실 씨를 죽이려 한 사실이 있죠?

갑수 그런 일 없습니다.

진욱 재판장님! 박철영에게 살인을 교사한 피고인의 음성이 담긴
녹취 파일을 증거로 제출합니다. (하고 실무관에게 내밀면)

실무관, 녹취 파일을 튼다.

갑수 (소리) 살아있다 이말이제? ... 처리해라, 둘 다.

그 소리에 방청객들 술렁거리는데...

진욱   피고인은 불과 일주일 전에도 곽영실 씨를 죽이려 한 사실이 있습니다.

갑수   (쏘아보며) 모함입니다!

진욱   재판장님. 곽영실의 딸에게 곽영실을 살해하겠다고 협박한
피고인의 음성 파일을 증거로 제출합니다. (실무관에게 내밀면)

실무관, 또다시 녹취 파일 튼다.

갑수   (소리) 어차피 한 번 죽인 사람... 두 번은 못 죽이겠나.

웅성웅성- 하는 방청객들.

진욱   한 사람을 죽이려 한 게 자그마치 세 번입니다!
피고인은 혹시 곽영실 씨를 사람이 아니라
언제든 밟아 죽일 수 있는 벌레쯤으로 여긴 게 아닙니까?
그렇지 않고서야 어떻게 한 사람의 인생과
그 가족의 인생까지 망가뜨릴 수 있느냔 말입니다!

진욱의 질문에... 조갑수와의 모든 악연이 떠오른 영실,
괴로움에 눈을 감는데... 그 위로 재판장 목소리 들린다.

재판장   (소리) 피고인 측 변호사 최후변론 하실 겁니까?

(시간 경과)

갑수 옆에 앉은 국선변호사, "글쎄요..." 하며 머뭇거리자

갑수   재판장님 제가 변론해도 되겠습니까?

재판장   (보다가) ... 그렇게 하세요.

갑수   (일어나 상체 꼿꼿이 세운 채 웅변하기 시작한다)
... 제 나이 열일곱 살 때 화병으로 돌아가신 아버지가
입버릇처럼 하시던 말씀이 있었습니다.

큰일에는 희생이 따르는 법이고,

누군가의 피땀으로 역사는 진보한다고요.

... 그 말대로 살고 싶었습니다.

제 한 몸 희생해서 세상을 이롭게 하고 싶었습니다.

그래서 열심히 살았습니다. 한 순간도 나를 위해 살지 않고,

나라를 위해 조직을 위해 뜨겁게 살았습니다.

그 과정에서 누군가 희생당했다면- 그건 어쩔 수 없는 일입니다.

이듬, 진욱... 그런 갑수를 보며 할 말을 잃고

방청객들도 어이없는 표정으로 지켜보는데...

갑수   저는 오늘 이 법정에서 저에게 비난의 돌을 던지고-

원망하는 사람들을 보며... 지난 제 인생을 돌이켜봤습니다.

또한 내가 무엇을 잘못했는지 스스로에게 물었습니다.

(고개를 젓는다) ... 열심히 앞만 보고 달린 것밖에 없습니다.

이것 또한 잘못이라면 비난은 받겠습니다.

그렇지만 후회는 일절 없습니다. 이상입니다.

갑수의 궤변에 기가 막힌다는 듯 탄식이 흘러나오는 가운데...

재판장   (소리) 검사 측 구형하세요.

이듬   (일어나 시작한다) 1986년 피고인으로부터 성고문을 당하고

그 끔찍했던 악몽을 세상에 알리려 했던 한 여자가 있었습니다.

곽영실.

영실   (눈물이 맺히는데) ...

이듬   그 여자는 이후로 피고인으로부터 납치를 당해

20년간 가족과 생이별을 당해야 했습니다.

갑수   (노려보고) ...

이듬   왜 그 당시 사법부는 끔찍한 성범죄를 저지른 피고인을 용서했을까요?

만약 그때 법이 피해자들의 목소리에 조금만 더 귀 기울이고

피고인에게 조금만 더 냉정한 법의 잣대를 들이댔다면...

한 여자의 불행을 막을 수 있지 않았을까요?

영실   (그 말에 눈물 흘린다)

이듬   또한 신인 여배우가 성적 모욕감에 자살을 하고,
　　　억울하게 타살당한 미성년자의 죽음이 은폐되는 비극도
　　　막을 수 있지 않았을까요?

연희   (입술 깨문다)

이듬   저는 오늘 이 자리에서 변명조차 거부하고
　　　그 어떤 반성도 하지 않는 피고인을 보며
　　　한 가지 질문을 해봤습니다.

갑수   ...

이듬   평생 동안 약자를 짓밟고 이용하는 것을 당연히 여기며,
　　　단 한 번도 반성하지 않고 살아온 저 피고인에게
　　　법은 언제 심판을 내릴 것인가?
　　　... 지금이라고 생각합니다.
　　　잘못한 것이 있다면 열심히 산 죄밖에 없다는 저 피고인으로 하여금
　　　열심히 사는 것을 포기시키고,
　　　이 사회로부터 영원히 격리될 수 있도록
　　　이제야말로 법이 작동해야 된다고 생각합니다.
　　　하여 본 검사는 피고인에게 법정 최고형인 사형을 구형하는 바입니다.

갑수   (하!!! 그 말에 이듬을 노려보고)

영실   (이듬에 대한 고마움으로 눈물 글썽이며 보는데)

(시간 경과)

애써 담담한 표정의 갑수, 국선변호인 일어서
재판장의 판결을 듣고 있다.

재판장   ... 다음과 같이 선고합니다. 피고인 조갑수... 사형!

갑수   !!!

재판장의 사형 선고에 이듬, 진욱 '드디어 이제야...' 하는 표정,

방청석 사람들 술렁술렁하는 가운데...

갑수   이게 무슨 소립니까? 내가 사형이라니?
재판장 이상 재판을 마치겠습니다. (일어서면)
갑수   재판장님! 대답하세요. 내가 왜 사형입니까? 네?

재판장과 부심판사들, 갑수의 절박한 외침을 무시한 채 들어가고...
경위들, 갑수 양옆으로 다가가 끌고 가려는데

갑수   (격렬히 뿌리치며) 놔! (모두를 쏘아보며)
        니들이 뭘 알아? 니깟 것들이 뭘 안다고 날 심판해!

경위들, "이러지 마세요." 갑수를 잡고 끌고 들어가면-

갑수   (끌려가면서도 발악하는) 니들이 정의를 알아?
        니들이 진짜 희생이 뭔지나 알기나 해!! 나 안 죽어! 나 이대로 안 죽어!!

이듬과 진욱, 갑수의 몸부림을 싸늘하게 본다.
민부장과 연희와 민호 역시 갑수의 몰락을 인과응보의 심정으로 지켜본다.
그 사이... 몸부림치며 경위에게 끌려가던 갑수...
한 순간 방청석에서 자신을 빤히 보는 영실과 눈 마주치자 할 말 잃는다.
영실, 갑수가 사라지는 모습을 보다가... 검사석 쪽을 보면...
검사석에 10살 이듬이 영실을 보며 환하게 웃고 있다.

- 플래시백 / 1부 10씬
10살 이듬과 서로 간지럼 태우고 장난치며 행복했던 영실

영실, 드디어 이듬이 기억난다!

영실   (이듬을 향해 떨리는 목소리) ... 이듬아!!
이듬   (엄마의 목소리에 놀라 보면) ...

방청석에 서 있는 영실이 자신을 향해 눈물 줄줄 흘리고 있다.

이듬	엄마?
영실	(울먹이며 다가가) … 이듬아. 엄마… 왔어. 엄마가 왔어.
이듬	… 엄마.
영실	(이듬을 꼬옥 안으며) 언제 이렇게 컸어. (울고)
이듬	(같이 울며) 엄마…
영실	미안해. 엄마 늦게 와서 미안해…
이듬	엄마…

법정 안에서 눈물의 상봉을 하는 모습을 진욱, 숙연하게 지켜본다.

41. 법원 일각 (낮)

오랏줄에 묶인 갑수, 넋 나간 표정으로 호송 버스를 타려 서 있는데…
민부장이 다가온다.

민부장	조갑수 씨.
갑수	…
민부장	여기까지 오는데 참 오래 걸렸네요.
갑수	(이를 악무는데)… 항소 할 끼다. 민지숙이 니… 이긴 거 아니다.
민부장	… 세상에 나올 일 다신 없을 겁니다. 잘 가십시오.
갑수	민지숙이!!!! (덤벼들려고 하다 경위들에게 제압당한다)
민부장	(냉정하게 보다가 돌아선다)

42. 고도소 외경 (낮)

자막 [1년 뒤]

43.　　교도소 재소자 상담실 안 (낮)

교도관, 한쪽에 앉아있고..
재숙, 수용자(남/30대 후반/아동학대로 복역 중) 상담 중이다.
수용자, 불면증으로 얼굴 까칠하고 신경 예민해 보인다.

수용자　내 아이 내가 집에서 보호한 것뿐이고...
　　　　어디다 갖다버린 것도 아니잖아요.
　　　　내연녀 자식이란 소리 안 듣게 하려고 숨긴 게... 뭐가 잘못이죠?
재숙　　아이 입장에서 한번 생각해보세요.
　　　　한창 사랑받을 나이에 가족의 따뜻한 정도 못 느끼고
　　　　그렇게 한정된 공간에 고립되어 있었잖아요.
수용자　나 이런... 꼰대 소리 들으려고 상담 신청한 거 아닙니다.
재숙　　일단 현실을 받아들여야... 선생님 마음도 편해질 겁니다.
수용자　(재숙을 보며 픽- 비웃는) 인터넷 봤거든요? 고재숙 원장님?
　　　　말 좀 통할 줄 알았더니...
재숙　　(한두 번 겪은 반응 아니다. 씁쓸하지만 담담히 감정처리하는)

44.　　교도소 식당 안 + 근처 복도 (낮)

교도관　죄송합니다, 선생님.

상담실에서 나온 재숙.
교도관과 함께 복도를 거쳐 식당 옆을 지나가고 있다.

재숙　　괜찮아요. 다음 주 같은 시간에 오겠습니다. (인사하고 가면)

식당 안. 식판 들고 일렬로 줄 서 있는 죄수들 보인다.

그 사이로 빨간 명찰에 수인번호 [8380] 적혀있는 죄수복 입고
배식받는 갑수 보인다. 추레한 모습으로 식판 들고 가는데...
저 앞에 앉아 식사 중인 태규가 보인다.

갑수　　태... 태규야!

노란 명찰 죄수복 차림의 태규, 갑수와 눈이 마주치자
밥맛 떨어진단 표정으로 젓가락 놓더니... 식판 들고 가버린다.

갑수　　(따라가는) 태규야! 태규야!!

그때 앉아있던 누군가 슥- 발을 내밀고!
우당탕- 그 발에 걸려 넘어지는 갑수. 식판 엎어져서 바닥 엉망이다.
갑수 넘어진 채로 열받아서 돌아보면... 갑수의 보좌관이었던 형수다.

형수　　(비웃는) 여기서 다 보네요? 조갑수 아니 8380!

45.　쇼핑몰 건물 외경 (낮)

46.　동 - 쇼핑몰 일각 (낮)

영실　　아, 글쎄 엄마 옷 필요 없다니까. 니가 돈이 어딨다구-

이듬, 영실을 끌고 오느라 실랑이 벌이는 모습.

이듬　　아 진짜 곽여사 요즘 눈만 뜨면 돈돈-
영실　　안 그러게 생겼어? 너 1년 동안 백수였잖아.
　　　　모아놓은 돈두 국숫집 얻는다구 다 쓰고.
이듬　　아 걱정 마. 엄마 딸 안 죽었어.

그리구 낼부턴 뼈 빠지게 일해서 돈 벌어온다고. 콜?

영실   으이그~ 콜은 얼어 죽을... (하다가 픽 웃는데 코가 빨갛다)

이듬   이거 봐, 너무 추워 보이잖아. (입고 있던 패딩 걸쳐주며) 잠깐 걸치고 있어.
        따뜻한 거라도 사올게.

영실   괜찮은데-

이듬   거 참-!

- 음료 매장
맨투맨 티셔츠 차림의 이듬, 매장 앞에서 음료 고르는데...
20대 남자 대학생이 갑자기 다가와...

대학생   자기야, 다 골랐어? (어깨에 팔 두른다)

이듬   (놀라 보면)

대학생   (이듬 보자 깜짝 놀라 떨어지며) 어우 죄송합니다!

이때- 남자 대학생과 똑같은 커플 맨투맨 티셔츠 입은 여친 다가와...

여친   오빠? 왜 그래?

이듬 보면... 대학생 커플 자기와 똑같은 맨투맨 티셔츠를 입고 있다.

대학생   (여친 어깨 두르며) 아냐. 자기랑 착각했나 봐. (하고는 얼른 간다)

여친   (이듬 한번 슥 보고는) 뭐야? 나랑 하나도 안 닮았는데?

헐... 어이없어 웃는 이듬.

- 다시 쇼핑몰 일각 (낮)
이듬, 손에 따뜻한 음료 하나와 쇼핑백 들려있다.

영실   (보더니) 그게 뭐야? 따뜻한 거 사온다더니.

이듬   그래. 따뜻한 거 사왔잖아. (쇼핑백에서 패딩 꺼내 보여주는)

영실	어휴- 뭐 이런 걸 사오고 그래? (걸치고 있던 이듬 패딩을 툭, 떨어뜨린다)
	아- 좀 클 거 같은데? (입어보며) 안 맞으면 환불할 거다?
	(딱 맞자) 사이즈는 또 어떻게 알고 사왔대~
	아냐. 그래도 비싸. 이거 환불해. (하며 자신을 거울에 비춰보는)
	... 좋아보이긴 하네.
이듬	엄마. 그래서... 입겠다는 거야 말겠다는 거야?
영실	(이듬 패딩을 입혀주며) 가자.
이듬	(헐... 해서 보다가 피식 웃는)

47. 이듬이네 국숫집 앞 (다음날 아침)

이듬   엄마! 갔다 올게!!

정장 차림에 메이크업 힘준 이듬, 씩씩하게 걸어간다.

48. 중앙지검 정문 앞 (낮)

중앙지방검찰청이라 적힌 정문 앞-
"전관 출신입니다." "상담 무료입니다." 하며
판촉용 물티슈 나눠주는 박검 보인다.
이때, 박검 뒤로... 급하게 뛰어가던 남자,
바닥에 놓아둔 종이백을 툭 치고 지나간다.
쓰러지면서 쏟아져 나오는 판촉용 물티슈들...
저쪽에서 남자, "죄송합니다-" 하고 지 갈 길 가면
박검, "아나-" 짜증내며 주섬주섬 주워담는데...
누군가의 손, 물티슈 하나 주워든다.

박검   (눈 커지는) 아니 너...

보면, 이듬이다!

이듬, 판촉용 물티슈를 보면

[오수철 법률사무소 – 사무장 박훈수] 명함 붙어있다.

이듬   헐. (오수철?)

박검   (쪽팔림이고 뭐고 일단 영업하는) 마이듬이. 너 살면서 뭐 힘든 거 없니?

이듬   힘들면 뭐? 오부장한테 변호라도 맡기라고?

박검   그치, 오부장은 좀 그렇지?

         그럼 상담부터 서면까지 풀코스로 내가 책임질게. 내가 니 선배잖아~

이듬   그놈의 선배는 개뿔... 물티슈나 바꿔.

         내가 이걸로 돌려봤는데... 물기 하나도 없다? 엄청 뻑뻑해~

49. 중앙지검 건물 앞 (아침)

이듬, 상쾌한 걸음으로 걸어오는데...

저 앞에 도시락 받아든 손계장과 아기띠 두른 구계장 보인다.

손계장   (알아보고) 어? 마검사님~

이듬   오랜만이에요. 손계장님 복직하신 거예요?

         (끄덕이는 거 보고) 구계장님은요?

구계장   (뿌듯하게) 육아휴직 중입니다. 우리 미영 씨 능력 있는데...

         경력 단절되면 아깝잖아요.

         (이듬에게 아기 보여주며) 하라야, 인사드려. 여기 마이듬 검사님이셔.

이듬   어머- 애기가... (보면 구계장 판박이라 차마 예쁘다 못하고)

         너~무 애기네요...

구계장   (이듬에게 아기 안겨주며) 잠깐만 안아주세요. 기념사진 하나 찍게.

이듬, 어정쩡하게 아기 건네받아 안으면

구계장, 후다닥 뛰어가 먼 거리에서 핸드폰 꺼내

아기 안은 이듬과 손계장 사진을 찍는다.

손계장, 이듬에게 아기 건네받고...

구계장   (사진 보여주며) 어때요, 사진 잘 나왔죠?

           이거 배경사진도 있어요. 보실래요?

이듬   오... 사진 둘 다 잘 나왔네요.

손계장   (뿌듯) 특검 때 보셨잖아요. 조류 사진 동호회 출신.

이듬   아, 조류... (하더니) 다들... 잘 지내죠?

손계장   그럼요.

50.   몽타주 – 여아부 식구들 근황 (낮)

손계장 목소리 이어지며, 몽타주로 근황 보인다.

    - 정소법률사무소 앞 / 안 (낮)

복도 앞으로 길게 늘어선 줄 보이고...

민부장, 손 꼭 붙잡고 앉은 노부부 상담해주는 모습 보인다.

손계장   (소리) 소문 들어서 아시죠?

           민부장님, 특검하신 뒤로 정소법률사무소 인기 폭발인 거.

    - 법무부 세미나실 (낮)

현수막 [(법무부 로고) 우수 인권 공무원 포상식]

표창장 받기 위해 선 장검의 뿌듯한 얼굴 보이고...

법무부장관이 "여성아동범죄 전담부 장은정 부장검사.

위 사람은 성범죄 피해를 입고도 진술의 신빙성에 의심을 받았던

청소년 사건의 진상을 규명해 엄벌에 처함으로써..." 내용 읊는 위로

손계장   (소리) 장검사님은 우수 인권 검사로 상도 받으셨구요.

    - 법정 안 (낮)

법복을 입은 서검. 판사 앞으로 저벅저벅 걸어나와

손계장   (소리) 서검사님은...

서검   재판장님. 반성할 줄 모르는 (손가락으로 가리키며) 저 피고인에게...
무기징역을 구형합니다! (하곤 뿌듯하게 돌아보면)

손계장   (소리) 이제 제법 검사다워지셨어요.

그 모습 보던 윤검, 서검 향해 엄지 척! 들어 보인다.

51.   다시 중앙지검 건물 앞 (아침)

손계장   마검사님은요? 어떻게 지내셨어요? 변호사 일 다시 하시는 거예요?
이듬   저요? (씨익 웃는)

52.   동 – 여아부 진욱 사무실 (아침)

진욱, 사건기록 보는데...
이때 또각또각! 소리 들리고- 고개 들어 보면
이듬이 박스 들고 다가오더니 비어있는 옆 책상에
[검사 마이듬] 명패 내려놓는다.

진욱   (놀라는) 마검사님!
이듬   1년 만이네요.
진욱   경력 검사 공채 붙으신 겁니까?
이듬   당연하죠.
진욱   올~
이듬   내가 그랬죠. 내가 컴백하면 바로 여검, 바로 위로 들어와서

진욱	나이브한 뇌구조를 싹 고쳐준다고요.
이듬	잘 아네요. (하더니 박스 안에 있던 시계 박스 내민다) 이거요.
진욱	뭡니까?
이듬	오다 주웠어요. 괜히 촌스럽게 의미 부여하지 말고
	그냥 이사떡이다 생각하세요.
진욱	(열어보면 시계) 이사떡치곤 좀 부담스러운데요?
이듬	아니 뭐... 그렇게 부담스러우면 이따 저녁에 축하주라도 같이 하든가...
진욱	축하주요?

53. 진욱 오피스텔 안 / 앞 (밤)

진욱, 문을 열면-
이듬이 캔맥주들 들어있는 봉지 딸랑딸랑 흔들어 보인다.

54. 진욱 오피스텔 안 (밤)

진욱, 벌컥벌컥 들이마신다. 옆에 이미 다 마신 빈 캔 2개도 보인다.

이듬	누가 쳐들어와요? 천천히 먹어요.
진욱	(빈 캔맥주 옆에 탁 놓더니) 자. 이제 준비됐습니다.
이듬	... 뭔 준비요?
진욱	마검사님 마음을 받아들일 준비요.
이듬	내 마음이... 뭐가 어떤데요?
진욱	마검사님 마음이야 본인이 더 잘 알겠죠.
	그걸 꼭 내 입으로 말해야 됩니까?
이듬	모르겠는데요?
진욱	(하... 어이없어 보다가 결심한 듯 핸드폰 탁 보여주면)

- **인서트** / 진욱의 핸드폰 화면

이듬과의 카톡창 화면 보인다.
보면... 한 달 간격으로 [... 자요?]
[... 자요?] [여검... 자요?] 카톡이 와 있는 화면 스크롤 되는

진욱   대체 이런 톡은 왜 보내는 거죠? 것도 꼭 자는 시간에.

이듬   아니 잘 자나 궁금하니까...

진욱   보고 싶단 말 돌려서 하는 거잖아요.

이듬   딱히 그런 느낌은 아니었는데?

진욱   그럼... 하고 많은 부서 중에 하필 여아부로 들어온 거는요?

이듬   거야 뭐... 있던 부서니까 적응 차원에서?
       그리구 나 다음 인사 땐 특수부 지원할 겁니다.

진욱   좋아요. 그럼 마지막으로... 이거는요? (시계 찬 게 보인다)

이듬   (움찔)

진욱   남자한테 시계 선물하는 거, 뭔 의민 줄 알죠?

이듬   그거 이사떡이라니까? (하다가 순간 놀란 표정 된다)

보면- 진욱, 어느새 이듬 입술에 뽀뽀한다.
이듬, 기분 좋아져 진욱의 얼굴을 두 손으로 잡으려는데...
순간 손이 썰렁하다. 보면- 진욱, 어느새 기절하듯 스르륵- 쓰러져있다.
'엥?' 싶어 "이봐요, 여검. 여검! 여기서 끊으면 어떡해!" 하며
취해서 기절한 진욱 짤짤짤 흔드는 이듬이고...

55.   검찰청 외경 (다음날 아침)

56.   동 - 로비 (아침)

       진욱, 기분 좋은 표정으로 로비 들어오면
       저편 승강기 앞에 선 이듬이 보인다.
       저도 모르게 씨익- 웃음 나오는 진욱.

진욱   (쑥스럽게) 마검사님.

이듬   (사무적) 아. 왔어요, 여검?

진욱   (음?)

이때 승강기 문 열린다.

57.   동 - 승강기 안 (아침)

이듬, 진욱 나란히 서 있다.

진욱   (소근) 저녁에 뭐 하세요?

이듬   뭐 하긴요? 야근하겠죠.

진욱   야근 끝나면은요?

이듬   퇴근하겠죠.

진욱   그럼 퇴근할 때 같이 들어가요.

58.   동 - 승강기 앞 / 복도 (아침)

이듬, 진욱- 아웅다웅 이어가고 있다.

이듬   왜요?

진욱   집에 가는 30분이라도 같이 있고 싶어서요.
       이제 마검사님 시간... (시계 보이며) 저한테 맡기셔도 됩니다.

이듬   어머 미쳤나 봐. (하며 먼저 간다)

진욱   마검사님!

이듬   (자기도 좋아서 큭! 하고 웃다가 표정 관리한다)

59.   동 – 복도 / 조사실 앞 (낮)

이듬, 진욱 사건기록 들고 조사실을 향해 당당히 걸어가는 모습.

60.   동 – 조사실 안 (낮)

이듬, 진욱 편면경 너머 누군가를 보며...

이듬   준비 다 됐죠?
진욱   네.
이듬   들어가죠.

이듬과 진욱, 냉정한 얼굴로 조사실에 들어와 나란히 앉는다.
이듬은 파일 탁자 위에 내려놓고, 진욱은 노트북 열면
맞은편에 앉은 유명 연예인! 초조한 얼굴로 다리 떨며 앉아있고...

진욱   조사 시작하겠습니다.
이듬   지금부터 묻는 말에... 솔직하게 대답하는 게 좋을 겁니다.
       내가 바로 그 유명한 마이듬 검사거든요.

씨익 웃는 이듬의 얼굴에서... 끝!!!